【国学精粹珍藏版】

唐诗名篇鉴赏

◎尽览中国古典文化的博大精深 ◎读传世典籍，赢智慧人生——受益终生的传世经典

李志敏⊙主编

卷一

民主与建设出版社

图书在版编目（CIP）数据

唐诗名篇鉴赏／李志敏编著；郑琦绘. ——北京：民主与建设出版社，2015．12

ISBN 978 - 7 - 5139 - 0926 - 6

Ⅰ．①唐… Ⅱ．①李… ②郑… Ⅲ．①唐诗 - 鉴赏Ⅳ．①I207．227．42

中国版本图书馆 CIP 数据核字（2015）第 275499 号

唐诗名篇鉴赏

总　策　划：董治国

出版统筹：王　辉

主　　编：李志敏

责任编辑：程　旭

审读编辑：陈雪涛

装帧设计：王洪文

出版发行：民主与建设出版社有限责任公司

地　　址：北京朝阳区阜通东大街融科望京中心 B 座 601 室

电　　话：010 - 59419778 59417747

印　　刷：永清县晔盛亚胶印有限公司

开　　本：787 mm × 1092 mm　1/16

字　　数：460 千字

印　　张：32

版　　次：2016 年 1 月第 1 版　2016 年 7 月第 2 次印刷

印　　数：1 - 5000

标准书号：ISBN 978 - 7 - 5139 - 0926 - 6

定　　价：280.00 元（全四卷）

目录

卷一

张九龄

王之涣

孟浩然

王昌龄

王 维

李 白

卷 二

杜　甫

高 适

岑 参

韦 应 物

孟 郊

常　建

张　继

韩　翃

卷　三

李　端

顾　况

戴叔伦

张　祜

张　籍

韩　愈

柳宗元

元 稹

李 贺

李商隐

杜　牧

许　浑

温庭筠

杜审言①

和晋陵陆丞早春游望

独有宦游人②，偏惊物候新。
云霞出海曙，梅柳渡江春。
淑气③催黄鸟，晴光转绿蘋。
忽闻歌古调④，归思欲沾巾。

【注释】

①杜审言（约645~708），字必简，祖籍襄阳（今湖北襄阳），祖父时迁居巩县（今河南巩县）。高宗咸亨元年（670）进士，曾为隰城尉、洛阳丞、因事贬吉州司户参军。武后时，授著作佐郎、膳部员外郎。中宗神龙初（705）因结交幸臣张易之获罪，流放峰州。不久，再起为国子监主簿、修文馆直学士。他是杜甫的祖父。著有《杜审言集》。

②宦游人：在他地作官的人

③淑气：春天温和的气候。

④古调：这里指陆丞的诗。

【鉴赏】

此诗因春游而生情，感慨自己宦游他乡的不幸和失意，以及对家乡的思念之情。全诗紧扣题目，起承转合手法运用得当，体现了很高的艺术性。

宋之问①

题大庾岭北驿②

阳月③南飞雁，传闻至此回。
我行殊④未已，何日复归来。
江静潮初落，林昏瘴⑤不开。
明朝望乡处，应见陇⑥头梅。

【注释】

①宋之问（？～712），一名少连，字延清，汾州（今山西汾阳县）人，一说弘农（今河南灵宝县）人。高宗上元二年（675）进士。武则天时，以文才为宫廷侍臣，颇受恩宠。后因结交张易之获罪，贬泷州参军。中宗景龙中（708）转考功员外郎，与杜审言、薛稷等同为修文馆学士。又以受贿罪贬越州长史。睿宗景云元年（710）流放钦州。玄宗先天元年（712）赐死。有《宋之问集》。

②驿：驿站。

③阳月：农历十月。

④殊：实。

⑤瘴：南方湿热蒸郁之气。

⑥陇：据沈德潜云疑作"岭"字。

【鉴赏】

这首诗叙述的是诗人被贬汾州途径大庾岭时所作，基调凄凉，甚是感人。诗中表达了作者被贬后远离家乡的亲友，只身流离的痛苦哀伤之情。

渡江汉

岭外音书断，经冬复历春。
近乡情更怯，不敢问来人①。

【注释】

①来人：指从家乡来的人。

【鉴赏】

这首诗是写久居在外的人即将回家时的感受。此诗之所以流传千古，在于它生动地道出了久居他乡的人回家时深切的心理感受。

李颀①

古从军行

白日登山望烽火②，黄昏饮马傍交河。
行人刁斗风沙暗，公主琵琶③幽怨多。
野云万里无城郭，雨雪纷纷连大漠。
胡雁哀鸣夜夜飞，胡儿眼泪双双落。
闻道玉门犹被遮，应将性命逐轻车。④
年年战骨埋荒外，空见蒲桃入汉家。

【注释】

①李颀（生卒年不详），唐代诗人。祖籍赵郡（今河北赵县），长期居住颍阳（今河南登封西）。开元二十三年（735）登进士第。一度任新乡县尉，不久去官，退归家园，来往于洛阳、长安之间。他的交游很广泛，与盛唐时一些著名诗人王维、高适、王昌龄、綦毋潜等都有诗词唱和。李颀以七古见长，今存边塞诗多为歌行体。其诗笔力奔放、境界高远、格调悲壮，是边塞诗派的代表人物之一。

②烽火：古代边关战事的一种警报。

③公主琵琶：汉武帝时以江都王刘建女细君嫁乌孙国王昆莫，恐其途中烦闷，故弹琵琶以娱之。

④"闻道"二句：汉武帝曾命李广利攻大宛，欲至贰师城取良马，战不利，广利上书请罢兵回国，武帝大怒，发使至玉门关，曰："军有敢入者辄斩之！"两句意谓边战还在进行，只得随着将军提着生命苦撑。

【鉴赏】

此诗是以前线一个战士的口吻与视角写的，抒发的是战士在前线苦寒环境中的苦寒心态，目的是揭示战争的残酷，表达了作者的反战情绪。

听安万善吹觱篥歌

南山截竹为觱篥，此乐本自龟兹①出。
流传汉地曲转奇，凉州胡人为我吹。
傍邻闻者多叹息，远客思乡皆泪垂。
世人解听不解赏，长飙②风中自来往。
枯桑老柏寒飕飗，九雏鸣凤乱啾啾。
龙吟虎啸一时发，万籁百泉相与秋。
忽然更作渔阳掺③，黄云萧条白日暗。
变调如闻杨柳春，上林繁花照眼新。
岁夜高堂列明烛，美酒一杯声一曲。

【注释】

①龟兹：今新疆库车县。

②长飙：喻乐声的急骤。

③渔阳掺：曲调名。

【鉴赏】

该诗主要表达的是乐者高超的演奏技艺，同时也表明诗人对他所奏之曲的准确理解。

卢照邻①

折杨柳②

倡楼启曙扉③，杨柳正依依。
莺啼知岁隔④，条变识春归⑤。
露叶凝秋黛⑥，风花乱舞衣。
攀折将安寄⑦，军中音信⑧稀。

【注释】

①卢照邻（约637~约689），字升之，自号幽忧子，幽州范阳（今河北涿州）人。高宗永徽五年（654）任邓王（李元裕）府典签。乾封三年（总章元年、668年）被任命为益州新都（今四川成都附近）尉。在新都尉任上得了重病，竟至全身瘫痪。境遇悲惨，受尽折磨，自沉颍水而死。卢照邻为初唐"四杰"之一。有《幽忧子集》七卷。《全唐诗》存其诗二卷。

②折杨柳：古横吹曲名。晋太康末，京洛有《折杨柳》之歌，其曲多写军中辛苦及战争斩获之事。《乐府诗集》所收此题之作二十余首，多为伤别之词，怀念征人的内容尤多。高宗龙朔二年（662），九姓铁勒（古代北方民族名，其先匈奴之苗裔为丁零，部族甚多。唐称回纥）入侵甘凉，薛仁贵率军出征。正在襄阳邓王府作典签的卢照邻奉使劳军，作边塞诗十余首，此诗当是这一时期所作，写思妇对远在边塞军中的游子的思念。

③倡楼：女妓居住的楼。曙扉：曙光初照的门户。

④岁隔：相当于岁序，时令，时间。

⑤条变：指柳条变青。这两句化用谢灵运《登池上楼》的"池塘生春草，园柳变鸣禽"之句。

⑥黛：青黑色的颜料。古代妇女用来画眉。后比喻女子的眉毛。

⑦攀折：指折柳。唐代人有折柳送行的风俗，一是路边杨柳多，便于攀折。二是"柳"与"留"谐音，含有挽留的意思。此指折柳寄游子表示思念。安：怎么。

⑧音信：书信，消息。

【鉴赏】

该诗是作者所作边塞诗的一首经典之作，写了思妇对远在边塞军中游子的思念。

送二兄入蜀①

关山客子②路，花柳帝王城。
此中一分手，相顾怜无声。

【注释】

①二兄：卢照邻的二哥。蜀：古国名。秦灭蜀国，置蜀郡，汉因之。今四川成都市及温江地区大部分为其辖境。

②客子：客居外地的人。

【鉴赏】

这是一首抒写兄弟亲情的送别诗，感情深厚浓烈，跌宕起伏，真切感人。

九月九日登玄武山①

九月九日眺山川，归心归望积风烟。
他乡共酌金花酒②，万里同悲鸿雁天。

【注释】

①唐高宗总章二年（669）卢照邻来到益州新都任职，时任沛王府修撰的王勃，因写《斗鸡檄》触怒高宗，被赶出沛王府，于本年六月远游到了西蜀。秋冬之间，卢照邻从益州来到梓州。九月九日重阳节，在蜀地任官的邵大震与王勃、卢照邻三人同游玄武山，互相酬唱，本诗即为卢照邻当时所作。玄武山：山名，在今四川三台县。

②酌：斟酒喝。金花酒：菊花酒。

【鉴赏】

这首诗写了诗人同友人一起游玄武山的感受，语言简练，感情真挚。

含 风 蝉

高情临爽月①，急响②送秋风。
独有危冠③意，还将衰鬓同④。

【注释】

①临：面对。爽：明朗、清亮。

②响：声音。

③危冠：高高的树顶、树头。危：高。冠：树冠。

④将：连词，和、与、同。鬓：指蝉的身体、容颜。蝉的身体黑而光润，因此以黑亮的鬓发来比喻蝉身。

【鉴赏】

这首诗表现了作者顾影自怜，语言清新，风格淡雅。内容感人，十分传神。

骆宾王^①

在狱咏蝉

西陆^②蝉声唱，南冠客思侵^③。
那堪玄鬓影^④，来对白头吟^⑤。
露重飞难进^⑥，风多响易沉^⑦。
无人信高洁^⑧，谁为表予心^⑨？

【注释】

①骆宾王（约638~687），婺州义乌（今浙江义乌）人。约在高宗龙朔元年（661）被道王李元庆辟为府属。后曾从军，又入朝为侍御史。蒙罪下狱，获释后被贬为临海（今浙江天台）丞。光宅元年（684）徐敬业起兵讨武则天，骆宾王入其幕府，任艺文令，写著名的《讨武曌檄》。徐敬业兵败后，下落不明。初唐"四杰"之一。有《骆临海全集》。

②西陆：指秋天。《隋书·天文志中》："日循黄道东行……行东陆谓之春，行南陆谓之夏，行西陆谓之秋，行北陆谓之冬。"

③南冠：楚冠，指囚犯，这里是诗人自称。《左传·成公九年》上说："晋侯观于军府，见钟仪，问之曰：'南冠而絷（戴楚冠而被缚）者谁也？'有司对曰：'郑人所献楚囚也。'"后世便以南冠代称囚犯。客思：指在狱思乡的情绪。思，思绪。侵：逐渐，此指渐深。一作"深"。

④那堪：哪能忍受。玄鬓：指蝉。崔豹古今注："魏文帝（曹丕）宫人曹琼树乃制蝉鬓，望之缥缈如蝉。"意思是将鬓梳得如蝉翼。这里诗人由蝉翼而想到黑色的蝉鬓。玄，黑色。

⑤白头：诗人自指。当时诗人约三十八岁，但头发已白，见其忧愤的深重。汉乐府《杂曲歌辞·古歌》："座中何人，谁不怀忧？令我白头。""白头

吟"又借用古乐府《楚调·白头吟》曲名的字面，表现忧郁哀怨之情。相传西汉司马相如将聘茂陵人女为妾，其妻卓文君作《白头吟》以自绝。

⑥飞难进：指蝉难以高飞。

⑦响：回声。此指蝉鸣声。沉：没，掩盖。颈联比喻有翼难飞，有口难言，世道艰险，冤屈难伸。

⑧信：相信。高洁：指蝉。古人认为蝉栖高树之上，"饮露而不食"，故称其高洁。这是诗人自喻。

⑨为：替。表：表白。末联说，有谁相信我秋蝉一样高洁的心，替我申诉冤情。

【鉴赏】

此诗是骆宾王在狱中所作，流畅自然，比喻精妙，托物言志，寓意深远，是咏物诗中的佳作。

于易水送人①

此地别燕丹②，壮士发冲冠③。
昔时人已没④，今日水⑤犹寒。

【注释】

①诗题一作《易水送别》。《史记》卷八十六《刺客列传》载：荆轲奉燕太子丹之命将入秦刺杀秦王，燕太子丹及知道此事的宾客都穿白衣戴白帽（丧服），一直把荆轲送到易水岸边。荆轲的好朋友、善击筑（古代的一种乐器）者高渐离击筑，荆轲和而唱道："风萧萧兮易水寒，壮士一去兮不复还！"在场的人听了都怒发冲冠。荆轲来到秦国后，在秦王于咸阳宫接见他的时候，刺杀秦王未成，自己遭到杀害。易水：今河北省大清河的一条支流，源出河北省易县，是当时燕国的南界。

②此地。指易水岸边。燕丹：战国时燕国太子丹。

③发冲冠：形容人极端愤怒，因而头发直立，把帽子都冲起来了。冠：帽子。

④人：指荆轲。没：死，即"殁"字。

⑤水：指易河之水。

【鉴赏】

骆宾王自幼才学出众，但仕途坎坷，数次被贬黜。这首诗真实地反映了诗人当时的苦闷之情。

至分水戍①

行役急离忧②，复此怆③分流。

溅石回④湍咽，萦丛曲涧幽。

阴岩常结晦⑤，宿莽⑥竞含秋。

况乃霜晨早，寒风入戍楼⑦。

【注释】

①分水戍：分水的驻军之地，在河南南阳北七十里。戍：边防地区的营垒，城堡。唐在军事要地派有常驻军，戍为正式行政单位，称为"戍"。

②行役：因服役或公务而跋涉在外。忽：忽忽，恍恍惚惚。离忧：遭遇忧伤。离，通"罹"。

③怆：悲伤。

④回：旋转。

⑤晦：暗昧，昏暗。

⑥宿莽：经冬不枯的草。

⑦戍楼：边防驻军的瞭望楼。

【鉴赏】

这首诗描写了因服役或公务而跋涉在外的人的悲凉与忧伤，情景交融，真实感人。

王 勃①

送杜少府之任蜀州

城阙辅三秦②，风烟望五津③。
与君④离别意，同是宦游⑤人。
海内存知己⑥，天涯若比邻⑦。
无为在歧路⑧，儿女共沾巾⑨。

【注释】

①王勃（650～676），字子安，绛州龙门（今山西河津）人。考中进士后曾任朝散郎。被沛王李贤招为府修撰。二十岁的春夏之交，因写《斗鸡檄》触怒高宗，被赶出沛王府，漂泊巴蜀。回长安后补虢州参军，因罪革职。前往交趾省父，渡南海时溺水而死。在初唐"四杰"中才气最高。有《王子安集》。

②城阙：城市。此借指唐京城长安。阙：宫门前的望楼。辅三秦：以三秦为畿辅。辅，佐，护持。三秦，今陕西省一带，本为战国时秦国旧地。秦朝末年，项羽攻入长安，分关中地为三，封秦国的三个降将章邯等为雍王、塞王、翟王，所以称关中为三秦。这里泛指长安附近的关中之地。

③风烟：等于说风尘。五津：指当时岷江从湔堰（今四川灌县西）至犍为一段的五个渡口：白华津、万里津、江首津、涉头津、江南津，合称五津。此指蜀地。

④君：您，尊称。此指杜少府。

⑤宦游：离家远游以求宦或做官。此指到外地做官。

⑥海内：四海之内，即国境之内。知己：彼此相互了解而情谊深切的人。

⑦天涯：形容极远的地方。涯，边。比邻：近邻。《周礼·大司徒》："五

家为比。"《周礼·遂人》:"五家为邻。"

⑧无为:不要。无,通"毋"。歧路:岔路,指离别分手处。

⑨儿女:青年男女。此指像儿女一样。沾巾:眼泪沾湿了佩巾。佩巾:是古人结在身上用以擦拭的布巾。

【鉴赏】

这是一首送别诗中的名篇,节奏起伏,婉转流畅,用意深远,与其它送别诗多悲切哀伤不同,此诗情感表达积极豁达、境界开阔,为世人所赞颂。

扶风昼届离京浸远①

帝里金茎去②,扶风石柱来,
山川殊③未已,行路方悠④哉!

【注释】

①扶风:即今陕西扶风县。唐贞观八年(634)置。昼届:白日到达。京:京城,指长安,今陕西西安市。浸:逐渐。

②帝里:皇帝居住的地方,即京都。金茎:铜柱。汉武帝为求神仙,在建章宫造高台,台上二十丈高的铜柱,柱端置仙人掌,掌上托承露盘,以承接天露。

③殊:犹,还。

④悠:长远。

【鉴赏】

这首诗语言精练,感情动人,意境深邃,耐人寻味。

别 薛 华①

送送多穷路,遑遑独问津②。
悲凉千里道,凄断百年③身。
心事同漂泊,生涯共苦辛。
无论去与住,俱是梦中人。

【注释】

①薛华：王勃的朋友。诗题一作《秋日别薛升华》。这是王勃入蜀后的作品，时年仅二十出头。

②遑遑：匆忙。问津：问路。津，渡口。

③百年：古人认为人生不过百年，以百年指一生。

【鉴赏】

此诗以叙事直抒胸臆，反复咏叹遭遇之不幸，丝丝入扣，字字切题，又一气流转，浑然一体，语言感人至深，表达了作者真挚的情感。

山　中①

长江悲已滞②，万里念③将归。

况属高风晚④，山山黄叶飞。

【注释】

①这首诗大约作于王勃被赶出沛王府后漂泊巴蜀期间（669～772上半年）。

②已：太、过分。滞：凝滞，不流动。

③念：想。

④况属：正当、正值。况：正。属：适值，当。高风：秋高气爽时的风，即秋风。

【鉴赏】

这是一首抒写旅愁归思的诗，大概作于王勃被废斥后在巴蜀交游期间。诗中的情与景互相作用，彼此渗透、融合为一，流落出作者因旅思乡的情感。

滕 王 阁①

滕王高阁临江渚②，珮玉鸣鸾罢歌舞③。
画栋朝飞南浦云④，珠帘暮卷西山⑤雨。
闲云潭影日悠悠⑥，物换星移几度秋⑦。
阁中帝子⑧今何在？槛⑨外长江空自流。

【注释】

①滕王阁：故址在今江西南昌市章江门上，下临赣江。唐高祖李渊第二十二子滕王元婴任洪州（治所在今江西南昌市）都督时，在长州上建阁，人称滕王阁。后来阎公任洪州都督时，重修此阁。唐高宗上元二年（675）九月九日，阎公在阁上宴集宾客幕僚，正好王勃探望父亲路过洪州，参加了这次宴会。对客写成此诗和《滕王阁序》。

②江：指赣江。渚：水中小块陆地。此指江边。

③佩玉：古代贵族衣带上系以为饰的玉器。鸣鸾：古代皇帝或贵族所乘车的马勒上挂有状如鸾鸟的铃铛，动则鸣响。鸾，传说中凤凰一类的鸟。此指滕王当时的行踪。《礼记·玉藻》："君子在车则闻鸾和之声，行则鸣佩玉。"罢歌舞：指滕王已去，歌舞已停止。

④画栋：指阁中彩绘的栋梁。南浦：南方的水滨，指送别之地。屈原《九歌·东居》："子交手兮东行，送美人兮南浦。"浦，小河流入江海的入口处。

⑤西山：古名厌原山，又名南昌山，在章江门外三十里。

⑥潭影：指潭中景物的倒影。日悠悠：每日无拘无束地浮荡着。

⑦物：指四季的景物。移：转，运行。秋：指年。

⑧帝子：指滕王。

⑨槛：栏杆。

【鉴赏】

该诗抒发了作者对人生有限而宇宙无穷的感慨，以景写情，委婉含蓄。结构严谨，感情深刻，是同类题材作品中的佳作。

咏 风

肃肃①凉风生，加我林壑②清。
驱烟寻涧户，卷雾出山楹③。
去来固无迹，动息如有情。
日落山水静，为君起松声。

【注释】

①肃肃：指风声劲烈。
②林壑：山木与涧谷，指景物幽深之境。
③山楹：就山岩凿成的石室。楹，堂屋前部的柱子。

【鉴赏】

本诗以风喻人，托物言志，着意赞美风的高尚品格和勤奋精神，在其笔下，风的形象被刻画得惟妙惟肖。

麻平①晚行

百年怀土望②，千里倦游情。
高低寻戍道③，远近听泉声。
涧叶才分色，山花不辨名。
羁心④何处尽，风急暮猿清。

【注释】

①麻平：也称麻坪，在今四川乐山县东。这首诗是王勃二十岁时被废职入蜀后所作。
②百年：指一生。怀土：《论语·里仁》："君子怀德，小人怀土。"本为安于处所之意，后引申为怀念故乡。
③戍道：边防上的道路。
④羁心：寄居作客的愁苦心情。

【鉴赏】

这首诗作于诗人被废职入蜀之时，表达了诗人怀念家乡之情以及在外作客的愁闷心情。

江亭夜月送别二首 (选一首)①

乱烟笼碧砌②，飞月向南端。
寂寞离亭③掩，江山此夜寒。

【注释】

①这首诗是王勃旅居巴蜀时所写的客中送客之作。

②砌：台阶。

③离亭：路旁的驿亭。地远者称离亭，近者称都亭。

【鉴赏】

该诗句句透露着离别的伤感与痛苦，写出了作者内心的无奈和心情的迷乱。

杨 炯①

从 军 行②

烽火照西京③，心中自不平。
牙璋辞凤阙④，铁骑绕龙城⑤。
雪暗凋旗画⑥，风多杂鼓声。
宁为百夫长⑦，胜作一书生。

【注释】

①杨炯（650～692），华阴（今属陕西）人。上元三年（676）进士，授校书郎。武后时曾任婺州盈川（今江西境内）令。初唐"四杰"之一。有辑本《杨盈川集》。

②从军行，乐府《相和歌·平调曲》旧题。歌词以汉末王粲《从军行》五首为最早，后人多以此题写边塞之事，军旅生活。这首诗表达了作者慷慨从军的豪情壮志和要求立功边塞的积极精神。

③烽火：古代边防报警的信号。白天放烟叫"烽"，夜间举火叫"燧"。古代把草捆扎在长木杆的顶端，木杆构成一个杠杆，发现敌人进攻，就点燃草把，拉起长木杆。唐制：按敌情的缓急，逐级增加烽火的炬数，最多四炬。两炬以上都要传到京城。西京：指唐代都城长安。唐高宗显庆二年（657），以洛阳为东都，称长安为西都，又称西京。

④牙璋：古代调兵所用的符信。由两块合成，上端似刀而无刃，相合处呈锯齿牙形，分别由朝廷和主帅掌管。凤阙：指长安。汉武帝在长安建章宫东建凤阙。凤阙成为长安的标志。

⑤铁骑：穿铁甲的骑兵。此指精锐的骑兵。龙城：故址在今蒙古鄂尔浑河东侧，是汉代匈奴大会诸部祭祀天地祖先的地方，为匈奴的政治中心。

⑥雪暗：形容雪大天阴。凋旗画：军旗上的彩绘暗淡失色。凋，凋落，萎谢。

⑦百夫长：统帅百人的卒长，也称卒帅。泛指低级军官。

【鉴赏】

该诗表达了诗人自己投身军旅、保家卫国的高昂斗志。结构严谨，是唐代早期边塞诗中的名篇。

夜送赵纵①

赵氏连城璧②，由来天下传③。
送君还旧府④，明月满前川。

【注释】

①赵纵：作者的友人。

②璧：平面圆、中心有孔的玉。《史记·廉颇蔺相如列传》载：战国时代赵惠文王时（前298～前266），赵国得到了和氏璧（春秋时代楚国人卞和即和氏所得的宝玉），秦昭王（前306～前251）听说后，给赵王捎来一封书信，愿意用十五座城池来换这块和氏璧。赵王派蔺相如带着和氏璧来到秦国，狡诈的秦王把璧骗到手后，根本不想以城换璧，蔺相如使巧计终于使璧安然回到赵国。连城璧，即和氏璧，是说此璧价值连城。

③由来：历来、向来。

④旧府：指故乡。

【鉴赏】

这是一首送别诗，深入浅出，通俗易懂，自然贴切，借情写景，情景交融，蕴藉而不乏深致，情意真挚，神韵绰约，极臻妙境。

陈子昂①

白帝城怀古

日落沧山晚，停桡问土风②。
临城巴子国③，台没汉王宫④。
荒服⑤仍周甸，深山尚禹功⑥。
岩悬⑦青壁断，地险碧流通。
古木生云际，归帆出雾中⑧。
川途去无限，客思坐⑨何穷。

【注释】

①陈子昂（661~702），字伯玉，梓州射洪（今四川射洪）人。唐睿宗文明元年（684）进士。武后时，官右拾遗。直言敢谏，所陈多切时弊。后解职归里，为县令段简所害，死于狱中。世称陈拾遗。他论诗提倡汉、魏风骨，主张作诗要有兴寄，强调文学的社会现实意义，反对齐、梁以来偏重形式的倾向和绮靡颓废的作风。所作《感遇》《登幽州台歌》等诗，词意激昂，风格高峻。后来许多大诗人如李白、杜甫、白居易等，对他都很推崇；韩愈曾说："国（唐）朝盛文章，子昂始高蹈。"正指出了他在唐代诗歌革新运动中的启蒙作用。有《陈伯全集》。

②停桡：停船。桡：桨。土风：风土人情。

③巴子国：周时诸侯国，在今四川东部一带。

④汉王宫：指永安宫，故址在今四川奉节县。

⑤荒服：周时异族的服饰。

⑥禹功：禹的德行。

⑦悬：悬空。

⑧古木生云际：言木的高。

⑨坐：正。

【鉴赏】

该诗语言洗练优美，情景交融，写出了作者无限的遐思，意境独特，耐人寻味。

晚次乐乡县①

故乡杳②无际，日暮且孤征③。
川原迷旧国④，道路入边城⑤。
野戍⑥荒烟断，深山古木平。
如何此时恨，嗷嗷⑦夜猿鸣。

【注释】

①次：住宿。乐乡县：故城在今湖北荆门县北。

②杳：远。

③孤征：独自行路。

④旧国：故乡。

⑤边城：指乐山县。

⑥野戍：野外驻兵防守的堡垒。

⑦嗷嗷：猿叫声。

【鉴赏】

这首诗结构严谨，情韵悠长，句句沟通、字字关联，严而不死，活而不乱，在陈诗中别具一格，表达了诗人浓郁的乡情。

登幽州台①歌

前不见古人，后不见来者②。
念天地之悠悠③，独怆然④而涕下。

【注释】

①幽州台：蓟北楼。

②古人：以往的明君贤士。来者：后世的明君贤士。

③悠悠：长远无穷的样子。

④怆然：伤感的样子。

【鉴赏】

此诗感情充沛，语言风格稳重有力，是公认的传世名篇。是诗人感时伤怀之作，意在抒发因仕途艰难而产生的挫败、不甘之感。

感遇 (其二)

兰若①生春夏，芊蔚何青青②。

幽独空林色③，朱蕤冒紫茎④。

迟迟⑤白日晚，袅袅⑥秋风生。

岁华尽摇落，芳意竟何成⑦！

【注释】

①兰若：兰，兰草，有香气。若，杜若，也是香草名。

②芊蔚、青青：茂盛繁荣的样子。

③幽独：孤独。空：白白地。

④朱蕤：红花。冒：覆盖。紫茎：紫色的杆茎。

⑤迟迟：舒缓的样子。

⑥袅袅：秋风吹动的样子。

⑦岁华：年华，一年之光阴。竟：最后。

【鉴赏】

《感遇》本是组诗，共三十八首，此诗是其中的第二首。诗中诗人以"兰若"自况，抒写自身际遇。表达了桎有满腔抱负却难遇伯乐的苦楚心情。

度荆门①望楚

遥遥去巫峡②，望望下章台③。

巴国④山川尽，荆门烟雾开。

城分苍野外，树断白云隈。

今日狂歌客⑤，谁知入楚来！

【注释】

①荆门：山名，在今湖北宜都县西北。

②巫峡：长江三峡之一，西起四川巫山县，东至湖北巴东县。

③章台：章华台，战国时秦王所建，在长安中。望望：瞻望的样子。

④巴国：巴子国，此指蜀地。

⑤狂歌客：此诗人自喻。

【鉴赏】

这首诗大约作于诗人入楚的途中，诗中洋溢着诗人对楚地风光的新鲜感受，感情真挚。

岘山① 怀古

秣马临荒甸②，登高览旧都③。

犹悲堕泪碣④，尚想卧龙图⑤。

城邑⑥遥分楚，山川半入吴。

丘陵徒自出，贤圣几凋枯⑦！

野树苍烟断，津楼晚气孤⑧。

谁知万里客⑨，怀古正踟蹰⑩。

【注释】

①岘山：岘首山，在今湖北襄阳县南。

②秣马：喂马。荒甸：远郊。

③旧都：古城，指襄阳城。

④堕泪碣：堕泪碑。

⑤卧龙图：诸葛亮的谋略。卧龙：诸葛亮。

⑥城邑：襄阳。

⑦凋枯：凋零枯谢。

⑧津：渡口。津楼：渡口的楼亭。

⑨万里客：远行的人。

⑩怀古：伤古。踟蹰：犹豫不行。

【鉴赏】

诗人登临岘山，不觉发思古幽情，写下这首怀古诗，表现了诗人缅怀治世良材，希望像羊祜、诸葛亮那样有为的贤臣良相，代代不绝。

送魏大① 从军

匈奴②犹未灭，魏绛③复从戎。
怅别三河道④，言追六郡雄⑤。
雁山⑥横代北，狐塞⑦接云中。
勿使燕然⑧上，惟留汉臣功。

【注释】

①魏大：不详。
②匈奴：借指唐时突厥。
③魏绛：魏庄子，春秋时晋国大夫。
④三河道：指洛阳。
⑤言：话助词。六郡：地名。
⑥雁山：雁门山，在今山西代县西北。
⑦狐塞：飞狐口，在今河北。
⑧燕然：山名。

【鉴赏】

此诗虽为送别诗，但不似其他作品抒发依依惜别之情，而是从大处着笔，激励出征之人建功沙场，用意深远，气势磅礴。

夏日游晖上人① 房

山水开精舍②，琴歌列梵筵③。
人疑白楼④赏，地似竹林禅⑤。
对产池光乱。交轩岩翠连⑥。
色空⑦今已寂，乘月弄澄泉⑧。

【注释】

　　①晖上人：高僧圆晖。

　　②精舍：佛寺。

　　③梵筵：佛徒说法的座位。

　　④白楼：白楼亭。

　　⑤竹林：竹林精舍。

　　⑥轩：窗户。

　　⑦色空：物质与虚幻。

　　⑧澄泉：清澈的泉水。

【鉴赏】

　　这首诗新清淡雅，表达了诗人高远的心境。

秋园卧疾呈晖上人

　　幽疾旷日遥①，林园转清密②。
　　疲疴澹无豫③，独坐泛瑶瑟④。
　　怀挟万古情，忧虞百年⑤疾。
　　绵绵多滞念⑥，忽忽每如失⑦。
　　缅想赤松游⑧，高寻紫庭⑨逸。
　　荣吝始都丧，幽人遂贞吉⑩。
　　图书纷满床，山水蔼盈室⑪。
　　宿昔⑫心所尚，平生自兹毕。
　　愿言⑬谁见知？梵筵有同术⑭。
　　八月高秋晚，凉风正萧瑟⑮。

【注释】

　　①幽疾：沉疴，久治不愈的病。旷日：空废时日。

　　②清密：幽静。

　　③疲疴：久病。豫：乐趣。

　　④泛瑶瑟：弹奏乐器。

　　⑤百年：人的一生，终身。

　　⑥滞念：郁结在心头的烦闷。

　　⑦忽忽：愁绪繁乱的样子。如失：若失。

⑧赤松游：成仙。

⑨紫庭：仙都。紫庭，一本作"白云"。

⑩荣辱：荣辱、宠辱。幽人：隐者。

⑪蔼：茂盛的样子。盈：充满。

⑫宿昔：过去，从前。

⑬愿言：愿然，沉思的样子。

⑭梵筵：佛教徒的讲座。同术：同道。

⑮萧瑟：秋风吹动的样子。

【鉴赏】

这首诗表达了作者的感怀与伤感，让人读后为之震动。

乐　　生①

王道已沦昧②，战国竟贪兵③。

乐生何感激④，仗义⑤下齐城。

雄图竟中夭，遗叹寄阿衡⑥。

【注释】

①乐生：乐毅，燕国名将。

②王道：儒家所谓仁政，与霸道相异。沦昧：沉沦暗昧。

③贪兵：侵掠好战。

④感激：感动奋发。

⑤仗义：激于义愤而行事。

⑥中夭：中途夭折。阿衡：伊尹。

【鉴赏】

全诗感情深沉复杂，表现了作者的无限感慨之情。

张九龄①

望月怀远

海上生②明月，天涯③共此时。
情人怨遥夜④，竟夕⑤起相思。
灭烛怜⑥光满，披衣觉露滋⑦。
不堪盈手⑧赠，还寝梦佳期⑨。

【注释】

①张九龄（678～740），一名博物，字子寿。韶州曲江（今广东省韶关）人。武后时进士及第，任校书郎。此后多有升迁，至玄宗开元二十一年（733）任宰相，后迁中书令兼修国史；后加金紫光禄大夫，累封始兴县伯。为相贤明，正直敢谏，因奸相李林甫排挤而罢相，贬为荆州长史，病卒，年六十三。工诗能文，名重当世。其贬谪后所作《感遇》十二首，被称颂为传世名篇。今传有《曲江张先生文集》二十卷，中有诗四卷。

②生：出，升起。

③天涯：天边，远处。

④遥夜：长夜，夜长。

⑤竟夕：通宵。

⑥怜：爱。

⑦滋：沾湿、润、湿。

⑧盈手：满手，满把。

⑨佳期：美好的期会。指梦中欢聚。

【鉴赏】

这是月夜怀人之作，情深意永，细腻入微，历来被人传诵，情景交融，意境感人。

感遇十二首（选二首）

其　一

兰叶春葳蕤①，桂华②秋皎洁。

欣欣③此生意，自尔④为佳节。

谁知林栖者⑤，闻风⑥坐相悦。

草木有本心⑦，何求美人⑧折。

【注释】

①葳蕤（wēi ruí）：叶子纷纷披拂。

②桂华：桂花如月华。

③欣欣：草木生机旺盛貌。

④尔：花繁茂。

⑤林栖者：山林隐士。

⑥闻风：仰慕。

⑦本心：本性。

⑧美人：喻指理想的同道者。

【鉴赏】

这首哲理诗是张九龄被贬为荆州长史后所作，抒发了诗人孤芳自赏，不求人知的情感。

其 七①

江南有丹橘，经冬犹绿林。

岂伊地气暖，自有岁寒心②。

可以荐嘉客③，奈何阻重④深。

运命惟所遇，循环不可寻。

徒言树⑤桃李，此木岂无荫⑥。

【注释】

①这是张九龄被贬到荆州时所写。诗以颂美丹橘表现自己的坚贞和受奸佞排挤而不得重用的感慨。

②岁寒心：耐寒的本性，喻坚贞的节操。

③荐：进献。嘉客：高贵的宾客。

④阻重（chóng）：阻碍重重。

⑤树：种植。

⑥荫：树荫。

【鉴赏】

这首诗借歌颂丹橘，表达作者遭受排挤的愤懑之情和坚贞不屈的节操，运用比兴的手法，托物言志，婉而多讽，含蓄深沉，极为感人。

湖口望庐山瀑布水①

万丈红泉②落，迢迢半紫氛③。

奔流下杂树，洒落出重云。

日照虹霓似，天清风雨闻。

灵山多秀色，空水共氤氲④。

【注释】

①湖口：鄱阳湖入长江水口。庐山：在今江西省九江市南。

②红泉：比喻瀑布受日光映照变红。

③紫氛：紫色云气。指瀑布溅出的水雾。

④氤氲（yīn yūn）：云烟弥漫的样子。

【鉴赏】

这是一首山水诗，描写的是庐山瀑布水的远景，节奏舒展，情调悠扬，赏风景而自怜，写山水以抒怀，显出诗人胸襟开阔、风度豪放，豪情荡怀的情感。

归 燕 诗①

海燕虽微眇②，乘春亦暂来。
岂知泥滓③贱，只见玉堂④开。
绣户⑤时双入，华堂⑥日几回。
无心与物竞⑦，鹰隼⑧莫相猜。

【注释】

①归燕：归去的燕子。作者借咏归燕，隐喻自己受政敌李林甫中伤，被玄宗疏远，即将罢相退隐时的抑郁情怀，并赠此诗给李林甫而告诫政敌。
②微眇：微贱，渺小。
③泥滓：泥垢渣滓，比喻地位卑下。
④玉堂：富贵之宅，此喻指朝廷。
⑤绣户：华丽的居室，此喻指朝廷。
⑥华堂：华贵的厅堂，喻指朝廷。
⑦竞：争逐。
⑧鹰隼（sǔn）：鹰、隼都是猛禽，喻指政敌李林甫等。

【鉴赏】

这是一首妙用比兴、寓意深长的咏物诗，所咏的是将要归去的燕子。既写燕，又写人，句句不离燕子，却又是张九龄的自我写照，对仗工整，语言朴素，风格清淡。

王之涣①

凉 州 词

黄河远上白云间②，一片孤城万仞山③。
羌笛何须怨杨柳④，春风不度玉门关⑤。

【注释】

①王之涣（688～742），字季凌。原籍晋阳（今山西太原），五世祖徙居绛郡（今山西新绛县）。始任冀州衡水主簿，晚年任文安县尉。主簿任上受诬，乃拂衣去官，优游山水，流寓黄河南北。性格豪放倜傥，慷慨任侠，常击剑悲歌。与高适、王昌龄、崔国辅等交游唱和，为盛唐著名边塞诗人之一。其诗多"传乎乐章，布在人口"，影响广泛。但作品多已佚失，仅《全唐诗》录存六首绝句，都是佳作。

②远上：指黄河源远流长与远处之高。黄河走势是自高而下。如顺流而看，由远至近，就如李白诗所说，是"黄河之水天上来"；这里是逆流而看，中近至远，所以说是"黄河远上白云间"。上：到；去（某个地方）。

③一片：一座。"一片"与"孤"唐诗中习惯连用，"孤帆"、"孤云"都连"一片"。仞：古代长度单位，一仞周代为八尺、汉代为七尺、东汉为五尺六寸。常以千仞、万仞形容山峰之高。

④羌笛：古代乐器。原出羌族（在西部地区），故名。杨柳：在此有双关两意：一指垂柳，二指古代歌曲《折杨柳》（多写军中辛苦、伤别）。意谓羌笛无须吹《折杨柳》曲，怨垂柳不绿和表达戍卒辛苦、思乡伤别之怨。

⑤度：过。玉门关：在今甘肃敦煌县西北。

【鉴赏】

该诗表达了诗人对朝廷不关心戍边将士的批评，全诗格调沉郁苍凉，意境高远，画面壮阔雄浑，是千古传诵的名篇。

九日①送别

蓟庭萧瑟故人稀②，何处登高且送归③。
今日暂同芳菊酒④，明朝应作断蓬飞⑤。

【注释】

①九日：农历九月初九日"重九"（又称"重阳"）节的简称。

②蓟：蓟州或蓟城（今北京、天津一带）。庭：本指厅堂、庭院，此处指作者蓟地的寓所。萧瑟：形容寂寞，凄凉。故人：老友，旧交。

③登高：登山。旧俗"重九"节登山饮菊花酒。送归：送别朋友归去。

④菊酒：以菊的花、茎、叶加米酿制的酒，九月九日熟成而饮，名菊花酒。

⑤断蓬：断梗飞蓬。喻漂流无定。蓬蒿至秋天，枯萎，根拔，梗断，风卷而飞，又称飞蓬。蓬：一种草本植物。

【鉴赏】

这是一首送别诗，作者写出意外相逢到同饮菊花酒再到明日分别，表达了无限的哀愁。

登鹳雀楼①

白日依山尽②，黄河入海流③。
欲穷千里目④，更上一层楼⑤。

【注释】

①鹳雀楼：又名鹳鹊楼。旧址在山西蒲州（唐河中府，今山西永济县）西南方黄河中的高阜之处，因有鹳雀栖息其上，故名。有记述说：楼有三层，唐人在此留诗者甚多。此诗作者有题为朱斌，题作《登楼》，多不从。

②依山：依傍着山。尽：指白日沉落不见。

③入海流：指黄河自北南来，转折向东，流向大海。

④穷：穷尽。千里：指远处。

⑤一层楼：指更高的一层。

【鉴赏】

这首诗写诗人在登高望远中所表现出来的不凡的胸襟抱负，诗句朴实简练，言浅意深，反映了盛唐时期人们昂扬向上的进取精神。

宴 词①

长堤春水绿悠悠②，畎入漳河一道流③。
莫听声声催去棹④，桃溪浅处不胜⑤舟。

【注释】

①宴词：送别宴席上的诗。

②悠悠：缓慢而平静。

③畎（quǎn）：田间水沟，小渠。漳河：多源、多分支，流经地域也广而多。这里所指，概为古漳河。此河源出山西，经河南，入河北，其中道、北道均已堙没，所存南道，在河南省也多有变改。

④棹（zhào）：船旁拨水用具，即橹、桨之类。

⑤不胜：不胜任。此指水浅难浮重舟。

【鉴赏】

这首匠心独运的小诗含蓄蕴藉，不直接由字面诉说离愁，而是借景色来寄寓诗人的伤感，读之自知其在言愁，意境深邃，启迪人思，耐人玩味。

送　　别

杨柳东风树①，青青夹御河②。
近来攀折③苦，应为别离多④。

【注释】

①杨柳：垂柳。东风：春风。

②青青：形容绿色。夹御河：意谓在河两岸夹河而生。御河：皇城外的护城河。隋炀帝开凿的运河也称"御河"。

③攀折：拉下来折断。唐代盛行折下柳枝送给行人以告别的风习。

④别离多：谓别离的人多。

【鉴赏】

这首诗表达了离别之情，语言直白动人，令人深思，回味。

孟浩然①

宿业师山房期丁大不至②

夕阳度西岭，群壑倏已暝③。
松月生夜凉，风泉满清听。
樵人归欲尽，烟鸟栖初定。
之子期宿来④，孤琴候萝⑤径。

【注释】

①孟浩然（689～740），襄州襄阳（今湖北襄樊市）人。年四十，赴长安应进士举，失意而归。张九龄镇荆州时，招致幕府，后病疽死。他一方面泉石鸣高，自居隐逸；另一方面又不无盛世沉沦之感。其诗多写山水闲情和羁旅秋思。用清微淡远的笔意，表现狷介郁抑的情怀。佳处在于伫兴造思，出入幽微，不落凡近，略无雕琢藻绘的痕迹，故能在盛唐诗坛上独树一帜，与王维并称。有《孟浩然集》，共诗二百余首，绝大部分都是五言短篇。

②业师：名叫业的僧人。师：对僧人的尊称。山房：这里指僧舍。丁大：作者另有《送丁大凤进士赴举呈张九龄》一诗，若为一人，则其人名凤，排行第一。

③壑：山谷。倏（舒）：忽然。暝：昏暗。

④"之子"句：作者原与丁大相约这一天就来，因此侍琴而待，结果却没有来。之子：这个人。宿：隔夜。

⑤萝：此处泛指常自树梢悬垂的植物。

【鉴赏】

本诗写在山径等待友人而友人不至的情景，极其普通的情景却被诗人挥洒自如，描述得动人心弦。

宿桐庐江忆广陵旧游①

山暝听猿愁，沧江急夜流②。

风鸣两岸叶，月照一孤舟③。

建德非吾土，维扬忆旧游④。

还将两行泪，遥寄海西头⑤。

【注释】

①桐庐江：即桐江，在今浙江桐庐县南，为浙江的上游。广陵：今江苏江都县。游：旧时一起游玩的朋友。

②"山暝"二句：入夜了，山野的哀猿正在啼叫；寒江也湍急地嘶鸣着。沧江：寒江。

③"风鸣"二句：凉风吹得两岸树叶呼啸作响；月亮悄悄地照耀着江上的孤舟。

④"建德"二句：建德不是我的乡土，我倒想起在扬州的老友来了。建德：县名，在浙江省。诗人正离开建德东行。维扬：古称扬州维扬。

⑤"还将"二句：我流着两行热泪写成这首诗，寄给海西头的朋友。海西头，诗人沿江东行，广陵就在西北，故说是"海西头"。

【鉴赏】

此诗是诗人离开长安后，漫游吴越旅途中夜宿桐庐江为怀念旧友而作，全诗语言精妙，写景如画，情景交融，感人至深。

过① 故人庄

故人具鸡黍②，邀我至田家。

绿树村边合③，青山郭④外斜，

开轩面场圃⑤，把酒话桑麻⑥。

待到重阳日⑦，还来就菊花⑧。

【注释】

①过：探望。

②具：备办。鸡黍，指农家待客的丰盛菜饭。黍：黄米。

③合：意谓环绕。

④郭：原指外城，这里泛指城墙。

⑤轩：这里指窗。场圃：犹园地，郑玄所谓"场圃同地"。

⑥话桑麻：谈农家生活，桑麻为蚕织所需，古代常以喻农事。

⑦重阳日：指阴历九月九日。九为阳数，日有并应，因九久音谐，旧时以为有长久之意，故于此日举宴。又有登高饮菊花酒一俗。

⑧就菊花：乘菊花开时再来探望。就：交接。

【鉴赏】

这是一首田园诗，诗中描写了优美的田园风光与故人待客的热情，表现了诗人对田家生活的热爱，对宾主间真挚友情的赞美。文笔自然流畅，语言朴实无华，意境清新隽永。

宿建德江①

移舟泊烟渚②，日暮客愁新。
野旷天低树③，江清月④近人。

【注释】

①建德江：浙江上游一段，因在建德县境内，故称。

②烟渚：暮烟中的洲渚。

③"野旷"句：原野空旷，天边地平线比树还低。

④月：指江中月影。

【鉴赏】

这是一首刻画江中夜晚的秋色，抒写离家在外，思乡之情的诗，诗寓情于景，情景交融，含蓄婉转，浑然天成。

春 晓

春眠不觉晓，处处闻啼鸟。
夜来①风雨声，花落知多少！

【注释】

①夜来：昨夜。

【鉴赏】

这首诗是诗人隐居在鹿门山时所做，意境十分优美，生动地表达了诗人对春天的热爱和怜惜之情。

扬子津望京口①

北固②临京口，夷山③近海滨。
江风白浪起，愁杀④渡头人。

【注释】

①扬子津：长江（扬子江）北岸的一个渡口，在今江苏扬州南。京口：今江苏镇江，与扬子津隔江相望。

②北固：山名，在京口东北，长江南岸。

③夷山：京口东北方江中有焦山，焦山旁有松寥、夷山二小山，称海门山。

④愁杀：愁煞，愁得要死。

【鉴赏】

这首诗虽简短但寓意深切，写出了作者的情怀。

夏日南亭怀辛大①

山光②忽西落，池月③渐东上。
散发④乘夕凉，开轩⑤卧闲敞。
荷风送香气，竹露滴清响，
欲取鸣琴弹，恨无知音⑥赏。
感此怀故人，终宵劳梦想。

【注释】

①辛大：名未详。大，排行第一。

②山光：山上的日光

③池月：池边的月色。

④散发：古人平时都束发戴帽，散发表示闲适自在，"九"或"不"受簪冠拘束。

⑤轩：这里指窗，卧闲敞：朝幽静宽畅的地方躺着。

⑥知音：相传春秋时钟子期能听出伯牙琴中的曲意，伯牙乃许为知音。

【鉴赏】

这首诗写出了夏夜水亭纳凉的闲逸和对友人的怀念，对各种感觉的描写细腻入微，由境及意，极富韵味。

万山潭作①

垂钓坐磐石②，水清心益闲。
鱼行潭树下，猿挂岛藤间。③
游女昔解佩，传闻于此山。④
求之不可得⑤，沿月棹歌还⑥。

【注释】

①万山潭：万山下的一泓潭水。万山在今湖北襄阳城西北，汉水流绕山下，注成潭。

②磐石：巨大的石头。

③这句说鱼在映着树影的潭水中穿游。

④游女解佩：传说郑交甫游汉江，在汉皋台下遇到二位神女，身上佩有两颗明珠，大如鸡卵。神女见他喜爱，便解珠相赠，交甫受而怀之，走了十步，怀中明珠已失，回顾二女也不知去向。汉皋，万山的别称。

⑤之：指神女。

⑥棹歌：船歌。

【鉴赏】

这首诗虽然写了清、闲，但从神寄游，归舟放歌的情境中，可看得出作者旷达的情怀。

宿扬子津寄润州长山刘隐士①

所思在建业②，欲往大江深。
日夕望京口③，烟波愁我心。
心驰茅山洞④，目极枫树林⑤。
不见少微星⑥，风霜徒夜吟。

【注释】

①扬子津：古津渡名。在今江苏省江都县南，有扬子桥，自古为江滨要处。今距江远，反通远河。津，渡口。润州：唐时州名，治所在今江苏镇江。长山：山名，在镇江南二十里，嘉定《镇江志》："长山在城南二十里，山有灵泉，旧传其流与练湖通……"刘隐士：不详

②建业：在今江苏省南京市。东晋及南朝诸帝均建都于此。

③京口：城名。三国吴时称为京城。建安十六年孙权迁都建业（今南京），改称京口镇。位于扬子津对岸，在今江苏镇江市

④茅山洞：茅山有三洞，蓬壶、玉柱、华阳，相传南朝梁陶弘景曾隐居于华阳洞。茅山，在今江苏句容县东南，传说汉茅盈与弟衷、固，得道于此，世号三茅君，因名山为茅山。

⑤枫树林：阮籍《咏怀诗》"湛湛长江水，不上枫树林，"

⑥少微星：星名，一名处士星。共四星，在太微西南，今属狮子座。常用

以比喻处士，这里指刘隐士。

【鉴赏】

这首诗表达了作者一种科场失利的苦闷之情。

与诸子登岘山①

人事有代谢②，往来成古今。
江山留胜迹③，我辈复登临。
水落鱼梁④浅，天寒梦泽⑤深。
羊公碑尚在，读罢泪沾襟。

【注释】

①岘山：一名岘首山，在湖北省襄阳县南。西晋名将羊祜镇守荆襄时，常登此山饮酒咏诗，曾对同游之人说："自有宇宙，便有此山，由来贤达胜士，登此远望，如今我与卿者多矣，皆湮灭无闻，使人伤悲。"及祜卒，襄阳百姓建碑于山，见者堕泪，因名曰堕泪碑。

②代谢：交替，轮换。

③胜迹：指上述堕泪碑。

④鱼梁：鱼梁洲（渔鱼互用），作者《夜归鹿门歌》云："山寺钟鸣已黄昏，渔梁渡头争渡喧。"其地也在襄阳。《水经注·沔水》"沔水中有鱼梁洲，庞德公所居。"

⑤梦泽：云梦泽。

【鉴赏】

此诗为怀古伤今的佳作，诗人凭吊岘山的羊公碑，由羊祜联想到已身语言通俗易懂，感情真挚动人，以平淡深远见长。

望洞庭湖赠张丞相①

八月湖水平，涵虚混太清②。
气蒸云梦泽③。波撼岳阳城④。
欲济无舟楫⑤，端居耻圣明⑥。
坐观垂钓者，徒有羡鱼情⑦。

【注释】

①张丞相：即张九龄。这首诗写洞庭湖的壮丽景象，并表示在仕途之路希望能得到张的提拔。

②"涵虚"句：是说湖面空阔与天浑为一体。涵：包含。虚：空。太清：天。

③"气蒸"句：云、梦：古代二泽名；云在江北，梦在江南，后来大部分淤成陆地。这句是说洞庭湖附近一带都弥漫着水气。

④撼：摇动。岳阳城：即今湖南岳阳市，在洞庭湖东北岸。

⑤"欲济"句：说无船渡湖，言外之意是指无人引荐他出来做官。济：渡。楫：桨。

⑥"端居"句：老在家闲民居，未免有愧于这样的好时代。端居：闲居。圣明：圣明之世。

⑦"坐观"二句：古谚"临渊羡鱼，不如退而结网。"这两句暗喻自己有出仕的愿望，只困于没人引荐。

【鉴赏】

这首诗托兴观湖，表现了诗人积极入世的思想和希望在政治上得到"引见"或"举荐"的心情，是孟浩然诗中较为开阔的一首。

岁暮归南山①

北阙②休上书，南山归敝庐③。
不才明主弃，多病故人疏。
白发催年老，青阳逼岁除④。
永怀愁不寐，松月夜窗虚⑤。

【注释】

①南山：此处指岘山，在作者家乡襄阳城之南，故云。

②北阙：《汉书·高帝纪》注："尚书奏事，谒见之徒，皆诣北阙。"阙：宫门前的望楼。

③敝庐：指自己的破旧的家园，《左传·襄公二十三年》："犹有先人之敝庐在。"

④"青阳"句：意谓新春将到，逼得旧年除去。青阳，指春天。

⑤虚：空寂。

【鉴赏】

这首诗写出了诗人感伤、愁闷的寂寞的心情，语言精彩，层次分明。

舟中晓望

挂席东南望①，青山水国遥②。
舳舻争利涉③，来往接风潮④。
问我今何适⑤，天台访石桥⑥。
坐看霞色晓⑦，疑是赤城标⑧！

【注释】

①挂席：扬帆。东南：指天台山方向。

②青山：指天台山。水国：水乡。天台山地处甬江、曹娥江、灵江的交叉点。一种方长船。

③舳舻：船尾持舵的地方叫舳，船头刺棹杆的地方叫舻，这里泛指船。利涉：顺利航行。

④风潮：风向和潮汛，两句描写河上船只来来往往，都在趁风漂流，图个航行方便。

⑤何适：哪里去。

⑥天台：天台山，位于浙江东部，主峰华顶山、最高峰均在浙江天台县东。石桥：指天台山和石梁衔接两山山腰，长七米，中央隆起如龟背，最狭处宽仅半尺。有瀑自梁底向下喷出，高数十丈，直泻深谷。

⑦霞色晓：朝霞。

⑧赤城：天台山的南门，山石全是赤红色，在云霞映照下，远望如一座赤城。标：标志。孙绰《游天台山赋》："赤城霞起而建标。"两句说：看到出现朝霞，心想这大概就是赤城的特有标志吧！

【鉴赏】

这首诗记录了作者约在开元十五年自越州水程往游天台山的旅况，充分表现了作者对名山向往的心情，写得十分传神。

游精思观回王白云在后①

山谷未停午，至家已夕曛②。
回瞻下山路，但见牛羊群③。
樵子暗相失，草虫寒不闻④。
衡门犹未掩，伫立待夫君⑤。

【注释】

①精思观：道观名。王白云：即王向，孟浩然老友。

②"出谷"二句：离开精思观，走出谷口的时候，还未到正午，但回到家里，已经黄昏了。亭午：当午，正午。曛：太阳下山时的余光。夕曛：黄昏的时候。

③"回瞻"二句：回头看看山下的小路，牛羊群放牧归家了。回瞻：回头看。牛羊群：《诗·王风》："日之夕矣，牛羊下来。"正是牛羊群放牧归来的晚景。

④"樵子"二句：砍柴回来的樵夫在苍苍茫茫暮霭中，彼此都看不见，人影渐渐消失了；夜渐深，草虫也蛰伏起来，听不到鸣声。

⑤"衡门"二句：回到家里，没有关上门，还在等候后边未回来的朋友

呢！衡门：用横木制的门，意为简陋的门扇。夫君：意同夫子，一对朋友的敬称，这里是指老友王白云。

【鉴赏】

这首精思观纪游之作，于写景中充溢着一种企盼之情，文字流畅，结构精巧。

永嘉上浦馆逢张子容①

逆旅②相逢处，江村日暮时。
众山遥对酒，孤屿③共题诗。
廨宇邻蛟室④，人烟接岛夷⑤。
乡关⑥万余里，失路⑦一相悲。

【注释】

①上浦馆：《明一统志》："上浦馆，在府城东七十里。"（府城：即温州）。

②逆旅：客舍，迎宾客的地方，《左传·僖公二年》："今虢为不，保于逆旅，以侵敝邑之南鄙。"

③孤屿：温州北瓯江中的小山。乾隆《浙江通志》引《江心志》："（孤屿）在郡北江中，因名江心，东西广阔，南北半之，距城里许。谢灵运《登江中孤屿》诗："孤屿媚中川，云日相辉映。"

④廨宇：官舍。廨，官舍。蛟室：蛟人所居之处。蛟，蛟人。神话传说中居于海底的怪人，晋张华《博物志》："南海外的鲛人，水居如鱼，不废织贯，其眼能泣珠。"鲛人，同"蛟人"。

⑤岛夷：海岛的居民，夷，古对异族的贬称，多用于东方民族，此处指温州附近岛上的少数民族。

⑥乡关：指故乡。

⑦失路：比喻仕途失意。其时张贬乐城尉，浩然赴举不第。《汉书·扬雄传》："当途者繁荣昌升青云，失路者扫沟壑。"又王勃《滕王阁赋序》："关山难越，谁悲失路之人。"

【鉴赏】

这首诗表达了诗人仕途失意的思想感情，自然简洁，颇具感染力。

王昌龄①

从军行（七首）

其　一

烽火城西百尺楼②，黄昏独坐海风秋。
更吹羌笛关山月，无那金闺万里愁③。

【注释】

①王昌龄（698～757），字少伯，长安（今陕西西安市）人，一说太原人。开元十五年（727）进士。他擅长五言古诗和五七言绝句，其中以七言绝句成就为最高。婉而多讽，而又句奇格俊，雄浑自然。明代王世贞论盛唐七绝，认为只有他可以和李白争胜，列为"神品"（见《艺苑卮言》卷四）。叶燮称"李俊爽，王含蓄。"（《原诗》）。沈德潜谓王"深情幽怨，意旨微茫，令人不测之无端，玩之无尽"；李"只眼前景，口头语，而有弦外音，使人神远"（《唐诗别裁集》），则论二人偏胜处甚确。现存诗近二百首，《全唐诗》编为四卷，其中绝句约占二分之一。

②烽火：边疆在高台上烧柴以报警的火。百尺楼：指很高的卫戍之楼。

③无那：无可奈何。金闺：思念妻室之情。

【鉴赏】

这首诗刻画了边疆戍卒怀乡思亲的深挚感情，笔法简洁而富蕴意，写法上很有特色。

其 二

琵琶起舞换新声，总是关山^①旧别情。
撩乱^②边愁听不尽，高高秋月照长城。

【注释】

①关山：关口，要塞。
②撩乱：挑弄得心绪烦乱。

【鉴赏】

此诗截取了边塞军旅生活的一个片断，通过写军中宴乐表现征戍者深沉、复杂的感情。

其 三

关城榆叶早疏黄^①，日暮云沙古战场。
表请回军^②掩尘骨，莫教兵士哭龙荒^③。

【注释】

①疏黄：稀落，枯黄。
②回军：班师回朝。
③龙荒：北方边境极远的地方。

【鉴赏】

本诗通过描写一阵大风吹过古战场将战死的枯骨暴露在外，说明当时战争的惨烈，表现了诗人对将士的深切的同情之心。

其 四

青海^①长云暗雪山，孤城遥望玉门关^②。
黄沙百战穿金甲，不破楼兰终不还^③！

【注释】

①青海：水域名，今青海青海湖。

②玉门关：关隘名，今甘肃敦煌西北小方盘城。

③楼兰：西域国家之一。终：终究，究竟。

【鉴赏】

　　此诗以汉喻唐，表现了戍边官兵力退敌军的必胜信念，赞扬了将士在恶劣条件下敢于浴血奋战，为国献身的大无畏精神。

其 五

　　　　大漠风尘日色昏①，红旗半卷出辕门②。
　　　　前军夜战洮河③北，已报生擒吐谷浑④。

【注释】

①昏：昏暗。

②辕门：军营门口。

③洮河：水域名，由青海起源，最后注入黄河。

④吐谷浑：东北少数民族之一。这里泛指北方入侵中原的游牧民族。

【鉴赏】

　　本诗通过细节，从侧面展开描写，表现戍边战士获悉夜战胜利消息后的欣喜，彰显了唐代军事力量的强大，歌颂了精兵强将奋勇杀敌的逼人气势。

其 六

　　　　胡瓶落膊紫薄汗①，碎叶城②西秋月团。
　　　　明敕星驰封宝剑③，辞④君一夜取楼兰。

【注释】

①落膊：缠绕在肩膊上，即背负着。薄汗：一种马名称。

②碎叶城：古代城名，今吉尔吉斯北部托克马克附近。

③明敕：皇帝下诏令。星驰：像星星移动那样快地奔驰。

④辞：别，告别。

【鉴赏】

　　本诗描写了一个志在杀敌保边疆的英雄形象，语言简洁明了。

其 七

玉门山嶂^①几千重，山北山南总是烽^②。
人依远戍须看火^③，马踏深山不见踪。

【注释】

①山嶂：高耸险峻如同屏障一样的山峰。

②烽：烽火台。

③远戍：在遥遥处防守，驻守。火：烽火。

【鉴赏】

这首诗刻画了一位无比英勇的将军形象、英雄气概表现得异常鲜明而突出。

出塞（选一首）

秦时明月汉时关^①，万里长征人未还。
但使龙城飞将在^②，不教胡马度阴山^③。

【注释】

①"秦时"句：意思是秦汉的明月照在秦汉的关口上。诗句中运用了互文的修辞。

②但使：设若，如果。龙城飞将：指击敌功臣卫青、李广两位将军。

③教：让。阴山：阴山山脉。

【鉴赏】

这首诗感慨边疆战乱不断，惋情国家没有可用之将才的边塞诗。

春宫曲

昨夜风开露井桃^①，未央^②前殿月轮高。
平阳歌舞新承^③宠，帘外春寒赐锦袍。

【注释】

①开：吹拂。露井：露天的井。

②未央：宫殿名。

③承：接受、承受。

【鉴赏】

这首诗描绘了汉朝卫后如何受宠的事，反衬出失宠后妃的哀愁，用语含蓄。

芙蓉楼送辛渐（选一首）

其 一

寒雨连江夜入吴①，平明②送客楚山孤。

洛阳亲友如相问，一片冰心在玉壶③。

【注释】

①吴：旧吴地，即江苏镇江一带。

②平明：黎明。

③"一片"句：意思是说自己刚正不阿，洁身自好。冰心、玉壶用来指人的品格。

【鉴赏】

这是古代送别诗经典之作，为诗人送别朋友辛渐所作，描绘了清晨和朋友在江边离别分手的情景，情景交融，蕴涵着无穷的韵味。

悲　哉　行①

勿听白头吟②，人间易忧怨！
若非沧浪子③，安得从所愿？
北上太行山，临风阅吹万④。
长云数万里，倏忽还肤寸⑤。
观其微灭时，精意⑥莫能论。
百年不容息⑦，是处生意蔓⑧。
始悟海上人⑨，辞君永飞遁⑩。

【注释】

①悲哉行：乐府旧题，属《杂曲歌辞》。为出游时见到的景物有感而发。

②白头吟：指一些诗人自我哀叹、喟叹世道的凶险而作的诗。

③沧浪子：喻通权变达、识时务之人。

④阅：聆听。万：乐曲名。

⑤倏忽：极快地，忽然。肤寸：形容极小的长度。

⑥精意：精微的意蕴。

⑦百年不容息：指光阴似箭，虽是百年，却也容不得一刻的停缓。

⑧是处：到处、处处。生意：生机、生气。

⑨海上人：仙人安期生。

⑩飞遁：超然退隐。

【鉴赏】

这首诗是作者出游的时候看到景物的有感之作，情景交融，催人泪下。

越　女

越女作桂舟，还将桂为楫①。
湖上水渺漫，清江初②可涉。
摘取芙蓉花③，莫摘芙蓉叶。
将归问夫婿：颜色何如妾？

【注释】

①楫：船桨。

②初：开始。

③芙蓉花：荷花。

【鉴赏】

这首诗委婉感人，内敛含蓄，颇令人回味。

听弹风入松赠杨补阙①

商风②入我弦，夜竹深有露。
弦悲与林寂，清景不可度。
寥落③幽居心，飕飗④青松树。
松风吹草白，溪水寒日暮。
声意去复还，九变⑤待一顾。
空山多雨雪，独立君始悟。

【注释】

①风入松：琴曲名称。补阙：官职名。

②商风：秋风。

③寥落：空虚、寂静。

④飕飗：形容风声。

⑤九变：九首、九章。

【鉴赏】

本诗寓情于景，情景交融，语言明快铿锵，细细品味，甚是动人。

斋　心

女萝覆石壁①，溪水幽朦胧②。

紫葛蔓黄花③，娟娟④寒露中。

朝⑤饮花上露，夜卧松下风。

云英⑥化为水，光采与我同。

日月荡精魄⑦，寥寥天宇空⑧。

【注释】

①女萝：能爬蔓的植物。覆：遮盖、蒙。

②朦胧：不清楚，模糊。

③紫葛：紫色的葛藤。蔓：缠绕着。

④娟娟：秀丽、美好的样子。

⑤朝：早晨。

⑥云英：云母。

⑦荡：洗涤，涤荡。精魄：精神。

⑧天宇：天地。

【鉴赏】

全诗情真意切，委婉动人，别有风致，清新自然。

东溪玩月

月从断山口^①，遥吐柴门端。

万木分空霁，流阴中夜攒^②。

光连虚象白，气与风露寒。

谷静秋泉响，岩深青霭^③残。

澄清入幽梦，破影^④抱空峦。

恍惚琴窗里，松溪晓思难^⑤。

【注释】

①"月从"句：意思是月亮从山峦交叠处升起。

②流阴：来回晃动的阴影。攒：聚在一起。

③青霭：淡青色的云雾。

④破影：由于天快亮时，月亮落下一半，影子也就残缺了。

⑤思难：依依不舍之情。

【鉴赏】

这首诗意境深远，格调清新悠远，感情缠绵细腻，余味无穷。

西宫秋怨

芙蓉^①不及美人妆，水殿^②风来珠翠香。

谁分含啼掩秋扇^③，空悬明月^④待君王！

【注释】

①芙蓉：芙蓉花，即荷花。

②水殿：指建在水边的宫殿。

③谁分：谁又能料想到？含啼：掩面哭泣。掩秋扇：指对于君王移宠的心痛和悲哀之情。

④明月：喻指灯光。

【鉴赏】

该诗中先写美人之美，后写其待君王的空寂寥落的悲哀心痛之情，把一幅落幕美人图呈现在了读者面前，耐人深思。

听流人水调子①

孤舟微月对枫林，分付②鸣筝与客心。

岭色千重万重雨，断弦收与泪痕深③。

【注释】

①流人：由于犯罪被施以流放刑罚的人。水调子：即《水调》，唐乐府曲名。

②分付：发落，指示，叮嘱。

③"断弦"句：意思是待到演奏完毕时已是泪流满面了。

【鉴赏】

此诗大约作于王昌龄晚年赴龙标贬所途中，写听筝乐而引起的感慨，抒发了其在异乡为异客的愁怀。

王 维①

崔濮阳兄季重前山兴②

秋色有佳兴，况君池上闲，
悠悠西林下，自识门前山③。
千里横黛色，数峰出云间④；
嵯峨对秦国，合沓藏荆关⑤。
残雨斜日照，夕岚飞鸟还⑥；
故人今尚尔，叹息此颓颜⑦。

【注释】

①王维（698～759，一作701～761），字摩诘，蒲州（今山西永济）人。
开元九年（721）进士及第，官
至尚书右丞。亦官亦隐，生活富
贵。其诗歌成就是多方面的，尤
以田园山水诗著称，诗中有画，
画中有诗，取得了独特的艺术成
就。有《王右丞集》。

②"崔濮"句：崔季重，清
河郡（河北清河）人，曾官濮阳
太守（濮阳在今河南濮阳东），
此时已罢官归隐蓝田。

③"悠悠"二句：你闲适地隐居西林之下，欣赏着门前的远山近树。悠
悠：闲适，自由自在。

④"千里"二句：远山如黛，群峰高入云霄。黛：青黑色。指门前远山

千里，山色如黛。

⑤"嵯峨"二句：巍峨的大山，面对着陕西的咸阳；山重水复，围绕着茅宅。嵯峨：山势高峻。秦国，指秦的京城，即今陕西咸阳。沓：多，重复。合沓：指山岭层层围绕着。荆关：柴门。指崔季重的房子。

⑥"残雨"二句：斜阳照着残余的雨点，飞鸟带着黄昏的水汽归巢。岚：山上的水蒸气。这句与上句感情相同，夕岚蒸郁，倦鸟还山，隐喻罢官归家的崔季重。

⑦"故人"二句：德高望重的你，尚且如此，我深有感触地叹息：我们久经忧患，年华老去了！故人：老朋友，指崔季重。尚尔：尚且如此。颓：颓废，精神萎靡不振，这里作衰老解。

【鉴赏】

表达了诗人对友人的真情厚谊以及对人生的慨叹之情。

送　别

下马饮君酒①，问君何所之②？
君言不得意③，归卧南山陲④。
但去莫复问⑤，白云无尽时⑥。

【注释】

①饮君酒：（请）君饮酒。君，可能指孟浩然，孟浩然写有两首诗《岁暮归南山》和《留别王维》。

②"问君"句：请问你要到哪里去呢？何所之：往哪里去。之，去。

③"君言"句：你说不得志。得意：得志，凡事顺心。

④"归卧"句：要到终南山的山脚下隐居去。归卧：这里是隐居的意思。南山陲：终南山脚下。

⑤"但去"句：你只管去吧，不要再说"不得意"的话了。但去：只管去。莫复问：不要再说"不得意"的话了。问：这里是"说"。

⑥"白云"句：（山中的）白云没有穷尽的时候（你在山中隐居的乐趣也没有穷尽）。

【鉴赏】

这首诗是诗人送朋友归隐时写的，表达了诗人对名利的否定，以及寄情田园、自得其乐的情怀。

送　别

山中相送罢①，日暮掩柴扉②。
春草明年绿③，王孙归不归④?

【注释】

① "山中"句：在山中送走了客人以后。罢：结束，完了。

② "日暮"句：太阳落山了，我把柴门关上了。掩：关上，合上。

③ "春草"句：明年春草发绿的时候。此句点明时间——第二年的春天。

④ "王孙"句：您回来不回来呢？王孙：这里指身份高贵的友人。

【鉴赏】

这是一首送别佳作，与一般送别诗不同的是，它并未刻画离亭饯别执手相看依依不舍的场景，而是别出心裁地选取了别后的一个场面。

杂诗 (选二首)

其　一

家住孟津河①，门对孟津口。
常有江南船，寄书家中否？

【注释】

①孟津河：指黄河，孟津，又称盟津，黄河边的一个渡口，在今河南孟县南十八里。

【鉴赏】

这首诗抒写了游子怀乡之情，不事雕琢，信手写成，竟蕴无穷。

其 二

君自故乡来，应知故乡事。

来日绮窗前，寒梅著花未？

【鉴赏】

诗中的抒情主人公是一个身在异乡的人，忽然遇到来自故乡的旧友，表现了其强烈的乡思及急欲了解故乡风物、人事的心情。

桃 源① 行

渔舟逐水爱山春，两岸桃花夹去津②。

坐看红树不知远，行尽青溪不见人。

山口潜行始隈隩③，山开旷望旋④平陆。

遥看一处攒⑤云树，近入千家散花竹。

樵客初传汉姓名⑥，居人未改秦衣服。

居人共住武陵源⑦，还从物外⑧起田园。

月明松下房栊⑨静，日出云中鸡犬喧。

惊闻俗客争来集⑩，竞引还家问都邑⑪。

平明间巷扫花开，薄暮渔樵乘水入。

初因避地⑫去人间，及至成仙遂不还。

峡里谁知有人事，世中遥望空云山。

不疑灵境⑬难闻见，尘心未尽思乡县。

出洞无论隔山水，辞家终拟长游衍⑭。

自谓经过旧不迷，安知峰壑今来变。

当时只记入山深，青溪几曲到云林。

春来遍是桃花水⑮，不辨仙源何处寻。

【注释】

①桃源：即陶渊明《桃花源记》中的"桃花源"。原注"时年十九"。

②津：渡头。

③隈隩：曲折幽深。

④旋：忽然间。

⑤攒：聚集。

⑥汉姓名：汉代以来王朝的姓名。

⑦武陵源：指桃花源。相传源在今湖南桃源县，晋代属武陵（今湖南常德）郡。

⑧物外：世外。

⑨房栊：房舍。

⑩俗客：指渔人。

⑪都邑：居民原来的家乡。

⑫避地：逃避战乱之地。

⑬灵境：仙境。

⑭拟：打算。游衍：游历的意思。衍：山泽或平地。

⑮桃花水：仲春之月开始雨水，桃树发花，故称此时流水为桃花水。

【鉴赏】

这首诗抒写山水，内容与陶渊明的散文相仿，但画面却比陶文来得生动优美，绚丽多彩、诗笔飘忽，意境迷茫，给人留下了无穷的回味。

洛阳女儿行①

洛阳女儿对门居，才可颜容十五余。

良人玉勒乘骢马②，侍女金盘脍③鲤鱼。

画阁朱楼尽相望，红桃绿柳垂檐向。

罗帷送上七香车④，宝扇迎归九华帐⑤。

狂夫⑥富贵在青春，意气骄奢剧季伦⑦。

自怜碧玉⑧亲教舞，不惜珊瑚⑨持与人。

春窗曙灭九微⑩火，九微片片飞花琐⑪。

戏罢曾无理曲时，妆成只是熏香坐。

城中相识尽繁华，日夜经过赵李家⑫。

谁怜越女⑬颜如玉，贫贱江头自浣纱。

【注释】

①题下原注："时年十六，一作十八"。洛阳女儿：借用梁武帝《河中之

水歌》"河中之水向东流，洛阳女儿名莫愁"之句。

②良人：古代妇女对丈夫的称呼。玉勒：用玉装饰的马络头。骢马：毛色青白相间的马。

③脍：细切的鱼肉。

④七香车：用七种香木做成的、供妇女坐的车子。

⑤宝扇：仪仗中的遮扇。九华帐：华丽的帷帐。

⑥狂夫：洛阳女儿对丈夫的谦称。

⑦剧：甚；剧烈。季伦：晋代石崇的字，是历史上著名的富豪，常与王恺斗富。

⑧碧玉：南朝宋汝南王妾名，甚得汝南王宠爱。乐府《碧玉歌》云："碧玉小家女，来嫁汝南王"。

⑨珊瑚：据《晋书》载：石崇与王恺斗富，王恺拿出晋武帝赐他的珊瑚树，高二尺。石崇用铁如意一下击碎，随后搬出六七株高三四尺的珊瑚树来，"条干绝俗，光彩耀日"，让王恺挑选。

⑩九微：灯名。《博物志》载汉帝好仙道，七月七日西王母乘云车至殿西与他相见，设九微灯。

⑪花琐：指灯烬碎屑。

⑫赵李家：一说指汉成帝时赵飞燕和李平有；一说指汉哀帝时赵季和李款两豪强。此处泛指权贵。

⑬越女：指西施。

【鉴赏】

这首诗写洛阳贵妇生活的富丽豪贵，夫婿行为的骄奢放荡，揭示了高层社会的骄奢淫逸。

山居秋暝①

空山新雨后②，天气晚来秋③。
明月松间照④，清泉石上流⑤。
竹喧归浣女⑥，莲动下渔舟⑦。
随意春芳歇⑧，王孙自可留⑨！

【注释】

①山居：山中的住所，这里指作者在辋川的别墅。秋暝：秋天的傍晚。暝，太阳落，天开始黑。

②空山新雨后：刚刚下过一场雨，山空无人，很是寂静。新雨：刚刚下过雨。雨：此处用为动词，下雨。

③天气晚来秋：暮色降临，秋意甚浓。晚来秋：晚上天气寒冷，加深了秋季之感。秋，此处用为象征词，指秋意。

④明月松间照：明亮的月光洒向苍松翠柏丛中。

⑤清泉石上流：清清的泉水在山石上哗哗地流动着。清泉：清清的流水。

⑥竹喧归浣女：晚归的浣女经过竹林，发出了阵阵喧笑声。这是倒装句，"竹喧"是因为"归浣女"所致。喧：声音大而嘈杂。归浣女：浣女归，洗衣服的妇女回家。浣女：洗衣物的妇女。浣：洗。

⑦莲动下渔舟：下水捕鱼的船只开走了，激起的层层波浪摇动着水中的莲花。这也是倒装句子，"莲动"是因为"下渔舟"所致。下渔舟：就是"渔舟下"。

⑧随意春芳歇：春芳要消歇，那么就随它的便吧。随意：随其心意，任凭。春芳：春天里的花和野草的香气。歇：消歇，这里是消失的意思。

⑨王孙自可留：王孙依旧可以呆在山中。王孙：原指封建社会中被封为王者的子孙，也泛指一般贵族的子孙，这里作者借以自称。自可留：依然可以呆（在山中）。自，依然的意思。以上两句，是作者活用《楚辞·招隐士》中"王孙游兮不归，春草生兮萋萋"和"王孙兮归来，山中兮不可久留"两句，并对后一句的"山中兮不可久留"反其意而用之，暗喻自己决心在山中隐居。

【鉴赏】

该诗描写了秋雨过后山村傍晚的迷人景色和山民朴实的生活，诗人在山水中寻找寄托，陶醉于这种隐居生活的惬意，也被表现了出来。

送方尊师归嵩山①

仙官欲往九龙潭，旄节朱幡倚石龛②。
山压天中半天上，洞穿江底出江南③。
瀑布杉松常带雨，夕阳彩翠忽成岚④。
借问迎来双白鹤，已曾衡岳送苏耽⑤？

【注释】

①尊师：道士之尊称。方尊师：事迹未详。嵩（sōng）山：在河南登封县北，古称五岳的中岳。

②"仙官"二句：方尊师想到河南太室山去。他摆着杖，放着幡旗，靠在石阁的旁边。仙官：神仙有职位的，称仙官。这里尊称方尊师。九龙潭：在河南登封县太室山下。旄（máo）节：古代用牦牛毛编成像竹节的杖。朱幡（fān）：红色长形的旗。均指道家的法物。石龛（kān）：供奉神佛的小石阁。这句写方尊师的修道室。

③"山压"二句：嵩山很高，像在半天里，太室山下的九龙潭，像个大水洞，下边一直通到江南去。压：直迫，接近。这两句写山、水的虚空浩大。

④"瀑布"二句：瀑布倾泻，水花四溅，山上的松杉就像常常带雨那样。山上的水气，在夕阳返照时，现出美丽的景色。

⑤"借问"二句：请问来迎接方尊师的白鹤，你们是曾经在衡岳送过苏仙公的吗？苏耽（dān）：传说中的古代神仙，即苏仙公，他洒扫门庭，有数十白鹤飞来降于门，苏就辞母仙去（见《神仙传》）。衡岳：湖南衡山（按：苏耽，湖南郴人，故提到衡岳）。

【鉴赏】

诗中描写的景物引人入胜，结构紧凑，意境开阔，情景交融，形象鲜明。

出 塞 作

居延城外猎天骄①，白草连天野火烧②。
暮云空碛时驱马③，秋日平原好射雕④。
护羌校尉朝乘障⑤，破虏将军夜渡辽⑥。
玉靶角弓珠勒马⑦，汉家将赐霍嫖姚⑧。

【注释】

①居延：地名，东汉设县，在今甘肃省张掖县西北。猎：打猎。天骄：匈奴自称。《汉书·匈奴传》："单于遣使遗汉书云：'南有大汉，北有强胡。胡者，天之骄子也。'"这里的"天骄"指吐蕃。按：这句字面上是说吐蕃猎手在居延城外打猎，实际上更有吐蕃犯边之意。古人常以狩猎比喻战争，如曹操要和东吴打仗，就写信向孙权挑战说："将与将军会猎天吴。"

②白草连天：形容白草茫茫无边。"白草"是塞外常见的一种草，呈白色。野火：这里指猎火。这句渲染吐蕃犯边的紧张气氛。

③空碛：空旷无边的沙漠。时：经常地，不时地。

④好：正好。

以上两句进一层渲染吐蕃犯边的紧张气氛，意思是：暮云下垂的时候，吐蕃猎手常在无边的沙漠上纵马奔驰；秋天的平原正是弯弓射猎的好场地。

⑤护羌校尉：官名。《后汉书·光武帝纪》注引《汉官仪》说："护羌校尉，武帝置，秩比二千石，持节以护西羌。"这里借指唐朝将军。乘：登。障：障堡，古代的防御工事。

⑥破虏将军：武官名。《三国志·魏志》："袁术表孙坚行破虏将军。"渡辽：渡过辽水，指出击。又：汉曾以范明友为渡辽将军。按："破虏"、"渡辽"都是战斗时临时加的官号，这里借指唐朝将军。

以上两句泛写唐军的防御和出击。

⑦玉靶：镶玉的剑柄，这里指宝剑。"靶"通"把"，剑柄。角弓：用角装饰的弓。珠勒马：戴有用珠玉装饰着嚼口笼头的良马。"勒"，是套在马头上带嚼口的笼头。

⑧赐：赏赐。霍嫖姚：汉霍去病，曾为嫖姚校尉（"嫖姚"是勇健轻捷的样子）。这里以霍嫖姚喻河西节度副使崔希逸。

以上两句意思是：崔希逸有霍嫖姚一样的战功，一定会得到朝廷的赏赐。

【鉴赏】

该诗描写了边境纷扰，战火将起的形势，并采用虚写的手法，写了唐军针对这种紧张形势而进行的军事部署。

鹿　柴①

空山②不见人，但闻人语响③。
返景④入深林，复照青苔上⑤。

【注释】

①鹿柴：地名。柴：通寨。
②空山：空寂的山林。
③但：只是。响：声响。
④返景："景"同"影"。"返景"指阳光反照。
⑤复：又，再。青苔：生在阴暗潮湿之处的地衣之类植物。

以上两句意思是：阳光的反照射进深林里，再照到林中的青苔上面。

【鉴赏】

这首诗写鹿柴傍晚时的清幽景色，清新自然，特别之处在于以动写静，用局部写全局。

竹　里　馆①

独坐幽篁里②，弹琴复长啸③。
深林人不知，明月来相照。

【注释】

①竹里馆：在竹林中修建的房舍。

②幽篁：幽深的竹林。篁：竹林。

③复：又。长啸：撮口发出的长音，是人感情所至的动作。"啸"也称"肉笛"。按：《世说新语·栖逸》说：阮籍一啸，百步以外都听得到。一天他慕名去山中拜见一个真人，与之谈玄学，谈历史，谈修身养气之道，真人都没有兴趣。阮籍就对着真人长啸一声。这时真人笑着对他说："可再来一下这个声音。"阮籍又啸了起来。当他兴尽下山时，在半路上忽听到山头有声响起，"如数部鼓吹，林谷传响"。回头看去，才见是先前那个真人长啸呢。王维诗暗用这个故事，以抒写个人情趣。

【鉴赏】

该诗主要描写归隐的悠闲生活，文字简练而意蕴无穷，给人留下充分的想象余地。

少年行 (四首)①

其 一

新丰美酒斗十千②，咸阳游侠多少年③。
相逢意气为君饮④，系马高楼垂柳边⑤。

【注释】

①少年行：乐府旧题有《结客少年行》。《乐府诗集》引《乐府题解》说："《结客少年行》，言轻生重义，慷慨以立功名也。"王维的《少年行》，实为新题乐府诗。

②新丰：地名，在今西安东面的临潼东北，唐时盛产美酒。斗：酒器，唐

时普遍酒大约三百钱一斗，"斗十千"形容新丰酒昂贵。这句借曹植《名都篇》诗句："归来宴平乐，美酒斗十千。"

③咸阳：秦都城，这里借指唐都长安。游侠：这里指唐代慷慨任侠以身许国的年轻人。

④意气：志趣，气概。为君饮：酒逢知己，互相干杯以示友情。

⑤系马：拴马。高楼垂柳边：垂柳边的酒楼，即游侠少年畅饮的地方。

【鉴赏】

这首诗写了少年游侠的日常生活，从日常生活的描写中显示了少年游侠的精神风貌。

其 二

出身仕汉羽林郎①，初随骠骑战渔阳②。
孰知不向边庭苦③，纵死犹闻侠骨香④。

【注释】

①仕汉：在汉做官，实指在唐做官。羽林郎：汉代禁卫军官，当时大都来自世家大族。

②骠骑：指汉代名将骠骑将军霍去病。这里借指唐守边将帅。渔阳：地名，汉设郡，在今北京市东北。

③孰知：谁知。边庭：边关。

④纵：纵然，即使。闻：这里表示使动，"使……闻到"的意思。侠骨：形容为国捐躯的豪侠英烈的骨骼。以上两句意思：哪个人能体味出不能身赴边关御敌的苦恼呢？即使为国死在那里，这豪侠英烈的骨骼也有芬芳的气味使人闻到。

【鉴赏】

这首诗写少年们怀着为国牺牲的豪情壮志，出征渔阳，充满了豪侠气概和英雄主义精神。

其 三

一身能擘两雕弧①，虏骑千重只似无②。
偏坐金鞍调白羽③，纷纷射杀五单于④。

【注释】

①擘：拉开弓。雕弧：雕刻着花纹的弓。这句意思是：一人能左右拉开弓。

②虏骑：敌人。这句意思是：冲进千重敌骑里，如入无人之境。

③偏坐：偏左或偏右地坐在战马上，以便左右开弓。金鞍：精美的马鞍。调：瞄准。白羽：装在箭尾上的白色羽毛，这里代指箭。

④纷纷：一个一个地。五单于：汉宣帝时匈奴内部立的五个君长：呼韩邪单于、屠耆单于、呼谒单于、车犁单于、乌藉单于，总称五单于。这里借指敌军将帅。

【鉴赏】

诗该成功地塑造了一个威风凛凛、驰骋沙场的少年英雄的形象。

其 四

汉家①君臣欢宴终，高议云台②论战功。
天子临轩③赐侯印，将军佩出明光宫④。

【注释】

①汉家：借指唐朝。

②云台：汉洛阳宫的建筑物。汉明帝曾令在那里挂上邓禹等二十八名功臣的画像，论功评赏。诗中的云台不是实指，借指论功。

③临轩：轩是皇宫里有廊的平台。皇帝于此举行一些礼仪，叫"临轩仪"。《后汉书·崔实传》说：崔烈受封的那天，"天子临轩，百僚毕至。"

④佩：带。明光宫：汉武帝的宫名，这里指唐宫。

以上两句意思是：皇帝临轩封侯授印，唯有将军们受到赐封，一身荣耀步出宫闱，而屡建战功的游侠少年却无封赏。

【鉴赏】

这首诗成功塑造了一个武艺超群、刚猛顽强、勇于杀敌、战功显赫的少年英雄的形象。

九月九日忆山东兄弟①

独在异乡为异客②，每逢佳节倍思亲③。
遥知兄弟登高处④，遍插茱萸少一人⑤。

【注释】

①九月九日：即重阳节。这一天，古人往往要外出登高，饮酒欢乐。山东兄弟：王维家曾由太原祁（山西祁县）迁到蒲（山西永济）。因为蒲在华山以东，所以诗人称他在故乡的兄弟为"山东兄弟"。

②独在异乡为异客：我离别故乡以后，独自一个人在异土他乡。异乡：外乡，这是与故乡相对而言。异客：异乡的客人。这里是作者自称。

③每逢佳节倍思亲：每当过重阳节的时候，就更加思念起自己的亲人来。佳节：这里指九月九日重阳节。倍：更加。思亲：思念亲人。

④遥知兄弟登高处：（可以想象得出）兄弟正在遥远的家乡外出登高，将茱萸插在头上。遥知：遥想，想象中遥远的故乡。《续齐谐记》中记载："汝南桓景随费长房游学，长房谓之曰：'九月九日汝南当有大灾厄，急令家人缝囊盛茱萸系臂上，登山饮菊酒，此祸可消'。景如言，举家登高上山，夕还，见猪、犬、羊，一时暴死，长房闻之曰：'此可代也！'今世人九日登高饮酒，妇女带茱萸囊，盖始于此。"

⑤遍插茱萸少一人：会感到缺少我一个人不能团圆而遗憾。茱萸：植物名，一名越椒，乔木，古人登高，将茱萸插在头上，认为能辟邪御寒。少一人：缺少一个人，即自己没有同兄弟一起登高。

【鉴赏】

此诗蕴含了浓烈的思乡之情，千百年来，许许多多客居他乡的人都被这首诗深深感染。

送元二使安西①

渭城朝雨浥轻尘②，客舍③青青柳色新。
劝君更尽一杯酒，西出阳关无故人。

【注释】

①《乐府诗集》作《渭城曲》。

②渭城：即秦都咸阳城，在今咸阳市东北三十里渭河北岸。浥轻尘：指雨后尘土沾湿，不再飞扬。

③客舍：驿馆。

【鉴赏】

这首诗描写了送别友人的情景，是一首极负盛名之作，表达了诗人对友人依依不舍之情。

相　　思①

红豆生南国②，春来发几枝③。
劝君多采撷④，此物最相思⑤！

【注释】

①相思：彼此思念。诗题，一作《相思子》。《全唐诗话》（卷一）载："（禄山之乱）李龟年奔放江潭，曾于湘中采访使宴上唱'红豆生南国'云云。又'秋风明月苦相思'云云。此皆王维所制而梨园唱焉。"

②红豆生南国：红豆在我国的南方生长。红豆：又称相思子，生于岭南，树高一丈有余，叶子与槐树叶子相似，花象皂荚，籽象豆那么大，全身都是红色，可以用来做装饰品。《古今诗话》中说："相思子圆而红，昔有殁于边，其妻思之，哭于树下而卒，因以名之。"南国：指我国的南方。

③春来发几枝：秋天的时候，红豆又在原来的枝上长出一些新枝条。秋来：一作"春来"。发：这里是长出的意思。几枝：指在原有的树枝上又长出的一些新枝条。

④劝君多采撷：希望您多采撷一些红豆籽。劝：一作"愿"。这里是希望的意思。君：指诗人的朋友。采撷：摘取。

⑤此物最相思：这种东西（红豆）最相思，您看见它，就是看见我了。此物：指红豆。

【鉴赏】

这首诗借咏红豆以寄相思之情，是绝句中的优秀之作，感情饱满，意味深长，文字朴实，格调高雅。

秋 夜 曲

桂魄初生秋露微^①，轻罗已薄未更衣^②。
银筝夜久殷勤弄^③，心怯空房不忍归^④。

【注释】

①"桂魄"句：初秋月出的时候，正是夜露微凉的天气。桂魄：古人传说月中有桂树，桂魄指月亮。

②"轻罗"句：她还穿着单薄的罗衣，现在秋凉了，但还没有回她的"空房"去加衣呢。更（gēng）衣：换衣服。

③"银筝"句：她捻抹银筝，直到深宵。银筝（zhēng）：有银饰的筝（古代像琴那样的弦乐，十三弦）。殷勤：这里是加意、频频的意思。这一句用"夜久"表示弹筝到深夜，以点出"不忍归"的主题。

④"心怯"句：她怕空房寂寞所以不想归去。这句总结全诗，写出独守空房的哀怨之情。怯：怕。

【鉴赏】

该诗写一位少妇在秋夜思念丈夫，通过对少妇微妙心理的巧妙刻画，将闺怨写得缠绵哀伤。

终南别业^①

中岁颇好道^②，晚家南山陲^③。
兴来每独往^④，胜事空自知^⑤。
行到水穷处^⑥，坐看云起时^⑦。
偶然值林叟^⑧，谈笑无还期^⑨。

【注释】

①终南：山名，在唐时长安附近。别业：别墅。
②"中岁"句：（我从）中年起就很喜好佛家教义的道理。中岁：中年时

期。颇：很。道：佛教的道理。

③"晚家"句：晚年时在长安附近的南山边上定居了。晚：晚年。家：这里是动词，可译为"居住"或"定居"。陲：边界上。

④"兴来"句：兴致上来的时候，我常常一个人单独出走。兴：兴致，兴趣。每：往往，常常。独：一个人。

⑤"胜事"句：（因此）自己感受到不少快意的事。胜事：快意的事。

⑥"行到"句：（沿着溪流）一直走到溪流的尽头。水穷处：水尽的地方。

⑦"坐看"句：坐下来仰天观看白云飘聚。云起：云聚集。

⑧"偶然"句：（在山村里）偶尔碰到一个老人。值：碰上，遇上。林叟：山林里居住的老人。叟，古代对老年人的称呼。

⑨"谈笑"句：（就同他）谈个没完，很长时间不回家。还期：回家的时间。

【鉴赏】

这首诗把退隐后自得其乐的闲适情趣，写得有声有色，惟妙惟肖，生动地刻画了一位隐居者的形象，突出地表现了退隐者豁达的性格。

春日田园作

屋上春鸠鸣，村边杏花白①；
持斧伐远扬，荷锄觇泉脉②。
归燕识故巢，旧人看新历③；
临觞忽不御，惆怅远行客④。

【注释】

①"屋上"二句：春天，屋檐上的鸠鸟啼鸣，村前的杏花开了。青鸠（jiū）：斑鸠。《诗·小雅》："宛彼鸣鸠"。这两句写动植物的情态，点出春日田园的景色。

②"持斧"二句：用斧头砍下长长的枝条，扛着锄细看哪里有水源。伐，斩。远扬，高处和长的枝条。手所不及，要整枝砍下来取叶。荷：扛着。觇观察。泉脉：地层下伏流的水源。这两句写人事活动：采桑饲蚕，开耕前观察水源。

③"归燕"二句：归来的燕子，认识它们的旧巢。人们都看一下新年的

日历。这两句巧妙地把春日动物的活动和人活动连在一起来写，故意用"新""故"作对比，以引起下文。

④ "临觞"二句：举起杯，却不想喝下去，我伤感那些远行未归的人。临觞：对着酒杯。不御：这里指不饮。惆怅：伤感，失意的样子。远行客：古诗："人生天地间，忽如远行客。"这几句的意思是：看见燕子回归旧巢，就想起那些旅外的行客，还没有回到故乡，新的一年里有什么生活计划呢？还是年复一年地在外作客？由于诗人自己也常远行在外，所以触景生情，就连酒也喝不下了。

【鉴赏】

这首诗通过写春日田园的景色，表达了作者对远行未归人的伤感情怀，也暗暗感叹自己的身世。

宿　郑　州

朝与周人①辞，暮投郑人②宿。

他乡绝俦侣③，孤客亲僮仆。

宛洛④望不见，秋霖晦平陆⑤。

田父草际归，村童雨中牧。

主人东皋上，时稼绕茅屋。

虫思机杼鸣⑥，雀喧禾黍熟。

明当渡京水⑦，昨晚犹金谷⑧。

此去欲何言，穷边徇微禄⑨。

【注释】

① 周人：指洛阳人。洛阳曾为东周和西汉都城。

② 郑人：郑州境内的人。郑州春秋时为郑国。

③ 俦侣：伙伴。

④ 宛洛：指洛阳。

⑤ 霖：连下三天以上的雨。晦：暗。

⑥ 虫：指蟋蟀，又名促织。机杼：织布机。

⑦ 京水：水名，在荥阳县东二十二里，东北流入济水。

⑧ 金谷：山谷名，在洛阳西北。晋代石崇曾在此建有金谷园。

⑨穷边：幽僻边远之地。徇：曲从。微禄：微少的薪俸。

【鉴赏】

　　全诗在征途愁思中以简淡自然之笔，给出了村野恬静的景物，又由恬然的景物抒写官海沉浮的失意，苦闷和孤独，全诗诗情与画境相互渗透、统一，最后达到"诗中有画，画中有诗"的妙境。

西 施① 咏

艳色天下重，西施宁久微②？
朝为越溪③女，暮作吴宫妃。
贱日岂殊众，贵来方悟稀。
邀人傅脂粉，不自着罗衣。
君宠益骄态，君怜无是非。
当时浣纱伴，莫得同车归④。
持谢邻家子⑤，效颦安可希⑥！

【注释】

　　①西施：古代越国美女。吴王夫差灭越，越王勾践献西施于吴王。吴王宠幸西施，不问政事，最终被越所灭。

　　②微：低贱。

　　③越溪：指若耶溪，为西施采莲浣纱之处，在浙江绍兴县东南二十八里。

　　④同车归：指相同的名誉地位。

　　⑤持谢：持此理告诉。邻家子：邻家女。

　　⑥效颦：《庄子·天运篇》："西施病心而颦（蹙眉）其里。其里之丑人见而美之。归亦捧心而效其颦。其里之富人见之，坚闭门而不出；贫人见之，挈妻子而去之。"此处泛指邻女。希：希望。

【鉴赏】

　　这是一首借咏西施，以喻为人的诗，写出了人生浮沉，全凭际遇的炎凉世态。

寒食①城东即事

清溪一道穿桃李，演漾绿蒲涵白芷②。
溪上人家凡几家，落花半落东流水。
蹴鞠屡过飞鸟上③，秋千竞出垂杨里。
少年分日④作遨游，不用清明兼上巳⑤。

【注释】

①寒食：清明节前一天或前两天。传说晋文公为纪念介子推抱木被焚而死规定的禁火日。这天，民间有斗鸡、踢球、打秋千、插柳的习俗。

②演漾：水波动荡貌。蒲：香蒲，草本植物。白芷：一种可入药的香草。

③蹴鞠：古代的一种足球活动。蹴：踢；鞠：皮制的球，内填柔软之物。

④分日：分排好日期。

⑤清明：节日名，在农历三月初。上巳：节日名。原为三月上旬的巳日，曹魏以后固定为农历三月三日。

【鉴赏】

该诗描写了寒食节的情景，体现了深厚的地方特色。

酬张少府①

晚年惟好静②，万事不关心。
自顾无长策③，空知返旧林④。
松风吹解带⑤，山月照弹琴⑥。
君问穷通理⑦，渔歌入浦深⑧。

【注释】

①酬：别人有诗相赠，自己再写诗相答叫酬。张少府：其人事迹不详。少府：官名，县尉的别称，职事辅佐县令。

②惟：同唯，只是。好静：喜欢闲适恬淡的生活。

③自顾：考虑自己。无长策：没有办法和本领为朝廷效力。"长策"指有

效的办法和谋略。

④空：这里是"只是"意思。知：意识到。返旧林：指归隐。"旧林"一语出自陶渊明《归园田居》诗："羁鸟恋旧林"。

⑤松风：指山中松林间吹来的风。带：衣带。

⑥山月：山间明月。以上两句描绘作者恬静逸乐的生活，意思是：松风吹来，任我乘兴解衣消受；山月照临，任我寻幽弹琴自乐。

⑦穷通理：有关失意和得志的奥妙。"穷"是失意，"通"是得志。

⑧渔歌：原指打渔人唱的歌。王逸《楚辞章句》为之作注说：水清"喻世昭明，沐浴升朝廷也"；水浊"喻世昏暗，宜隐遁也。"这其实是"有道则见，无道则隐"，"用之则行，舍之则藏"的处世态度，从这里可见王维诗里的"渔歌"含有避世隐遁的意思。入浦深：渔船进入河浦深处，比喻隐居者的任情放纵。浦：河水支流入主流处或江河入海处。

以上两句意思是：你问穷通的道理么？那还是驾着扁舟一叶高唱渔歌荡漾于河浦深处吧！清人沈德潜评价这两句诗："结意以不答答之。"（《唐诗别裁集》）作者正是用这两句的主旨劝朋友归隐。

【鉴赏】

该诗是写给朋友的，通过写自己的志向和情趣，表达了诗人乐于隐居的心意。

归① 嵩山作

清川带长薄②，车马去闲闲③。
流水如有意④，暮禽相与还⑤。
荒城临古渡⑥，落日满秋山⑦。
迢递嵩高下⑧，归来且闭关⑨。

【注释】

①归：返回，归来，这里是归隐的意思。

②清川带长薄：清清的流水，与两岸连绵不断的丛林互相映衬。带：映带，景物相互衬托。长薄：草木交错着生长，这里用如动词，即草木丛生的地方。长，这里是不间断的意思。

③车马去闲闲：我乘坐的车马自由自在地通往嵩山的路上行驶着。闲闲：

从容不迫、怡然自得的样子。

④流水如有意：流水仿佛故意似的，一去不复返（来迎合我一心隐居的心意）。如有意：好像故意似的，存心似的。

⑤暮禽相与还：傍晚的鸟儿相继返回自己的巢窝。

⑥荒城临古渡：荒城的对面是古代渡口的遗址。荒城：荒凉萧索的城镇。

⑦落日满秋山：夕阳的余晖洒满了秋山。满：布满，充满，这里是（光线）洒满的意思。

⑧迢递嵩高下：（我只要到了）遥远的嵩山脚下。迢递：遥远的样子。嵩高：山名，即嵩山。

⑨归来且闭关：到了嵩山以后，我就将闭门不出了。且：将要。闭关：闭门不出。这句是借用张九龄《登城楼望西山作》诗中的成句："忽复尘埃事，归来且闭关。"

【鉴赏】

这首诗是作者辞官归隐嵩山途中所作，通过描写途中所见景色，抒写了作者细微复杂的心情，全诗意境优美，易引发人的想象。

终　南　山①

太乙近天都②，连山到海隅③，
白云回望合④，青霭入看无⑤。
分野中峰变⑥，阴晴众壑殊⑦。
欲投人处宿⑧，隔水问樵夫⑨。

【注释】

①终南山：即秦岭，又名中南山或南山，在陕西省长安县南五十里的地方，绵延八百多里，是渭水和分水岭。

②"太乙"句：终南山的主峰太乙山接近了天帝的都城。太乙：就是太乙山，又名太一，是终南山的主峰，在陕西省长安西武功县境内，也是终南山的别名。天都：天帝的都城。

③"连山"句：终南山的余脉接连不断，一直延伸到海边。海隅：海边。隅，靠边的地方。以上两句用的是夸张手法，意在说明终南山的高大。

④"白云"句：环顾终南山，云雾缭绕，聚合不散。回望：向四周望去，

环顾。合：（白云）聚合不散。

⑤"青霭"句：向远处看，云气迷茫一片，可是走近一看，就什么也看不见了。青霭：青色的云气。入：接近，远近。

⑥"分野"句：终南山太高大了，它所盘踞的地方不仅仅是一个州。由于中峰太乙所隔，分野就变了，已经属于另外一个州的地盘了。分野：古代中华九州的划分，与其上空的星宿方位相对应地分若干个区域，例如春秋时的宋国与大火星座对应，燕国与析木星座对应，郑国与寿星星座对应，秦国与鹑首星座对应……叫做分野。中峰变：以中峰为标志，东西就属于两个不同的星宿和分野。变，变化。

⑦"阴晴"句：即使在同一个时间内，各个山谷的气候就不一样，有的阴有的晴。壑：指山谷。殊：不同，差异。

⑧"欲投"句：旅客打算到有人居住的地方住一夜。投：投宿。人处：有人居住的地方。

⑨"隔水"句：隔着山涧向砍柴的人打听。

【鉴赏】

本诗描写了终南山的壮阔，将终南山的宏伟生动地表现了出来，写的含蓄而有韵致。

辋川闲居

一从归白社①，不复到青门②。
时倚檐前树③，远看原上村④。
青菰临水映⑤，白鸟向山翻⑥。
寂寞於陵子⑦，桔槔方灌园⑧。

【注释】

①"一从"句：我自从隐居到辋川以来。一从：自从，从……以后。白社：在今河南洛阳县东。据《晋书·董京传》记载："（董京）至洛阳，被发而行，逍遥吟咏，常宿白社中，时乞于市。"因此，后人将归隐的地方称为白社洛阳社。这里的白社指作者隐居的辋川别墅。

②"不复"句：（就）一直没有再回过京城。复：又，再。青门：长安城东门之一，因为是青色的，所以叫做青门。青门又名霸城门。这里用青门代指

京城。

③"时倚"句：我时常斜靠着屋前的树。倚：斜靠着。檐：房屋向旁边伸延的边沿部分，这里代指房子。

④"远看"句：向远处眺望原野上的村落。原：原野，宽广而平坦的地方。

⑤"青菰"句：青菰倒映在水里。青菰：多年生草本植物，生长在池沼里，地下茎白色，地上茎直立，开紫红色小花，花单性，雌花在顶部，雄花在下部。嫩茎的基部经某种菌寄生后，膨大，做蔬菜吃，叫茭白。

⑥"白鸟"句：白鸟向山顶飞去。翻：鸟飞。

⑦"寂寞"句：於陵子般的隐士感到寂寞了。於陵子：齐高士陈仲子的哥哥陈戴做齐卿，食万钟俸禄，仲子以为陈戴之财不义，便携妻带子到楚国去，住在於陵，自号於陵子。后来楚王听说他很贤德，派人请他做楚相，他不去上任，跑到别的地方给人浇园去了。这里作者用於陵子自喻。於陵，战国时齐国的城邑，汉朝时候在此设县，故城在今山东省长山县西，城西有长白山，相传就是陈仲子夫妻隐居之地，《高士传》误以为楚地。

⑧"桔槔"句：正在用桔槔汲水浇灌田园呢。桔槔：井上汲水的一种工具，就是在井旁树上或架子上用绳子挂一杠杆，一头系水桶，一端坠个大石头，一起一落，汲水可以省力。方：正，正在。灌园：汲水浇灌田园。

【鉴赏】

这首诗写于作者隐居的辋川别墅之中，表达了作者寂寞的情怀。

使至塞上①

单车欲问边②，属国过居延③。
征蓬出汉塞④，归雁入胡天⑤。
大漠孤烟直⑥，长河落日圆⑦。
萧关逢候骑⑧，都护在燕然⑨。

【注释】

①使：出使。塞上：边塞之上。

②单车欲问边：我轻车简从，到边塞去慰问戍边的将士。单车：车仗随从都比较少，即轻车简从。问边：慰问边塞上的将士。

③属国过居延：边塞很远，要经过居延属国。属国：汉代称那些仍旧保留其原来国号的附属国为属国；也可作如下解释：唐代有时以"属国"指代使臣。王维奉命出使问边，所以可以自称"属国"。两解皆通。居延：本来是匈奴的地名，汉时在此设县，属掖郡。

④征蓬出汉塞：我作为使者，一路之上，长途跋涉，走出了边关要塞。征蓬：随风远去的蓬草，形容行旅的漂泊，常以此比喻出家在外的人。这里是作者自比。蓬：蓬草，秋天随风飘散。汉塞：汉代的边关要塞，这里指唐代的关塞。

⑤归雁入胡天：北归的大雁像是与我做伴一样，排成人字形飞去。胡天：胡人的天地，即北方少数民族地区。

⑥大漠孤烟直：边疆沙漠，浩瀚无际，只看到直上的燧烟。大漠：沙漠，无边的沙漠。孤烟直：直上的燧烟。边地报警或报平安，夜举火叫烽；白天烧狼粪，举烟叫燧。宋陆佃《埤雅》载："古之烽火用狼粪，取其烟直而聚，虽风吹之不斜。"

⑦长河落日圆：（只看见）黄河上的一轮夕阳。长河：黄河。

⑧萧关逢候骑：在萧关遇到了候骑。萧关：一名古陇山关，在今甘肃省平凉县境内。候骑：骑马的侦察兵。

⑨都护在燕然：（得知）我军已占领了敌人的阵地。都护：官名。汉代设置西域都护，唐代设置六大都护府以统辖西域各国。这里指河西节度使。燕然：即杭爱山，在今蒙古人民共和国赛音诺颜部境内。后汉车骑将军窦宪大破匈奴北单于，曾登燕然上刻石记功而还。这里指前线，并非实指。

【鉴赏】

该诗描写了黄河上游的壮阔景色，记录了诗人第一次到塞上的所见所感，其将悲壮、寂寥的情怀融入边塞景色之中，非常巧妙。

秋夜独坐

独坐悲双鬓①，空堂欲二更②。

雨中山果③落，灯下草虫④鸣。

白发终难变⑤，黄金不可成⑥。

欲知除老病⑦，唯有学无生⑧。

【注释】

①悲双鬓：悲叹两鬓皆白，老之将至。

②欲二更：将近二更时。"欲"在这里当"将近"、"快要到"讲。

③山果：山中野果。

④草虫：会鸣叫的秋虫，多在草间。《诗经·召南》有"嘤嘤草虫"句。

⑤"白发"句：《列仙传》说："稷丘君朱璜入浮阳山八十余年，白发尽黑。"王维这句借此故事，是说神仙之事渺茫，白发总是不会再变黑的。终：究竟是，总是。

⑥"黄金"句：《史记·封禅书》说："栾大言：'臣之师曰：黄金可成而河决可塞，不死之药可行，仙人可致也。'"王维这句意思是：道家炼丹采药以求长生之事，是虚妄的。

⑦欲知：打算。老病：指"老病生死之苦"（《释迦谱》）。

⑧惟：只。无生：佛教认为："一切诸法皆悉空寂无生无灭。"生和灭是妙有而真空，是一切众生的妄见，也是假生假灭，而非实生实灭。只有觉悟到无生灭，才能解脱，灭诸烦恼而到彼岸。所谓"诸行皆空，是起尽法，生必灭道，彼寂为乐"，达到这一精神境界，即是无生。安于此理而不生妄念，也叫无生忍。到这时，就远离颠倒梦想，老病生死之苦便被"根除"了。

【鉴赏】

整首诗写出一个思想觉悟即禅语的过程，从情入理，以情证理。

早秋①山上作

无才不敢累明时②，思向东溪守故篱③。
不厌尚平婚嫁早④，即嫌陶令去官迟⑤。
草堂蛩响临秋急⑥，山里蝉声薄暮悲⑦。
寂寞柴门⑧人不到，空木独与白云期⑨。

【注释】

①早秋：初秋。

②无才：没有当官的才干。不敢：没有胆量。这里带有不平之意。累：带累。明时：政治清明，国泰民安的时期。

这句意思是说：自己没有做官的才能，不敢虚占其位而带累了国家，造成不良影响。

③东溪：指隐居之地。守故篱：指归隐。

④尚平：尚长，字子平，东汉河内朝歌人，隐居不仕，性尚中和，学通《老》《易》。《高士传》说：建武中年，尚平把儿女娶嫁之事办妥，就再不料理家事了，说："当如我死也！"然后随同好友北海禽庆五岳及名山游历，竟不知所终。王维诗用此典故，是说自己也愿意象尚平那样，早点从世事中解脱出来。

⑤陶令：晋陶渊明（潜）做过彭泽令，所以称陶令。《晋书·陶渊明传》载："郡遣督邮至县，吏白应束带（穿著严整）见之。潜叹曰：'吾不能为五斗来折腰，拳拳（恭敬恳切）事乡里小人邪！'"于是弃官而去。王维诗用此典故，是说自己也像陶渊明那样早早厌弃仕途。

⑥草堂：茅屋。蛩响：蟋蟀鸣叫。"蛩"是蟋蟀。

⑦薄暮：傍晚。"薄"是迫近的意思。

以上两句意思是：秋天迫近，草堂传出蟋蟀急切的鸣叫声；傍晚时分，山上的蝉声也十分凄悲。

⑧柴门：用碎木或树枝做的简陋的门。

⑨期：约定。

以上两句意思是：陋室寂寞，少有人来，自己独和这空旷山林中的白云约定，永远为伴。

【鉴赏】

这首诗写出了作者隐居的心境，意境深远、耐人寻味。

积雨辋川庄作

积雨空林烟火迟，蒸藜炊黍饷东菑①。
漠漠水田飞白鹭，阴阴夏木啭黄鹂。
山上习静观朝槿②，松下清斋③折露葵。
野老与人争席罢④，海鸥何事更相疑⑤？

【注释】

①藜：一年生草本植物，茎直立，叶略呈三角形，嫩叶可食。菑：开垦一年的田地。此处泛指。

②朝槿：即木槿，落叶灌木，夏秋之交开花，皮可造纸，花和种子可入药。

③清斋：清淡的斋饭，指素食。

④野老：山村老人。争席：争座位的上下，喻争名夺利。

⑤海鸥：《列子·黄帝篇》载，海边有人喜爱海鸥，海鸥与他也很亲近。其父知道后让他以此诱捕海鸥。可第二天他再到海边，海鸥只在空中盘旋而不接近他了，因为他已有了机诈之心。

【鉴赏】

这首诗通过描写辋川庄积雨后的景象，表现了诗人归隐后安逸的日子，人物形象鲜明，韵味无穷。

息　夫　人①

莫以今时宠，能忘旧日恩。
看花满眼泪，不共楚王言。

【注释】

①息夫人：息妫。《左传·庄公十四年》："楚子灭息，以息妫归。生堵敖及王焉，未言。楚子问之，对曰：'吾一妇人，而事二夫，纵弗能死，其又奚言？'"楚子即楚文王。原诗题下注："时年二十。"

【鉴赏】

作者写这首诗，并不是单纯的歌咏历史，实际上是概括了类似息夫人这样的一些社会悲剧。

李 白①

蜀 道 难

噫吁嚱②，危乎高哉！

蜀道之难，难于上青天！

蚕丛及鱼凫③，开国何茫然。

尔来四万八千岁④，不与秦塞⑤通人烟。

西当太白有鸟道⑥，可以横绝峨眉巅⑦。

地崩山摧壮士死⑧，然后天梯石栈相钩连⑨。

上有六龙回日之高标⑩，下有冲波逆折之回川⑪。

黄鹤⑫之飞尚不得过，猿猱⑬欲度愁攀援。

青泥何盘盘⑭，百步九折萦岩峦⑮。

扪参历井仰胁息⑯，以手抚膺坐长叹。

问君西游何时还？畏途巉岩⑰不可攀。

但见悲鸟号古木⑱，雄飞从雌绕林间。

又闻子规⑲啼夜月，愁空山。

蜀道之难，难于上青天！

使人听此凋朱颜。

连峰去天不盈尺⑳，枯松倒挂倚绝壁。

飞湍瀑流争喧豗㉑，砯崖转石万壑雷㉒。

其险也如此，嗟尔远道之人胡为乎来哉㉓？

剑阁峥嵘而崔嵬㉔，一夫当关，万夫莫开。

所守或匪亲㉕，化为狼与豺㉖。

朝避猛虎，夕避长蛇。

磨牙吮血，杀人如麻。

锦城㉗虽云乐，不如早还家。

蜀道之难，难于上青天！

侧身西望长咨嗟㉘。

【注释】

①李白（701～762），字太白，号青莲居士。祖籍陇西成纪（今甘肃天水县），先世隋时因罪徙西域，至其父始迁居绵州彰明县（今四川江油县）之青莲乡。李白自青年时，即漫游全国各地。天宝初，因道士吴筠及贺知章推荐，曾一度至长安，供奉翰林，但不久即遭谗去职。安史乱起，因参加永王幕府，被牵累，长流夜郎，途中遇赦。晚年漂泊东南一带，卒于当涂。世称李青莲或李翰林，有《李太白集》，其中诗九百余首。有清人王琦及今人瞿蜕园、朱金城注本。

②噫吁嚱：蜀人惊叹语。

③蚕丛、鱼凫：传说古蜀国的两君主名。

④尔来：从那时以来。四万八千岁：极言岁月悠久。

⑤秦塞：秦地，今陕西西安一带。

⑥鸟道：只有鸟才能飞过的道路，形容山峰险恶。

⑦横绝：指度过。巅：峰顶。

⑧"地崩"句：《华阳国志·蜀志》：秦惠王知蜀王好色，送给他五个美女，蜀王派五个壮士去迎，走到梓潼，见一大蛇进入洞穴，壮士们携力拽蛇，引起山崩石裂，壮士及美女均被压死，山也分为五岭。

⑨天梯：喻高险的山路。石栈：在石崖上用木料架起的通道。钩连：交相衔接。

⑩六龙：古代神话传说，羲和每天驾驶六条龙拉的车子载着日神在空中运行。回日：言山高车子过不去，日神也只得回去。高标：最高峰。

⑪冲波逆折：指激浪冲撞岩石而逆流。回川：漩涡。

⑫黄鹤：一种善于高飞的鸟。

⑬猿猱：关于攀援的猿类动物。

⑭青泥：岭名，在今甘肃徽县南。盘盘：曲折回旋的样子。

⑮百步九折：形容山路曲折。萦岩峦：环绕着山峦。

⑯扪：摸。参：星宿名，指参宿七星。历：越过。井：星宿名，指井宿八星。古时把天上星宿与地上分野相对应，参属秦，井属蜀。意为由秦入蜀所经由山峰极高，像在天上攀着参宿和井宿行走一样。胁息：屏息呼吸。

⑰巉岩：高峻的山石。

⑱号古木：在枯木上悲鸣。

⑲子规：鸟名，即杜鹃，啼声哀切，传为古蜀国王杜宇死后所化。

⑳去：离。不盈尺：不满一尺。

㉑喧豗（huī）：喧闹声。

㉒砯（pīng）崖：飞湍激流撞击崖石。万壑雷：千山万壑声如雷鸣。

㉓嗟：感叹词。胡为：何为，为何。

㉔剑阁：剑门关，在今四川剑阁县东北大、小剑阁山之间，为一条栈道。峥嵘、崔嵬：均形容山峰高峻。

㉕匪：同"非"。或匪亲：如果不是亲信。

㉖狼与豺：指如狼似豺的叛乱者。

㉗锦城：锦官城，指成都。

㉘长咨嗟：长长地叹息。

【鉴赏】

此诗描写了大自然动人心魄的奇险与壮伟，给人以回肠荡气之感，充分显示了诗人的浪漫气质和热爱祖国河山的情怀。

将 进 酒①

君不见黄河之水天上来②，奔流到海不复回。

君不见高堂明镜悲白发，朝如青丝暮成雪③。

人生得意须尽欢，莫使金樽空对月。

天生我材必有用，千金散尽还复来④。

烹羊宰牛且为乐，会须⑤一饮三百杯。

岑夫子，丹丘生⑥，将进酒，杯莫停。

与君歌一曲，请君为我侧耳听。

钟鼓馔玉不足贵⑦，但愿长醉不复醒。

古来圣贤皆寂寞，惟有饮者留其名。

陈王昔时宴平乐，斗酒十千恣欢谑⑧。

主人何为言少钱，径须沽取对君酌⑨。

五花马，千金裘，

呼儿将出换美酒⑩，与尔同销万古愁。

【注释】

①将进酒：汉乐府诗题，属《鼓吹曲·铙歌》。古词有"将进酒，乘大白"，写饮酒放歌（《乐府诗集》卷十六）。本篇大约作于出翰林"赐金放还"后。李白当时胸中积郁很深，本篇抒发了感慨，但主要是以豪迈的语言，表达出乐观自信、放纵不羁的精神。

②黄河发源于青海的巴颜喀拉山（属青藏高原）的昆仑山脉。这里"天上来"是夸张的写法。

③这两句说悲伤使人迅速衰老。

④千金散尽：李白《上安州裴长史书》："曩昔东游维扬，不逾一年，散金三十余万，有落魄公子，悉皆济之。"

⑤会须：应该。

⑥岑夫子：指岑勋，南阳人，颜真卿所书《西京千福寺多宝佛塔感应碑》文的作者。丹丘生：指元丹丘。二人都是李白的好朋友。岑、元曾招李白相会，李白有《酬岑勋见寻就元丹丘对酒相待以诗见招》诗纪实。

⑦钟鼓馔玉：指富贵生活，古时富贵人家吃饭时鸣钟列鼎，饮食精美。馔：吃喝。

⑧陈王：曹植曾被封为陈思王，故称陈王。平乐：观名。斗酒十千：极言美酒价贵。借用曹植《名都篇》"归来宴平乐，美酒斗十千"成句。

⑨径须：只管。沽：买。

⑩五花马：马毛色作五花纹。一说把马鬃剪成五瓣为五花马（见《图画见闻志》卷五引韩干《贵戚阅马图》及张萱《虢国出行图》解说）。将出：拿去。

【鉴赏】

《将进酒》的题目意思为"劝酒歌"，是借古题"填之以申己意"，此诗是李白遭到诽谤离开长安后写的，借助酒兴和诗意，诗人将满心的幽怨一吐而出。

行路难 (三首)①

其 一

金樽清酒斗十千②，玉盘珍羞直万钱③。
停杯投箸④不能食，拔剑四顾心茫然。
欲渡黄河冰塞川，将登太行雪满山。
闲来垂钓碧溪上，忽复乘舟梦日边⑤。
行路难，行路难，
多岐路，今安在？
长风破浪会有时，直挂云帆济沧海⑥！

【注释】

①《行路难》：属古乐府杂曲歌辞，古辞已亡，六朝以降文人拟作甚多，内容多言世路艰难及感叹人生无常。李白之作主旨相类，却又呈现出与众不同的思想和艺术特色。

②清酒：相对浊酒而言，指美酒。斗十千：一斗值十千即万钱。

③珍羞：佳肴。直：同值。

④投箸（zhù）：放下筷子。

⑤日边：皇帝身边，指朝廷。

⑥沧海：传说神仙所居之北海仙岛（见《海内十洲记》）。

【鉴赏】

这首诗反映了诗人面对黑暗污浊的政治现实时内心的苦闷、愤郁和不平，同时又展示了诗人力图冲破黑暗阴云的强大信念和宏大的理想抱负。

其 二

大道如青天，我独不得出，
羞逐长安社中儿，赤鸡白雉赌梨栗①。
弹剑作歌奏苦声②，曳裾王门不称情③。
淮阴市井笑韩信④，汉朝公卿忌贾生⑤。
君不见昔时燕家重郭隗，拥篲折节无嫌猜。
剧辛乐毅感恩分，输肝剖胆效英才⑥。
昭王白骨萦蔓草，谁人更扫黄金台⑦？
行路难，归去来！

【注释】

①"羞逐"二句：社：此处指市井宴乐之所。社中儿：即市井小儿。当时长安斗鸡赌狗之风甚炽，唐太宗本人尤好斗鸡，尝于两宫间置鸡坊，使数百人饲养。这里诗人是把受皇帝宠幸的宫廷权贵比作斗鸡赌狗的市井小儿。

②"弹剑"句：战国时著名策士冯谖，为齐孟尝君门客，当初因不受重视，尝三次弹剑而歌"长铗归来乎"。事见《史记·孟尝君列传》。

③"曳裾"句：曳裾：拖着衣襟（在地上走），形容步态轻松自如。汉初文士邹阳，为人多智略，慷慨不苟合，尝上书谏吴王濞，有云："饰固陋之心，则何王之门不可曳长裾乎？"其政治主张不被采纳，遂去吴之梁。事见《汉书·贾邹枚路传》。

④"淮阴"句：汉开国名将韩信，淮阴（今江苏清江西）人，年轻时曾遭受市井小儿侮辱。事见《史记·淮阴侯列传》。

⑤"汉朝"句：贾谊在朝深受汉文帝赏识，后以宫廷权贵忌妒、谗毁而被疏。事见《史记·屈原贾生列传》。

⑥"君不见"四句：言战国时燕昭王招贤纳士之事。郭隗（委）才智平凡，燕昭王却为之筑宫室而师事之，这件事传开以后，真正的英才乐毅、邹衍、剧辛争相趋燕，昭王依靠他们终于振兴了燕国。事见《战国策·燕策》。拥篲（huì）：篲，帚也。据《史记·孟子荀卿列传》载，邹衍入燕时，昭王为之"拥篲先驱"，即抱着扫帚在其前面洒扫开道。折节：屈折肢节，即躬身表示敬意。无嫌猜：无疑忌，彼此信任之意。

⑦黄金台：李善注鲍照《放歌行》引《上谷郡图经》曰"黄金台，易水

东南十八里，燕昭王置千金于台上，以延天下之士。"（李善注《文选》卷二八）

【鉴赏】

这首诗表现了李白对功业的渴望，流露出在困顿中仍然期待有所作为的积极用世的热情。

其　三

有耳莫洗颍川水①，有口莫食首阳蕨②。

含光混世贵无名，何用孤高比云月③。

吾观自古贤达人，功成不退皆殒身。

子胥既弃吴江上④，屈原终投湘水滨⑤。

陆机雄才岂自保⑥？李斯税驾苦不早⑦！

华亭鹤唳讵可闻⑧？上蔡苍鹰何足道⑨！

君不见，吴中张翰称达生，秋风忽忆江东行，

且乐生前一杯酒，何须身后千载名⑩！

【注释】

①"有耳"句：表示厌闻污浊之声。《孟子·尽心上》《古之贤士向浊不然》。

②"有口"句：商末孤竹国君之子伯夷、叔齐，商亡后他们不食周粟，逃到首阳山采薇为食，最后饿死。

③"含光"二句：传说许由听了尧的话，跑去告诉他的朋友巢父，巢父批评他说："汝何不隐汝形，藏汝光？"（《高士传》）"含光"即藏光。

④"子胥"句：春秋时吴国大臣伍员，字子胥，因政见与吴王夫差不合，又受同列诬陷，夫差怒，赐剑令其自杀，死后取其尸盛在皮制口袋里投于江中，事见《国语·吴语》。

⑤"屈原"句：屈原晚年被放江南，常行吟于湘水之滨，终于怀石自沉于汨罗江。

⑥"陆机"句：西晋文学家陆机，曾任后将军、河北大都督，后受人谗，在军中被成都王司马颖处死。

⑦"李斯"句：李斯为战国时秦国重要谋臣，秦统一中国后任丞相，秦始皇死后被权宦赵高诬以谋反罪，腰斩于咸阳。"税驾"犹解驾：休息。

⑧"华亭"句：据载陆机临刑神色自若，既而叹曰："华亭鹤唳，岂可复闻乎！"(《晋书·陆机传》) 鹤唳：即鹤鸣。

⑨"上蔡"句：李斯为上蔡 (今河南上蔡西) 人，尝自称"上蔡布衣"。《太平御览》引《史记》曰："李斯临刑，思牵黄犬、臂苍鹰，出上蔡东门，不可得矣！"牵黄犬、臂苍鹰，指打猎。按今本《史记·李斯列传》所载与此相符，但无"臂苍鹰"字。

⑩"吴中"四句：张翰，西晋时吴 (今江苏苏州市) 人，齐王司马礒掌权时任他为大司马东曹掾，后来他见秋风起，便想起了吴中的菰菜、莼羹和鲈鱼脍这些美味来，于是辞官东归，归后不久，齐王礒败，得免祸，因此别人都说他有预见。他处世旷达，纵任不拘，尝云："使我有身后名，不如即时一杯酒。"事见《晋书·张翰传》。

【鉴赏】

这首诗纯言退意，与第一首心情有异，言虚名无益，道出了一种处世旷达纵任不拘之意。

赠孟浩然

吾爱孟夫子，风流①天下闻。
红颜弃轩冕②，白首卧松云。
醉月频中圣③，迷花不事君。
高山安可仰④，徒此揖⑤清芬。

【注释】

①风流：指潇洒的风度人品和杰出的文学才华。

②轩冕 (xuān miǎn)：古代卿大夫乘的车子和戴的礼帽，代指官位爵禄。

③中圣：爱喝酒的人用"圣人"、"贤人"的隐语来称清酒、浊酒，见《三国志·魏志·徐邈传》。"中圣"是"中酒"的隐语，意思是醉酒。"中"用如动词，本应读去声，但这里因平仄要求，仍读平声。

④"高山"句：《诗·小雅·车辖》："高山仰止，景行行止。"止：之。高山景行喻指高尚的德行。

⑤揖 (yī)：拱手行礼。

【鉴赏】

　　风格自然飘逸，描绘了孟浩然风流儒雅的形象，同时也抒发了李白与他思想感情上的共鸣。

赠　汪　伦①

　　李白乘舟将欲行，忽闻岸上踏歌②声。
　　桃花潭③水深千尺，不及汪伦送我情。

【注释】

　　①汪伦：桃花潭附近农人。李白在此地漫游时，汪伦常酿美酒款待，及别，又赶来相送。
　　②踏歌：唐代民间歌唱艺术。几个手拉手，脚踏节拍歌唱。
　　③桃花潭：在今安徽泾县西南，以深不可测闻名。

【鉴赏】

　　李白游泾县桃花潭时，在村民汪伦家作客，临走时，汪伦来送行，令李白十分感动。于是李白流泪写下了这首诗，诗中表达了李白对汪伦这个普通村民的深情厚谊。

闻王昌龄左迁龙标遥有此寄

　　杨花落尽子规啼，闻道龙标过五溪①。
　　我寄愁心与明月，随风直到夜郎②西。

【注释】

　　①五溪：旧说不一。似指：一辰溪、二酉溪、三巫溪、四武溪、五沅溪。都在旧武陵郡境，即今湘、川、黔三省交界地区，唐时还是荒僻的地方。
　　②夜郎：唐夜郎县有三，治所一在今贵州石阡西南，武德四年（621）置，贞观元年（627）废；一在今湖南芷江县西南，贞观五年（631）置，天宝元年（742）改名峨山；一在贵州正安西北，贞观十六年（642）置，五代时废；天宝元年（742）置夜郎郡，设治于此。诗中"夜郎"，按照李白引用

地名不采古称的习惯，应为设治于今贵州正安西北的夜郎郡。所以龙标实位于夜郎之东。看来李白对这一带的地理并不熟悉，颠倒了两者的位置。正因为如此，却成全他做成这首情意深长的好诗。又清刘献廷《广阳杂记》卷一："王昌龄为龙标尉。龙标：即今沅州也。又古有夜郎县，故有'夜郎西'之句。若以夜郎为汉夜郎王地者，则相去甚远，不可解也。"以诗中"夜郎"在今湖南芷江，殊不知芷江之称夜郎，在天宝元年（742）以前，此年即改名峨山，何况这个夜郎仍在龙标之西。姑录之以备一说。

【鉴赏】

这是一首七绝，是李白写给他的好友王昌龄的，诗中既表达了诗人对友人的无限挂念，同时又对现实官场进行了批判。

梦游天姥①吟留别

海客谈瀛洲，烟涛微茫信难求②。
越人语天姥，云霞明灭或可睹③。
天姥连天向天横，势拔五岳掩赤城④。
天台四万八千丈，对此欲倒东南倾⑤。
我欲因之梦吴越，一夜飞度镜湖月⑥。
湖月照我影，送我至剡溪⑦。
谢公宿处今尚在⑧，渌水荡漾清猿啼⑨。
脚著谢公屐⑩，身登青云梯⑪。
半壁见海日，空中闻天鸡⑫。
千岩万转路不定，迷花倚石忽已暝⑬。
熊咆龙吟殷岩泉，慄深林兮惊层巅⑭。
云青青兮欲雨，水澹澹兮生烟⑮。
列缺霹雳，丘峦崩摧⑯。
洞天石扉，訇然中开⑰。
青冥浩荡不见底⑱，日月照耀金银台⑲。
霓为衣兮风为马，云之君兮纷纷而来下⑳。
虎鼓瑟兮鸾回车，仙之人兮列如麻㉑。
忽魂悸以魄动，恍惊起而长嗟㉒。
惟觉时之枕席，失向来之烟霞㉓。

世间行乐亦如此，古来万事东流水㉔。

别君去兮何时还，

且放白鹿青崖间，须行即骑访名山㉕。

安能摧眉折腰事权贵，使我不得开心颜㉖！

【注释】

①天姥：山名，在今浙江省新昌县东五十里，东接天台山。

②瀛洲：传说中的东海仙山。微茫：隐约迷茫、模糊不清的样子。信：实在。两句意为：往来海上的人们谈起瀛洲时，都说它在烟雾波涛之中渺渺茫茫，实在难以寻访。

③越：指今浙江一带。明灭：时明时暗，指云霞因天气阴暗不同而发生的变化。两句意为：越人所说的天姥山，在云霞变幻之中，或许能隐约地看到。

④拔：超越。赤城：山名，在今浙江省天台县北，土呈红色。两句意为：天姥山高耸入云，横贯天际；山势超越五岳，掩盖着赤城。

⑤天台：山名，在今浙江省天台县北。四万八千丈：形容天台山很高，是一种夸张的说法，并非实数。此：指天姥山。两句意为：巍然高耸的天台山，同天姥山一比，好像倒塌了一截似的，显得东南方低了。

⑥之：越人对天姥山的传说。镜湖：又名鉴湖，在今浙江省绍兴市。两句意为：我依照越人的传说，欲梦游吴越一带的天姥山，在一个夜晚飞渡了明月照耀下的镜湖。

⑦剡溪：水名，在今浙江省嵊县南。

⑧谢公：指谢灵运。南朝刘宋诗人，陈郡阳夏（今河南省太康县）人，曾任永嘉太守，后移居会稽。他游览天姥山时曾在剡溪住过，有"暝投剡中宿，明登天姥岑"的诗句。

⑨渌水：水名，也叫渌江。清猿啼：凄清的猿叫声。

⑩谢公屐：指谢灵运游山时穿的一种特制的木鞋。鞋底安着可以活动的锯齿，上山时抽去前齿，下山时抽去后齿，这样便于走山路。

⑪青云梯：形容山岭高峻，上山的路高耸入云。

⑫半壁：指朝东的半面山崖。天鸡：据《述异记》记载：东南方有桃都山，树上有天鸡，每天早上太阳照到树上，天鸡就开始啼叫，天下的雄鸡也就随着叫了起来。两句意为：在朝东的半面上崖上，看到了海上日出；从高空中传来天鸡的叫声。

⑬两句意为：山峦重迭，峰回路转，路径变化不定；迷恋奇花，欣赏怪石，倏忽已临近黄昏。

⑭殷：震动。层巅：层叠的山峰。两句意为：熊鸣龙吟，震荡着山岩和泉水；林深峰叠，叫人惊惧战栗。

⑮青青：黑沉沉的。澹澹：水波闪动的样子。两句意为：乌云黑沉沉，好像马上就要下雨；水波光闪闪，仿佛升起了烟雾。

⑯列缺：闪电。霹雳：雷声。两句意为：电闪雷鸣，山峰倒塌。

⑰洞天：道家用以称神仙住的洞府，意谓洞中别有天地。石扇，石门。訇然：形容声音很大。两句意为：神仙洞府的石门，轰然一声敞开。

⑱青冥：指天空。浩荡：广阔壮大的样子。

⑲金银台：传说中神仙所居住的金碧辉煌的楼台。

⑳霓：虹。云之君：云神。两句意为：用彩虹作衣啊，以风为马；云神啊，纷纷从天而降。

㉑鼓：弹的意思。瑟：一种乐器。鸾：传说中凤凰一类的鸟。两句意为：老虎弹着瑟啊，鸾鸟驾着车；仙人列成行啊，多如麻。

㉒悸：惊动。两句意为：从迷离恍惚的梦中惊醒，使人长叹不已。

㉓觉时：梦醒之时。向来：刚才。烟霞：烟雾云霞，指梦中所见到的奇景。两句意为：梦醒后只剩下眼前的枕席，前一刻所见的奇景都已消失。

㉔两句意为：世上种种乐事与我的梦境一样虚幻，自古以来万事都像东流水那样一去不返。

㉕君：指东鲁的友人。三句意为：同你们分别后不知何时才能返回，我暂且把白鹿放养在青山里，想要远行时就骑上它寻访名山。

㉖摧眉折腰：低眉弯腰。事：侍候。两句意为：怎能卑躬屈膝地去侍奉权贵，使我不得开颜欢笑。

【鉴赏】

这是一首记梦诗，也是游仙诗，内容丰富曲折，形象辉煌流丽，富有浪漫主义色彩，诗写梦游名山，着意奇特，构思精密，意境雄伟，感慨深沉激烈，是李白的代表作之一。

黄鹤楼送孟浩然之广陵①

故人西辞黄鹤楼②，烟花三月下扬州③。
孤帆远影碧空尽④，唯见长江天际流⑤。

【注释】

①黄鹤楼：旧址在今湖北武汉市蛇山黄鹤矶上，是古代游览胜地。广陵：即今江苏扬州市。

②故人：指孟浩然。西辞：黄鹤楼在广陵西边，孟浩然要离开西边乘船东下，故说西辞。

③烟花：指鲜花盛开，春意盎然的景色。

④碧空尽：在碧蓝的天空中消失。

⑤天际流：向天边流去。

【鉴赏】

这首诗，表现的是一种充满诗意的离别，表现了诗人对朋友的感情和对未来的向往，寓情于景，用景物写离情，十分传神动人。

静 夜 思

床前明月光①，疑是地上霜。
举头望明月②，低头思故乡。

【注释】

①明月光：各本均作看月光，《唐人万首绝句选》及《唐诗别裁》均作明月光。

②明月：《唐宋诗醇》《唐诗三百首》均作明月，另本均作山月。

【鉴赏】

这首诗写的是在寂静的月夜思念家乡的感受，诗人用朴实的话语将游子的思乡情结表现的淋漓尽致，堪称千古名作。

猛 虎 行

朝作猛虎行，暮作猛虎吟。

肠断非关陇头水^①，泪下不为雍门琴^②。

旌旗缤纷两河道^③，战鼓惊山欲倾倒。

秦人半作燕地囚，胡马翻衔洛阳草^④。

一输一失关下兵^⑤，朝降夕叛幽蓟城^⑥。

巨鳌未斩海水动，鱼龙奔走安得宁。

颇似楚汉时，翻覆无定止。

朝过博浪沙^⑦，暮入淮阴市^⑧。

张良未遇韩信贫，刘项存亡在两臣^⑨。

暂到下邳^⑩受兵略，来投漂母作主人。

贤哲栖栖古如此，今时亦弃青云士^⑪。

有策不敢犯龙鳞^⑫，窜身^⑬南国避胡尘。

宝书玉剑挂高阁，金鞍骏马散故人。

昨日方为宣城客，掣铃交通二千石^⑭。

有时六博快壮心^⑮，绕床三匝呼一掷。

楚人每道张旭^⑯奇，心藏风云世莫知。

三吴邦伯皆顾盼^⑰，四海雄侠两追随。

萧曹曾作沛中吏，攀龙附凤当有时^⑱。

溧阳酒楼三月春，杨花茫茫愁杀人。

故雏绿眼吹玉笛，吴歌《白苎》飞梁尘^⑲。

丈夫相见且为乐，槌牛挝鼓会众宾。

我从此去钓东海，得鱼笑寄情相亲。

【注释】

①陇头水：《陇头歌》："陇头流水，鸣声幽咽。遥望秦川，肝肠断绝。"

②雍门琴：战国时有善琴的雍门子周，去谒见齐国孟尝君田文，向田文陈说齐国处于秦楚两圆之间，举棋不定，恐怕不能免于灭亡。田文听了，不禁伤心落泪。雍门子周就鼓起琴来，田文更加悲伤，说："听了琴声，我真像国破家亡的人了。"见《说苑》。

③旌旗：诗意是指军旗。缤纷：多而杂乱的样子。两河道：唐河南、河北

两道，并为唐贞观十道、开元十五道之一。前者辖境当今山东、河南两省黄河故道以南（唐河、白河流域除外），江苏、安徽两省淮河以北地区。后者当今北京市、河北省、辽宁省大部分，河南山东两省黄河故道以北地区。

④"秦人"二句：唐玄宗天宝十四载（755）安禄山在范阳（唐方镇名，治幽州，在今北京城西南）起兵造反，很快攻陷东京（今河南洛阳市），大将高仙芝奉命率兵五万人驻守陕州（今河南陕县），适封常清战败，率领残余退到这里，建议仙芝退守潼关。仙芝同意西撤，不料被安禄山军追击，打得溃不成军，人马死伤惨重。到潼关，修整了大量防御工事，安禄山攻不下。其时临汝（治所在今河南省临汝县）、弘农（治所在今河南灵宝县北）、济阴（治所在今山东定陶县北）、濮阳（治所在今河南范县境）、云中（治所在今山西大同市）等郡纷纷投降。仙芝监军边令诚奏报玄宗，玄宗大怒，下诏就军前斩仙芝、常清。仙芝自出兵到被斩历时仅十八天。唐朝建都长安，原为秦地，故称"秦人"。范阳属燕辖境，故称"燕地"。诗意说唐王朝的士卒都作了安禄山的俘囚。安禄山是胡人，所以称呼他所统军马为"胡马"。洛阳是唐朝的东都。

⑤关：潼关。一输：指高仙芝不战而退出陕州。一失：指唐玄宗杀高仙芝，自毁长城而致潼关不守。

⑥"朝降夕叛"句：天宝十四载（755）十二月，常山（唐郡名，治所在今河北正定县）太守颜杲卿起兵勤王，河北诸郡响应，反正归唐的多达十七郡。但才过八天，史思明、蔡希德攻陷常山，杲卿被杀，十七郡中不少仍为安禄山部所据。所以诗中有"朝降夕叛幽、蓟城"之句。

⑦博浪沙：在今河南原阳县东南，古有博浪城，传为秦末张良遣力士椎击秦始皇处。

⑧淮阴：秦县名，治所在今江苏清江市东。汉韩信年轻时落魄。在淮阴城下钓鱼，遇到一位老妇人，见韩信饥饿，慷慨地舍饭给他。

⑨"张良"二句：诗意是刘邦、项羽一成一败，关键在于有无张良、韩信的辅佐。

⑩下邳：秦县名，治所在今江苏睢宁县西北。张良因椎击秦始皇不中，躲到这里，遇黄石公，得授兵法。

⑪青云士：有才智的读书人，李白自况。

⑫龙鳞：古代传说龙的颔下有倒生的鳞片，大可径尺，有人触犯这个鳞片，就要被龙杀死。皇帝是龙的化身，因此也有逆鳞，不能轻易冒犯。见《韩非子·说难》。

⑬窜身：李白自言因避安史之乱，迁居到南方的宣城。

⑭"掣铃"句：唐时官署多在门外悬铃，有事上报，拉铃以代传呼。唐代刺史的官秩相当于汉的二千石。

⑮"有时"二句：借赌博求快意于一时。"六博"：用黑白棋子各六枚，两人对局的一种博戏。棋局分十二道，走棋前先要掷采。以上是李白自负胸有奇策，但不能见用于当世，只能流亡江南，暂居宣城，以六博来寄托雄心壮志。

⑯张旭：苏州人，善草书，号张颠。性嗜酒，酣饮后才肯动笔。杜甫作《饮中八仙歌》，李白、张旭都在其列。

⑰三吴：吴兴、吴郡、会稽。邦伯：即方伯，州郡守的别称。

⑱"萧曹"句：《史记·曹相家世家》："曹参者，沛人也。秦时为沛狱掾，而萧何为主吏，居县为豪吏矣。"张旭曾为常熟尉，李白恭维他和曹、萧一样，胸藏风云，时机到时，也能攀龙附凤，取得高位。"龙、凤"：比喻君主。

⑲《白苎》：舞名，是一种吴舞。

【鉴赏】

作者因避安史之乱，在离开宣城南赴剡中途中，遇大书法家张旭于重阳，作此诗以赠张，诗中写了自己在安史之乱后的遭遇，结构颇具匠心。

侠 客 行①

赵客缦胡缨②，吴钩③霜雪明。

银鞍照白马，飒沓④如流星。

十步杀一人，千里不留行⑤。

事了拂衣去，深藏身与名。

闲过信陵⑥饮，脱剑膝前横。

将炙啖朱亥⑦，持觞劝侯嬴⑧。

三杯吐然诺⑨，五岳⑩倒为轻。

眼花耳热⑪后，意气素霓⑫生。

救赵挥金槌，邯郸⑬先震惊。

千秋二壮士⑭，烜赫大梁城⑮。

纵死侠骨香，不惭世上英。

谁能书阁下，白首《太玄经》⑯？

【注释】

①侠客行：乐府旧题。

②赵客：古时燕赵多侠客，故以赵客指侠士。缦胡缨：武士系帽用的粗带子。

③吴钩：古吴地所产一种弯刀。

④飒沓：迅疾貌。

⑤"十步"二句：形容侠士勇敢，武艺高强，每十步就可杀死一人，千里之内，所向无敌。

⑥信陵：魏国信陵君，名无忌，战国著名四公子之一。秦国赵：赵平原君向信陵君告急，魏王惧秦，不肯相救。信陵君用门监侯嬴之计，窃得兵符，率兵退秦，解了赵国之围。

⑦朱亥：魏国侠士，隐于市井，为屠夫。他与侯嬴友善，被引荐给信陵君。信陵君窃得魏国兵符，与魏将晋鄙合符，晋鄙怀疑，不肯交出兵权，朱亥趁他不防，用铁槌将他击杀。信陵君才得以夺权代将，率兵救赵。炙（zhì）：烤熟的肉。啖（dàn）：给人吃。

⑧侯嬴：魏国侠士，年七十为大梁监门小吏，看守夷门。信陵君以上客待他，遂为信陵救赵谋划，窃符成功，因年老不能同信陵君同去，又感对魏王不

忠，自刎而死。觞（shāng）：酒具。

　　⑨然诺：许诺。

　　⑩五岳：东岳泰山，西岳华山，南岳衡山，北岳恒山，中岳嵩山。此泛指山岳。

　　⑪眼花耳热：形容酒酣状。

　　⑫素霓：白虹。此句谓意气慷慨，如长虹贯日。

　　⑬邯郸：时赵国都城，即今河北邯郸市。

　　⑭二壮士：指侯嬴与朱亥。

　　⑮烜（xuǎn）赫：形容声名盛大。大梁城：魏国都城，即今河南开封市。

　　⑯"谁能"二句：扬雄曾校书天禄阁，晚年作《太玄经》。意思是说：谁能像扬雄那样长年在天禄阁下，年老头白还写《太玄经》呢？

【鉴赏】

　　这首诗抒发了诗人对侠客的倾慕，对拯危济难，用世立功生活的向往。

关　山　月①

　　　明月出天山，苍茫云海间②。
　　　长风几万里，吹度玉门关③。
　　　汉下白登道④，胡窥青海湾⑤。
　　　由来征战地，不见有人还。
　　　戍客望边邑，思归多苦颜。
　　　高楼当此夜，叹息未应闲。

【注释】

　　①关山月：为乐府《鼓角横吹曲》旧题，意为伤离惜别。

　　②天山：古人把甘肃河西走廊与青海之间的祁连山，和横亘新疆境内的天山统称为天山。匈奴语呼天为祁连，鲜卑语亦然。明月出天山：是说征人戍卒已经西越天山，回头东顾，正见月亮从东面的天山顶上升起。

　　③玉门关：见《胡无人》注。

　　④白登道：汉高祖七年（前200），刘邦为匈奴精兵三十余万骑围困于白登（在平城东南，今山西大同市东北有白登山，即其地)，七日粮绝。

　　⑤青海：今青海省青海，隋时为吐谷浑地，唐高宗时为吐蕃所据，开元中

在此与吐蕃屡有战事。

【鉴赏】

　　这首诗描绘了边塞的风光，戍卒的遭遇，更深一层转入戍卒与思妇两地相思的痛苦。

长 干 行①

妾发初覆额②，折花门前剧③。
郎骑竹马来，绕床弄青梅。
同居长干里，两小无嫌猜。
十四为君妇，羞颜未尝开。
低头向暗壁，千唤不一回。
十五始展眉，愿同尘与灰④。
常存抱柱信⑤，岂上望夫台⑥。
十六君远行，瞿塘滟滪堆⑦。
五月不可触⑧，猿声天上哀⑨。
门前迟行迹，一一生绿苔。
苔深不能扫，落叶秋风早。
八月蝴蝶黄，双飞西园草。
感此伤妾心，坐愁红颜老。
早晚下三巴⑩，预将书报家。
相迎不道远，直至长风沙⑪。

【注释】

　　①长干：刘逵《吴都赋》注"建邺南五里有山冈，其间平地，吏民杂居，号长干。中有大长干、小长干，皆相连。大长干在越城东，小长干在越城西，地有长短，故号大、小长干。"今江苏南京市中华门外长干里，即其地。

　　②妾：古时女子自称。发初覆额：女孩尚未束发时。

　　③剧：嬉戏。

　　④"愿同"句：但愿像尘和灰似的和合在一起，不能区分。

　　⑤抱柱信：古有名叫尾生的人和所爱女子相约于桥下。女子不来而山洪暴发，尾生守约不离去，终于抱桥柱溺死。见《庄子·盗跖》。

⑥望夫台：山名，在四川省忠县南数十里，传说有女子思念远行的丈夫，天天登山眺望，化而为石。

⑦瞿塘滟滪堆：见《荆州歌》注。滟滪堆：也作淫豫堆，在四川长江三峡之一的瞿塘峡口，矗立江心，旧时为舟行所忌，解放后滟滪堆已经炸平，瞿塘峡不再为航运畏途了。

⑧不可触：梁简文帝《淫豫歌》有句云："淫豫大如补，瞿塘不可触。"

⑨"猿声"句：《水经注·江水》："每至晴初霜旦，林寒涧肃，常有高猿长啸，属引凄异。空谷传响，哀转久绝。故渔者歌曰：巴东三峡巫峡长，猿鸣三声泪沾裳。"

⑩三巴：东汉末益州牧刘璋分巴郡为永宁、固陵、巴三郡，后改为巴、巴东、巴西三郡，相当于今四川嘉陵江、綦江流域以东大部分地区。

⑪长风沙：地名，在今安徽安庆市东约一百九十里的江边。

【鉴赏】

这首诗描写了女主人公对经商在外的丈夫的怀念，全篇通过人物的独白，辅以景物相衬，把叙事、写景、抒情巧妙地融为一体，诗的情调爽朗明快，真挚动人。

送 友 人

青山横北郭①，白水绕东城。
此地一为别，孤蓬万里征。
浮云游子意，落日故人情。
挥手自兹去②，萧萧班马鸣③。

【注释】

①郭：城的外城墙。
②自兹去：从此离去。
③萧萧：马叫声。班马：离群的马。

【鉴赏】

这是一首充满诗情画意的送别诗。诗中抒发的感情真挚深沉，所用手法也颇为巧妙，虽然是常见的送别题材，但意致缠绵，言浅意深，有弦外之音，读来令人神往。语言自然朴素，不加修饰，别具特色。

【国学精粹珍藏版】

唐诗名篇鉴赏

◎尽览中国古典文化的博大精深 ◎读传世典籍，赢智慧人生——受益终生的传世经典

李志敏⊙主编

卷二

民主与建设出版社

把酒问月

青天有月来几时？我今停杯一问之。

人攀明月不可得，月行却与人相随。

皎如飞镜临丹阙，绿烟灭尽清辉发①。

但见宵从海上来，宁知晓向云间没？

白兔捣药秋复春②，嫦娥③孤栖与谁邻？

今人不见古时月，今月曾经照古人。

古人今人若流水，共看明月皆如此。

唯愿当歌对酒时④，月光长照金樽里。

【注释】

①"皎如"二句：丹阙：朱红色的宫阙。绿烟：绿有浓黑义，如绿云、绿鬓，都是形容发鬓黑而有光泽如浓绿，所以绿烟可以解释作浓烟。诗意是烟消雾散，月亮像飞向天际的明镜，射出澄澈的光辉，照临朱红色的宫阙。

②白兔捣药：古代传说月中有白兔捣药。傅玄《拟天问》："月中何有？白兔捣药。"

③嫦娥：古代传说后羿的妻子。羿炼仙药成，嫦娥偷来吃了，奔向月中。见《独异志》。

④当歌对酒：曹操《短歌行》："对酒当歌，人生几何？""对"、"当"同义。诗意是饮酒唱歌的时候。

【鉴赏】

这是一首应友人之情而作的咏月抒怀诗，诗人以纵横恣肆的笔触，从多侧面、多层次描摹了孤高的明月形象，通过渺天景象的描绘以及对世事推移、人生短促的慨叹，展现了作者旷达博大的胸襟和飘逸潇洒的性格。

望庐山瀑布

日照香炉生紫烟①，遥看瀑布挂前川②。

飞流直下三千尺，疑是银河落九天③。

【注释】

①"日照"句：庐山多云雾，日光映射成紫色。

②川：一作"长川"。

③九天：九重天。前人以为天分九重，以九重天为最高。诗意极言瀑布落差之大。

【鉴赏】

这首诗写得气势磅礴，诗人将庐山一个最典型的风景描绘得有形有神，奔放空灵。

早发白帝城①

朝辞白帝彩云间②，千里江陵一日还③。
两岸猿声啼不住④，轻舟已过万重山⑤。

【注释】

①早发白帝城：清晨从白帝城出发。白帝城，在今四川奉节县白帝山上，地势高峻，常有云雾缭绕。唐肃宗乾元二年（759），李白流放夜郎途中，正遇朝廷因关中一带大旱，宣布大赦，李白遇赦回转，从白帝城回江陵，写了此诗。

②朝辞白帝彩云间：清早辞别高耸于云霞之间的白帝城。

③千里江陵一日还：千里远的江陵一天就可到达。江陵：在今湖北江陵县。《水经注·江水》载："自三峡七百里中，两岸连山，略无阙处。……有时朝发白帝，暮到江陵，其间千二百里，虽乘奔御风，不以疾也。……每至晴初霜旦，林寒涧肃，常有高猿长啸，属引凄异，空谷传响，哀转久绝。"还：回去，回来。

④两岸猿声啼不住：大江两岸高山上的猿啼声不断。

⑤轻舟已过万重山：轻快的小船早已掠过万重青山。

【鉴赏】

诗中诗人是把遇赦回江陵时愉快的心情和江山之壮丽多姿、顺水行舟之流畅轻快融为一体来表达的，写得流丽飘逸，惊世骇俗，美轮美奂，且不假雕琢，随心所欲，自然天成。

月下独酌 _(选一首)

其 一

花间一壶酒，独酌无相亲。
举杯邀明月，对影成三人。
月既不解饮，影徒随我身。
暂伴月将①影，行乐须及春。
我歌月徘徊，我舞影凌乱。
醒时同交欢，醉后各分散。
永结无情游，相期邈云汉②。

【注释】

①将：共。

②云汉：银河。

【鉴赏】

这首诗表达了作者对自由与解放的渴望，是一股不可遏制的力量，体现了诗人善于排遣寂寞的旷世不羁的个性和情感。

听蜀僧濬① 弹琴

蜀僧抱绿绮②，西下峨眉峰③。
为我一挥手④，如听万壑松。
客⑤心洗流水，馀响入霜钟⑥。
不觉碧山暮，秋云暗几重。

【注释】

①蜀僧濬（jùn）：蜀地名濬的和尚，具体不详。

②绿绮：琴名。汉司马相如有绿绮。

③峨眉峰：即峨眉山，在今四川峨眉县西南。

④挥手：指弹琴。

⑤客：诗人自称。此谓琴声如流水洗涤了诗人的情怀。

⑥馀响：余音。霜钟：霜降钟鸣，指钟声，此句谓琴声与钟声融合在一起。

【鉴赏】

此诗是听蜀地一位和尚弹琴，极写琴声之入神，全诗一气呵成，势如行云流水，明快畅达。

远 别 离

远别离，古有皇英之二女；

乃在洞庭之南，潇湘之浦①。

海水直下万里深，谁人不言此离苦②？

日惨惨兮云冥冥，猩猩啼烟兮鬼啸雨③。

我纵言之将何补④？皇穹窃恐不照余之忠诚。

雷凭凭兮欲吼怒，尧舜当之亦禅禹⑤。

君失臣兮龙为鱼，权归臣兮鼠变虎⑥。

或云尧幽囚，舜野死⑦，

九疑联绵皆相似，重瞳孤坟竟何是⑧？

帝子泣兮绿云间⑨，随风波兮去无还。

恸哭兮远望，见苍梧之深山。

苍梧山崩湘水绝，竹上之泪乃可灭⑩。

【注释】

①皇、英：娥皇、女英。传说为尧之二女，同嫁于舜。舜死，二女溺于湘江，而神游洞庭潇湘之间。洞庭：湖名，在湖南省北部，南纳湘、资、沅、澧四水，北纳长江松滋、太平、藕池三口泛期泄入的洪水，在岳阳县城陵矶汇入长江，汪洋浩瀚，旧时号称"八百里洞庭"。因围湖造田，湖面已缩小。潇湘：潇水源出湖南蓝山县南九嶷山；湘江源出广西灵川县东海洋山麓。潇水于湖南零陵县境汇入湘江，故有"潇湘"之称。浦：水滨。

②"海水"二句：皇、英二女死后精神不灭，仍在想念丈夫，悲苦之情，其深似海。

③"日惨惨"二句：用日色无光、阴云密布、猿哀啼、鬼悲啸来进一步托出心的痛苦。

④我：诗人假托为二女的称谓。

⑤皇穹：天。古称帝王为天子，皇穹就成为帝王的代词。凭凭：同殷殷，雷声。

⑥"尧舜"以下二句：诗意是皇帝大权旁落，就是龙变为鱼；臣子篡夺大权，仿佛鼠变为虎；这样，尧不得不让位舜，舜也不得不让位于禹。《说苑·正谏》："吴王欲从民饮酒，伍子胥谏曰：不可，昔白龙下清冷之渊，化为鱼，渔者豫且射中其目。"又东方朔《答客难》："用之则为虎，不用则为鼠。"

⑦"或云"以下二句：传说尧德衰，为舜所囚，见《史记·正义》转引《竹书纪年》。舜因征伐有苗而死于苍梧之野，见《国语·鲁语》韦昭解。苍梧：相当于今湖南与两广交界一带地方。

⑧九疑："疑"亦作嶷。山名，又名苍梧山，在湖南省宁远县南，因九峰相似，一说山中九溪相似，见之有疑，故名。传说舜葬于此。重瞳：指舜。传说舜眼有两个瞳子。

⑨帝子：指娥皇、女英。绿云：竹。

⑩"竹上"句：传说娥皇、女英因追舜不及，在竹间悲哭，洒在竹上的泪痕不褪，就是湖南的名产湘妃竹。

【鉴赏】

诗人把他的情绪采用楚歌和骚体的手法表现出来，虽写二妃的别离，但显出诗人对现实政治的感受，构成了深邃的意境和强大的艺术魅力。

乌 夜 啼

黄云城边乌欲栖，归飞哑哑枝上啼。
机中织锦秦川女①，碧纱如烟隔窗语。
停梭怅然忆远人，独宿空房泪如雨。

【注释】

① "机中" 句：晋窦滔妻苏蕙，有文才。滔于苻坚时任秦州刺史，被放逐到流沙。蕙在锦缎上织成一幅《回文璇玑图诗》寄滔，共八百四十字，可以纵横循环诵读，得诗二百余首，内容甚为凄婉动人。秦川：从函谷关到西字附近，沃野千里，因系秦国故地，故称为秦川。

【鉴赏】

该诗写了男女离别的相思之苦，言简意深，别出新意，遂为名篇。

乌 栖 曲①

姑苏台上乌栖时②，吴王宫里醉西施③。
吴歌楚舞欢未毕④，青山欲衔半边日⑤。
银箭金壶漏水多⑥，起看秋月坠江波⑦。
东方渐高奈乐何⑧！

【注释】

①乌栖曲：乐府《西曲歌》的一个曲调名。据《本事诗》记载，李白入长安时，曾把这首诗给当时在朝廷任秘书监的贺知章看过，贺知章说："此诗可以泣鬼神矣!"李白入长安是在天宝元年（742 年)，此诗当目前不久在吴越一带漫游时所作。诗表面上写吴王，实际上讽刺唐玄宗。

②"姑苏"句：黄昏时候的姑苏台上。姑苏台，故址在今江苏苏州市西南姑苏山上。《述异记》载，吴王夫差耗费了很多人力物力，用三年时间修建了姑苏台，整个台回环曲折，横亘五里，异常精美。唐玄宗也大兴土木，在骊山修建温泉宫，作为游乐场所。乌栖时：乌鸦栖息的时候，指黄昏。

③"吴王"句：在吴王宫里西施已经沉醉了。吴王宫：传说姑苏台上修

建了一座春宵宫，吴王夫差与西施整天在这座宫殿里饮酒作乐。西施，原为越国的美女，吴王夫差战胜越国后，越王勾践把西施献给吴王夫差。从此吴王夫差就沉湎于酒色之中。后来越国养精蓄锐，终于又打败了吴国，事见《吴越春秋》。唐玄宗也把自己儿子的妃子杨玉环纳入宫中，过着"春宵苦短日高起，从此君王不早朝"（白居易《长恨歌》）的荒淫腐朽生活。

④ "吴歌"句：正在欢乐之中，歌舞还没有结束。吴歌楚舞：春秋时吴国和楚国相毗连，这里是指南方的乐曲和舞蹈。

⑤ "青山"句：青山已经要含进一半太阳了。欲：将要。衔：含。这句和上句是说吴王整日欢乐，一直到黄昏也不曾停止。

⑥ "银箭"句：计时用的银箭金壶已经漏下很多水了。银箭金壶：古代人为计算时间，用铜制成壶，里面装上水，壶底钻上孔，在水中放一只刻有度数的箭，这样随着时间的流逝，水位发生变化，再现箭上的度数，就能知道时间。

⑦ "起看"句：起身一看那秋天的月亮已经落在江面上。这句和上句是说整夜欢乐，由黄昏到黎明，时间已经很长。

⑧ "东方"句：太阳从东方渐渐升起，对仍旧在贪欢作乐的吴王，能有什么办法呢？这句是说吴王无休无止的荒淫奢侈的生活，使自己走向败亡的道路；暗示唐玄宗统治集团，将在无休无止的荒淫奢侈生活中腐朽下去。

【鉴赏】

这首诗不但内容从旧题的歌咏艳情转为讽刺宫廷淫靡生活，形式上也作了大胆的创新，气势奔放，描写生动，反映出作者当时的兴奋心情和乐观的精神面貌。

短 歌 行

白日何短短，百年苦易满。

苍穹浩茫茫①，万劫太极长②。

麻姑垂两鬓，一半已成霜③。

天公见玉女，大笑亿千场。

吾欲揽六龙，回车挂扶桑。

北斗酌美酒，劝龙各一觞。

富贵非所愿，为人驻颓光。

【注释】

①苍穹：天空。浩茫茫：即浩浩茫茫，无边无际的样子。

②"万劫"句：《法苑珠林》："夫劫者，盖是纪时之名，犹年号耳。""万劫"和万代、万世的含义相仿佛。太极：天地始生的时候。诗意是上距天地始生，已经千万亿年，时间很长了。

③"麻姑"句：麻姑：古仙人。传说东汉时仙人王方平，降蔡经家，召麻姑至，年十八九，貌美，指爪如鸟。对方平说："接待以来，已经三次见到沧海变为桑田。近日到蓬莱，看见海水又比前些时浅了，难道再过些时候又要变成陆地山陵么？"见《列仙传》。诗意是经过千万亿年漫长的岁月，连麻姑也会老得双鬓尽白了。

【鉴赏】

李白这首同名诗作，沿袭了古老的主题，但写法上却将写实与想象熔于一炉，极富浪漫色彩。

陌 上 桑

美女渭桥①东，春还事蚕作。
五马如飞龙②，青丝结金络。
不知谁家子，调笑来相谑。
妾本秦罗敷，玉颜艳名都。
绿条映素手，采桑向城隅③。
使君④且不顾，况复论秋胡⑤。
寒螀⑥爱碧草，鸣凤栖青梧⑦。
托心自有处，但怪旁人愚。
徒令白日暮，高驾空踟蹰⑧。

【注释】

①渭桥：原名中渭桥，单名渭桥，又名横桥。《元和郡县图志》关内句宋本注云："一作美女缃绮衣。"

②五马：汉代太守乘五马。如飞龙：宋本原作飞如花。唐写本作如飞花。

③"妾本"四句：古辞《陌上桑》："秦氏有好女，自名为罗敷。罗敷喜采桑，采桑城南隅。青丝为笼系，桂枝为笼钩。"此化用其意。

④使君：太守之尊称。

⑤秋胡：春秋时鲁人。此用秋胡戏妻故事。《西京杂记》卷六："昔鲁人秋胡，娶妻三月而游宦，三年休，还家。其妇采桑于郊，胡至郊而不识其妻也，见而悦之，乃遗黄金数谥。妻曰：'妾有夫，游宦不返，幽闺独处，三年于兹，未有被辱于今日也。'采不顾，胡惭而退。至家，问家人：'妻何在？'曰：'行采桑于郊，未返。'既还，乃向所挑之妇也。夫妻并惭，妻赴沂水而死。"

⑥寒螀：秋蝉。

⑦"鸣凤"句：凤非梧桐不栖。以上二句喻人各有志，不可勉强。

⑧踟蹰：欲进不进之貌。

【鉴赏】

这首诗代表了盛唐时的文学特色，反映了作者的心理和政治态度。

丁都护歌

云阳上征去①，两岸饶商贾②。
吴牛喘月时③，拖船一何苦。
水浊不可饮，壶浆半成土。
一唱都护歌，心摧泪如雨。
万人系磐石④，无由达江浒⑤。
君看石芒砀⑥，掩泪悲千古。

【注释】

①云阳：即丹阳县，旧称云阳，天宝元年改为丹阳。即今江苏丹阳县。上征：指逆水北上。

②商贾：即商人。朱谏注："行货曰商，居货曰贾。"

③吴牛喘月：《世说新语·言语篇》："（满）奋答曰：'臣犹吴牛，见月而喘。'"刘孝标注："今之水牛，惟生江淮间，故谓之吴牛也。南土多暑，而此牛畏热，见月疑是日，所以见月则喘。"吴牛喘月时，指三暑天。

④系：一作凿。磐石：大石也。

⑤江浒：江边。浒：水边。《诗·大雅·绵》："率西水浒。"毛传："浒，水涯也。"

⑥芒砀：一说为芒砀山之石，一说指石棱文，一说石大且多貌。

【鉴赏】

全诗层层深入，处处以形象画面代替叙写，写出了纤夫之苦，足以感伤千古矣。

秋 浦 歌①（选一首）

其十四

炉火照天地②，红星乱紫烟③。
赧郎明月夜④，歌曲动寒川⑤。

【译注】

①秋浦歌：秋浦，县名，在今安徽贵池县西，境内有秋浦湖，是唐代出产银和铜最著名的地方。天宝十三载（754 年），李白漫游到秋浦一带时写了《秋浦歌》十七首，这是第十四首。

②炉火照天地：熊熊的炉火映红了天地。

③红星乱紫烟：四溅的火花在紫色的烟尘中纷飞。

④赧郎明月夜：炉火照红了炼矿工人的脸膛，在月夜里更显得光亮明朗。赧（nǎn）：原是脸上羞红的样子，这里形容炼矿工人被炉火映红的脸。

⑤歌曲动寒川：他们雄壮的歌声震荡在寒冷的川水之上。

【鉴赏】

这是一首正面描写和歌颂冶炼工人的诗歌，作者酣畅淋漓地塑造了古代冶炼工人的形象。

峨眉山月歌

峨眉山月半轮秋，影入平羌江①水流。
夜发清溪②向三峡③，思君④不见下渝州⑤。

【注释】

　　①平羌江：即青衣江，出自今四川宝兴县北，东南流经雅安、洪雅、夹江等县，自峨眉山东北到乐山草鞋渡入大渡河。

　　②清溪：古驿名，在今四川犍为县西南清溪镇。

　　③三峡：川江峡谷很多，三峡众说不一。自四川眉山县南至乐山县北的岷江上有平羌、背峨、犁头三峡，合称嘉定三峡。又西起四川奉节县白帝城，东至湖北宜昌县南津关的长江上有瞿塘峡、巫峡、西陵峡、合称巴东三峡。《水经注》："自三峡七百里中，两岸连山，略无阙处，重岩叠嶂，隐天蔽日，自非亭午夜分，不见曦月"，即此。按诗意应指后者，因清溪已在"嘉定三峡"的下游。

　　④君：指峨眉山月。

　　⑤渝州：唐州名，治巴县，在今四川重庆市。

【鉴赏】

　　这首诗是年轻的李白初离蜀地时的作品，意境明朗，语言浅近，音韵流畅。

塞　下　曲①

其　一

　　五月天山雪②，无花只有寒③。
　　笛中闻折柳④，春色未曾看⑤。
　　晓战随金鼓⑥，宵眠抱玉鞍⑦。
　　愿将腰下剑⑧，直为斩楼兰⑨。

【注释】

　　①塞下曲：唐代的乐府诗题，出于汉乐府《出塞》《入塞》曲，属《横吹曲辞》，内容多写边塞战争。李白的《塞下曲》共六首，这是第一首。

　　②五月天山雪：五月的天山还在飞雪。天山：指祁连山，在今甘肃西北部。雪：作动词，下雪。

　　③无花只有寒：没有花开，只有寒冷。

④笛中闻折柳：只能在笛声中听到"折杨柳"。折柳：指《折杨柳》曲，属古乐府《横吹曲》。

⑤春色未曾看：春天的风光还没有看到过。这句和上句是说：边塞虽已五月，也只能在笛声中听到"杨柳"，实际上春天还没有到来。

⑥晓战随金鼓：早晨伴随着鼓声去出战。晓：早晨。金鼓：以金镶饰的鼓。一说"金"字应解作鸣金（一种金属打击乐器），古代作战，以击鼓为出击号令，以鸣金为收兵号令。但这里的"金"字与下句"玉"字是对称的，应起同样作用，表示鼓是以金镶饰的。

⑦宵眠抱玉鞍：晚上守着马鞍睡觉。宵：夜里。玉鞍：用玉装饰的马鞍，形容鞍的高贵。

⑧愿将腰下剑：决心提着腰中的宝剑。将：拿，提着。

⑨直为斩楼兰：奋勇杀敌，一直到斩掉楼兰王。楼兰：汉代西域国名，在今新疆维吾尔自治区鄯善县东南，这里代指楼兰王。《汉书·傅介子传》记载，汉昭帝时，楼兰王勾通匈奴，屡次杀死汉王朝通西域的使臣，傅介子奉大将军霍光之命，赴楼兰用计杀死楼兰王，并将其首级带回朝廷。这里应是泛指侵扰西北地区的少数民族统治者。

【鉴赏】

这首诗表现了诗人甘愿赴身疆场，为国杀敌的雄心壮志。

宫中行乐词（选一首）

其　一

小小生金屋①，盈盈在紫微②。
山花插宝髻，石竹③绣罗衣。
每出深宫里，常随步辇④归。
只愁歌舞散，化作彩云飞。

【注释】

①金屋：用汉武帝、陈阿娇的故事，这里指华丽的宫殿。

②盈盈：美丽而端正的样子。紫微：紫微垣的简称，又简称紫宫或紫垣，

所谓三垣的中垣。《晋书·天文志》："紫微，大帝之座也，天子之常居也。"所以用紫微作为皇帝所居宫殿的代词。

③石竹：又名洛阳花，石竹科多年生草本，全株粉绿色，叶对生，线状披针形，夏季开花，花单生或二至三朵疏生枝端，单瓣或复瓣，深红、淡红或白色，先端浅裂或锯齿状。六朝隋唐时代多用作衣饰图案。

④步辇：皇帝乘坐不用马拉而由人推挽的车子。

【鉴赏】

这一首五律，写的是一位年轻的，甚至幼年宫女，作者把这种宫廷行乐诗，写得清丽飘洒、神韵飞逸、丽而不腻、工而疏宕。

送友人入蜀

见说蚕丛路①，崎岖不易行。
山从人面起，云傍马头生。
芳树笼秦栈②，春流绕蜀城③。
升沉④应已定，不必问君平⑤。

【注释】

①见说：听说。蚕丛：传说中古代蜀国的国王，这里借指蜀地。

②秦栈：在山岩间凿石架木为路名叫栈道。秦栈：自秦入蜀的栈道。

③春流：指锦江春水。蜀城：成都。

④升沉：官职的升降。

⑤君平：西汉时蜀人，姓严名遵，在成都以算命为生。

【鉴赏】

这是一首以描绘蜀道山川的奇美而著称的抒情诗，既凝聚着诗人对友人深热的情谊，又表达了对自身的身世感慨。

九日登山

渊明《归去来》①，不与世相逐。
为无怀中物，遂偶本州牧②。
因招白衣人，笑酌黄花菊③。
我来不得意，虚过重阳时。
题舆④何峻发，遂接城南期。
筑土接响山，俯临宛水湄⑤。
胡人叫⑥玉笛，越女弹箱丝。
自作英王胄⑦，斯乐不可窥。
赤鲤涌琴高⑧，白龟道冰夷⑨。
灵仙如仿佛，奠酹⑩遥相知。
古来登高人，今复几人在？
沧州违宿诺，明日犹可待。
连山⑪似惊波，合沓⑫出溟海。
扬袂挥四座，酩酊安所知？
齐歌送清觞。起舞乱参差。
宾随落叶散，帽逐秋风吹⑬。
别后登此台，愿言长相思。

【注释】

①《归去来》：陶渊明有《归去来》文，表达归隐之志。

②怀中物：指酒。本州牧：陶潜为彭泽令，郡遣督邮至县，当束带见之，潜叹曰："吾不能为五斗米折腰，"即解印去县，乃赋《归去来辞》。州刺史王弘慕其为人，自访之，潜称疾不见。弘遣人携酒，候潜于道。潜既遇酒，仍引酌野亭，弘乃出与相见，遂欢宴终日。见《晋书·陶潜传》。本州牧，即指州刺史王弘。偶：指与之往还。

③白衣人：陶潜尝九月九日无酒，出宅旁菊丛中，摘菊盈把，坐其侧。久之，望见白衣人至，乃刺史王弘送酒，即便就酌，醉而后归。见《艺文类聚》卷四引《续晋阳秋》。

④题舆：用汉代周景事。《太平御览》卷二六三引谢承《后汉书》："周景为豫州刺史，辟陈蕃为别驾，不就，景题别驾舆曰：'陈仲举座也'，不复更

辞。蕃惶惧，起视职。"

⑤响山：在今安徽宣州市南。其下监宛溪。宛水：即宛溪。

⑥叫：吹。

⑦胄：帝王、贵族的后嗣。此句文义不明，作：或谓"非"字之误，其言或是。

⑧琴高：《搜神记》卷一："琴高者，赵人也。能鼓琴，为宋康王舍人。行涓彭之术，浮游冀州、涿郡之间。二百余年后，辞入涿水中取龙子，与诸弟子期曰：'明日皆洁斋候于水旁，设祠屋。'果乘赤鲤鱼出，来坐祠中，旦有万人观之。留一月余，复入水去。"《一统志》《宁国府志》皆谓宣州泾县琴溪为琴高乘鲤之所。

⑨白龟：宣城之南，响山之西，有柏山，"左难当拒辅公佑于此，时有白龟履雪之异，因名白龟城。"见《宁国府志》。此诗盖用此事。冰夷：传说中的河神，即冯夷。《山海经·海内北经》："从极之渊，深三百仞，维冰夷恒都焉。冰夷人面，乘两龙。"郭璞注曰："冰夷，冯夷也。"《淮南》云："冯夷得道，以潜大川。即河伯也。"

⑩奠酹：即奠酒，以酒洒地以祭神。

⑪连山：木华《海赋》："波如连山。"此倒用，谓连山似波。

⑫合沓：重叠、攒聚。

⑬帽逐秋风：用孟嘉事。《晋书·桓温传》："孟嘉……为征西桓温参军，温甚重之。九月九日，温燕龙山，僚佐毕集。时佐吏并著期戎服，有风至，吹嘉帽堕落，嘉不之觉，温使左右勿言，欲观其举止。嘉良久如厕，温令取还之，命孙盛作文嘲嘉，著嘉坐处。嘉还见，即答之。其文甚美，四座嗟叹。"此用以喻宾客离散。

【鉴赏】

这首诗文笔华丽，境意奇美，是一首伟大的浪漫主义诗歌。

独坐敬亭山①

众鸟高飞尽②，孤云独去闲③。
相看两不厌，只有敬亭山④。

【注释】

①"独坐"句：一个人在敬亭山中闲坐。敬亭山：在今安徽宣城县北。

这首诗大约也是李白被排挤出长安后，漫游到宣城时写的。

② "众鸟"句：所有的鸟都高飞而去。

③ "孤云"句：孤零零的一片白云悠闲地独自飘过。

④ "相看"二句：彼此相看互不厌烦的只有我和敬亭山了。

【鉴赏】

此诗写诗人独坐敬亭山时的情趣，正是其带着怀才不遇而产生的孤独与寂寞的感情，到大自然怀抱中寻求安慰的生活写照。

忆东山（选一首）

其 一

不向东山久，蔷薇几度花。

白云还自散，明月落谁家①？

【注释】

① "蔷薇"三句：施宿《会稽志》载："东山在上虞县西南四十五里，晋太傅谢安所居也山上有谢安所建的。白云、明月二堂下山出微径，为国庆寺，乃太傅故宅，旁有蔷薇洞，俗低傅携妓女游宴之所"。所以诗里那蔷薇、那白云、那明月，都不是信笔写出的，而是切合东山之景，语带双关。

【鉴赏】

这首诗应该看作是李白的"归去来辞"，诗中李白隐以谢安这样的人物自比，又用白云、明月来衬托自己的形象。

杜 甫①

望 岳

岱宗夫如何②，齐鲁青未了③。

造化钟神秀④，阴阳割昏晓⑤。

荡胸生层云⑥，决眦入归鸟⑦。

会当凌绝顶⑧，一览众山小⑨。

【注释】

①杜甫（712～770），字子美，原籍襄阳（今湖北襄樊市），寄居巩县（今河南县名）。祖父杜审言，著名诗人。杜甫曾应进士举，不第。天宝中，客长安近十年，郁郁不得意。安史乱起，流离兵燹中。肃宗朝，官左拾遗，因直言极谏，改华州司功参军。不久，弃官而去，避乱入蜀，构草堂于成都城外浣花溪畔。又曾流离梓州（今四川省三台县）一带。严武再任西川节度使时，表为节度参谋，检校工部员外郎。后携家由夔州（今四川省奉节县）出峡，病死江湘途中。后世称为杜工部。又因其客长安时，曾住杜陵附近的少陵，称杜少陵。有《杜少陵集》二十五卷，录诗一千四百余首。后人注本极多，较通行的有清人钱谦益的《钱注杜诗》、仇兆鳌的《杜诗详注》、杨伦的《杜诗镜铨》等。

②岱宗：五岳之首。指东岳泰山，在今山东省泰安城北，海拔一千五百二十四米，山峰突兀峻拔，雄伟壮丽。山上名胜古迹极多。古帝王祭祀泰山，尊它为五岳之长。夫如何：怎么样。

③齐鲁：原为春秋时两国名，后作该地域的代称，即今山东省中部地区。未了：不尽。

④造化：天地，大自然。钟：聚集，专注。神秀：超绝秀出。

⑤阴阳：山南为阳，山北为阴。割：分。昏晓：昏，黄昏，暗；晓，早

晨，明。山北阳光未到，故仍昏暗；山南阳光先临，故已明晓。

⑥荡胸：涤荡胸襟。层云：层叠的云气。

⑦决眦：谓睁大眼睛远望。决：裂开。眦：眼眶。

⑧会当：合当，定要。凌：登上，超越。绝顶：山的最高峰。

⑨众山小：活用《孟子·尽心》"孔子登东山而小鲁，登泰山而小天下"之意。

【鉴赏】

该诗通过描绘泰山雄伟磅礴的气象，热情赞美了泰山高大巍峨的气势和神奇秀丽的景色，表达了作者对祖国山河的热爱之情，体现了诗人不怕困难，敢攀顶峰，俯视一切的雄心和气概，以及卓然独立、兼济天下的豪情壮志。

房兵曹胡马①

胡马大宛②名，锋棱③瘦骨成。

竹批④双耳峻，风入四蹄轻。

所向无空阔⑤，真堪托死生。

骁腾⑥有如此，万里可横行⑦。

【注释】

①房兵曹：名籍不详。兵曹，官职名，兵曹参军事的省称。胡马：胡地之马。泛指西北少数民族地区所产的马。

②大宛：汉西域国名，在大月氏东北，即今苏联中亚细亚的费尔干纳盆地。大宛盛产良马，以汗血马（即所谓天马）最为著名。

③锋棱：锋刃、棱角。用以形容胡马之骨架瘦削突出。

④批：削。

⑤无空阔：意谓对骏马而言，是无所谓空阔的。

⑥骁腾：骁勇快捷。

⑦横行：行而无所顾忌。

【鉴赏】

这是一首咏物言志诗，诗的风格超近道劲，凛凛有生气，反映了青年杜甫锐于进取的精神。

画　鹰

素练风霜起①，苍鹰画作殊②。
攫身思狡兔③，侧目似愁胡。
绦镟光堪摘④，轩楹势可呼⑤。
何当击凡鸟，毛血洒平芜！

【注释】

①素练：画鹰所用的白绢。风霜：指肃杀，这里形容画鹰的凶猛如挟风霜之气。

②殊：殊异，是说画得非常出色。

③攫（sǒng）身：竦身，有所思的样子。

④绦镟：绦是丝绳，镟是转轴（即辘轳），用绦缚鹰足系在镟上。

⑤轩楹：画鹰所在的地点。势可呼：是说可以呼唤去打猎，极言画之逼真。

【鉴赏】

这首题画诗大概写于开元末年，是杜甫早期的作品，此时诗人正当年少，富于理想，充满着青春活力，富有积极进取之心，诗人通过对画鹰的描绘，抒发了他那嫉恶如仇的激情和凌云的壮志。

饮中八仙歌

知章①骑马似乘船，眼花落井水底眠②。
汝阳三斗始朝天③，道逢麹车④口流涎，
恨不移封向酒泉⑤。左相日兴费万钱⑥，

饮如长鲸吸百川，衔怀乐圣称避贤⑦。

宗之⑧潇洒美少年，举觞白眼⑨望青天，

皎如玉树临风前⑩。苏晋⑪长斋绣佛前，

醉中往往爱逃禅⑫。李白⑬斗酒诗百篇，

长安市上酒家眠，天子⑭呼来不上船，

自称臣是酒中仙。张旭⑮三杯草圣传，

脱帽露顶王公前，挥毫落纸如云烟。

焦遂五斗方卓然⑯，高谈雄辩惊四筵。

【注释】

①知章：贺知章，八人中年事最高、资格最老的一位，性情旷达奔放。诗人，自号四明狂客，官至秘书监。天宝三载（744）上疏请度为道士，敕赐镜湖，终于此。

②眼花：醉眼昏花。眠：安眠。

③汝阳：李琎，唐玄宗之兄的儿子，封为汝阳郡王，与李白、杜甫为诗酒之交。斗：古代酒器。朝天：拜见天子。

④鞠车：载酒的车。

⑤移封：改变封地。酒泉：地名。相传该地有泉，味如酒。

⑥左相：李适之，曾任左丞相，因与权臣李林甫不和，被罢相。

⑦乐圣：喜欢好酒。古代称清酒为圣，浊酒为贤。避贤：指罢相事，亦指不饮浊酒。

⑧宗之：崔宗之，袭封齐国公，官侍御史，后贬至金陵（今南京），与李白诗酒唱和。

⑨白眼：晋人阮籍能作青白眼，见庸俗小人便用白眼，对意气相投者用青眼。

⑩皎：洁白明亮。玉树：形容才貌俊美。

⑪苏晋：历任户部、吏部侍郎，以文辞著称于世，信佛而斋戒。

⑫逃禅：不守佛教戒律。

⑬李白：唐代著名诗人，号青莲居士，诗风豪放，想象丰富，曾供奉翰林，因政治上不受重视，又遭权贵谗毁，始终未能实现抱负。

⑭天子：指皇帝。

⑮张旭：吴人，能诗，尤善书法，精于草书。嗜酒，每大醉，呼叫狂走，然后下笔，或以头发浸墨而书，世人称为张颠，又称草圣。

⑯焦遂：平民，常与诗人们来往。卓然：特出，兴起。

【鉴赏】

这首诗大约是天皇五年杜甫初到长安时所作，纯用漫画素描的手法，写他们的平生醉趣，充分表现了他们嗜酒如命，放浪不羁的性格，生动地再现了盛唐时代文人士大夫乐观、放达的精神风貌。

兵 车 行

车辚辚，马萧萧①，行人②弓箭各在腰。

耶③娘妻子走相送，尘埃不见咸阳桥④。

牵衣顿足拦道哭，哭声直上干⑤云霄。

道旁过者⑥问行人，行人但云点行⑦频。

或从十五北防河⑧，便至四十西营田⑨。

去时里正⑩与裹头，归来头白还戍边。

边庭流血成海水，武皇开边意未已⑪。

君不闻汉家山东二百州⑫，千村万落生荆杞⑬！

纵有健妇把锄犁，禾生陇亩无东西⑭。

况复秦兵⑮耐苦战，被驱不异犬与鸡。

长者⑯虽有问，役夫⑰敢申恨？

且如⑱今年冬，未休关西卒⑲。

县官急索租，租税从何出？

信知⑳生男恶，反是生女好；

生女犹得嫁比邻，生男埋没随百草！

君不见青海㉑头，古来白骨无人收！

新鬼烦冤旧鬼哭，天阴雨湿声啾啾！

【注释】

①辚辚、萧萧：象声词。前者是车行声，后者是马鸣声。

②行人：行役之人，即征夫。

③耶：同"爷"。

④咸阳桥：旧名便桥。在长安城外咸阳县西南十里，横跨渭水。

⑤干：冲；犯。

⑥道旁过者：道旁经过的人。杜甫自称。

⑦点行：按名册点名征召入伍出征。

⑧或：无定代词，有些人。北防河：在黄河以北防守。

⑨营田：屯田。古代戍边士兵，平时种田，战时打仗，谓之"屯田"。

⑩里正：里长。

⑪武皇：汉武帝，此借指唐玄宗。玄宗好大喜功，中年时屡开边衅。开边：用武力开拓边土。意未已：野心不息。

⑫汉家：借指唐朝。山东：指华山以东之地。二百州：唐潼关以东凡七道二百七十州。此指关中以外的广大地区。

⑬荆杞：荆棘、枸杞。均为野生植物。

⑭无东西：没有行列次序，长势不好。意谓没有好收成。

⑮秦兵：关中的兵。即眼前被征调的陕西一带的士兵。

⑯长者：征夫对作者的尊称。

⑰役夫：征夫自称。

⑱且如：就像。

⑲关西卒：函谷关以西的士卒。指被征召的秦兵。

⑳信知：真的知道。

㉑青海：本属吐谷浑，唐时被吐蕃侵占。唐与吐蕃的战争常在这里进行。

【鉴赏】

这首诗独创新意，以满腔的悲悯之情，含蓄而深刻地揭示了征战和杀戮给广大人民带来的灾难，更深刻地揭示了统治者穷兵黩武的罪恶。

丽 人 行

三月三日①天气新，长安水边多丽人。

态浓意远淑且真②，肌理细腻骨肉匀③。

绣罗衣裳照莫春④，蹙金⑤孔雀银麒麟。

头上何所有？翠微㔾叶垂鬓唇⑥。

背后何所见？珠压腰衱稳称身⑦。

就中云幕椒房亲⑧，赐名大国虢与秦⑨。

紫驼之峰出翠釜⑩，水精之盘行素鳞⑪。

犀箸厌饫久未下⑫，鸾刀缕切空纷纶⑬。

黄门飞鞚不动尘⑭，御厨络绎送八珍⑮。

箫鼓哀吟[16]感鬼神，宾从杂遝实要津[17]。

后来鞍马何逡巡[18]，当轩下马入锦茵[19]。

杨花雪落覆白苹，青鸟飞去衔红巾。

炙手可热势绝伦，慎莫近前丞相嗔[20]。

【注释】

①三月三日：上巳日。古人于是日春游祭祀于水滨，兼有祈福消灾和游赏两个目的。

②态浓：姿态浓艳。淑且真：贤淑而端庄。

③骨肉匀：身材匀称。

④罗：轻软而有疏孔的织物。照莫春：与暮春的风光相映照。形容绣罗衣服的华丽生辉。莫，同"暮"。

⑤蹙金：金线刺绣。

⑥翠微榼叶：谓翡翠微布于榼叶之上。榼叶，古代妇女鬓饰上的花叶。鬓唇：鬓边。

⑦珠压腰极：珍珠镶缀在腰带上。稳：妥帖。

⑧就中：当中。云幕：一重重的帐幕。椒房：汉代皇后的宫室以椒泥涂壁，因称后宫为椒房。椒房亲，指后宫的亲属。

⑨赐名：《旧唐书·杨贵妃传》载：天宝七年（748），封杨贵妃的大姊为韩国夫人，三姊为虢国夫人，八姊为秦国夫人。

⑩紫驼之峰：指驼峰羹，为珍贵的食品。翠釜：以翡翠为饰的锅。

⑪水精盘：即水晶盘。素鳞：白鳞，借代白色的鱼。行素鳞：指"行炙"，即传莱。

⑫犀箸：以犀牛角制的筷子。厌饫：吃饱。厌，同"餍"。

⑬鸾刀：刀环有铃的刀子。鸾，铃，声如鸾鸣，故称。空纷纶：白白地忙乱。

⑭黄门：太监。因居禁中黄门之内，故称。飞鞚：谓飞快地驭马前进。鞚，马络头，用以驭马。

⑮八珍：许多珍异的菜式。一般把龙肝、凤髓、豹胎、鲤尾、驼峰炙、猩唇、熊掌、酥酪蝉称为八珍。诗中用作泛指。

⑯哀吟：清越高亢的乐声。

⑰宾从：宾客、随从。杂遝：众多貌。实要津：实，充满、塞满。要津，交通要道，亦指朝廷中重要职位。

⑱后来：后到的人。逡巡：徐行徘徊之状。一说迅疾之状。

⑲当轩：一作"当道"。入：一作"立"。锦茵：锦褥，锦制的地毯。

⑳绝伦：无人可比拟。丞相：指杨国忠。嗔：生气。

【鉴赏】

这首诗是作者讽刺杨贵妃兄妹骄奢淫乱之作，也从侧面揭露出当时君王昏庸，朝廷腐败的社会现实。

月　夜

今夜鄜州月，闺①中只独看。

遥怜②小儿女，未解③忆长安。

香雾云鬟湿，清辉④玉臂寒。

何时倚虚幌⑤，双照⑥泪痕干？

【注释】

①闺：古代称女子的卧室为闺。当时杜甫的家属在鄜州。

②怜：怜爱。

③解：了解，懂得。

④清辉：清澈的月光。

⑤虚幌：透明的窗幔。

⑥照：月光的映照。双照与上面的"独看"对应，表示对未来团聚的期望。

【鉴赏】

全诗构思独特，反面入题，情思绵绵，真切动人，从侧面表达了诗人盼望团圆的愿望及痛恨战乱的心情。

春　望

国破山河在①，城春草木深②。

感时③花溅泪，恨别鸟惊心。

烽火连三月④，家书抵万金⑤。

白头搔更短，浑欲⑥不胜簪。

【注释】

①山河在：山河如故，是说江山换了主人。

②草木深：草木丛生，见得人烟稀少。

③时：多指"时事"或"时局"说。

④三月：指季春三月。连三月，连逢两个三月，是说从去年一直打到现在的仗。

⑤抵万金：极言家书的难得可贵。抵，值。

⑥浑欲：简直要。

【鉴赏】

这首诗忧伤国事，眷念家人，殷殷情切，真挚感人，是千百年来的绝唱。

新 安 吏

客行新安道①，喧呼闻点兵。

借问新安吏②，县小更无丁？

府帖昨夜下，次选中男行③。

中男绝短小④，何以守王城⑤？

肥男有母送，瘦男独伶俜⑥。

白水暮东流，青山犹哭声。

莫自使眼枯，收汝泪纵横。

眼枯即见骨，天地终无情！

我军取相州⑦，日夕望其平。

岂意贼难料，归军星散营⑧。

就粮⑨近故垒，练卒依旧京。

掘壕不到水，牧马役亦轻。

况乃王师顺，抚养甚分明。

送行勿泣血，仆射⑩如父兄。

【注释】

①客：作者自称。新安：古郡名，辖今河南新安一带，在洛阳市西，黄河南岸。

②吏：旧时大小官员的通称。亦专指官府中的差役和小官吏。

③次选：依次抽调。中男：唐律初以16岁为中男，21岁为丁。天宝年间，改18岁为中男。22岁为丁。

④绝：极其。短小：矮小。

⑤王城：洛阳，周代称王城。

⑥伶俜：孤零。

⑦相州：即邺城，今河南安阳。

⑧归军：实指溃败的官军。星散营：指官军溃败后扎营。

⑨就粮：为方便取粮。

⑩仆射：官名，唐代设左右二仆射为副尚书令，相当于丞相，此处指郭子仪。

【鉴赏】

这首诗描写了当时国家灾难深重，百姓民不聊生的残酷现实以及诗人内心的痛苦与悲哀。

石　壕　吏

暮投石壕村①，有吏夜捉人。
老翁逾墙走，老妇出门看。
吏呼一何②怒，妇啼一何苦！
听妇前致词，三男邺城戍。
一男附书至③，二男新战死。
存者且偷生，死者长已矣④！
室中更无人，惟有乳下孙。
有孙母未去，出入无完裙。
老妪⑤力虽衰，请从吏夜归，
急应河阳⑥役，犹得备晨炊⑦。
夜久语声绝，如闻泣幽咽⑧。
天明登前途⑨，独与老翁别。

【注释】

①投：投宿。石壕村：在陕州陕县（今河南省陕县东七十里）。

②一何：多么。

③附书至：捎信回家。

④长已矣：永远完了。

⑤老妪：老妇人。老妇自称。

⑥河阳：即孟津，是当时激战之地，在河南省孟县。

⑦备：供。晨炊：早饭。

⑧泣幽咽：吞声而哭。

⑨前途：前路，征途。

【鉴赏】

这首诗通过描写人民的不幸遭遇表现了统治者的残暴，充分说明了战争给劳动人民带来的巨大灾难。

潼 关 吏

士卒何草草①，筑城潼关②道。

大城铁不如，小城万丈馀。

借问潼关吏，修关还备胡？

要③我下马行，为我指山隅。

连云列战格④，飞鸟不能逾。

胡来但自守，岂复忧西都⑤。

丈人⑥视要处，窄狭容单车。

艰难奋长戟，万古用一夫。

哀哉桃林⑦战，百万化为鱼！

请嘱防关将，慎勿学哥舒⑧。

【注释】

①草草：劳苦、急速、骚动不宁等意，此处指修筑工事的士兵劳苦奔忙的样子。

②潼关：古关塞名，在今陕西潼关县，由东面进入关中的门户。

③要：同"邀"。

④战格：栅栏形的防御工事。

⑤西都：西京长安。

⑥丈人：对长者的尊称，此处是潼关吏称杜甫。

⑦桃林：从陕西灵宝至潼关这一带地方。

⑧哥舒：即哥舒翰，突厥人，曾任右节度使，后兼河西节度使，封西平郡王。潼关兵败被俘，不久被杀。

【鉴赏】

这首诗表达了作者久久难以消磨的沉痛悲愤之感，对话神情毕现，形象鲜明。

新　婚　别

菟丝附蓬麻①，引蔓故不长。
嫁女与征夫，不如弃路旁。
结发为君妻，席不暖君床。
暮婚晨告别，无乃太匆忙！
君行虽不远，守边赴河阳②。
妾身未分明，何以拜姑嫜③？
父母养我时，日夜令我藏。
生女有所归，鸡狗亦得将④。
君今往死地，沉痛迫中肠。
誓欲随君去，形势反苍黄⑤。
勿为新婚念，努力事戎行。
妇人在军中，兵气恐不扬。
自嗟贫家女，久致罗襦裳⑥。
罗襦不复施，对君洗红妆。
仰视百鸟飞，大小必双翔。
人事多错迕⑦，与君永相望。

【注释】

①蓬麻：都是小植物，菟丝依附其上，自然引蔓不长。

②河阳：今河南孟县。

③姑嫜：公婆。

④归：女子出嫁。将：跟随。

⑤苍黄：同"仓皇"。指形势紧张。

⑥罗襦裳：指嫁衣。

⑦错迕：错杂交迕。迕，违背。

【鉴赏】

该诗描写一对新婚夫妇，在结婚的次日清晨，新郎就要赴前线，塑造了一个承受着苦难命运，又懂得以国事为重的善良坚毅的青年妇女形象，深刻揭示了战争带给人民的巨大不幸。

佳　人

绝代①有佳人，幽居在空谷②。

自云良家子，零落依草木③。

关中昔丧乱④，兄弟遭杀戮。

官高何足论⑤，不得收骨肉。

世情⑥恶衰歇，万事随转烛⑦。

夫婿轻薄儿，新人美如玉⑧。

合昏⑨尚知时，鸳鸯⑩不独宿。

但见新人笑，那闻旧人哭？

在山泉水清，出山泉水浊⑪。

侍婢卖珠回，牵萝补茅屋。

摘花不插发，采柏动盈掬⑫。

天寒翠袖薄，日暮倚修竹。

【注释】

①绝代：绝世，举世无双。指其美貌。

②空谷：一作"山谷"。

③草木：犹言草野，荒谷。与上文"空谷"意同。

④关中：当时潼关以西地方的统称。丧乱：一作"丧败"。

⑤论：议、说。

⑥世情：人情世俗。

⑦随转烛：如烛焰随风摆动。

⑧美如玉：一作"已如玉"。

⑨合昏：又名合欢，即夜合。其花晨舒昏合，故名。

⑩鸳鸯：水鸟名。雌雄成对，形影不离。

⑪"在山"二句：在山中泉水才能保持清澈，出山便会变得混浊。

⑫柏：象征坚贞的操守。盈掬：满把。

【鉴赏】

这首诗先借诗人之手写出佳人生活的环境，再通过佳人自述来写佳人的不幸遭遇，既反映了客观存在的社会问题，又体现了诗人的主观寄托。

蜀　相①

丞相祠堂②何处寻？锦官城外柏森森③。

映阶碧草自春色，隔叶黄鹂空好音④。

三顾频烦天下计⑤，两朝开济老臣心⑥。

出师未捷身先死⑦，长使英雄泪满襟。

【注释】

①蜀相：东汉建安二十六年（221），刘备在蜀称帝，国号为汉（后人称蜀汉），以诸葛亮为丞相，故称蜀相。

②丞相祠堂：即诸葛亮庙，是东晋时李雄所建。今名武侯祠，在四川省成都市。

③锦官城：又简称锦城，三国蜀汉时管理织锦的官府驻此，因以得名。在今成都市南。柏森森：形容祠堂内柏树长得茂盛。

④碧草：春天的嫩草。黄鹂：也称黄莺，是一种鸣声动听的小鸟。

⑤三顾：指刘备亲自到隆中访问诸葛亮，"三顾草庐"的故事。频烦：即频繁，多次访问的意思。天下计：统一天下的计策。

⑥两朝：指蜀主刘备和刘禅父子两代。开济：开创基业，匡济危时。

⑦师：兵师。出师：即出兵。未捷：没有取得胜利。

【鉴赏】

这首诗措词肃穆，沉郁悲壮，充分表达了诗人对诸葛亮的敬仰和惋惜之情，以景开篇，以情结尾，寓情于景，渲染出一种慷慨凄凉的氛围。

春夜喜雨

好雨知时节，当春乃发生^①。
随风潜入夜，润物细无声^②。
野径云俱黑，江船火独明^③。
晓看红湿处，花重锦官城^④。

【注释】

①"好雨"二句：正当春天万物孳生之时，一场及时的好雨就下了起来，它似乎很懂得季节的需要。

②"随风"二句：这场好雨随着春风悄悄在夜晚降临，为滋润万物而轻轻地下着。

③"野径"二句：远看田野小路，仰望天空，都是一片漆黑，只有江船上独自闪耀着一点明亮的灯火。

④"晓看"二句：当风止雨歇、破晓天明，设想成都城内枝头繁花，湿润丰满，万紫千红，其景色是多么绚丽多姿！红湿处：树上的鲜花雨后红润一片。花重：花因着雨而显得沉重。

【鉴赏】

这首诗描绘了春夜雨景，表现了作者喜悦的心情，在作者细腻、传神的景物描写中，情感得到了自然流露。

茅屋为秋风所破歌^①

八月秋高风怒号^②，卷我屋上三重茅^③。
茅飞渡江洒江郊^④，高者挂罥长林梢^⑤，
下者飘转沉塘坳^⑥。
南村群童欺我老无力，忍能对面为盗贼^⑦。

公然⑧抱茅入竹去，唇焦口燥呼不得⑨，
归来倚杖⑩自叹息。
俄顷风定云墨色⑪，秋天漠漠向昏黑⑫。
布衾多年冷似铁⑬，娇儿恶卧踏里裂⑭。
床头屋漏无干处，雨脚如麻未断绝⑮。
自经丧乱⑯少睡眠，长夜沾湿何由彻⑰！
安得广厦千万间⑱，大庇天下寒士俱欢颜⑲，
风雨不动安如山？
呜呼⑳！何时眼前突兀见此屋㉑，吾庐独破受冻死
亦足㉒！

【注释】

①茅屋：指诗人在成都西郊所建的草堂。为秋风所破：被秋风刮坏。歌：是一种诗体。

②秋高：秋季天高气清，所以说秋高。号：吼叫。怒号：形容风声大。

③三重茅：指三层茅草。盖草屋铺草时，是一层一层地盖上去的。

④茅飞渡江：指茅草被风卷到浣花溪（江）的另一岸。洒江郊：散落在江岸边。

⑤挂罥：挂结、缠绕。长林梢：高树的枝头。

⑥塘坳：积水的洼地。

⑦忍能：竟然如此，竟然这样。盗贼：指公然抱茅而去并不归还主人的群童行为，是一种恶作剧。

⑧公然：明目张胆的。

⑨呼不得：喝止不住。

⑩倚杖：撑着手杖。

⑪俄顷：一会儿。风定：风停。云墨色：天空的云层黑如墨色。

⑫漠漠：昏暗不明的样子。向昏黑：将近天黑。

⑬衾：被子。冷似铁：指用过多年的布被子，又硬又不暖和。

⑭恶卧：睡相不好。踏里裂：把被里蹬破了。

⑮雨脚：雨点儿。如麻：形容雨点儿密集。

⑯丧乱：指安史之乱。

⑰何由彻：怎么捱到天亮呢？由：到达。彻：明，指天亮。

⑱安得：哪能得到。这是一种假设语气。广厦：宽大的房子。

⑲大庇：全部地加以庇护。寒士：贫寒的读书人，这里泛指贫穷的人。

⑳呜呼：叹词。

㉑突兀：高耸的样子。这里形容广厦。见此屋：出现这样的屋。见：同"现"，出现。

㉒庐：房子。死亦足：死也值得。

【鉴赏】

本诗通过描述作者本身的痛苦来表现"天下寒士"的痛苦，来表现社会的疮痍，人民的灾难，内容有扬的抑，波折不断。

登　高

风急天高猿啸哀①，渚清沙白鸟飞回②。

无边落木萧萧下，不尽长江滚滚来。

万里悲秋常作客，百年③多病独登台。

艰难苦恨繁霜鬓④，潦倒⑤新停浊酒杯。

【注释】

①猿啸哀：巫峡多猿，鸣声甚哀。

②回：回旋。

③百年：犹一生。

④繁霜鬓：白发日多。

⑤潦倒：犹衰颓，因多病故潦倒。

【鉴赏】

这首诗寓情于景，情景交融，充分表现了诗人为国为民而忧虑的情怀。

登岳阳楼①

昔闻②洞庭水，今上岳阳楼。

吴楚东南坼③，乾坤④日夜浮。

亲朋无一字⑤，老病有孤舟⑥。

戎马⑦关山北，凭轩涕泗流⑧。

【注释】

①岳阳楼：在今湖南省岳阳市。

②昔闻：意为过去仅是听说。

③吴楚：春秋时二国名，其地在我国东南部，今湖南、湖北、江西、安徽、江苏、浙江一带。坼：分裂。

④乾坤：天地。

⑤无一字：指没有一点音信。

⑥老病：杜甫时年五十七岁，身患多种疾病。有孤舟：指仍过着飘零生活。

⑦戎马：指战争。这年秋冬，吐蕃又侵扰陇右、关中一带。

⑧凭轩：倚靠楼栏。涕泗：眼泪鼻涕，形容十分哀痛，不禁哭泣起来。

【鉴赏】

这首诗表现了诗人得偿多年夙愿，即登楼赏美景，同时仍牵挂着国家的复杂感情，充分表达了诗人报国无门的哀伤。

江南逢李龟年

岐王①宅里寻常见，崔九堂前几度闻。
正是江南好风景②，落花时节又逢君。

【注释】

①岐王：唐睿宗之子，玄宗之弟李范。

②江南好风景：指山水说，即所谓"湖南清绝地"。

【鉴赏】

这首诗写诗人与阔别四十多年的友人偶然重逢，在潭州的时候，抒发了历经战乱的故人在久别重逢后的深重感受。

遣　兴

骥子①好男儿，前年学语时。
问知人客姓，诵得老夫诗。

世乱怜渠②小，家贫仰母慈。

鹿门携不遂③，雁足系难期。

天地军麾满，山河战角悲。

傥归免相失，见日敢辞迟。

【注释】

①骥子：杜甫有二子，长子名宗文，次子名宗武，宗武乳名骥子。

②渠：你。

③携不遂：《后汉书》载，庞德公召而不赴，携妻子儿女入鹿门山隐居，采药不返。

【鉴赏】

这首诗怀念的对象是儿子，慈爱之情溢于全篇，抒写了战争带来的遭遇，也表现了诗人因未能尽到自己的责任而深感内疚的心情。

述　怀①

去年潼关破②，妻子③隔绝久。

今夏草木长，脱身得西走④。

麻鞋见天子，衣袖露两肘。

朝廷愍⑤生还，亲故伤老丑⑥。

涕泪授拾遗⑦，流离⑧主恩厚。

柴门虽得去，未忍即开口⑨。

寄书问三川⑩，不知家在否。

比闻同罹祸⑪，杀戮到鸡狗。

山中漏茅屋，谁复依户牖⑫？

摧颓⑬苍松根，地冷骨未朽。

几人全性命？尽室⑭岂相偶？

嵚岑猛虎场⑮，郁结回我首⑯。

自寄一封书，今已十月后。

反畏消息来，寸心亦何有⑰？

汉运初中兴，生平老耽酒⑱。

沉思欢会处，恐作穷独叟⑲。

【注释】

①诗当作于至德二载（757）夏，作者在凤翔为官。

②潼关破：安禄山于756年6月攻破潼关，打开进攻长安的门户。

③妻子：妻和儿女。

④西走：指逃离长安西奔凤翔。

⑤愍：哀怜。

⑥亲故：亲友故人。老丑：作者自谓。

⑦授拾遗：757年5月16日杜甫官拜左拾遗，掌供奉讽谏。

⑧流离：指战乱中自身颠沛流离的遭遇。

⑨"柴门"二句是说，自己现在虽能返回羌村探望家小，但当此国事艰难之际却不忍心告假。

⑩三川：县名，属鄜州。

⑪比闻：近闻。雁祸：遭难。

⑫牖：窗户。

⑬摧颓：形容骨头相互撑拄的狼藉之状。

⑭尽室：全天下的人家。

⑮嶻嶻：形容山势高峻。猛虎场：叛军横行之地。

⑯郁结：愁肠百结。回我首：摇头叹息。

⑰此句是说方寸之心不知该如何是好。

⑱耽酒：嗜酒。

⑲恐：恐怕。独叟：孤独的老人。

【鉴赏】

这首诗反映了饱经战乱的人害怕有不幸消息的传来，写得深刻而真切。

羌村（三首）①

其 一

峥嵘赤云西②，日脚下平地③。
柴门鸟雀噪④，归客千里至⑤。

妻孥怪我在⑥，惊定还拭⑦泪。

世乱遭飘荡，生还偶然遂⑧。

邻人满墙头，感叹亦歔欷⑨。

夜阑更秉烛⑩，相对如梦寐⑪。

【注释】

①羌村：是唐代鄜州（今陕西富县）的一个村子。杜甫曾在此安家。

②峥嵘：山势高峻的样子；这里形容赤云。赤云西：赤云之西，因为太阳在云的西边。

③日脚：太阳从云背后向下射出来的光线。下：是照落的意思。

④鸟雀噪：鸟雀鸣叫。

⑤归客：指诗人自己。千里至：从千里远的地方回来。

⑥妻孥：即妻和子。怪：惊异。

⑦拭：擦。

⑧遂：如愿以偿。

⑨歔欷：抽泣之声。

⑩夜阑：夜深。更秉烛：再点起蜡烛。更：再、又。

⑪如梦寐：疑心是在梦中。

【鉴赏】

这首诗着重写诗人刚到家时合家欢聚的情景，以及人物在战乱时期出现的特有心理。

其　　二

晚岁迫偷生①，还家少欢趣。

娇儿不离膝，畏我复却去②。

忆昔好追凉③，故④绕池边树。

萧萧北风劲⑤，抚⑥事煎百虑。

赖⑦知禾黍收，已觉糟床注。

如今足斟酌⑧，且用慰迟暮⑨。

【注释】

①迫偷生：指这次奉诏回家。偷生：就是现在所谓"混日子"、"活一天

算一天"的意思。

②复：又。却去：离开。

③好追凉：喜欢乘凉。

④故：常常。

⑤萧萧：风声。劲：强有力，形容风的尖利。

⑥抚：思念，抚念。

⑦赖：幸，有"全亏它"的意思。

⑧斟酌：筛酒，这里指饮酒。足斟酌，是说有足够喝的酒。

⑨迟暮：指晚年。

【鉴赏】

这首诗写诗人居定后的苦闷，表达出作者身处乱世有心报国而不甘心苟且偷生的心态。

其　三

群鸡正乱叫，客至鸡斗争①。

驱鸡上树木，始闻叩柴荆②。

父老③四五人，问④我久远行。

手中各有携，倾榼⑤浊复清。

"莫辞⑥酒味薄，黍地无人耕，

兵革⑦既未息，儿童尽东征⑧"。

请为父老歌：艰难愧深情⑨！

歌罢仰天叹，四座泪纵横⑩。

【注释】

①鸡斗争：鸡在斗架。

②柴荆：指用树枝或荆条编制的门。

③父老：乡里老人。

④问：问遗，即带礼物去慰问人。

⑤榼：盛酒器。

⑥辞：嫌弃。

⑦兵革：兵指兵器，革指甲衣。兵革指战争。

⑧东征：安史所盘踞的地面从澉州说是在东方，所以进剿安史叛军叫

东征。

⑨"请为"二句：大家生活这样艰难，还送酒给我，真使我又感激又惭愧。

⑩纵横：泪多的样子。

【鉴赏】

这首诗叙述了邻里深情慰问及诗人致谢的情景，结构严谨，语言质朴。

曲江 (二首)①

其 一

一片花飞减却春，风飘万点正愁人②。
且看欲尽花经眼，莫厌伤多酒入唇③。
江上小堂巢翡翠④，苑边高冢卧麒麟⑤。
细推物理⑥须行乐，何用浮荣绊此身。

【注释】

①这两首诗作于乾元元年（758）暮春。

②"一片"二句：写暮春景色而带有哲理意味。

③厌：指厌酒。伤多：感伤多。

④翡翠：鸟名，羽毛颜色鲜艳。

⑤苑：芙蓉苑。高冢：高大的坟墓。卧麒麟：石麒麟倒卧于墓道上，写战后景象。

⑥物理：指事物兴衰变化之理。

【鉴赏】

本诗写了作者在曲江看花吃酒的情景，布局出神入化，抒情感慨无淋漓。

其 二

朝回日日典春衣^①，每日江头尽醉归。

酒债寻常行处^②有，人生七十古来稀。

穿花蛱蝶^③深深见，点水蜻蜓款款^④飞。

传语风光共流转，暂时相赏莫相违^⑤。

【注释】

①朝回：上朝归家。典：典当。

②行处：处处。

③蛱蝶：蝴蝶。

④款款：缓缓地飞飞停停的样子。

⑤传语：寄语。流转：流连徘徊。相违：背约。

曲江对酒

苑^①外江头坐不归，水晶宫殿^②转霏微。

桃花细逐杨花落，黄鸟时兼白鸟飞。

徒饮久判^③人共弃，懒朝真与世相违。

吏情更觉沧洲^④远，老大徒伤未拂衣^⑤。

【注释】

①苑：指芙蓉苑。

②水晶宫殿：指曲江边上宫殿，因其近水而称。

③判：甘愿。

④沧洲：滨水之处。古时指称隐士的居处。

⑤拂衣：振衣而去。谓归隐。

【鉴赏】

这首诗写的含蓄而有神韵，抒情、写景，真挚感人，景外有景，情外有情。

九日蓝田崔氏庄

老去悲秋强自宽①，兴来今日尽君欢。

羞将短发②还吹帽，笑请旁人为正冠。

蓝水③远从千涧落，玉山④高并两峰寒。

明年此会知谁健？醉把茱萸⑤仔细看。

【注释】

①悲秋：因秋景而生悲。宽：宽慰。

②短发：《春望》中有"白头搔更短"句，即此意。

③蓝水：又名灞水，发源于秦岭，数流汇于蓝田。

④玉山：又名蓝田山，在蓝田县东，骊山之南，出美玉，故名玉山。

⑤茱萸：即山茱萸，植物名。古代风俗，九月初九日，佩茱萸，饮菊花酒，可去邪辟恶，益寿延年。

【鉴赏】

这首诗跌宕腾挪，酣畅淋漓，诗人满腹忧情，却以壮语写出，读之更觉慷慨旷达，凄楚悲凉。

遣兴① （二首）

其 一

我今日夜忧，诸弟②各异方。

不知死与生，何况道路长。

避寇一分散，饥寒永相望。

岂无柴门归，欲出畏虎狼。

仰看云中雁，禽鸟亦同行③。

【注释】

①遣兴：有所感触，作诗排遣抒发。

②诸弟：众弟。杜甫的四个弟弟，只有杜占跟着他西行，其余三个分散在河南、山东一带。

③"仰看"二句：雁的飞行行列极有次序，所以古人多用来指兄弟。

【鉴赏】

这首诗表达了诗人无限惆怅的心情，感人至深，催人泪下。

其 二

蓬①生非无根，漂②荡随高风。

天寒落万里，不复归本丛。

客子念故宅③，三年门巷空。

怅望但烽火，戎车满关东④。

生涯能几时⑤，常在羁旅⑥中！

【注释】

①蓬：蓬草。枯后根断，遇风飞旋。常用来比喻征人游子们漂泊不定的行踪。

②漂：通"飘"。

③客子：旅居他乡作客的人。故宅：即故乡。

④戎车：战车。关东：函谷关以东。

⑤涯：水边，泛指边际。生涯，指人的一生。几时：多少，这里指时间。

⑥羁旅：作客在外。

【鉴赏】

这首诗表达了游子的思乡情怀，文字优美，意蕴无穷。

江 村

清江一曲抱村流，长夏江村事事幽。

自去自来堂上燕，相亲相近水中鸥①。

老妻画纸为棋局，稚子②敲针作钓钩。

但有故人供禄米，微躯此外更何求③？

【注释】

①相亲：谓群鸥自相亲。相近：谓鸥与人接近，无相猜之意。

②稚子：幼儿，孩童。

③微躯：犹谦称贱躯。此：指禄米，或以为指江村。

【鉴赏】

这首诗写于诗人经过四年的流亡生活，来到不曾遭到战乱骚扰的成都郊外溪畔时的愉悦心情。

野　老

野老篱前江岸回①，柴门不正逐江②开。

渔人网集澄潭下③，贾客船随返照来④。

长路关心悲剑阁⑤，片云何意傍琴台⑥？

王师未报收东郡⑦，城阙秋生画角哀⑧。

【注释】

①野老：杜甫自称。一则无官职，二则草堂在成都城外，故自称野老。江岸回：江岸曲折。

②逐江：面对江水。

③网集：张网捕鱼。澄潭：澄清的水潭，指百花潭。

④贾客：商人。返照：落日的余辉。

⑤长路：遥远的道路。剑阁：即剑门关，在川北，是四川通中原的险隘。

⑥片云：即孤云。杜甫晚年像孤云那样飘荡不定，故常以自喻。何意：无意或岂料。傍：靠着。琴台：在今成都市。这里是用琴台比成都。

⑦王师：皇帝的军队。收：收复。东郡：指东京洛阳及附近诸郡。

⑧城阙：指京城。至德二年（757），以成都为南京。这里城阙指成都城。秋生：秋天来临。画角：古代军中的乐器，形如竹筒，外面涂有彩色，故称画角。其声音哀厉高亢。

【鉴赏】

这首诗写出了诗人虽然定居下来，但国家残破、生灵涂炭的现实，使他无法宁静，揭示了他内心微妙深刻的感情波动。

村 夜

萧萧风色暮，江头人不行。
村舂①雨外急，邻火夜深明。
胡羯②何多难！渔樵寄此生。
中原有兄弟，万里正含情。

【注释】

①舂：捣谷去壳成米。

②胡羯：指安史叛军。

【鉴赏】

这首诗前四句写村夜之景，后四句写村夜感怀，全诗情景交融，感人肺腑。

江畔独步寻花七绝句（选一首）

其 六

黄四娘家花满蹊①，千朵万朵压枝低。
留连②戏蝶时时舞，自在娇莺恰恰啼③。

【注释】

①黄四娘：杜甫的邻居。蹊：小径，小路。

②留连：盘桓不去，恋恋不舍。

③自在：自得之意。恰恰啼：正好啼叫起来。一说形容莺声悦耳动听。

【鉴赏】

诗歌主要描写了诗人在黄四娘家赏花时所看到的情景，抒发了诗人心中对于美好事物的喜爱之情，呈现出一幅人与自然和谐共处的美丽画卷。

秋兴八首

其 一

玉露凋伤枫树林^①，巫山巫峡气萧森^②。

江间波浪兼天涌^③，塞上风云接地阴^④。

丛菊两开他日泪^⑤，孤舟一系故园心^⑥。

寒衣处处催刀尺^⑦，白帝城高急暮砧^⑧。

【注释】

①玉露：晶莹透明的露水。凋伤：损伤。

②巫山巫峡：《水经注·江水》载，江水历峡，东径新崩滩，其下十余里有大巫山。非唯三峡所无，乃当抗峰岷峨，偕岭衡疑，其间首尾一百六十里，谓之巫峡，盖因山为名也。自三峡七百里中，两岸连山，略无阙处。重岩叠嶂，隐天蔽日，自非停午夜分，不见曦月。萧森：萧瑟阴森。

③江间：指峡。兼天涌：波浪排空，连接天际。

④塞上：指山。接地阴：风云卷动，低垂压地。

⑤丛菊两开：杜甫上年秋天在云安，今年秋天在夔州，见两度菊开，回忆往昔，悲世感时，常为之流泪。他日泪：流泪并非始于今秋，往日也常流泪。

⑥"孤舟"句：思慕长安，归乡心切，所有希望都寄托在一条小船上。

⑦寒衣：时届深秋，天气渐凉，人们已在赶制寒衣。客子无衣，见此更增怀乡之情。刀尺：指裁剪缝制新衣。

⑧暮砧：傍晚时分人们捶捣旧衣。砧：捶捣衣服时垫在底下的器具，大多是石头的。

【鉴赏】

这首诗描写了夔州一带的秋景，寄寓了诗人自伤漂泊，思念故园的心情，真实地表述了其滞留异地的悲伤。

其 二

夔府孤城落日斜，每依北斗望京华①。

听猿实下三声泪②，奉使虚随八月槎③。

画省香炉违伏枕④，山楼粉堞隐悲笳⑤，

请看石上藤萝月，已映洲前芦荻花。

【注释】

①每依：每晚依着。京华：指京城长安，长安城上直北斗，号北斗城。天际遥远，望不到长安，故依北斗而想望长安。

②"听猿"句：《水经注·江水》载，每至晴初霜旦，林寒涧肃，常有高猿长啸，属引凄异，空谷传响，哀转久绝。故渔者歌曰：巴东三峡巫峡长，猿鸣三声泪沾裳。

③奉使：剑南节度使严武曾举荐杜甫任节度参谋、检校尚书工部员外郎。故有"奉使"之说。虚随：杜甫滞寓夔州，孤舟长系，如乘槎不返，故曰"虚随"。槎：木筏。

④画省：即尚书省，掌章奏文书，群臣奏章都要经过尚书省。香炉：尚书省中的一种供具。违伏枕：病卧伏枕，不能如愿，违去画省的意思。

⑤山楼：杜甫寓居的西阁。粉堞：城上涂以白色的矮墙。笳：古代北方民族的一种乐器，类似笛子。

【鉴赏】

这首诗时序由日暮而至深夜，写夔府秋夜等望京华，整首诗交织着深秋的冷落荒凉，心情的寂寞凄楚和国家的衰败残破。

其 三

千家山郭静朝晖，一日江楼坐翠微①。

信宿渔人还泛泛，清秋燕子故飞飞②。

匡衡抗疏功名薄③，刘向传经心事违。

同学少年多不贱，五陵衣马自轻肥④。

【注释】

①"千家"二句：意谓朝阳照射着安静的夔州城，每日临江而坐，置身于青翠山色之中。

②"信宿"二句：意谓渔人泛舟捕鱼，燕子飞来飞去，天天如此。信宿，隔宿、再宿。

③功名薄：匡衡上疏，得以升迁，诗人任左拾遗时上疏论事却遭贬斥，所以说"功名薄"。

④轻肥：即轻裘肥马。

【鉴赏】

这首诗借景抒情，全诗慢慢读来，让人叹息不已。

其　　四

闻道长安似弈棋①，百年②世事不胜悲。

王侯第宅皆新主③，文武衣冠异昔时④。

直北关山金鼓振⑤，征西车马羽书迟⑥。

鱼龙寂寞秋江冷⑦，故国平居有所思⑧。

【注释】

①闻道：听说。似弈棋：是说长安的政客们彼争此夺，此起彼落，就像下棋一样，见得当时朝政混乱。

②百年：虚数，杜甫自指平生经历。

③"王侯"句：意指王侯之家，经过丧乱奔窜，第宅已换了新主人。也指安史乱后，新的权贵们在长安大造第宅，穷极侈丽的历史事实。

④衣冠：指当时权贵名流。当时肃宗和代宗都信任宦官，任其操纵军政大权，而朝臣又分门户党派，互相倾轧，或勾结宦官，希求幸进，因而人事变化很大。当时一批目不识丁的武夫，也以功勋待诏集贤院，得到儒臣的荣称。这些现象都是以前所没有的，所以说"异昔时"。

⑤直北：正北，指长安以北。金鼓：军中所用，擂鼓则进，鸣金则退。金鼓振：指战事频仍。

⑥羽书：古代奏报军情插羽于书，以示紧急。

⑦前六句说长安和国家大事，这一句才收归夔州，回到自身。鱼龙寂寞：指江中鱼龙潜伏蛰居，以喻自己沦落江湖，抱负不得施展。

⑧故国：指长安。平居：平日所曾居住过的地方。杜甫在长安先后居住十多年。有所思：有所思念，即感慨很多，感情复杂的意思。

【鉴赏】

这首诗感叹了长安时局多变以及边境纷扰，对国运民生和自己宦海浮沉身世发出了无限感慨。

其　五

蓬莱宫阙对南山①，承露金茎霄汉间②。
西望瑶池降王母，东来紫气满函关③。
云移雉尾开宫扇④，日绕龙鳞识圣颜⑤。
一卧沧江惊岁晚⑥，几回青琐点朝班⑦。

【注释】

①南山：终南山。《唐会要》卷三十："龙朔二年，修旧大明宫，改名蓬莱宫，北据高原，南望终南山如指掌。"

②承露：承露盘。金茎：铜柱。霄汉：言其高。汉武帝作柏梁铜柱，承露仙人掌。班固《西都赋》："抗仙掌以承露，擢双立之金茎。"唐时宫中并无承露盘，此特借汉事以为形容。

③"西望"二句：极写宫阙气象之宏敞崔巍。王母，西王母，是个神话中有名的人物。瑶池，王母所居，在西，故曰西望。降，望其自瑶池而下降也。《关尹内传》："关令尹喜常登楼，望见东极有紫气西迈，曰：应有圣人经过。果见老君乘青牛车来。"老子自洛阳入函关，故曰东来。

④云移：像云彩一般的分开。雉尾：即雉尾扇，缉雉羽做的。

⑤龙鳞：皇帝衣上所绣的龙纹。圣颜：天子之颜，指玄宗。唐时上朝甚早，故必待日出才能辨识皇帝的面容。

⑥一卧：有一蹶不复振之慨。岁晚：切秋，兼伤老大（杜甫时年五十五）。

⑦"几回"句：指肃宗时为左拾遗事。青琐：指宫门。点：传点。王建诗："殿前传点各依班。"

【鉴赏】

这首诗描写了对京都长安宫阙的想望，通过回忆当年早期的盛况与今日的沧江岁晚相对比，抒发了浓重的今昔之感。

其 六

瞿唐峡口曲江头，万里风烟接素秋①。
花萼夹城通御气②，芙蓉小苑入边愁③。
珠帘绣柱围黄鹤，锦缆牙樯起白鸥④。
回首可怜歌舞地，秦中自古帝王州⑤。

【注释】

①"瞿唐"二句：意谓夔州和长安虽然相距万里，但是秋天的风烟却把两地相连。曲江，在长安城南，是著名的宴游之地。

②花萼：指花萼楼，在兴庆宫西南。夹城：指由兴庆宫通往曲江的复道，是皇家游曲江的专用通道。

③芙蓉小苑：即芙蓉园，在曲江西南。入边愁：指安禄山叛乱的警报传来。

④"珠帘"二句：意谓当年精美豪华的离宫别苑，而今只是黄鹤翔集；当年锦舟来往的曲江水面，而今只有白鸥起飞。

⑤"回首"二句：意谓歌舞游乐的曲江，昔盛今衰，不堪回首，但关中自古以来总还是帝王兴业之地。

【鉴赏】

全诗慨叹安史之乱以来，长安城满目疮痍，诗人在万里之外的瞿唐峡口，回想往日玄宗游幸曲江的盛况，对自古帝王州的今昔盛衰变化，不胜感慨。

其 七

昆明池水汉时功①，武帝旌旗在眼中②。
织女机丝虚夜月③，石鲸鳞甲动秋风④。
波漂菰米沉云黑⑤，露冷莲房坠粉红⑥。
关塞极天唯鸟道⑦，江湖满地一渔翁⑧。

【注释】

①昆明池：在长安西南二十里，周回四十里。汉武帝元狩三年（前120）所凿，故曰"汉时功"。

②旌旗：旗帜。汉武帝凿池，本以习水战，故用"旌旗"二字。眼中：依稀可见。

③织女：昆明池中有二石人，东为牵牛，西为织女，以像天河。当地亦称石公、石婆。遗物尚在，但已埋入地下。虚夜月：月明不织，故称虚。

④石鲸：据《西京杂记》载：昆明池中有玉石刻的鲸鱼，每至雷雨之时，常鸣吼，鬣尾皆动，故曰"动秋风"，亦状石鲸之生动。石鲸至今尚在，现存陕西省博物馆中。

⑤菰：即茭白，其台中有黑者谓之茭郁，秋结实，即菰米。沉云黑：言菰米之繁殖，一望如云之黑。黑亦有茂盛意。

⑥莲房：莲蓬。坠粉红：莲花色红，秋冷凋落，故曰"坠粉红"。

⑦关塞：指夔峡。极天：极言其高。鸟道：人不能到，惟鸟能通，极言其险。

⑧江湖满地：犹言到处漂泊。渔翁：杜甫自谓。身阻鸟道，迹比渔翁，更见还京无期。

【鉴赏】

这首诗写了长安城昆明池盛衰变化，自伤漂泊江湖。

其 八

昆吾御宿自逶迤①，紫阁峰阴入渼陂②。
香稻啄余鹦鹉粒，碧梧栖老凤凰枝③。
佳人拾翠春相问，仙侣同舟晚更移④。
彩笔昔曾干气象⑤，白头吟望苦低垂。

【注释】

①昆吾、御宿：均为地名，在长安东南，两地在汉代均在上林苑中。

②紫阁峰：终南山的山峰。渼陂：水名，紫阁峰在渼陂之南，这一带是当年长安的风景区。

③"香稻"二句：意谓清香的稻米是鹦鹉啄剩之粒，碧绿的梧桐是凤凰

栖老之枝。

④ "佳人"二句：意谓女士们游春，采摘花草，互相问好；好友同船，天色虽晚，游兴不减。

⑤彩笔：即五彩笔，指才情华艳的文笔。

【鉴赏】

这首诗与作者回想昔日在长安畅游漾陂之情境，慨叹青春献赋之豪情不再。

小寒食① 舟中作

佳辰强饮食犹寒，隐几萧条戴鹖冠②。
春水船如天上坐③，老年花似雾中看④。
娟娟⑤戏蝶过闲幔，片片轻鸥下急湍。
云白山青万余里，愁看直北是长安。

【注释】

①小寒食：寒食次日为小寒食。

②鹖冠：隐者之冠。

③"春水"句：指春水初涨，船随水高。

④"老年"句：年老眼花，看花似在雾中。

⑤娟娟：明媚貌。

【鉴赏】

这首诗写在诗人去世前半年多，表现他暮年落泊江湖而依然深切关怀唐王朝安危的思想感情。

张 旭①

山中留客

山水物态②弄春晖，莫为轻阴便拟归③。
纵使晴明无雨色，入云深处亦沾衣。

【注释】

①张旭（675～750），字伯高，江苏苏州人。唐代著名诗人，书法家。初任常熟尉，后官至金吾长史，人称"张长史"。为人洒脱、豁达，颇具才华。他以草书闻名天下，醉酒下笔如有神，时称"张颠"，更被誉为"草圣"。唐文宗曾下诏书，以李白的诗歌、裴旻的剑舞和张旭的草书并称"三绝"。在诗词方面，与贺知章、张若虚，包融合称"吴中四士"。流传下来的诗仅有六首写景绝句。其诗构思巧妙，意境深远。

②物态：景物的样子。

③便拟归：就打算回去。

【鉴赏】

此诗写客人因天气变阴畏雨而欲告退，主人留客而作此诗。句句有景，句句挽留客人，布局合理巧妙。

桃花溪

隐隐飞桥隔野烟，石矶①西畔问渔船。
桃花尽日随流水，洞②在青溪何处边？

【注释】

①石矶：河流中露出的石堆。
②洞：指《桃花源记》中武陵渔人找到的洞口。

【鉴赏】

作者巧用"世外桃源"这一典故写桃花溪一带的秀丽景色，抒发了诗人对桃源的向往之情。构思奇妙，境界明快，情趣盎然，实乃写景佳作。

储光羲①

钓鱼湾

垂钓绿湾春，春深杏花乱。
潭清疑水浅，荷动知鱼散。
日暮待情人，维舟绿杨岸。

【注释】

①储光羲（约706～763），山东兖州人，字不详。开元十四年（726）中进士第，与崔国辅、綦毋潜为同榜进士。之后，担任冯翊县尉，转到汜水、永宣、下邽等地做县尉。后仕途不顺，归隐终南山。复出后担任太祝，人称储太祝，最高官至监察御史。安史之乱中被攻长安的叛军俘虏，担任伪职。叛乱平息后，虽向朝廷请罪，但依然被捕入狱，后流放岭南。他是山水田园诗派的代表诗人之一。

【鉴赏】

该诗写一个小伙子在潭边一边钓鱼一边等待情人。其中充满了浓郁的春色，风景如画，使人不禁沉浸在这种充满感情氛围的春意中。

江南曲 （选一首）

日暮长江里，相邀归渡头。
落花如有意，来去逐船流。

【鉴赏】

该诗描写了江南地区的景色和水乡的生活，表现了那里民风的淳朴自然。该诗语言明快，诗风清新，民歌风情浓郁。

崔 颢①

长干曲四首 (选二首)

其 一

君家何处住？妾住在横塘②。
停船暂借问，或恐是同乡。

【注释】

①崔颢（704~754），汴州（今河南开封）人。开元十一年（733）中进士。曾作太仆寺丞、司勋员外郎等职。在盛唐诗坛有盛名，时人往往将其与王维并称。早期诗多写闺情艳意，经历边塞生活后，诗风一变而雄浑豪放。凭吊古迹，抒发怀乡之情的诗，成就最高。有《崔颢诗集》。《全唐诗》存其诗42首。

②横塘：在今江苏南京市西南。

【鉴赏】

本诗巧妙地传达人的神态，用女子自报家门的急切程度，传达了这个女子大胆、聪慧、天真无邪的音容笑貌，清纯、饶有情趣。

其 二

家临九江①水，来去九江侧。
同是长干②人，生小不相识。

【注释】

①九江：泛指江水而言，不是专指江西九江。

②长干：在今江苏江宁县境内。

【鉴赏】

这是一首男子应答的诗，表面上是惋惜没能青梅竹马，实际是相见恨晚心情的表现，流露出强烈的艺术感染力。

黄 鹤 楼①

昔人已乘黄鹤去②，此地空余黄鹤楼。
黄鹤一去不复返，白云千载空悠悠③。
晴川历历汉阳④树，芳草萋萋鹦鹉洲⑤。
日暮乡关何处是？烟波江上使人愁。

【注释】

①黄鹤楼：故址在今湖北省武汉市蛇山的黄鹄矶头，后焚毁。今于蛇山西端高观山西坡重建落成。

②昔人已乘黄鹤去：据传说古代仙人子安乘黄鹤过此；又说费文伟登仙驾鹤于此。诗人借传说推出黄鹤楼由来。

③悠悠：遥远，无尽头。

④汉阳：今武汉市汉阳。

⑤鹦鹉洲：在湖北省汉阳西南江中的一个小洲，明代为水冲没。

【鉴赏】

黄鹤楼是登临游览的胜地，表达了诗人吊古怀乡之情。

渭城① 少年行

洛阳三月梨花飞，秦地行人春忆归②。
扬鞭走马城南陌③，朝逢驿使秦川客④。
驿使前日发章台⑤，传道长安⑥春早来。
棠梨宫中燕初至⑦，葡萄馆⑧里花正开。

念此使人归更早，三月便达长安道。

长安道上春可怜，摇风荡日曲江⑨边。

万户楼台临渭水，五陵⑩花柳满秦川。

秦川寒食⑪盛繁华，游子春来不见家。

斗鸡下杜⑫尘初合，走马章台日半斜。

章台帝城称贵里⑬，青楼⑭日晚歌中起。

贵里豪家白马骄，五陵年少不相饶。

双双挟弹来金市⑮，两两鸣鞭上渭桥⑯。

渭城桥头酒新熟，金鞍白马谁家宿？

可怜锦瑟筝琵琶⑰，玉壶新酒就倡家⑱。

下妇春来不解羞，娇歌一曲杨柳花⑲。

【注释】

①渭城：即咸阳。故址在今陕西长安县西。

②秦地：秦中之地，因今陕西为古秦国之地，故称。行人：游子。

③陌：田间小道。

④驿使：驿站传送文书的人。秦川：泛指今陕西、甘肃秦岭以北平原地带，因春秋、战国时地属秦国而得名。

⑤章台：汉代长安章台下街名。旧时用为妓院等地的代称。

⑥长安：今陕西西安。

⑦棠梨宫：汉宫名。故址在今陕西淳化西北甘泉山附近，即汉代甘泉苑垣外，云阳南三十里处。

⑧葡萄馆：汉宫名。《汉书·匈奴传》："元寿二年，单于来朝，上以太岁压胜所在，舍之上林苑蒲陶宫。"蒲陶与葡萄通用。

⑨曲江：即曲江池。在今陕西西安市东南。

⑩五陵：汉朝皇帝每立陵墓，都把四方富家豪族和外戚迁至陵墓附近居住，最为著名的是五陵：长陵、安陵、阳陵、茂陵、平陵。所以后来诗文中常以五陵代称豪门贵族聚居之地。

⑪寒食：寒食节，在农历清明前一或二日。这天禁止生火煮食，只吃冷食。

⑫下杜：地名。

⑬贵里：富贵人所居之里。

⑭青楼：指妓院。

⑮金市：古洛阳街市名。后泛指繁华的街市。

⑯渭桥：汉唐时长安附近渭水上的桥。分中渭桥、东渭桥、西渭桥三处。

⑰锦瑟、琵琶：乐器名。

⑱倡：倡伎，古代以歌舞为业的女艺人。

⑲杨柳花：即杨柳枝，唐时歌曲名。

【鉴赏】

这首诗构思巧妙，意境悠远，颇具感染力。

古游侠① 呈军中诸将

少年负胆气，好勇复知机。

仗剑出门去，孤城逢合围。

杀人辽水②上，走马渔阳③归。

错落金锁甲④，蒙茸⑤貂鼠衣。

还家且行猎，弓矢速如飞。

地迥鹰犬疾，草深狐兔肥。

腰间带两绶⑥，转眄⑦生光辉。

顾谓今日战，何如随建威？

【注释】

①游侠：是乐府古题，从晋代张华以后历代都有人作，内容大都写壮勇轻生、杀人报仇的侠士精神。

②辽水：即辽河。

③渔阳：郡名，在今北京密云县西南。

④金锁甲：用黄金做环，连锁成网状的铠甲。

⑤蒙茸：形容乱的样子，不整齐。

⑥绶：丝带，古人用来系印纽，佩在腰上。

⑦眄：斜着眼看。

【鉴赏】

这首诗描写了少年精神抖擞，壮志报仇的侠士精神。

刘长卿①

铜 雀 台

娇爱更何日，高台空数层。
含啼映双袖，不忍看西陵②。
漳河东流无复来，百花辇路为苍苔。
清楼月夜长寂寞，碧云日暮空裴回。
君不见邺③中万事非昔时，古人不在今人悲。
春风不逐君王去，草色年年旧宫路。
宫中歌舞已浮云，空指行人往来处。

【注释】

①刘长卿（709～780），字文房，宣城（今属安徽）人，一作河间（今河北河间市）人。刘诗善于用简淡的笔触，表现出一种耐人寻味的意念和感觉。语言炼饰修整，而无雕琢的痕迹。尤长五言律体，权德舆记其曾自许为"五言长城"。惟意境往往流于枯寂，风格也少变化。高仲武指出他："思锐才窄。""十首以上，语意略同。"（见《中兴间气集》卷下）能切中其病。有《刘随州集》，其中绝大部分是诗。

②西陵：曹操陵墓所在地。

③邺：古地名，在今河北省临漳县境内。

【鉴赏】

这是一首借古抒怀之作，抒发了作者无限的慨叹，语言沧劲，耐人回味。

长沙过贾谊宅

三年谪宦①此栖迟，万古惟留楚客悲。
秋草独寻人去后，寒林空见日斜时。
汉文有道恩犹薄，湘水无情吊岂知②。
寂寂江山摇落处，怜君何事到天涯。

【注释】

①三年谪宦：据《史记·贾谊传》记载，贾谊为长沙王的老师，有三年的时间了，有一天一只鹏鸟飞入贾谊的住宅，坐在墙角，贾谊本来是被贬到长沙的，自以为鹏鸟的到来预示了他的寿命不长了，非常伤心，作《鹏鸟赋》来宽慰自己。

②此句据《史记·贾谊传》记载：贾谊渡过湘水作赋来悼念屈原。

【鉴赏】

这首怀古诗表面上咏的是古人古事，实际上还是着眼于今人今事，诗人把自己的身世际遇，悲愁感兴，巧妙地结合到诗歌的形象中去。

逢雪宿芙蓉山主人

日暮苍山远，天寒白屋①贫。
柴门闻犬吠，风雪夜归人。

【注释】

①白屋：以白茅覆顶的屋子，是贫民居住的地方。

【鉴赏】

这首诗描绘的是一幅风雪夜归图，选景精当，开阖自如，留白巧妙，余韵悠长。

送灵澈上人

苍苍竹林寺，杳杳①钟声晚。
荷笠带夕阳，青山独归远。

【注释】

①杳杳：深远的样子，此处用来描绘钟声的微茫。

【鉴赏】

这首小诗写诗人在傍晚送灵澈返竹林寺时的心情。作品即景抒情，构思精致语言精炼，素朴秀美，也表露出诗人不遇、失意而淡泊的情怀。

逢郴州使，因寄郑协律

相思楚天外，梦寐楚猿吟。
更落淮南叶①，难为江上心。
衡阳问人远，湘水向君深。
欲逐孤帆去，茫茫何处寻。

【注释】

①淮南叶：化用《淮南子》中一叶知秋之意。

【鉴赏】

全篇写友情，抒发了作者对宦海茫茫，身不由己的感慨。

别严士元

春风倚棹阖闾城①，水国春寒阴复晴。
细雨湿衣看不见，闲花落地听无声。
日斜江上孤帆影，草绿湖南万里情。
东道②若逢相识问，青袍③今已误儒生。

【注释】

①阖闾城：即今江苏苏州。

②东道：即东道主，负责招待的主人。

③青袍：唐代八品九品官员的官服。

【鉴赏】

这首诗情、景、事同时在读者眼前展现，寄托了与友人相遇而又别离的复杂情思。

将赴岭外，留题萧寺远公院

竹房遥闭上方①幽，苔径苍苍访昔游②。

内史旧山空日暮，南朝古木向人秋。

天香③月色同僧室，叶落猿啼傍客舟。

此去播迁④明主意，白云何事欲相留。

【注释】

①上方：寺院住持的住处。

②昔游：古人所游的地方。

③天香：桂花飘香。

④播迁：漂泊迁徙。

【鉴赏】

这首诗写诗人蒙冤受屈，远谪南荒之地，重游旧地，在院内题下了这首律诗留念，体现了诗人满怀旧抑郁之情。

登馀干古城

孤城上与白云齐，万古荒凉楚水西。

官舍已空秋草绿，女墙①犹在夜乌啼。

平沙渺渺迷人远，落日亭亭②向客低。

飞鸟不知陵谷③变，朝飞暮去弋阳溪。

【注释】

①女墙：城楼上的矮墙。

②亭亭：独立挺拔的样子。

③陵谷：深谷和高岸。

【鉴赏】

这是一首山水诗，更是一首政治抒情诗，表达了诗人忧国忧民的心情。

北归次①秋浦界清溪馆

万岭猿啼断，孤村客暂依。

雁过彭蠡②暮，人向宛陵稀。

旧路青山在，余生白首归。

渐知行近北，不见鹧鸪③飞。

【注释】

①次：止，停留。

②彭蠡：即鄱阳湖。

③鹧鸪：山中鸟名。

【鉴赏】

这首诗借景抒情，语言平易浅近，清新自然，遣词选句独具匠心。

早　　春

微雨夜来歇，江南春色回。

本惊时不住，还恐老相催。

人好千场醉，花无百日开。

岂堪江海畔，为客十年来。

【鉴赏】

这首诗借早春的景色抒发了作者心中的感慨，构思精巧，淳朴清幽。

经漂母墓

昔贤①怀一饭，兹事已千秋。
古墓樵人识，前朝楚水流。
渚蘋②行客荐③，山木杜鹃愁。
春草茫茫绿，王孙旧此游。

【注释】

①昔贤：指韩信。

②渚蘋：水中小洲的水草。

③荐：用以做草垫。

【鉴赏】

这是一首叙事抒怀之作，意境悠远，耐人寻味。

穆陵关北逢人归渔阳

逢君穆陵路，匹马向桑①乾。
楚国苍山古，幽州白日寒。
城池百战后，耆旧②几家残。
处处蓬蒿③遍，归人掩泪看。

【注释】

①桑：河名，在今北京市境内。

②耆旧：老人。

③蓬蒿：指野草。

【鉴赏】

这是一篇痛心的宽慰语，恳切的开导语，寄托着诗人忧国忧民的无限感慨。

送李中丞归汉阳别业

流落征南将，曾驱十万师。
罢官无旧业，老去恋明时。
独立三边①静，轻生一剑知。
茫茫汉江上，日暮②欲何之。

【注释】

①三边：指幽、并、凉三州。见《小学绀珠》。
②日暮：除了本义外，也比喻年老。

【鉴赏】

这首诗表达了作者无限惆怅的情怀，意蕴无穷。

湘中纪行梢·浮石濑

秋月照潇湘，月明闻荡①桨。
石横晚濑急，水落寒沙广。
众岭猿啸重，空江人语响。
清晖朝复暮，如待扁舟赏。

【注释】

①荡：动，摇动。

【鉴赏】

这首诗清新脱俗，表达了诗人的心志。

碧涧别墅喜皇甫侍御相访

荒村带返照，落叶乱纷纷。
古路无行客，寒山独见君。
野桥经雨断，涧水向田分。
不为怜同病，何人到白云①。

【注释】

①白云：这里指深山隐士所居之地。

【鉴赏】

这首诗说老友皇甫曾来访的深情在诗人的心头荡漾，涌起了其无限的感激之情。

七里滩重送严维

秋江渺渺水空波，越客孤舟欲榜歌①。
手折衰杨悲老大②，故人零落已无多。

【注释】

①榜歌：撑船人的歌。欲榜歌：是指舟将启行。
②折杨：乐府诗题有《折杨柳》，是古横吹曲名，《乐府诗集》收录六朝及只所作二十多首，多数是伤别之辞。老大：化用《古辞》中的"少壮不努力，老大徒伤悲"之意。

【鉴赏】

这首送别诗委婉感人，抒发了作者对人生的感叹，情真意切。

送方外上人

孤云将野鹤，岂向人间住。
莫买沃州山①，时人已知处。

【注释】

①沃州山：在越州剡县，晋宋以来高僧多居于此，高士名人也常在此游止。

【鉴赏】

这是一首送别诗，表达了诗人无限的感慨，真实感人。

高 适①

别韦参军②

二十解书剑③，西游长安城，
举头望君门④，屈指取公卿⑤。
国风冲融迈三五⑥，朝廷礼乐弥寰宇⑦，
白璧皆言赐近臣，布衣不得干明主⑧。
归来洛阳无负郭⑨，东过梁宋⑩非吾士，
兔苑为农岁不登⑪，雁池⑫垂钓心长苦。
世人向我同众人⑬，惟君于我最相亲，
且喜百年见交态⑭，未尝一日辞家贫，
弹棋击筑白日晚⑮，纵酒高歌杨柳春⑯。
欢娱未尽分散去，使我惆怅惊心神，
丈夫不作儿女别，临歧涕泪沾衣巾⑰。

【注释】

①高适（约 704－765），字达夫，渤海（今河北景县）人。少年贫寒，潦倒失意。天宝八年（749）进士及第，官至散骑常待，其诗歌成就是多方面的，尤以边塞诗著称，语言洗练，豪放悲壮，具有独特的艺术风格。有《高常侍集》。

②这是作者开元十二年（724）自长安回宋州时的作品。参军：官名。

③解书剑：精通读书击剑。解，通晓。书剑，代指文武之道。

④君门：帝都宫殿的门，借指朝廷。

⑤屈指：指很容易。公卿：三公九卿，泛指朝廷中的三公卿相等高位的

官职。

⑥国风：国家的风气。冲融：深广的样子。迈三五：超过三皇五帝。迈，超过。

⑦弥寰宇：遍天下。弥，充满。寰宇：天地之间，大地。

⑧布衣：指平民百姓。干：拜谒。

⑨负郭：即城郊肥沃的土地。

⑩梁宋：梁，即汴州，今河南省开封市，宋，即宋州，今河南省商丘。

⑪兔苑：即梁园，汉文帝刘恒子梁孝王刘武所建，在虞城县西南五十里。岁不登：指收成不好。登，指五谷成熟。

⑫雁池：兔苑中的池名，作者曾在此钓鱼。

⑬向我：对我，看我。

⑭交态：交友的心态。也指交情。

⑮弹棋：古时一种棋。唐代弹棋用二十四枚棋子，黑白各半，两人对局。筑：古时一种和筝相近的弦乐器。共十三弦，用竹片击弦发音。

⑯纵酒：犹言开怀畅饮。杨柳春：古时一歌曲名。

⑰临歧：临别。歧，岔路。涕泪：眼泪。沾：湿。

【鉴赏】

这首诗是诗人离梁宋而去京师时所作，写得肝胆刻露，字字情真，以情动人，具有很大的感染力。

自蓟北归①

驱马蓟门北，北风边马哀②，
苍茫③远山口，豁达④胡天开。
五将已深入，前军止半回，
谁怜⑤不得意，长剑独归来。

【注释】

①这首诗作于开元二十年冬，作者从蓟门南归时所作。

②哀：指悲鸣。

③苍茫：形容旷远迷茫的样子。

④豁达：开阔无边的样子。

⑤怜：可怜，悲怜。

【鉴赏】

这首诗是开元二十年冬作者从蓟门南归所作，意境开阔，耐人玩味，突出抒发了作者的心志。

别董大 (二首)①

其 一

六翮飘飖私自怜②，一离京洛③十余年，

丈夫贫贱应未足④，今日相逢无酒钱。

【注释】

①这首诗作于天宝六年（747）。董大：指当时著名的琴师董庭兰，他在家族弟兄中排行第一，故称为董大。

②六翮：鸟翅膀上六根中间有硬管的大羽毛。此借代鸟翅。飘飖：飘荡不定。这里指到处漂泊。

③京洛：指当时的东都洛阳。

④未足：指财物不够应用。

【鉴赏】

这首诗表现了诗人于慰藉中寄希望，给人一种满怀信心和力量的感觉。

其 二

十里黄云白日曛①，北风吹雁雪纷纷，

莫愁前路无知己，天下谁人不识君②？

【注释】

①曛：指天色昏暗。

②君：指董大。

【鉴赏】

　　这是一首送别诗，送别的对象是著名的琴师董庭兰，作者以开朗的胸襟，豪迈的语调把临别赠言说得激昂慷慨，鼓舞人心。

送李少府贬峡中王少府贬长沙①

　　嗟君此别意何如，驻马衔杯问谪居②，

　　巫峡③啼猿数行泪，衡阳归雁④几封书？

　　青枫江上秋帆远⑤，白帝城边古木疏⑥，

　　圣代即今多雨露⑦，暂时分手莫踌躇⑧。

【注释】

　　①这是李、王二县尉被谪贬，临别时，作者写了这首诗给他们送行。贬：谪贬。古代官吏因罪被降职并流放到边远的地方去做官。峡中：今四川省奉节县。长沙：即今湖南省长沙市。

　　②驻马：指停下马。衔杯：口衔酒杯，即饮酒的意思。问：慰问。谪居：贬官后的生活。

　　③巫峡：在今湖北省巴东县以西。

　　④衡阳归雁：衡阳有回雁峰，传说雁至此而归。这里比喻路途遥远，音信难通。

　　⑤枫江：即青枫浦，在今湖南省长沙市浏阳县南浏阳河中。秋帆远：指秋天的天空深邃高远。

　　⑥白帝城：今四川省奉节县东白帝山上。疏：稀疏的意思。

　　⑦圣代：指唐朝。多雨露：比喻广施恩泽。

　　⑧分手：离别的意思。踌躇：犹豫不决的样子。

【鉴赏】

　　这首诗写两位被贬官的友人，寓有劝慰、鼓励之意，结构严密，情感交织，却没有丝毫悲观和消极的情绪。

营 州 歌①

营州少年厌原野，狐裘蒙茸猎城下②，
房酒千钟③不醉人，胡儿④十岁能骑马。

【注释】

①此诗作于开元二十年作者出塞时。营州：在今辽宁省锦州市西，是北部
边塞胡汉杂处之地。

②狐裘：狐皮制的衣服。蒙茸：形容纷乱的样子。

③房酒：即胡酒。指当地民族所酿造的酒味淡薄的酒。千钟：指很多，是
概数。钟：酒器。

④胡儿：指胡人。胡，古代汉族人民对北方民族的通称。

【鉴赏】

这首诗诗人抓住生活现象的本质和特征，准确而简练地表现出来，洋溢着
生活气息和浓郁的边塞情调。

寄孟五少府

秋气①落穷巷，离忧②兼暮蝉，
后时③已如此，高兴亦徒然④。
知君念淹泊⑤，忆我屡周旋，
征路见来雁，归人悲远天，
平生感千里，相望在贞坚⑥。

【注释】

①秋气：指秋风。

②离忧：离别的忧愁。

③后时：失落之时。

④亦徒然：也是枉然。

⑤淹泊：停留不前进。

⑥贞坚：坚贞的德行，这里指矢情不渝。

【鉴赏】

这首诗表达了诗人坚定的信念，借景抒情，感人至深。

东平别前卫县李寀少府①

黄鸟翩翩杨柳垂②，春风送客使人悲，

怨别③自惊千里外，论交④却忆十年时。

云开汶水⑤孤帆远，路绕梁山匹马迟⑥，

此地从来可乘兴⑦，留君不住益凄其⑧。

【注释】

①天宝六年（747）春天，高适在东平时写了这首给朋友李胐的送别诗。东平：郡名，在今山东省东平县。卫县：在今河南省淇县。李胐：诗人的朋友，曾任卫县县尉。少府：唐代对县尉的尊称。

②黄鸟：即黄莺，羽色金黄有光泽，鸣声宛转。杨柳垂：唐代送客有折柳赠别的习俗。

③怨别：离别时忧怨的心情。

④论交：初次认识交朋友。

⑤汶水：即大汶水，源出山东省莱芜县北，流经东平县，北折入黄河。

⑥梁山：在今山东省东平湖西、梁山县南，为汶水所流过的地方。迟：缓慢。

⑦此地：指东平地带。乘兴：指纵情游赏。

⑧君：指李胐。益：更加。凄其：寒冷的样子，这里指情绪凄伤。

【鉴赏】

全诗回顾了诗人与友人长达十年的深厚情谊，抒发了客中离别的悲凄之情。

使清夷军入居庸① (选一首)

匹马行将久②,征途去③转难,

不知边地别④,只讶⑤客衣单。

溪冷泉声苦⑥,山空木叶⑦干,

莫言关塞极⑧,云雪尚漫漫⑨。

【注释】

①天宝九年（750）冬天,作者送兵到清夷后,八居庸关时所作。清夷军：在今河北省怀来县东,唐代在妫郡城内。居庸：即居庸关。

②行将久：将要远行。

③去：前程。

④别：区别的意思。这里指的是边地与内地的气候的差别。

⑤讶：惊讶、奇怪的意思。

⑥苦：苦涩。指泉声幽咽凄苦。

⑦木叶：树木枝叶。

⑧关塞：指居庸关。极：尽头。

⑨漫漫：无边无际的样子。这里指路途遥远没有尽头。

【鉴赏】

这首诗的特点在于作者把感慨行役中路途的艰难和边塞的寒冷结合在一起,加以形象的描写,使之生动感人。

封 丘 县①

我本渔樵孟诸野②，一生自是悠悠者③，

乍可④狂歌草泽中，宁堪作吏风尘下⑤？

只言小邑无所为⑥，公门百事皆有期⑦，

拜迎官长心欲碎，鞭挞黎庶⑧令人悲。

归来向家问⑨妻子，举家尽笑今如此，

生事应须南亩田⑩，世情⑪付与东流水。

梦想旧山⑫安在哉，为衔君命日迟回⑬，

乃知梅福徒为尔⑭，转忆陶潜归去来⑮。

【注释】

①这首诗作于天宝八载以后任封丘县尉期间。封丘县：今属河南省。

②渔樵：钓鱼砍柴。孟诸：泽名，在今河南省商丘市东北。野：旷野之人。

③悠悠者：无牵无挂，无所拘束的人。

④乍可：只可、只能。

⑤宁堪：岂肯、哪能。风尘：比喻世事的纷扰。

⑥只言：只说，只认为。无所为：无所作为。

⑦公门：即官署。期：期限。

⑧黎庶：平民百姓。

⑨问：这里是告诉的意思。

⑩生事：指谋生之事。南亩田：朝南的田地。

⑪世情：指世俗崇尚做官的心态。

⑫旧山：指过去惯游的故乡的山。

⑬衔君名：奉皇帝的命令。迟回：迟疑不决。

⑭梅福：西汉人，曾任南昌县尉，相传后来成了神仙，所以后世常以"仙尉"作县尉的美称。徒为尔：徒劳无益的意思。

⑮转忆：又回忆起。归去来：指晋陶潜的《归去来辞》。

【鉴赏】

这首诗是诗人发自肺腑的自白，揭示了他理想与现实的矛盾和出仕之后又强烈希望归隐的衷曲。

送郑侍御谪闽中①

谪去君无恨②，闽中我旧过③，
大都④秋雁少，只是夜猿多。
东路云山合⑤，南天瘴疠和⑥，
自当逢雨露⑦，行矣慎风波。

【注释】

①侍御：官名，是殿中侍御史或监察御史的俗称。谪：因罪被降职，并被流放到边远的地方去做官。闽中：郡名，治所在今福建省福州市。

②君：指郑侍御。无恨：无须怨恨。

③旧过：指过去曾经到过。

④大都：大概、大致。

⑤云山合：指高山上缭绕着云雾。

⑥瘴疠和：瘴是瘴气，旧时指南方热带湿热蒸发出一种容易使人得病的气体。疠是瘟疫。和是混杂的意思。

⑦自当：应该会。雨露：雨露能滋润万物的生长，这里用来比喻朝廷的恩泽。

【鉴赏】

这是一首送别友人的诗，诗中包含了对友人的鼓励之情。

送李侍御赴安西①

行子对飞蓬②，金鞭指铁骢③。
功名万里外，心事一杯中。
虏障④燕支北，秦城太白东⑤。
离魂莫惆怅，看取宝刀雄⑥。

【注释】

①安西：指唐安西都护府，治所在今新疆库车县。

②行子：远行的人，指李侍御。飞蓬：草名，枯后根断，遇风飞旋，常用来比喻客行在外的旅人。

③铁骢：披着铁甲的战马。骢：青黑色的马。

④虏障：阻挡外敌的关塞。这里借指安西。

⑤秦城：指长安城。太白：秦岭最高峰，长安城在太白峰东。

⑥看取：看着。雄：指振奋起雄心。

【鉴赏】

这是一首送别诗，全诗写了依依惜别的心情；也写了举杯谈心，互相劝慰的场面，感情非常真挚，调子是高昂的。

岑 参①

白雪歌送武判官归京②

北风卷地白草折，胡天③八月即飞雪。

忽如一夜春风来，千树万树梨花开。

散入珠帘湿罗幕④，狐裘不暖锦衾薄⑤。

将军角弓不得控⑥，都护铁衣冷难着⑦。

瀚海阑干百丈冰⑧，愁云惨淡万里凝。

中军⑨置酒饮归客，胡琴琵琶与羌笛。

纷纷暮雪下辕门⑩，风掣红旗冻不翻。

轮台⑪东门送君去，去时雪满天山⑫路。

山回路转不见君，雪上空留马行处。

【注释】

①岑参（715～770），棘阳（今河南泌阳县）人。天宝三载（744）进士，授右率府兵曹参军。曾两度从军，充安西节度使府掌书记及安西、北庭节度判官。最后，官嘉州刺史。后世称为岑嘉州。老年依杜鸿渐，死于成都。岑参与高适并称，都是以反映边塞生活著称的杰出诗人。岑诗早年以风华绮丽见长。后历参戎幕，往来边陲，风格为之大变。其诗洋溢着积极乐观的情绪，内中也掺杂有浓厚的封建士大夫追求个人功名的思想。在艺术上，富有幻想色彩，善于运用变化无端的笔触，描绘现实生活中的体验。设色如长虹映波，晚霞散绮；体势如弹丸脱手，骏马注坡，绚丽而又明快。胡应麟称"高（适）黯淡之内，古意犹存；岑英发之中，唐体大著"（《诗薮》）。此虽论高、岑五古，然亦可作为这两个以雄浑著称的诗人风格区分之大较，都能指出其特色。有《岑嘉州集》。

②白雪歌：白雪是诗题，古代将合乐的称为歌，不合乐的称为诗。武判官：名字不详。判官是帮助节度使，观察使等处理政务的僚属。

③胡天：西北地区的天空。古代对西北少数民族称"胡"。

④珠帘：用珠子穿成的帐帘。罗幕：丝织的帐幕。

⑤狐裘：狐皮大衣。锦衾：锦缎被褥。

⑥角弓：用兽角做装饰的弓。控：拉开。

⑦都护：官名。唐代在边境先后设置六大都护府，都护总领辖境的军政大权。难着：难穿。

⑧瀚海：大沙漠。阑干：纵横散乱的样子。

⑨中军：中军帐，主帅起居办公的地方。

⑩辕门：军营大门。

⑪轮台：今新疆米泉县，当时属北庭都护府辖区。

⑫天山：在新疆中部，绵延约二千多公里。

【鉴赏】

　　这首诗是岑参任酬庭节度使封常清的判官时的作品，全诗意象异常雄壮，想象奇绝，堪称咏雪诗歌之代表作品。

热海行送崔侍御还京①

侧闻阴山胡儿语②，西头热海水如煮。
海上众鸟不敢飞，中有鲤鱼长且肥。
岸旁青草常不歇③，空中白雪遥旋灭④。
蒸沙烁石燃虏云⑤，沸浪炎波煎汉月。
阴火⑥潜烧天地炉，何事偏烘西一隅⑦？
势吞月窟侵太白⑧，气连赤坂通单于⑨。
送君一醉天山郭⑩，正见夕阳海⑪边落。
柏台霜威寒逼人⑫，热海炎气为之薄⑬。

【注释】

　　①热海：热海是古湖名，即"大清池"，今苏联之伊塞克湖，唐代时是通往西域的交通要道。侍御：官名，即侍御史。

　　②侧闻：从旁听说。阴山：唐朝北庭都护府下有阴山州都督府，在今新疆

北部。胡儿：泛指西北边地的少数民族。

③不歇：不凋谢的意思。

④旋：疾速。这句的意思是地面热气上蒸，热海上空的雪花很快被融化。

⑤烁：融化。虏云：指胡地上空的云。

⑥阴火：指地下的火。

⑦隅：角。指热海所在的西疆。

⑧月窟：传说中月落后栖止的洞穴。太白：即金星。

⑨赤坂：即赤石山，在今新疆吐鲁番西北，亦称火山、火焰山。单于：指当时单于都护府所辖地区。在今内蒙古自治区。

⑩郭：外城。

⑪海：指热海。

⑫柏台：御史台。汉代御史台中多柏树，故有此称。这里借指崔侍御。霜威：指霜一样肃杀的威严。御史、侍御史都负责稽察、监督官员，所以这样说。

⑬薄：压倒，消失。

【鉴赏】

这是借歌颂热海的奇特无比以壮朋友行色的送别诗，寄情出人意表，构思新奇。

走马川①行奉送封大夫出师西征

君不见走马川行雪海边，平沙莽莽②黄入天。
轮台九月风夜吼，一川碎石大如斗，
随风满地石乱走。匈奴草黄马正肥，
金山西见烟尘飞，汉家大将③西出师。
将军金甲夜不脱，夜半军行戈相拨④，
风头如刀面如割。马毛带雪汗气蒸，
五花连钱旋作冰⑤，幕中草檄⑥砚水凝。
虏骑闻之应胆慑，料知短兵不敢接，
车师西门伫献捷⑦。

【注释】

　　①走马川：河名，详不可考。

　　②莽莽：即茫茫。

　　③汉家大将：指封常清。

　　④戈相拨：戈矛之类的武器互相撞击。

　　⑤五花、连钱：剪马鬃为五瓣叫五花，身上有圆形花纹的马叫连钱。这里用五花连钱形容马的漂亮名贵。旋：立刻。

　　⑥草檄：起草讨伐敌人的文书。

　　⑦车师：西域国名，在今新疆吐鲁番县。伫：长时间站立。

【鉴赏】

　　本诗抓住有边地特征的景物来状写环境的艰险，从而衬托士卒们大无畏的英雄气概。

轮台歌奉送封大夫①出师西征

　　轮台城头夜吹角②，轮台城北旄头③落。
　　羽书昨夜过渠黎④，单于已在金山西⑤。
　　戍楼⑥西望烟尘黑，汉兵⑦屯在轮台北。
　　上将拥旄⑧西出征，平明吹笛大军行。
　　四边伐鼓⑨雪海涌，三军大呼阴山⑩动。
　　虏塞兵气连云屯⑪，战场白骨缠草根。
　　剑河⑫风急雪片阔，沙口⑬石冻马蹄脱。
　　亚相⑭勤王甘苦辛，誓将报主静边尘⑮。
　　古来青史⑯谁不见，今见功名胜古人。

【注释】

　　①封大夫：封常清，历任御史大夫、北庭都护、安西节度使等职。

　　②角：乐器，古代用作军号。

　　③旄头：即昴宿星。古人认为旄头星主胡人气运，旄头星落，当是敌军败亡之兆。

　　④羽书：插有鸟羽以表示情况紧急的军用文书。渠黎：地名，今新疆轮台

县，唐时设渠黎都督府于此。

⑤单于：匈奴最高首领的称号，这里指统军将领。金山：或指阿尔泰山，在新疆北部和蒙古人民共和国西部。

⑥戍楼：瞭望敌情的烽火楼。

⑦汉兵：借指唐兵。

⑧旌：节旄，皇帝赐给使臣或大将以示身份的凭证。

⑨伐鼓：擂鼓。

⑩阴山：在今内蒙古境内。

⑪虏塞：敌方的边塞。兵气：杀气。

⑫剑河：水名，今地不详。

⑬沙口：地名，今地不详。

⑭亚相：指御史大夫封常清。秦汉时御史大夫的地位仅次于丞相。

⑮边尘：边患。

⑯青史：史书。古人以竹记事，竹呈青色，故称史书为青史。

【鉴赏】

这首诗描写了整个战争的过程，有张有弛，结构严谨完美，充满着深沉的历史感和乐观的浪漫主义激情。

暮①秋山行

疲马卧长坂②，夕阳下通津③。
山风吹空林，飒飒④如有人。
苍旻霁凉雨⑤，石路无飞尘。
千念集暮节⑥，万籁悲萧晨⑦。
鶗鴂昨夜鸣⑧，蕙草色已陈⑨。
况在远行客⑩，自然多苦辛。

【注释】

①暮：晚。

②疲马：劳顿困乏之马。长坂：漫长的山坡。

③下：落。通津：四通八达的渡口。

④飒飒：即风声。《楚辞·九歌·山鬼》："风飒飒兮木萧萧。"

⑤苍昊：苍天。霁凉雨：秋雨初止。

⑥千念：指纷乱的思绪。暮节：重阳节。

⑦万籁：自然界的各种声响。萧晨：秋晨。

⑧鶗鴃：即杜鹃。

⑨蕙草：香草名。陈：旧，故。

⑩况：何况。远行客：远离家乡的旅人。此指作者自己。

【鉴赏】

这首诗将暮秋景色与山行所感紧密结合，使之相互衬托，从而突出了诗人倦于仕途奔波的心境。

还高冠潭口留别舍弟①

昨日山有信，只今耕种时②。

遥传杜陵叟③，怪我还山迟。

独向潭上酌，无人林下棋。

东溪忆汝处，闲卧对鸬鹚④。

【注释】

①高冠潭：《读史方舆纪要》卷五十三西安府治附郭咸宁县："高观谷水，县东南三十里。西北流入于沣水。"《长安县志》卷十三："终南山自长安县东南圭峰入（长安）县西南界，东为高冠谷，高冠谷水出焉。"又："高冠谷内有石潭，名高冠潭。"舍弟：据《新唐书·宰相世系表》，参有两弟，名岑秉、岑亚。

②山有信：山中有信至。只今：如今，现在。

③杜陵叟：应指相邻的隐者。

④东溪：指高冠谷东的溪水。鸬鹚：鱼鹰。末二句留别舍弟。

【鉴赏】

　　这首诗表达了诗人对弟思念之情。

题永乐韦少府① 厅壁

　　大河南郭外，终日气昏昏②。
　　白鸟下公府，青山当县门③。
　　故人是邑尉④，过客驻征轩⑤。
　　不惮烟波阔，思君一笑言⑥。

【注释】

　　①韦少府：未详。

　　②"大河"二句：言黄河从永乐城南流过，终日水气迷茫。气昏昏：烟雾迷茫貌。《元和郡县志》卷十二河中府乐县："河水，经县南二里。"

　　③白鸟：鹭、鹤一类白色水鸟。公府：谓官署。县门：县衙门。

　　④故人：老朋友，即韦少府。邑尉：县尉。

　　⑤过客：作者自谓。驻征轩：停驻远行的车子。

　　⑥"不惮"二句：言不惧黄河烟波浩淼，渡河与韦少府欢聚。君：指韦少府。

【鉴赏】

　　这首诗借景抒言，构思精妙，蕴藉深远。

高冠谷口招郑鄂①

　　谷口来相访，空斋不见君②。
　　涧花然暮雨③，潭树暖春云④。
　　门径⑤稀人迹，檐峰⑥下鹿群。
　　衣裳与枕席，山霭碧氛氲⑦。

【注释】

　　①招：《文苑英华》作"赠"。诗为作者初授官至谷口访郑鄂不遇而作。

郑鄂：未详。

②"空斋"句：谓至其家而不遇。

③"涧花"句：谓暮雨中涧旁的山花红似火燃。然：同燃，言花红似火。杜甫《绝句》："山青花欲燃。"

④暖：同暖。

⑤门径：门前的小路。

⑥檐峰：檐外的山峰。

⑦"衣裳"二句：谓友人室中衣物枕席笼罩在云气之中。氤氲：云气弥漫貌。

【鉴赏】

此词约写于诗人隐居终南山时，表达了他乐于隐居的思想感情。

与高适、薛据同登慈恩寺浮图①

塔势如涌出，孤高耸天宫②。
登临出世界③，磴道④盘虚空。
突兀压神州⑤，峥嵘如鬼工⑥。
四角碍白日，七层摩苍穹。
下窥指高鸟，俯听闻惊风。
连山若波涛，奔凑⑦似朝东。
青松夹驰道⑧，宫观何玲珑⑨！
秋色从西来，苍然满关中。
五陵北原上，万古青蒙蒙。
净理了可悟⑩，胜因夙所宗⑪。
誓将挂冠⑫去，觉道资无穷⑬。

【注释】

①此诗作于天宝十一年（752）秋。同登者除诗题中提到的二人外还有杜甫、储光羲。五人都作了登塔诗，除薛据外四人之作皆存。后代论诗者多以岑参之作为四诗之最。浮图：塔的别称。慈恩寺塔又名大雁塔，为唐高僧玄奘所建。

②天宫：指佛经所谓的四天王宫。《妙法莲华经》："尔时佛前有七宝

塔……高至四天王宫、三十三天。"

③世界：指人世。

④磴道：登塔的石级。

⑤突兀：高耸状。神州：中国的别称。

⑥鬼工：神鬼所建。

⑦奔凑：奔腾涌来。

⑧驰道：皇帝车马所通行的大道。

⑨玲珑：因远望而细巧。

⑩净理：佛教清净之理。了：清晰。

⑪胜因：指产生善道的好因缘。《佛说无常经》："胜因生善道。"夙：平素，向来。宗：崇尚。

⑫挂冠：指弃官。典出《后汉书·逸民传》：逢萌为避王莽之祸，解冠挂于东都城门，携家浮海去辽东。

⑬觉道：即佛道。《维摩经》成肇注："大觉之道，寂寞无相。"资无穷：谓可应用于无穷无尽的生生死死。

【鉴赏】

本诗主要写塔的孤高和登临后向东南西北四方瞭望，望而生发，忽悟佛理，决意辞官学佛，以求济世，暗寓对国是无可奈何的情怀。

送崔子① 还京

匹马西从天外归，扬鞭只共鸟争飞。
送君九月交河②北，雪里题诗泪满衣。

【注释】

①崔子：名字不详，子是对男子的美称。

②交河：地名，在今新疆吐鲁番县。

【鉴赏】

全诗采用了诗家惯用对照手法，反映出久戍塞外之人的恋乡心情。

春　梦①

洞房②昨夜春风起，故人尚隔湘江水③。
枕上片时春梦中，行尽江南④数千里。

【注释】

①此诗见载《河岳英灵集》，当作于天宝十二载（753）以前。

②洞房：深邃的内室。

③故人：老朋友。"故人尚隔"《四部丛刊》《岑嘉州诗》作"遥忆美人"。湘江：《元和郡县志》卷三十七：桂州全义县："湘水，出县东南八十里阳朔山下。"在今广西、湖南境。此指湖南湘江以南。

④江南：唐置江南道，辖苏、杭、湖等四十余州，即今长江以南江苏、湖北、安徽、浙江等大部地区。此谓梦经湖北而至湖南，与友人相会。

【鉴赏】

这首诗先写梦前之思，后写思后之梦，写出了梦中的迷离惝恍，也暗示出平日的蜜意深情。

韦应物①

寄全椒山中道士

今朝郡斋冷，忽念山中客。
涧底束荆薪②，归来煮白石③。
欲持一瓢酒，远慰风雨夕④。
落叶满空山，何处寻行迹。

【注释】

①韦应物（732～792），京兆长安（今陕西西安市）人。早年尚豪侠，以三卫郎事唐玄宗。后由比部员外郎，出为滁州、江州刺史，改左司郎中，官终苏州刺史。世称韦苏州。他于天宝乱后，当州郡残破之余，长期担任刺史之职，诗中对人民疾苦有所同情。其描绘田园山水，亦多优秀之作。语言简淡，绝去雕饰；而风格秀郎，气韵澄澈。白居易曾说："近岁韦苏州歌行，清丽之外，颇近兴讽；其五言诗，又高雅闲淡，自成一家之体。"（《与元九书》）后人论唐诗的艺术流派，往往以王、孟、韦、柳并举。有《韦苏州集》（一称《韦江州集》）。

②荆薪：荆柴，柴草。

③煮白石：相传道家服食有"煮五石英法"。《真浩》卷五："昔白生子者，以石为粮，故世号曰白石生。"

④此两句化自陶潜《饮酒》："忽与一觞酒，日夕欢相持。"

【鉴赏】

这首诗虽然是淡淡写来，却使读者能感到诗人情感上的种种跌宕与反复。

滁州西涧①

独怜幽草涧边生，上有黄鹂深树鸣。
春潮带雨晚来急，野渡无人舟自横。

【注释】

①此诗为兴元年间在滁州所作。

【鉴赏】

全诗不离涧字，写了涧草，涧边的树，涧中水，涧上小舟，动静相映，急缓交错，境界阔大，寓意深隐。

杂体 (五首选一)

青罗双鸳鸯①，出自寒夜女②。
心精烟雾色③，指历千万绪④。
长安贵豪家，妖艳⑤不可数。
裁此百日功，惟将一朝舞。
舞罢复裁新，岂思穷者苦。

【注释】

①罗：质地轻薄、经纬组织呈椒眼形的丝织品，此处指绮缯。这句话是说织成绣有鸳鸯图案的丝织品。
②寒夜女：指在深夜劳苦操作的织女。
③烟雾色：指丝织品有云霞一般的颜色。
④绪：丝线的头。今有成语"千头万绪"。
⑤妖艳：此处为名词，指代贵豪家那些妖艳的歌女、舞女等人。

【鉴赏】

这首诗写了贵豪家妖艳歌女身上穿着穷苦人家深夜劳苦操作的轻罗，对比鲜明，寓意深切，使人读之触目惊心。

郡斋雨中与诸文士燕集①

兵卫森画戟②，宴寝凝清香③。

海上风雨至，逍遥池阁凉。

烦疴④近消散，嘉宾复满堂。

自惭居处崇，未睹斯民康。

理会是非遣⑤，性达形迹忘。

鲜肥属时禁⑥，蔬果幸见尝。

俯饮一杯酒，仰聆金玉章⑦。

神欢体自轻，意欲凌风翔。

吴中盛文史⑧，群彦⑨今汪洋。

方知大藩⑩地，岂曰财赋强。

【注释】

①此诗为作者贞元五年夏在苏州刺史任上作。当时顾况自著作郎被贬为饶州司士参军，经过苏州时，作者接待了他，两人互相有诗唱和。

②森：森然罗列。画戟：指有彩饰的木戟，不是兵器。唐时常用画戟作为仪仗，列于官署及高级官员的宅第前，不同的品级采用不同的数量。苏州是上州，州衙门前列有十二画戟。

③宴寝：即燕寝。按周制，天子有六寝，正寝之外尚有五寝，通名燕寝。此处仅指官员内室。

④烦疴：久不痊愈的疾病。

⑤会：领会。是非：泛指各种世俗事务。遣：排遣，消除。

⑥鲜肥：鱼、肉之类的食物。时禁：唐时颁布的禁止屠宰的命令。

⑦金玉章：席上客人所作的各种华采文章。聆：听。

⑧吴中：指苏州。苏州春秋时为吴国都城，东汉设吴郡，故名。

⑨群彦：众多才俊之士。

⑩藩：藩王国，朝廷设立藩王室，此处指代州郡。

【鉴赏】

这是一首写与文士宴集并抒发个人胸怀的诗，诗人自惭居处高崇，不见黎民疾苦，全诗议论风情人物，大有长官胸襟。

自巩洛舟行入黄河即事寄府县僚友①

夹水苍山路向东，东南山豁大河通②。
寒树依微③远天外，夕阳明灭乱流④中。
孤村几岁临伊岸⑤，一雁初晴下朔风⑥。
为报洛桥游宦侣⑦，扁舟⑧不系与心同。

【注释】

①巩：今河南巩县。洛：洛水。据《元和郡县图志》卷五河南府巩县："黄河，西自偃师县界流入。……洛水，东经洛口，即升谷，北对琅琊渚入河，谓之洛口。"这里的巩洛，即是指巩县洛河注入黄河处。

②豁：大洞，此指两山交界处的深谷。大河：指黄河。

③依微：依稀，因距离遥远而模糊不清的样子。

④乱流：指众多的河流。

⑤伊岸：伊水畔。《水经注·伊水》："伊水出南阳县西蔓渠山……又东北至洛阳县南，北入于洛。"

⑥此句系化鲍照诗《日落望江寄荀丞》："惟见独飞鸟，千里一扬音。推其感物情，则知游子心。"

⑦洛桥：洛阳洛河上之天津桥。游宦侣：在外地作官的朋友。

⑧扁舟：小船。《庄子·列御寇》："巧者劳而智者忧，无能者无所求，饱食而遨游，泛若不系之舟，虚而遨游者也。"

【鉴赏】

这首诗是作者由洛水入黄河之际的即景抒怀之作，寄给他从前在洛阳县丞时的僚友。

初发扬子寄元大校书①

凄凄②去亲爱，泛泛入烟雾。
归棹③洛阳人，残钟广陵树。
今朝此为别，何处还相遇。
世事波上舟，沿洄④安得住。

【注释】

①扬子：扬子津，在扬州扬子县（今江苏邗江县南）。校书：唐低级官职。唐时秘书省、著作局、弘文馆及东宫崇文馆均有校书郎，品级自从九品下至正九品上不等，掌管校对典籍、刊正文章等事务。元大校书：元伯和，唐丞相元载的长子，因元载罪而被赐死。

②凄凄：凄凉悲伤的样子。

③归棹：回程的船。棹，船桨，指代船只。宋王安石词《桂枝香·金陵怀古》："归帆去棹残阳里，背西风，洒旗斜矗，星河鹭起，画图难足。"

④洄：曲折的流水。

【鉴赏】

这首诗由送友启程到舟行江上，离别时写给好友以抒发离情，联想到世事的难测，写得很有情致，也吐露了诗人被罢官以后的心情。

同德寺雨后，寄元侍御、李博士①

川上风雨来，须臾满城阙。
岩峣青莲界②，萧条孤兴发。
前山遽已净，阴霭夜来歇。
乔木生夏凉，流云吐华月。
严城③自有限，一水④非难越。
相望曙河远，高斋坐超忽⑤。

【注释】

①此诗为作者大历八年夏在洛阳同德寺闲居时所作。博士：唐代国子监国

子学、太学、广文馆、四门馆、律学、书学、算学均设置此职，官品自从九品下至正五品上不等。

②岧峣：山峰高峻的样子。《水经注·河水》："魏氏起玄武观于芒垂，张景阳《玄武观赋》所谓'高楼特起，竦峙岧峣，直亭亭以孤立，延千里之清飙'也。"青莲界：佛寺，此指作者所居之同德寺，在洛阳城东郊。佛经中常以青莲花比喻佛眼，故亦常称佛寺为青莲界、青莲宇、青莲宫等。《维摩诘经·佛国品》："长者子宝积即于佛前以偈曰：'目净修广如青莲。'"又杜甫有诗："画藏青莲界，书入金榜悬。"

③严城：戒严之城，此指洛阳。唐代各都城夜晚实行宵禁，禁止居民通行。

④一水：此指洛水。唐代伊水、洛水和大运河之通济渠均交汇于洛阳城中。

⑤超忽：遥远的样子。指心神突然远逝。孟浩然《送从弟邕下第后寻会稽》诗："疾风吹征帆，倏尔向空没。千里在俄顷，三江坐超忽。"

【鉴赏】

这首诗作于诗人在洛阳同德寺闲居时，借景抒情，甚是感人。

登楼寄王卿

踏阁攀林恨不同，楚云沧海①思无穷。

数家砧杵秋山下，一郡荆榛②寒雨中。

【注释】

①楚云沧海：作者时就任滁州。滁州属淮南道，靠近东海，是古时东楚之地，故称楚云沧海。

②荆榛：带刺的灌木丛。

【鉴赏】

这是一首怀念友人之作，给人以离恨绵绵，愁思茫茫的感觉。

寄李儋元锡

去年花里逢君别，今日花开已一年。
世事茫茫难自料①，春愁黯黯②独成眠。
身多疾病思田里③，邑有流亡愧俸钱。
闻道欲来相问讯，西楼望月几回圆。

【注释】

①世事茫茫难自料：指朱泚在长安称帝，德宗出奔奉天一事。

②黯黯：阴沉沉的样子，此指情绪低沉。

③思田里：想辞官归隐。

【鉴赏】

这是一首投赠诗，表达了诗人感怀时事，思念友人的情怀。

寄 恒 璨

心绝去来缘①，迹顺人间事。
独寻秋草径，夜宿寒山寺。
今日郡斋闲，思问楞伽字②。

【注释】

①去来缘：过去与未来的缘分。佛道等教中，一个人有过去、当今及未来三个世界。

②楞伽字：指佛经。佛经有《楞伽阿跋多罗宝经》，又名《大乘入楞伽经》，简称《楞伽经》。

【鉴赏】

这首诗表达了作者心境清淡的情怀，意境清新，令人神往。

秋夜寄丘二十二员外^①

怀君属^②秋夜，散步咏凉天。
山空松子落，幽人应未眠。

【注释】

①丘二十二员外：丘丹，诗人丘为之弟，时任检校户部员外郎。

②属：正当、方值。

【鉴赏】

这是一首怀人诗，诗人先写自己因怀念友人丘丹，在秋夜里咏诗寄情，彻夜不眠，再设想丘丹也因秋兴而未能成眠，以实带虚，写出了彼此心意交融，感情默契。

赋得暮雨送李胄^①

楚江^②微雨里，建业^③暮钟时。
漠漠^④帆来重，冥冥^⑤鸟去迟。
海门^⑥深不见，浦树^⑦远含滋。
相送情无限，沾襟比散丝^⑧。

【注释】

①此诗为作者大历七、八年在洛阳所作。李胄：字恭国，赵郡人，历官鲁山县令、户部员外郎、兵部郎中。

②楚江：长江。

③建业：今江苏南京。三国时东吴定都于此，名建业。

④漠漠：四处散布的样子。

⑤冥冥：高远的样子。《法言·问明》："鸿飞冥冥，弋人何篡焉？"

⑥海门：长江入海处，今江苏镇江。

⑦浦树：江边的树。

⑧沾襟：离别时流下的泪水。散丝：指雨水。张协《杂诗》："腾云似涌烟，密雨如散丝。"

【鉴赏】

这是一首雨中送别友人远行的诗，全诗紧扣暮雨，描写暮雨中的景象，手法妙绝，读后如见一幅暮烟雨送客图。

送别覃孝廉①

思亲自当去，不第未蹉跎②。
家住青山下，门前芳草多。
秭归通远徼③，巫峡④注惊波。
州举⑤年年事，还期复几何。

【注释】

①此诗为大历十年所作。孝廉：汉代科举考试名，也可指郡国及各地方官吏所推举的孝顺廉洁之人，唐时借指科举考试的举子。

②不第：考试失败未登第。蹉跎：终日无所事事而虚度光阴。

③秭归：今湖北秭归县，唐时为归州属县。徼：边界。

④巫峡：长江三峡之一。

⑤州举：州县荐举。唐时州县每年推举本乡中有才德之人参加州县考试，合格者每年十月随贡物上报朝廷。

【鉴赏】

这是一首送别诗，表达了诗人对友人的情谊及诗人自己的心志。

奉送从兄宰晋陵①

东郊暮草歇，千里夏云生。
立马愁将夕，看山独送行。
依微吴苑树②，迢递③晋陵城。
慰此断行别④，邑人多颂声。

【注释】

①此诗为作者大历十一年夏天在长安所作。晋陵：今江苏常州，唐时为常州属县。

②依微：依稀，模糊不清。吴苑：吴王的长洲苑，晋陵春秋时为吴国辖地。

③迢递：遥远的样子。

④断行别：兄弟分离。断行，大雁在飞行时失群。庾信《奉和赵王喜雨诗》："惊乌洒翼度，湿雁断行来。"

【鉴赏】

这首送别诗写从兄即将到晋陵做县令，分手之际，诗人寓情于景，感觉山水也含情，诗人挥手送从兄的情景，充质整首诗的是淡淡的惜别之情。

长安遇冯著①

客从东方来，衣上灞陵②雨。
问客何为来，采山因买斧。
冥冥③花正开，飏飏④燕新乳。
昨别今已春，鬓丝生几缕。

【注释】

①此诗为大历初在长安所作。

②灞陵：又名霸陵，西汉文帝之陵，在长安东郊。

③冥冥：本指昏暗的样子，此指花浓密而光线阴暗。

④飏飏：飞扬的样子。元稹《月临花》："临风飏飏花，透影胧胧月。"

【鉴赏】

这首赠诗，以亲切诙谐之笔调，对失意沉沦的冯著深表理解，并寄体贴和慰勉。

再游西郊渡①

水曲一追游，游人重怀恋。
婵娟②昨夜月，还向波中见。
惊禽栖不定，流芳寒未遍。
携手更何时，伫看花似霰③。

【注释】

①此诗为大历十四年所作。

②婵娟：美好的样子，常用以形容或指代月亮。

③霰：小雪粒。张若虚《春江花月夜》："江流宛转绕芳甸，月照花林皆似霰。"

【鉴赏】

这首诗借景抒情，意境优美，给人以美的享受。

观　田　家①

微雨众卉新，一雷惊蛰②始。

田家几日闲，耕种从此起。

丁壮③俱在野，场圃亦就理。

归来景常晏④，饮犊西涧水。

饥劬⑤不自苦，膏泽⑥且为喜。

仓廪无宿储⑦，徭役犹未已。

方惭不耕者，禄食出闾里⑧。

【注释】

①此诗为建中初在沣上闲居时所作。

②惊蛰：农历二十四节气之一，一般在农历二月左右。

③丁壮：青壮年劳力。

④景：日光。晏：晚。

⑤饥劬：饥饿疲苦。

⑥膏泽：春天的雨水。

⑦仓廪：仓库。宿储：隔年的粮食储积。

⑧闾里：乡里，泛指民间。

【鉴赏】

本诗通过对农民终岁辛劳而不得温饱的具体描述，深刻揭示了当时赋税徭役的繁重和社会制度的不合理。

游　溪^①

野水烟鹤唳，楚天云雨空。
玩舟清景晚，垂钓绿蒲中。
落花飘旅衣，归流澹清风。
缘源^②不可极，远树但青葱。

【注释】

①此诗为作者任江州刺史时所作。

②缘源：追寻水流的源头。

【鉴赏】

这首诗风调悠扬，意境优美，景中有情，情中有景，情景相扣。

游开元精舍^①

夏衣始轻体，游步爱僧居。
果园新雨后，香台照日初。
绿荫生昼静，孤花表春馀。
符竹^②方为累，形迹一来疏。

【注释】

①此诗为作者任江州刺史时所作。

②符竹：刺史的信符，此处代指刺史的职务。

【鉴赏】

这首诗描写了美好的夏天景色，意蕴深刻。

神静师院①

青苔幽巷遍，新林露气微。
经声在深竹，高斋独掩扉。
憩树爱岚岭，听禽悦朝晖。
方耽②静中趣，自与尘事违。

【注释】

　①此诗当是大历末、建中初在沣上闲居时所作。
　②耽：沉溺。

【鉴赏】

　这首诗描写了神静师院的景物，给人以清新淡雅之感。

蓝岭精舍①

石壁精舍高，排云聊直上。
佳游惬始愿②，忘险得前赏。
崖倾景方晦，谷转川如掌。
绿林含萧条，飞阁起弘敞③。
道人上方④至，深夜还独往。
日落群山阴，天秋百泉响。
所嗟累已成，安得长偃仰⑤。

【注释】

　①此诗为大历十一年秋所作。蓝岭：山名，在今陕西蓝田县东南。
　②始愿：夙愿。
　③弘敞：宽敞广阔。
　④上方：佛寺的方丈、住持僧人所居的房间。
　⑤偃仰：安居。《诗·小雅·北山》："或栖迟偃仰，或王事鞅掌。"

【鉴赏】

此诗生动地描绘了蓝岭寺观独特的景物和环境，表达了诗人浓厚的游览快感，同时也流露出诗人对闲静生活的向往之情。

游 南 斋①

池上鸣佳禽，僧斋日幽寂。
高林晚露清，红药②无人摘。
春水不生烟，荒冈筼翳石③。
不应朝夕游，良为蹉跎客。

【注释】

①此诗疑为贞元中所作。
②红药：即芍药。
③筼：竹子。翳：树木死亡。

【鉴赏】

这首诗通过写景表达了作者内心的感慨。

燕居①即事

萧条竹林院，风雨丛兰折。
幽鸟林上啼，青苔人迹绝。
燕居日已永，夏木纷成结。
几阁积群书，时来北窗阅。

【注释】

①燕居：安居，闲居。《论语·述而》："子之燕居，申申如也，夭夭如也。"

【鉴赏】

此诗语言精彩，描写细腻入微，由境及意而达于浑然一体，极富韵味。

幽　居①

贵贱虽异等，出门皆有营②。
独无外物牵，遂此幽居情。
微雨夜来过，不知春草生。
青山忽已曙，鸟雀绕舍鸣。
时与道人偶，或随樵者行。
自当安蹇劣③，谁谓薄世荣④。

【注释】

①幽居：隐居。《礼记·儒行》："笃行而不倦，幽居而不淫。"
②营：营求、追求。
③蹇劣：无才干之人，此作者自指。
④世荣：世间的荣华。薄：轻视。

【鉴赏】

这首诗表达了诗人幽居的喜悦、知足保和的情趣，也表现了他的清幽淡漠、平静悠闲。

永定寺喜辟强夜至①

子有新岁庆，独此苦寒归。
夜叩竹林寺，山行雪满衣。
深炉正燃火，空斋共掩扉。
还将一樽酒，无言百事违②。

【注释】

①此诗为贞元七年在苏州所作。
②百事违：事事不如意。

【鉴赏】

此诗层次分明，结构精巧，描绘了诗人心中的忧伤之情。

对 春 雪①

萧屑杉松声，寂寥寒夜虑。
州贫人吏稀，雪满山城曙。
春塘看幽谷，栖禽愁未去。
开闸正乱流，宁辨花枝处。

【注释】

①此诗为建中四年春在滁州所作。

【鉴赏】

这首诗描写了雪景，表达了诗人心中的忧愁，意境深远，耐人寻味。

孟　郊①

游子吟（选一首）

慈母手中线，游子身上衣。
临行密密缝，意恐迟迟归。
谁言寸草心②，报得三春③晖。

【注释】

①孟郊（751～814），字东野，湖州武康（今浙江县名）人。贞元十二年（796）进士。任溧阳尉。元和初，郑余庆奏为水陆转运从事。64岁时贫病而死。他的诗，极为韩愈所推重。后人并称韩、孟。苏轼则谓"郊寒岛瘦"（《祭柳子玉文》），比之于贾岛，以为"未足当韩豪"（《读孟郊诗》）。所作多五言古体，大部分描写自己的困穷，对社会生活的不平，表示愤慨。其中掺杂有艳美富贵功名的庸俗思想和落后的封建道德伦理观念；但由于他出身贫寒，也有一些作品，对被剥削、受压迫的劳动人民的理解和同情表现得较为深切，在艺术风格上，气度恢宏不足，而表现力特强。善于把真实的体验和强烈的感受，凝炼在简短的篇幅里，构思铸语，往往入木三分，给读者留下深刻不磨的印象。抒情悲苦，境界狭窄，读之使人惨戚无欢，元好问曾称之为"诗囚"（见《论诗绝句》）。有《孟东野集》。

②寸草心：以寸草之小衬托母爱之大。

③三春：古代将春季分为孟春、仲春、季春。

【鉴赏】

这是一首母爱的颂歌，诗中亲切真淳地吟颂了伟大的人性美——母爱，表达了感谢母亲的思想感情。

征妇怨 (四首)①

其 一

良人②昨日去，明月又不圆。
别时各有泪，零落青楼③前。

其 二

君泪濡④罗巾，妾泪满路尘。
罗巾长在手，今得随妾身。
路尘如得风，得上君车轮。

其 三

渔阳⑤千里道，近如中门限⑥。
中门逾有时，渔阳长在眼。

其 四

生在绿罗下，不识渔阳道。
良人自戍来，夜夜梦中到。

【注释】

①征妇怨：孟郊自制的乐府歌辞之一。

②良人：古时妻子对丈夫的称呼。

③青楼：涂黑色油漆的楼。多指豪门大户的闺阁，又有妓院之意。此处意思应

为前者。

④濡：沾湿。

⑤渔阳：古代北方著名的屯兵之地，在今北京境内。此处用以代指丈夫军队驻地。

⑥门限：门槛。

【鉴赏】

此诗描写了战争的残酷及其给人民带来的灾难，用词简练，情景婉转。

折杨柳 (二首)①

其 一

杨柳多短枝，短枝多别离。

赠远②累攀折，柔条安得垂。

青春有定节，离别无定时。

但③恐人别促，不怨来迟迟。

莫言短枝条，中有长相思。

朱颜与绿杨，并在别离期。

其 二

楼上春风过，风前杨柳歌。

枝疏缘别苦，曲怨为年多。

花惊燕地④云，叶映楚池⑤波。

谁堪别离此，征戍在交河⑥。

【注释】

①折杨柳：乐府横吹曲辞之一。

②远：代指远行之人。

③但：只。

④燕地：泛指北方边疆地区。

⑤楚池：指戍边士卒的家乡，泛指南方地区。

⑥交河：县名，在今新疆吐鲁番境内，此处泛指偏远的卫戍之地。征戍：征与戍分别为意义相反的两个词。征：出征、征伐；戍：防卫。用在此处泛指各类军事活动。

【鉴赏】

这首诗这诗写了惜别之情，以及战争带给人民的痛苦。

看花（四首）

其 一

家家有芍药①，不妨至温柔。

温柔一同②女，红笑笑不休。

月娥双双下，楚艳枝枝浮。

洞里逢仙人，绰约春宵游。

【注释】

①芍药：一种花名，花可入药，故名芍药，又名红药。

②同：好像，好比。

【鉴赏】

此诗塑造了女子温柔可人的形象。

其 二

芍药谁为婿①，人人不敢来。

唯应待诗老②，日日殷勤开。

玉立无气力，春凝且装佃。

将何谢青春，痛饮一百杯。

【注释】

①"芍药"句：将其比作一个女孩，闺中待字。

②诗老：作者自谓。

【鉴赏】

此诗写了女子闺中待字的心情。

其　三

苔药吹欲尽，无奈晓风何。

余花欲谁待①，唯待谏郎②过。

谏郎不事俗，黄金买高歌。

高歌夜更清，花意晚更多。

饮之不见底，醉倒深红波③。

红波荡谏心，谏心终无它。

【注释】

①谁待：即待谁。此为宾语前置用法。

②谏郎：指门下侍郎，因其负责谏上事务，故称之为谏郎。

③深红波：代指苔药花。

【鉴赏】

此诗描写了女子落寞的心情。

其　四

三年此村落，春色入心悲。

料得一孀妇①，经时②独泪垂。

【注释】

①孀妇：寡妇。

②经时：多时。

【鉴赏】

此诗写了女子独自落泪的一生悲剧。

送柳淳①

青山临黄河，下有长安道。

世上名利人，相逢不知老②。

【注释】

①柳淳：作者友人。

②"世上"二句：指世俗之人追名逐利，不知老之将至也。

【鉴赏】

这是一首送别诗，表达了作者对友人的一片深情厚谊，情真意，真挚感人。

灞上轻薄行①

长安无缓步，况值天景暮②。

相逢灞浐间，亲戚不相顾③。

自叹方拙④身，忽随轻薄伦⑤。

常恐失所避，化为车辙尘。

此中生白发，疾走亦未歇⑥。

【注释】

①轻薄行：乐府杂曲歌辞的一种。轻薄：指乘快马，着轻裘。

②暮：此处以自然环境映衬自身，表达了作者日暮途穷的处境。

③顾：回头看。

④方拙：耿直不通世故。

⑤伦：通"沦"，沦落。

⑥"此中"二句：慨叹人生短暂，为自己的庸碌无为、未能免俗而后悔。

【鉴赏】

这首诗抒发了作者对人生无限的感慨。

古薄命妾①

不惜十指弦，为君千万弹。
常恐新声至，坐使故声残②。
弃置今日悲，即是昨日欢。
将新变故易，持故为新难③。
青山有蘼芜，泪叶长不干。
空令后代人，采掇幽思兰。

【注释】

①古薄命妾：乐府杂曲歌辞的一种，一般用于思妇一类的题材。

②新声、故声：用以代指新人，旧人。坐：以致，因此。

③"将新"二句：表达对男子喜新厌旧的哀怨。

【鉴赏】

这首诗描写了一位女子的哀怨、伤痛与悲哀之情。

古离别①

松山云缭绕，萍路水分离②。
云去有归日，水分无合时。
春芳役③双眼，春色柔四支④。
杨柳织别愁，千条万条丝⑤。

【注释】

①古离别：乐府杂曲歌辞的一种。

②"松山"二句：用云、水等事物起兴，引出对人生悲欢离合的感叹。

③役：使……劳累。

④支：通"肢"。

⑤丝：与"思"谐间，巧妙地表达了千丝万缕的思念之情。

【鉴赏】

这首诗情真意蕴，质朴自然，隽永深厚，耐人寻味。

湘妃怨①

南巡竟不返，帝子怨逾积。

万里丧蛾眉②，潇湘水空碧。

冥冥③荒山下，古庙④收贞魄。

乔木深青春，清光满瑶席⑤。

搴芳徒有荐⑥，灵意殊脉脉。

玉佩不可亲，裴徊烟波夕。

【注释】

①湘妃怨：乐府琴曲歌辞的一种。湘妃：指舜的两个妃子娥皇、女英。舜南巡时驾崩于苍梧，娥皇，女英日夜思念，挥出的眼泪滴到竹子上，竹子出现了斑斑泪痕，于是又有了湘妃竹的传说。二妃死于江湘之间，成了世传的湘水神，二妃对爱情的忠贞不渝则被传颂千古。

②蛾眉：指女子修长的眉毛，这儿比喻湘妃的美貌。

③冥冥：晦暗的样子。

④古庙：这儿指湘妃祠。

⑤瑶席：用瑶草编的席子，一般放于寺庙神像之前。

⑥搴芳：指拔取香草。荐：用物品祭祀。

【鉴赏】

这首诗表达了深深的哀怨之情，层次分明，结构严谨，引人深思。

塘下行①

塘边日欲斜，年少早还家。
徒将②白羽扇，调妾木兰花③。
不是城头树，那栖来去鸦。

【注释】

①塘下行：乐府相和歌辞里有《塘上行》《塘下行》当为孟郊根据《塘上行》改制而成。

②将：拿着。

③木兰花：指女子以此自况。

【鉴赏】

这首诗表达了女子的志愿，节奏起伏，婉转流畅，用意深远。

古别离①

欲别牵郎衣："郎今到何处？
不恨归来迟，莫向临邛去②！"

【注释】

①古别离：乐府杂曲歌辞的一种。

②"莫向"句：此句所用典故为司马相如与卓文君的爱情故事。司马相如客游临邛，与寡居的卓文君相爱，二人私奔。这里引用典故表达了女子害怕丈夫另觅新欢的心情。

【鉴赏】

这首小诗，情真意蕴，质朴自然，传神地刻画出女主人心中的慌乱和矛盾。

织妇词①

夫是田中郎，妾是田中女。

当年嫁得君，为君秉机杼②。

筋力日已疲，不息窗下机。

如何织纨素③，自著蓝缕④衣。

官家榜村路⑤，更索栽桑树。

【注释】

①织妇词：此乃孟郊自创的乐府词。

②机杼：织机。以此来代指纺织。

③纨素：洁白的细绢。

④蓝缕：即褴褛，形容衣服的破烂。

⑤榜村路：在村间的路旁张贴告示。榜：布告，告示。

【鉴赏】

这首诗描写了织妇的痛苦，语言朴实无华，感情细腻动人。

怨　　别

一别一回老，志士白发早。

在富易为容①，居贫难自好②。

沉忧损性灵，服药说枯槁③。

秋风游子衣，落日行远道。

君问去何之，贱身难自保。

【注释】

①容：修饰，打扮。

②好：亦指修饰容颜。

③枯槁：呆滞憔悴的样子。

【鉴赏】

这首诗描写了一女子的忧愁，反映了离别的痛苦。

长安早春

旭日朱楼光，东风不惊尘①。

公子醉未起，美人争探春②。

探春不为桑，探春不为麦；

日日出西园，只望花柳色。

乃知田家春，不入五侯宅③。

【注释】

①"东风"句：用不惊尘极言春风的柔和。

②探春：早春时，唐人去园中或野外欣赏春光的一种风俗。

③五侯：东汉外戚梁冀一门五侯，称作五侯之家。此处泛指豪门贵族。

【鉴赏】

这首诗用对比的方法写出阶级社会里不同阶级的人的思想感情的格格不入。

寒夜百姓吟

无火炙地①眠，半夜皆立号。

冷箭②何处来？棘针③风骚骚！

霜吹破四壁，苦痛不可逃。

高堂④搥钟饮，到晓闻烹炮⑤。

寒者愿为蛾，烧死彼华膏⑥。

华膏隔仙罗⑦，虚绕千万遭。

到头落地死，踏地为游遨⑧。

游遨者谁子？君子为郁陶⑨！

【注释】

①炙地：用柴火烘烤地面。

②冷箭：代指北风，盖言其刺骨也。

③棘针：也是指代北风之辞。

④高堂：指豪门大户。

⑤烹炮：烧煮熏烤。

⑥华膏：华美的蜡烛。

⑦仙罗：华美的灯罩。

⑧游遨：游乐遨游。

⑨郁陶：忧郁思索的样子。

【鉴赏】

这首诗描写了非常苦痛的场面，催人泪下。

老　恨

无子抄文字，老吟多飘零①。

有时吐向床，枕席不解听②。

斗蚁③甚微细，病闻亦清冷④。

小大不自识⑤，自然天性灵。

【注释】

①"无子"二句：孟郊老而无子，无人给其抄诗，所以他的诗多有散失。

②"有时"二句：意思是自己的诗无知音欣赏。

③斗蚁：蚂蚁打架的声音。

④清冷：清楚的意思。

⑤"小大"句：指因为耳朵失聪，所以不能分辨声音的大小。

【鉴赏】

这首诗抒发了作者对无知音的孤寂，痛苦，哀伤的思想感情。

秋 怀（选一首）

其 二

秋月颜色冰，老客志气单①。

冷露滴梦破，峭②风梳骨寒。

席上印病文，肠中转愁盘。

疑虑无所凭，虚听多无端③。

梧桐枯峥嵘，声响如哀弹。

【注释】

①老客：作者自谓。单：单薄，竭尽。

②峭：料峭，寒冷。

③端：原由，原因。

【鉴赏】

这首诗抒写了诗人饱含一生的辛酸苦涩，晚境的凄凉哀怨，反映出封建制度对人才的摧残和世态人情的冷酷。

西上经灵宝观①

道士无白发，语音灵泉清②。

青松多寿色③，白石恒夜明。

放步霁霞起，震衣华风生。

真文④秘中顶，宝气浮四楹。

一片古关⑤路，万里今人行。

上仙⑥不可见，驱策徒西征。

【注释】

①灵宝观：道观名，在今河南灵宝县境内。

②灵泉清：形容道士的声音如泉水声一般清脆动听。

③寿色：长寿的样子。

④真文：道家经书。

⑤古关：函谷关。秦汉时的函谷关就处在灵宝一带。

⑥上仙：道家将天上的仙人分为九个等级，第一等是上仙。

【鉴赏】

这首诗给人以清新淡雅，质朴明净的感觉，同时也抒发了作者的情怀。

桐庐山中赠李明府①

静境无浊氛②，清雨零碧云。
千山不隐响，一叶动亦闻。
即此佳志士，精微谁相群③。
欲识楚章句④，袖中兰茝薰⑤。

【注释】

①桐庐：县名，在今浙江桐庐县。李明府：事迹不详。明府：唐人对县令的称呼。

②浊氛：污浊的空气，用以比喻世俗的习气。

③群：与之同伍。此指匹配，匹敌。

④楚章句：指楚辞。

⑤兰茝薰：俱为香草名，比喻高洁的品德。

【鉴赏】

这首诗表达了诗人对友人李明府的深情厚谊，结构严精巧妙，耐人寻味。

赠郑夫子鲂

天地入胸臆，吁嗟^①生风雷。
文章得其微，物象^②由我裁。
宋玉逞大句^③，李白飞狂才^④。
苟非圣贤心，孰与造化该^⑤。
勉^⑥矣郑夫子，骊珠今始胎^⑦。

【注释】

①吁嗟：长吁与叹气。
②物象：事物的形象。
③大句：长句。
④狂才：指李白狂放不羁的文风。
⑤造化：天地万物。该：完备。
⑥勉：勤勉。
⑦骊珠：骊龙之珠。胎：孕育。

【鉴赏】

这首诗表现了作者的创作精神和力量，情感真挚，甚是感人。

送淡公^① （选一首）

其 一

燕本^②冰雪骨，越淡^③莲花风。
五言双宝刀^④，联响高飞鸿。
翰苑钱舍人^⑤，诗韵铿雷公^⑥。
识本未识淡^⑦，仰咏嗟^⑧无穷。
清恨生物表，朗玉^⑨倾梦中。
常于冷竹坐，相语道意冲。

嵩洛⑩兴不薄，稽江⑪事难同。

明年若不来，我作黄蒿翁⑫。

何以兀其心，为君学虚空。

【注释】

①淡公：即淡然，唐时诗僧。

②燕本：即贾岛，贾岛法号无本，又是燕地人。

③越淡：指淡然。淡然是越地人。

④"五言"句：指贾岛与淡然并为五言双绝。

⑤钱舍人：指钱微，在当时极负诗名，曾官至中书舍人。

⑥铿雷公：指诗韵铿锵有力。

⑦本：指贾岛。淡：指淡然。

⑧嗟：叹。

⑨朗玉：指人的外表丰神俊朗。

⑩嵩洛：嵩山洛阳地区。

⑪稽江：会稽江南地区。

⑫黄蒿翁：指被埋入坟墓。

【鉴赏】

这首诗格调清新，风格独特，充分展示了作者独有的诗歌创作风格。

寻言上人

万里莓苔地①，不见驱驰踪。

唯开文字窗，时写日月容。

竹韵漫萧屑②，草花徒纤茸③。

披霜入众木，独自识青松。

【注释】

①莓苔地：形容荒凉人迹罕至之地。

②萧屑：寂寞的样子。

③徒：空，仅。纤茸：纤细柔密的样子。

【鉴赏】

这首诗通过写情，表达了作者寂寞孤独的心情。

听蓝溪僧为元居士说维摩经①

古树少枝叶，真僧亦相依。

山木自曲直，道人无是非。

手持维摩偈②，心向居士归。

空景忽开霁，雪花犹在衣。

洗然③山溪昼，寒物生光辉。

【注释】

①蓝溪僧、元居士：俱待考。维摩经：即《维摩诘所说经》，佛教大乘教派的经典。

②维摩偈：维摩经中的偈语。偈语是佛教中的颂词，有三言、四言、五言、六言、七言以至多言为句，四句成一偈。

③洗然：明亮清新的样子。

【鉴赏】

这首诗给人一个非常清雅的意境，给人留下了丰富的想象空间，余味无穷。

吊卢殷（选一首）

诗人多清峭①，饿死抱空山。

白云既无主。飞出意等闲。

久病床席尸。护丧童仆孱②。

故书穷鼠啮③，狼藉一室间。

君归新鬼乡。我面古玉颜④。

羞见入地时，无人则追攀。

百泉空相吊，日久哀潺潺⑤。

【注释】

①清峭：清高孤峭，不同于世俗。

②护丧：治理丧事。孱：弱。

③啮：咬。

④古玉颜：指卢殷死后的面容。

⑤潺潺：流水声。

【鉴赏】

这首诗通过叙事抒发了作者的思想感情，抒情自然，诗意无穷。

常　建①

题破山寺后禅院

清晨入古寺，初日照高林。
竹径通幽处，禅房花木深。
山光悦鸟性，潭影穿人心。
万籁此俱寂，但馀钟磬②音。

【注释】

①常建：长安人，生卒年不详。唐玄宗列元十五年（727）与王昌龄同榜进士。因官场失意，有很长一段时期，来往于山水名胜之间，过着漫游的生活。后举家隐居鄂渚，曾担任盱眙尉之职。其诗内容以田园、山水为主，接近王孟一派的风格。他经常用简练的笔触表达清幽的意境和"淡泊"的情怀。但他对现实并未完全失望，感慨、期望以及有所指责的文字在其大量的边塞诗中表现明显。

②磬：佛寺中使用的一种钵状物，用铜铁铸成，既可作念经时的打击乐器，也可敲响集合寺众。

【鉴赏】

此诗为题壁诗。借写破山寺后禅院幽静的清晨景色，诗人抒发了悠闲的心情。该诗意境悠远，神韵独特，属于盛唐山水诗中极具个性的名作。

宿王昌龄隐居

清溪深不测，隐处唯孤云。
松际露微月，清光犹为君。
茅亭宿花影，药院滋苔纹。
余亦谢时去，西山鸾鹤群。

【鉴赏】

这是一首写山水的隐逸诗，在盛唐时已广为流传，到清代更受到"神韵派"的青睐。该诗描写朴实，语言含蓄，引人联想，耐人寻味。

张 继①

枫桥②夜泊

月落乌啼霜满天，江枫渔火对愁眠。
姑苏城外寒山寺③，夜半钟声到客船。

【注释】

①张继，生卒年不详，字懿孙，襄州（今湖北襄阳）人。天宝十二年（753）进士。曾任检校祠部员外郎、洪州盐铁判官。其诗多登临纪行之作，"不雕不饰，丰姿清迥，有道者风"（《唐才子传》）。有《张祠部诗集》。

②枫桥：位于今苏州市城西。

③姑苏城：苏州的别称。寒山寺：因名僧寒山而得名，亦位于苏州市城西，距枫桥约三里。

【鉴赏】

此诗以简洁而鲜明的形象，细致入微的感受，静中有动地渲染出秋天夜幕下江南水乡的深邃、萧瑟、清远和夜宿客船的游子的孤寂。

韩 翃①

寒食②

春城③无处不飞花，寒食东风御柳斜。
日暮汉宫传蜡烛，轻烟散入五侯家④。

【注释】

①韩翃：生卒年不详，字君平，南阳（今河南南阳附近）人。登天宝十三载（754）进士第。曾两度为节度幕僚（淄青侯希逸、宣武李勉相继辟幕府）。官至中书舍人。为"大历（766～779）十才子"之一。据孟棨《本事诗》载，唐德宗曾赏识其名句"春城无处不飞花"，亲自提名任命他为皇帝的秘书知制诰。韩诗多为送行赠别之作，在当时颇负盛名。《全唐诗》录其诗三卷。

②寒食：《荆楚记》："去冬至一百五日，即有疾风甚雨，谓之寒食，禁火三日。"

③春城：春天的长安城。

④传蜡烛：寒食节普天下禁火，但权贵宠臣可得到皇帝恩赐而燃烛。五侯：东汉桓帝时的五名把持朝政的大宦官。

【鉴赏】

这首诗写了寒食节京城里的融融春意，并讽刺了皇帝的偏宠。全诗含蓄自然，富有情韵。

【国学精粹珍藏版】

唐诗名篇鉴赏

◎尽览中国古典文化的博大精深 ◎读传世典籍，赢智慧人生——受益终生的传世经典

李志敏⊙主编

卷三

民主与建设出版社

李 端①

鸣筝

鸣筝金粟柱，素手玉房②前。
欲得周郎顾，时时误拂弦。

【注释】

①李端（约743～782），字正己，赵州（今河北赵县）人，"大历十才子"之一。早年在庐山隐居，跟随著名僧人皎然学习诗歌。大历五年进士，起初授秘书省校书郎，官终杭州司马。晚年辞官隐居湖南衡山，自号衡岳幽人。喜欢律体，才思敏捷，很受同时代的人赞赏。其诗多凄美清丽之作。有《李端诗集》，《全唐诗》存其诗三卷。

②玉房：弹筝女子的住处。

【鉴赏】

这首小诗写了位弹筝女子为博意中人青睐而故意出错的情态，写得婉转细腻，富有情趣。

闺情

月落星稀天欲明，孤灯未来梦难成。
披衣更向门前望，不忿朝来鹊喜声。

【鉴赏】

此诗描写了辗转难眠的思妇在拂晓时刻的愁思，是一首闺怨诗。本诗的视线在屋内与屋外转换，写了寥廓的天际、孤零零的灯光与喜鹊悦耳的鸣叫，从景、声、情三个角度，描摹了闺中思妇的忧伤。

顾 况①

过山农家

板桥人渡泉声，茅檐日午鸡鸣。
莫嗔焙茶烟暗，却喜晒谷天晴。

【注释】

①顾况（约727～815），字逋翁，苏州海盐（今属浙江）人。肃宗至德二年（757）中进士，建中二年（781）至贞元二年（786）曾为幕府判官。贞元三年（787）为李泌引荐，入朝任著作佐郎。贞元五年（789），李泌去世，他也于此年三四月间被贬为饶州司户参军。约于贞元十年（794）离开饶州，归隐茅山，号"华阳真逸"，有《华阳集》。他是一位关心人民疾苦的新乐府诗人，有很多讽刺劝诫的诗作。

【鉴赏】

此诗是一首六言绝句，形式新颖，记录了路经山农家的所见所闻，描绘了山农晒谷焙茶的劳动场面，传神地表现了山农乐观勤劳淳朴的性格。

听角思归

故园黄叶满青苔，梦后城头晓角哀。
此夜断肠人不见，起行残月影徘徊。

【鉴赏】

此诗写了戍边的人无法入睡，思乡情重的场景。

戴叔伦①

苏溪亭

苏溪亭上草漫漫，谁倚东风十二阑？
燕子不归春事晚，一汀烟雨杏花寒。

【注释】

①戴叔伦（约 732 ~ 789），字幼公（一作次公），润州金坛（今属江苏）人。年少时聪慧过人，师从著名学者萧颖士。至德元年，避永王乱，逃难到江西鄱阳。为生计所迫，开始探寻仕途。大历元年，因得户部尚书充诸道盐铁使刘晏赏识，在其幕下任职，后由刘晏推荐任湖南转运留后。历任涪州督赋、抚州刺史、容州刺史加御史之中丞，官至容管经略使。贞元五年（789）辞官归隐，在回乡的路上，死在清远峡（今四川成都北）。

【鉴赏】

此诗是一首写景诗，是诗人游览义乌的途中，观赏江南温婉秀丽的晚春美景图，有感而发所作的。全诗以景衬情，写出了诗人的无限惆怅。

兰溪① 棹歌

凉月如眉挂柳湾②，越中③山色镜中看。
兰溪三日桃花雨④，半夜鲤鱼来上滩。

【注释】

①兰溪：兰溪江，也称兰江，浙江富春江上游一支流。在今浙江省兰溪县

西南。

②柳湾：种着柳树的河湾。

③越中：古代东南沿海一带称为越。

④桃花雨：江南春天桃花开时下的雨。

【鉴赏】

这首诗描写雨后晴半溪如画的夜色，模仿民歌韵脚，笔触清新灵动，细致描绘了兰溪的山水之美，展现了淳朴自然的渔家之乐。

过三闾庙①

沅湘流不尽，屈子怨何深。
日暮秋风起，萧萧枫树林。

【注释】

①三闾庙：指奉祀屈原的庙宇。据《清一统志》记载，庙在长沙府湘阴县北六十里（今汨罗县境）。

【鉴赏】

当诗人来往于沅湘之上，追忆千年前含冤自尽的屈原，不由感伤万分，遂写下此诗。此诗以情发端，以景结尾，含蓄隽永，令人回味无穷。

张 祜①

何满子②

故国③三千里，深宫二十年。
一声《何满子》，双泪落君④前。

【注释】

①张祜（785～849），字承吉，清河（今属河北）人，原来客居姑苏，后至长安，为元稹排挤，抑郁而归，迁徙淮南，晚年隐居于丹阳以终。一生没有做过官，有诗名，好游山水。张祜的诗多刻画山水、题咏名胜之作，其宫词尤为杰出。语词浅易、笔法纯熟，平易自然，但不流于浅俗。与白居易、杜牧有交往，杜牧称赞他说："何人得似张公子，千首诗轻万户侯。"晚年他喜爱丹阳（今江苏省）曲阿地，筑室隐居。死于唐宣宗李忱大中年间。

②何满子：曲调名。

③故国：故乡。

④君：指唐武宗。据《唐诗纪事》，唐武宗病笃，欲孟才人相殉，孟唱"一声何满子"后，即气绝而死。

【鉴赏】

这是一首宫怨诗，抒写宫女哀婉感叹之情。诗人描述了宫人长锁深宫的痛苦生活，故乡在三千里之外的地方，可望而不可即。

赠内人①

禁门宫树月痕过，媚眼惟看宿鹭窠。
斜拔玉钗灯影畔，剔开红焰救飞蛾。

【注释】

①内人：宫内宜春院的习艺人。

【鉴赏】

这是一首宫怨诗，诗中通过宫人带着羡慕的眼光注视白鹭和拔出玉簪救飞蛾两个形象化的动作，表现了她的无聊情绪，而无聊的原因则是遭遇冷落。本诗含蓄，耐人寻味。

集灵台 (二首)

其 一

日光斜照集灵台①，红树花迎晓露开。
昨夜上皇新授箓，太真含笑入帘来②。

【注释】

①集灵台：即长生殿，是祭神求仙之所。
②上皇：指唐玄宗。授箓 (lù)：授予首教符书。

【鉴赏】

这是一首讽刺诗。讽刺杨玉环的轻薄，本诗写得含蓄委婉，意味深刻。

其 二

虢国夫人①承主恩，平明骑马入宫门。
却嫌脂粉污颜色，淡扫蛾眉②朝至尊。

【注释】

①虢国夫人：杨贵妃的三姐，被唐玄宗封为虢国夫人。

②淡扫蛾眉：相传虢国夫人不施朱粉，天生美艳，常素面朝天。

【鉴赏】

本诗通过对虢国夫人朝见唐玄宗的描写，讥讽了他们之间的暧昧关系和杨氏专宠的气焰。笔法含蓄，它似褒实贬，欲抑反扬，以极其恭维的语言进行着十分深刻的讽刺。

题金陵渡

金陵津渡小山楼，一宿行人自可愁①。

潮落夜江斜月里，两三星火是瓜洲②。

【注释】

①金陵津渡：指今江苏镇江的西津渡，一说指南京附近的渡口。行人：作者自谓。可：当。

②瓜洲：在今江苏邗江县南，为长江渡口。

【鉴赏】

这首诗抒写的是诗人旅夜愁怀，是张祜漫游江南时写在渡口小楼的题壁诗。

张　籍①

牧童词

远牧牛，绕村四面禾黍稠。

陂中饥鸟啄牛背，令我不得戏垅头②。

入陂草多牛散行，白犊时向芦中鸣③。

隔堤吹叶应同伴，还鼓长鞭三四声④。

牛牛食草莫相触⑤，官家⑥截尔头上角！

【注释】

①张籍（768～830），字文昌，原籍吴郡（今江苏苏州市附近），寄居和州（今安徽和县）。贞元十四年（798）进士。元和初，任太常寺太祝。后历国子助教、国子博士、水部郎中、主客郎中、国子司业等官。世称张水部或张司业。张籍是韩愈的学生，又与白居易相友善。其乐府诗着重文学的教化作用，揭露和批判，多切中时弊。与王建所作并称"张王乐府"。有《张司业集》。

②"陂中"句：山坡上饥饿的鸟啄着牛背上的虱子，使我没空去田间游戏。陂：山坡。啄：指饥鸟吃牛背上的蚍虱。垄头：即田埂，田地分界的土墙。

③芦：芦苇。鸣：吼叫。

④"隔堤"句：隔着河水吹树叶回应对岸的伙伴，还挥动牛鞭响三四下。应：回应。鼓：挥动。

⑤相触：互相触角，即牛斗殴。

⑥官家：官府。

【鉴赏】

作者生动描写一个农家牧童放牛的情形，并借牧童的口吻揭示了官家对老百姓的斯压掠夺。寓尖锐讽刺于轻松调侃之中，用意明快而深刻。

节 妇 吟①

君知妾有夫②，赠妾双明珠。

感君缠绵意，系在红罗襦③。

妾家高楼连苑起，良人执戟明光里④。

知君用心如日月⑤，事夫誓拟同生死。

还君明珠双泪垂，恨不相逢未嫁时⑥。

【注释】

①这首诗是张籍名作，诗中"还君明珠双泪垂，何不相逢未嫁时"是千古名句。当时地方割据势力用各种手段拉拢人才，使许多文人为其所用。张师道是当时平卢青节度使，加检校司空、同中书门下平章事，他邀请张籍为其帐下，但张籍政治上主张全国统一，反对分离，因而用比兴手法写下此时以委婉表达了对张师道的拒绝之情，以"节"表明自己坚守自己的政治立场，是一首政治诗。

②君：指李师道。妾：作者自喻。夫：作者国家统一的政治立场。

③红罗襦：红色的纺织短袄。

④良人：丈夫。执戟：手持兵器守卫。明光：明光宫。

⑤用心如日月：心胸宽广，能容纳日月。

⑥"还君"句：一边泪流满面，一边把明珠奉还，为什么不在没有出嫁时相逢相识相知呢？

【鉴赏】

全诗情真意切，委婉动人，对女子心理的刻画细致入微，短幅之中有无限情感曲折，是唐诗中的佳作。

采莲曲①

秋江岸边莲子多，采莲女儿凭②船歌。

青房圆实齐戢戢③，争前竞折漾微波。

试牵绿茎下寻藕，断处丝多刺伤手。

白练④束腰袖半卷，不插玉钗妆梳浅⑤。

船中未满度前州⑥，借问阿谁⑦家住远，

归时共待暮潮上，自弄芙蓉⑧还荡桨。

【注释】

①采莲曲：乐府清商曲词名。

②凭：靠着，倚着。

③青房：青色的花房，即莲蓬。圆实：圆圆的果实，即莲子。戢戢：外观整齐好看。

④白练：白色丝带。

⑤浅：打扮简单。

⑥度前州：通"渡"，划船到前方的小岛边。州，洲畔。

⑦阿谁：哪位。

⑧芙蓉：荷花。

【鉴赏】

这首诗采莲活动写得相当细致，从头到尾都是运用叙述和白描手法，如同采莲女一样淡妆浅梳，不假雕饰，表现出一种纯朴明丽的风格，洋溢着浓郁的江南民歌风味。

夜到渔家

渔家在江口，潮水入柴扉①。
行客欲投宿，主人犹未归②。
竹深村路远，月出钓船稀③。
遥见寻沙岸④，春风动草衣⑤。

【注释】

①"渔家"句：渔夫之家在江口居住，海水漫进了柴禾做的门扇。柴扉，用柴木制作的简陋小门。

②"行客"句：过路的客人想在此投宿，却发现渔人远出打鱼还没有回家。

③钓船：钓鱼的船只。稀：稀少。

④寻沙岸：宽阔的沙滩。寻，古代八尺为一寻。

⑤草衣：结草为衣，暗指没有做官的在野贤士。

【鉴赏】

这首诗诗人用蘸荡感情的笔墨描绘了前人较少触及的渔民生活的一个侧面，题材新颖，语言浅切流畅，活泼圆转。

出　　塞

秋塞雪初下，将军远出师①。
分营长记火，放马不收旗②。
月冷边帐湿，沙昏夜探迟③。
征人皆白首，谁见灭胡时④。

【注释】

①"秋塞"句：秋天的塞外刚刚开始下雪，戍边的将领就要远征西部了。

②"分营"句：帐营分散保持燃火不灭，牧马时旗帜不收。分营：分散的军营。记火：作为标志的篝火。放马：牧马。

③"月冷"句：月光清冷，帐幕也湿了，沙漠昏暗，夜出侦察兵还没有回来。

④"征人"句：出征西部的都是白发将军，谁会等到消灭胡人的那天呢？

【鉴赏】

这首诗表达战争的残酷和对和平生活的向往。

寄和州刘使君①

别离已久犹为郡，闲向春风倒酒瓶。
送客特过沙口堰，看花多上水心亭。
晓来江气②连城白，雨后山光满郭③青。
到此诗情应更远，醉中高咏④有谁听。

【注释】

①刘使君：刘易锡，时任和州刺史。

②江气：江上的晨雾。

③郭：郊区。

④咏：吟诗作歌。

【鉴赏】

这首诗表达了作者与对友人的一片深情，以及自己寂寞的心境。

秋　山

秋山无云复无风①，溪头看月出深松。
草堂②不闭石床静，叶间坠露③声重重。

【注释】

①秋山：秋天的深山。复：又，而且。

②草堂：隐者陋居。

③坠露：露水落在地上。

【鉴赏】

此诗以景抒情，情景交融，诗意盎然，耐人寻味。

酬朱庆馀①

越女新妆出镜心②，自知明艳更沉吟③。
齐纨④未是人间贵，一曲菱歌敌万金⑤。

【注释】

①酬：酬谢。朱庆馀：宝历进士，秘书省校书郎。

②越女：越国美女，西施。出镜心：好像从镜中走出。

③沉吟：自我欣赏。

④齐纨：产于齐地的白色纱绢。

⑤菱歌：采菱时唱的歌。敌：通"抵"，比得上。

【鉴赏】

这首诗表达了作者对朱庆馀的赞赏之情，表达含蓄蕴藉，趣味横生。

西　　州①

羌胡据西州，近甸无边城②。
山东③收税租，养我防塞兵。
胡骑来无时，居人常震惊④。
嗟我五陵间⑤，农者罢耘耕。
边头多杀伤，士卒难全形⑥。
郡县发丁役，丈夫各征行⑦。
生男不能养，惧身有姓名⑧。
良马不念秣⑨，烈士不苟营⑩。
所愿除国难，再逢天下平⑪。

【注释】

①西州：是唐朝的一个郡，现在是新疆维吾尔自治区的吐鲁番和善鄯

两地。

②"羌胡"句：羌人和胡人占领了西州，直逼边城城郊。据：占领。甸：城郊地带。

③山东：在战国时期指崤山或者华山以东的地区。

④"胡骑"句：胡人的骑兵时不时来骚扰，使当地居民受到惊吓。

⑤嗟：发叹词。五陵：指安陵、阳陵、长陵、茂陵、平陵，在这里指豪贵家族居住的地方。

⑥"边头"句：前线战士死的伤的不计其数，士兵几乎没有身体完好的。边头：交战前线。全形：身体不受伤。

⑦征行：应征加入作战队伍。

⑧"生男"句：在唐代，兵役制度中有职业兵和府兵，其中府兵是从农民中征召产生的，凡是男人都必须在"户口本"上登记，以备征兵作战时使用。

⑨秣：马吃的草。

⑩苟：苟且。营：营生。

⑪"所愿"句：我所愿意做得，就是要为国家排忧解难，重新获得社会安定秩序。再逢：重新获得。

【鉴赏】

这首诗描写了战争带给人民的痛苦，也抒发了向往和平的情怀。

怀　别

仆人驱行轩，低昂出我门①。
离堂无留客，席上唯琴樽②。
古道随水曲，悠悠绕荒村。
远程未奄息，别念在朝昏③。
端居愁岁永，独此留清景④。
岂无经过人，寻叹门巷静⑤。
君如天上雨，我如屋下井。
无因同波流，愿作形与影⑥。

【注释】

①轩：古代卿大夫及诸侯夫人坐的有辐的车子，这里泛指车。低昂：高低起伏不停地颠簸。

②樽：酒杯。

③"远程"句：遥远的路程没有休息，离别伤感之情在夕阳残月中容易产生。奄息，休息。朝昏，指残月夕阳。

④"端居"句：平淡地居住在这里，烦恼的岁月过得太慢，一个人留下来陪伴这清丽的风光。愁岁：烦恼的岁月。永：显得太长。

⑤"岂无"句：经过这里的人，没有不会不停地叹息说这里是那么的清静。寻叹：不停地叹息。

⑥"无因"句：没有理由就流到一块儿产生一样的波涛，但愿我们就是形和影一样永不分离。无因：没有理由，不商量。

【鉴赏】

夕阳残月的景色使诗人产生了离别之情。表达了作者心中的苦楚以及对美好的向往。

夜　怀

穷居积远念①，转转②迷所归。
幽蕙③零落色，暗萤④参差飞。
病生秋风簟⑤，泪堕月明衣。
无愁坐寂寞，重使奏清徽⑥。

【注释】

①远念：对遥远亲友的思念之情。

②转转：想来想去。

③幽蕙：幽暗的蕙草。

④暗萤：傍晚的萤火虫。

⑤簟：竹席子。

⑥清徽：清雅的音乐。徽：一种清新雅致的音调。

【鉴赏】

这首诗表达了作者对远离自己的亲友的思念之情，情感感人。

征妇怨①

九月匈奴②杀边将，汉军全没辽水上。
万里无人收白骨，家家城下招魂葬。
妇人依倚③子与夫，同居贫贱心亦舒。
夫死战场子在腹，妾身虽存如昼烛④。

【注释】

①征妇怨：征战时期妇女怨恨战乱的心境。

②匈奴：这里指契丹人。

③依倚：依靠。

④"夫死"句：丈夫在战场上牺牲儿子却还在腹中，我的身体就像白天点燃的蜡烛，成为多余没有意义。昼烛：白天的蜡烛，比喻没有意义的东西。

【鉴赏】

这首诗描写了战争的残酷及其给人民带来的灾难，用词简练，情思婉转。

野老歌①

老农家贫在山住，耕种山田②三四亩。
苗疏③税多不得食，输入官仓化为土。
岁暮锄犁倚空室，呼儿登山收橡实④。
西江贾客珠百斛，船中养犬长食肉⑤。

【注释】

①《野老歌》：又名《山农词》，野老即匿居深山之老农。

②山田：山地里的田，言外之意是土地贫瘠，没有产量，收入极其微薄。

③苗疏：禾苗稀疏，即收成少。

④"岁暮"句：年末锄头和犁等农具放在空荡荡的农舍中，呼唤儿孙们上山采橡子。倚：依附。橡实：橡子，可以充饥。

⑤"西江"句：两广一带做珠宝生意的商人有珠宝上百斛，在船上养的狗每天都吃着美肉。西江：广东省境内的珠江干流，借指当地做生意的商人。贾客：商人。斛：容量单位，十斗为一斛。

【鉴赏】

这首诗写了山村老农遭受到残酷的剥削和压迫，终年劳动而不得食。

洛 阳 行

洛阳宫阙当中州①，城上峨峨十二楼②。

翠华西去几时返，枭巢乳鸟藏蛰燕③。

御门空锁④五十年，税彼农夫修玉殿⑤。

六街朝暮鼓冬冬，禁兵持戟守空宫⑥。

百官月月拜章表⑦，驿使⑧相续长安道。

上阳宫树黄复绿，野豸入苑食麋鹿⑨。

陌上老翁双泪垂，共说武皇巡幸时⑩。

【注释】

①中州：中豫州位于九州中间而称为中州。古代豫州即现河南，中州也泛指黄河流域。

②峨峨：高耸。十二楼：十二座楼，洛阳宫城雄伟辉煌。

③"翠华"句：皇帝的队伍西去了不知何时回来，宫殿里都成为枭鸟燕子的栖身之地了。翠华：皇帝的仪仗队，其旌旗用翠羽作饰，用翠华象征皇帝。枭：猫头鹰。蛰燕：躲起来避寒的小燕子。

④空锁：没有人进出。

⑤税：征税。玉殿：洛阳皇宫。

⑥"六街"句：六街巡逻的警卫部队晚上、早晨都鸣锣鼓冬冬作响，禁军拿着武器守卫空荡荡的宫殿。禁兵：禁军，分为南北衙，南衙为诸卫兵，北衙为禁军。

⑦章表：章奏，汇报。

⑧驿使：传递信息的骑兵。

⑨"上阳"句：上阳宫内的树木黄了又绿，野外来了豺狼进入园林中捕食麋鹿。上阳宫：唐高宗在洛阳东都内建立的宫殿之一，高宗在此听政。苑：园林，御花园。麋鹿：泛指猎物。

⑩"陌上"句：老翁在田间谈论当年武则天巡视东都的情景，不禁泪流满面。陌：农田，横为阡，纵为陌。武皇：武则天，十分关心农业生产发展。

【鉴赏】

这首诗以叙事来抒情，情景感人，令人深思。

贾客乐

金陵向西贾客多，船中生长乐风波①。
欲发移船近江口，船头祭神各浇酒②。
停杯共说远行期，入蜀经蛮远别离③。
金多众中为上客，夜夜算缗眠独迟④。
秋江初月猩猩语⑤，孤帆夜发潇湘渚⑥。
水工持楫防暗滩，直过山边及前侣⑦。
年年逐利⑧西复东，姓名不在县籍⑨中。
农夫税多长辛苦，弃业宁为贩宝翁⑩。

【注释】

①"金陵"句：金陵以西有许多商人，他们在船中已经习惯了风波大浪。金陵：今南京。贾客：商人。乐：习惯。

②浇酒：商船远航，都要在船头往海里浇酒祭水神，祈求航程平安无事。

③"停杯"句：停下酒杯叙说遥远的行程日程，进入四川蜀地经过少数民族地区谁又要分离。蜀：四川，长江上游地区。蛮：古代我国对南方少数民族的蔑称，又称"南蛮"。

④"金多"句：众商人中赚钱多者被奉为上客，每晚都数着钱贯难以入眠。上客：贵客。缗：钱贯。

⑤猩猩语：长江两岸猿猴的啼叫声。

⑥潇湘：湘江在零陵县西面汇合后称为潇水，这里泛指湖南一带地区。渚：水中小块陆地。

⑦"水工"句：水手们手持船桨以防暗礁，直穿过重重山岭经过旧游之地。水工：水手，船夫。楫：船桨，船篙。暗滩，暗礁。前侣：从前游过的地方。

⑧逐利：追逐利润。

⑨县籍：唐朝户口制度极严，但常年在外经商的人无法登记，有隐匿户口的现象。

⑩"农夫"句：农民税赋沉重，劳作又极为艰苦，许多农民都放弃农耕做贩卖珠宝的商人。当时唐政府实行租庸调制和均田制，对农民和农田的管理和征税极为严厉苛刻。

【鉴赏】

这首诗反映了商人在外辛苦奔波，社会地位却很低，但为了生活却很无奈的现状。

江南行①

江南人家多橘树②，吴姬舟上织白苎③。
土地卑湿饶虫蛇，连木为牌入江住④。
江村亥日长为市⑤，落帆度桥来浦里⑥。
清莎覆城竹为屋，无井家家饮潮水⑦。
长干午日沽春酒⑧，高高酒旗悬江口。
娼楼两岸临水栅，夜唱竹枝留北客⑨。
江南风土欢乐多，悠悠处处尽经过。

【注释】

①江南行：乐府相和曲名。

②江南：长江以南，唐建江南道，管辖江南各省。橘：柑，我国中部南部有产，福建红橘为橘中佳品。

③吴姬：吴地美女。白苎：白色苎麻。

④"土地"句：土地较低而又潮湿，虫蛇极多，于是为避免虫蛇干扰，用木板搭成簰，在江上住。

⑤亥日长为市：隔一天组织集市。岭南一带叫虚或墟，江淮一带叫赶集，四川一带叫亥市。

⑥浦里：水边，河岸上。

⑦"清莎"句：用青色莎草覆盖竹子建成房屋，没有井水就喝潮水。青莎：一种草，又名香附子。

⑧午日：端午那天，五月初五。沽：买。春酒：春天酿造冬天熟的酒。

⑨娼楼：青楼，妓院。水栅：竹制的河道关卡。竹枝：词牌名，专咏民间杂事的七绝诗体。

【鉴赏】

这首诗勾勒出客观景物在特定环境下所显示出的别样韵味，传神生动，同时也抒发了作者的感情。

短歌行①

青天荡荡高且虚，上有白日无根株②。

流光暂出还入地，使我少年不须臾③。

与君相逢勿寂寞，衰老不复如今乐④。

玉卮盛酒置君前，再拜愿君千万年⑤。

【注释】

①短歌行：乐府平调名，多写即时行乐。

②"青天"句：苍天广大高远空阔，太阳在上悬挂着没有根基。荡荡，广大，远大。虚：空。根株：树木的根基，基础。

③"流光"句：时光像流水一样一出来就渗入地下消失了，使我青少年时光短暂。流光：如流水的时光。暂出：一出现。入地：水渗入地下，喻时光流逝之快。须臾：片刻之间。不：无。

④"与君"句：和您有缘相聚就不要自甘寂寞，与其就这样一天天衰老下去，还不如抓紧时间享乐一番。

⑤"玉卮"句：在您面前斟一杯美酒，再敬您一杯祝您健康长寿。玉卮，玉做的酒杯。千万年：长寿。

【鉴赏】

这首诗作者感叹时光的流逝和作者不甘寂寞的情怀。

楚妃① 怨

梧桐叶下黄金井，横架辘轳牵素绠②。
美人初起天未明，手拂银缾秋水冷③。

【注释】

①楚妃：楚王的妃子。一指楚庄王妃樊姬，一指楚文王妃息妫。

②"梧桐"句：梧桐树下水井口用铜镶着，上面架着辘轳，拴着白色的吊水绳。黄金井：用铜镶的井口，以显示富贵。辘轳：汲水的机械装置。素绠：白色的取水绳。

③"美人"句：美人天没有亮就起来汲水，手摸着银制的水瓶，秋天的井水冰凉冰凉的。缾：通"瓶"，装水器皿。

【鉴赏】

这首诗表达了女主人公寂寞的哀怨与苦楚之情。

泗 水 行

泗水流急石纂纂①，鲤鱼上下红尾短。
春冰销散日华满，行舟往来浮桥断②。
城边鱼市人早行，水烟漠漠多棹声③。

【注释】

①泗水：清泗，在今山东泗水县境内。纂纂：石头成堆成堆的样子。纂，聚集在一起。

②浮桥断：即"开桥"，把浮桥中间的桥板抽去让舟船航行。

③水烟：水上升起的雾气。漠漠：迷蒙的样子。棹：船桨。

【鉴赏】

这首诗景物优美，语言流畅，形象生动，感动人心。

江 南 春

江南杨柳春，日暖地无尘①。
渡口过新雨，夜来生白蘋②。
晴沙鸣乳燕，芳树醉游人③。
向晚青山下，谁家祭水神④。

【注释】

①"江南"句：江南的春天杨柳飘飘，太阳温暖地照在一尘不染的大地上。

②"渡口"句：口岸边刚刚下过一场春雨，一夜之间就长满了水草。渡口，船泊停靠的口岸。过新雨：刚下过一场春雨。夜来，一夜之间。白蘋：一种浮游水草植物，即"马尿花"。

③"晴沙"句：新出生的幼燕在太阳照射下的沙滩上欢快地鸣叫，芳香的树木使游人为之陶醉。乳燕：初生的小燕子。醉，使人陶醉。

④"向晚"句：在傍晚时分，青山脚下，不知哪家渔人又在船头祭祀水神，祈祷来年一家平安。向晚：临近晚上，傍晚。水神：江南渔村人民祈求出海打鱼平安无事的一种活动，以酒倒在船头水中以敬水神。

【鉴赏】

这首诗画面清新，充满了浓郁的生活情趣，给人以一种美的享受。

西楼望月

城西楼上月，复是雪晴时①。
寒夜共来望，思乡独下迟②。
幽光落水堑，净色在霜枝③。
明日千里去，此中还别离④。

【注释】

①"城西"句：在城西的高楼上欣赏月亮美景，又是一个大雪过后晴空

的夜晚。雪晴：下雪后的晴朗。

②"寒夜"句：朋友们在寒夜里一同来赏月，惟我由于想念故乡还没有下楼来。迟：比别人后下楼。

③"幽光"句：清幽的月光洒落在江水上面，映着带霜的树枝闪着明净的光芒。水堑：江水形成的两岸互不相通的山沟。净色：明净的光芒。霜枝：积满了霜雪的树枝。

④"明日"句：明天我就要到千里之外的地方了，此时心中还有即将离别时的那份惆怅之情。

【鉴赏】

这首诗表达了诗人怀念故乡以及将要离别的悲伤怅惘之情。

山中古祠①

春草空祠墓，荒林唯鸟飞②。
记年碑石在，经乱祭人稀③。
野鼠缘朱帐，阴尘盖画衣④。
近门潭水黑，时见宿龙归⑤。

【注释】

①古祠：旧时的祠墓。祠，用来祭祀祖先的一种寺庙。

②"春草"句：空荡荡的古祠中只有春天的野草在生长，荒芜的树林中只有野鸟在飞。

③"记年"句：刻有年代的墓碑仍然在那里，经过一阵战乱，来这里祭祀的人已寥寥无几了。

④"野鼠"句：神龛上红色的帐幕里野外老鼠穿梭其间，神像身上彩色的衣服布满了阴暗的灰尘。缘：老鼠用帐幕做窝。画衣：彩色的衣服。

⑤"近门"句：门口的潭水变成了黑色，不时有蛟龙在其间出没。

【鉴赏】

这首诗借景抒情，充分体现了战争带来的苦楚与灾难。

望行人①

秋风窗下起，旅雁②向南飞。
日日出门望，家家行客归。
无因见边使③，空待寄寒衣。
独倚青楼暮，烟深鸟雀稀④。

【注释】

①行人：即行客，出远门的人。

②旅雁：大雁，冬天都飞往南方过冬，以避寒。

③边使：从边疆回来的使者。

④"独倚"句：独自靠在闺房一直到天色变暗，烟雾渐浓，鸟雀也渐渐少了。倚：依靠。暮：天色变暗。

【鉴赏】

这首诗通过萧条的景色表现了作者无限惆怅的心情。

宿临江驿

楚驿南渡口，夜深来客稀①。
月明见潮上，江静觉鸥飞②。
旅宿今已远，此行殊未归。
离家久无信，又听捣寒衣③。

【注释】

①"楚驿"句：住在江南港口驿站，夜阑人静客稀少。楚驿：楚地的驿站，泛指南方驿站。

②"月明"句：明亮的月亮出现了，才能看见涨潮，江面水浪平静才能看见海鸥贴着水面飞行。

③"离家"句：离开家乡这么久了也没有音信，在这里又听见了那熟悉的捶捣衣服的声音。捣寒衣：冬天妇女在溪水中用槌捶捣洗衣服。

【鉴赏】

此诗抒发了作者寂寞思乡的思想感情，写出了作者心里的痛苦与辛酸。

古　树

古树枝柯①少，枯来复几春。

露根堪②系马，空腹定藏人。

蠹节莓苔老，烧痕霹雳新③。

若当江浦上，行客祭为神④。

【注释】

①枝柯：树枝。

②堪：可以，能够。

③"蠹节"句：被虫蛀的节疤上布满了青苔，被雷电烧伤的地方痕迹犹新。蠹节：被虫蛀后留下的节疤。霹雳：被雷击后留下的伤疤。

④"若当"句：如果是在江浦的话，过往的行人会当作神树祭拜。

【鉴赏】

这首诗借古树抒发了作者怀念过去的思想感情。

没蕃故人①

前年伐月支②，城下没全师。

蕃汉断消息，死生长别离。

无人收废帐③，归马识残旗。

欲祭疑君在，天涯哭此时。

【注释】

①没蕃：在吐蕃战争中亡故。蕃：吐蕃。

②月支：即月氏，西域国。月氏先居甘肃与青海之间，后为匈奴打败，西迁今伊犁河上游。

③废帐：战争过后沙漠上留下的兵营帐篷。

【鉴赏】

这首诗是作者为怀念一位生死不明的友人而作的，巨大的悲恸在这无望的希望中体现出来。

岳州①晚景

晚景寒鸦集②，秋声旅雁归。
水光浮日去，霞彩映江飞。
洲白芦花吐③，园红柿叶稀。
长沙卑湿④地，九月未成衣⑤。

【注释】

①岳州：今湖南岳阳县。

②集：聚集。

③吐：开放。

④卑湿：潮湿的低洼。

⑤成衣：做成过冬的寒衣。

【鉴赏】

这首诗描写了岳州晚上的景物，意境优美，浑然天成，感人至深。

寒食书事（选一首）

其　二

出城烟火少，况复是今朝①。
闲坐将谁语，临觞只自谣②。
阶前春藓遍，衣上落花飘。
妓乐州人③戏，使君心寂寥。

【注释】

①今朝：指清明节前的寒食节。

②"闲坐"句：闲坐着没有人说话，举起酒杯只好自己独个吟诗。觞：酒杯。

③州人：当地人。

【鉴赏】

这首诗抒发了作者内心寂寞的情怀，诗意无穷，耐人寻味。

哭元九少府①

平生志业独相知，早结云山②老去期。
初作学官常共宿，晚登朝列暂同时。
闲来各数经过地③，醉后齐吟唱和诗。
今日春风花满宅，入门行哭见灵帷④。

【注释】

①少府：县令曰明府，县尉曰少府。

②早结云山：隐居。

③经过地：拜访过的地方。

④灵帷：灵堂设置的帷幔。

【鉴赏】

这首诗表达了诗人对友人深深的怀念之情。

寄西峰僧

松暗水涓涓①，夜凉人未眠。
西峰月犹在，遥忆草堂②前。

【注释】

①松暗：松树林中阴暗没有月光。涓涓：流水细小。

②草堂：隐者对陋居的称呼。

【鉴赏】

这首诗借景抒情，抒发了诗人想念西峰僧的情怀。

蛮　州①

瘴水蛮中入洞流②，人家③多住竹棚头。
一山海上无城郭④，唯有松牌记象州⑤。

【注释】

①蛮州：在今贵州思南县东南，唐始置。

②瘴水：山中有湿热雾气的河流。西南部地区的山林一般都比较湿热，雾气多。蛮：古代称西南少数民族为蛮。

③人家：当地居民。

④海：这里指云南、贵州一带形成的一种特殊地形地貌，是由沙石在岩溶盆地底部冲积而成的湖泊。城郭：内城为城，外城为郭。

⑤松牌：松木路标。象州：在今广东省中部，盛产松木、杉木和楠木。

【鉴赏】

此诗描写了蛮州的景物，生动传神，展示了蛮州风光。

秋　思

洛阳城里见秋风，欲作家书意万重①。
复恐匆匆说不尽，行人临发又开封②。

【注释】

①家书：家信。意万重：思绪万千。

②行人：给作者捎信的人。开封：拆开信封。

【鉴赏】

　　本诗描写了寄家书时的思想活动和行动细节，非常真切细腻地表达了作客他乡的人对家乡亲人的深切怀念。

蛮　　中①

铜柱南边毒草春②，行人几日到金麟。
玉镮穿耳谁家女？自抱琵琶迎海神。

【注释】

　　①蛮中：南方。
　　②铜柱：古代以铜柱为国界标志。毒草：南方春日青草瘴、秋日黄茅以及桂花瘴极毒。

【鉴赏】

　　这首诗描写了蛮中的景色，抒发了作者的感情，诗意无穷。

韩 愈①

山 石

山石荦确行径微②，黄昏到寺蝙蝠飞。

升堂坐阶新雨足，芭蕉叶子栀子肥。

僧言古壁佛画好，以火来照所见稀。

铺床拂席置羹饭③，疏粝④亦足饱我饥。

夜深静卧百虫绝，清月出岭光入扉⑤。

天明独去无道路，出入高下穷烟霏⑥。

山红涧碧纷烂漫⑦，时见松枥⑧皆十围。

当流赤足蹋涧石，水声激激风生衣。

人生如此自可乐，岂必局束为人鞿⑨？

嗟哉吾党二三子⑩，安得至老不更归⑪！

【注释】

①韩愈（768～824），字退之，河内修武（今河南县名）人。韩氏郡望为昌黎，每自称昌黎韩愈，后世称韩昌黎。贞元八年（792）进士。曾先后任宣武及宁武节度使判官。贞元末官监察御史，因上书言事，贬阳山令。宪宗时，累官至太子右庶子，随宰相裴度平淮西，迁刑部侍郎。因谏佛骨事，贬潮州刺史，移袁州。穆宗时，召为国子监祭酒，历京兆尹及兵部、吏部侍郎。谥文，世又称韩文公。韩愈是杰出的散文家和诗人。其诗驱驾气势，以宏伟取胜，如司空图所评，"若掀雷挟电，撑抉于天地之间"（见《题柳叙述后》），具有一种壮丽瑰奇之美。有《昌黎先生集》，其中诗三百七十余首。

②荦（luò）确：险峻不平貌。微：窄狭。

③羹饭：泛指菜饭。

④疏粝（lì）：粗糙的食品。粝，糙米。

⑤扉：门户。

⑥"天明"二句：写清晨独行在烟云迷茫的深山中。无道路：辨不清道路。穷：尽。烟霏：流动的烟云。

⑦山红：指山花。涧碧：指溪水。纷：繁盛。烂漫：光彩照人的样子。

⑧枥：同栎，植物名，一种落叶乔木。

⑨"岂必"句：在这之前，韩愈过着俯仰随人的幕僚生活，故有此感。局束：犹言局促、拘束。为人鞿（jī）：为别人所控制，不得自由。鞿：套在马口上的缰绳。

⑩吾党二三子：指和自己志同道合的那些朋友。

⑪不更归：更不归的倒文。

【鉴赏】

这是一篇叙写游踪的诗，诗意盎然，具有独创性。

八月十五夜赠张功曹

纤云四卷天无河①，清风吹空月舒波②。
沙平水息声影绝，一杯相属君当歌③。
君歌声酸辞且苦，不能听终泪如雨。
洞庭连天九疑高，蛟龙出没猩鼯④号。
十生九死到官所⑤，幽居默默如藏逃⑥。
下床畏蛇食畏药⑦，海气湿蛰熏腥臊⑧。
昨者州前捶大鼓⑨，嗣皇继圣登夔皋⑩。
赦书一日行万里，罪从大辟皆除死⑪。
迁者追回流者还⑫，涤瑕荡垢朝清班⑬。
州家申名使家抑⑭，坎轲只得移荆蛮⑮。
判司⑯卑官不堪说，未免捶楚尘埃间⑰。
同时辈流多上道⑱，天路⑲幽险难追攀。
君歌且休听我歌，我歌今与君殊⑳科。
一年明月今宵多，人生由命非由他，有酒不饮奈明何㉒！

【注释】

①河：银河。

②舒：展。波：月光。

③属（zhǔ）：劝酒。

④猩（xīng）鼯（wú）：猩猩和一种能飞的鼠。

⑤官所：指张署的贬所临武。

⑥如藏逃：像躲藏、像逃窜。

⑦药：指毒蛊，相传是南方边远地区一种用毒虫制成的杀人药。

⑧海气：指海上湿热蒸郁之气。湿：潮湿。蛰：潜伏。以上二句写南方贬所的荒僻可怖。

⑨州前：指郴州衙署前。捶大鼓：擂鼓聚集官吏、百姓，宣布大赦令。

⑩嗣皇：指宪宗李纯。继圣：继承帝位。登：进用。夔皋：指贤臣。相传夔和皋陶（yáo）都是舜时贤臣。

⑪大辟：死刑。除死：免于处死。

⑫迁：迁谪、贬官。追回：召回。流：流放。

⑬"涤瑕"句：谓迁者流者都因获赦追还而涤除垢污，上朝时可以列入清班。清班：清贵之官的班列。

⑭州家：指郴州刺史。申名：提名申报。使家：指湖南观察使。抑：抑制而不予申奏。

⑮移荆蛮：指调往江陵府任职。荆蛮：指荆州。荆州是古楚国地，楚国原名荆，周人称南方民族为蛮，楚在南方，故曰荆蛮。江陵旧属荆州，故称。

⑯判司：唐代对诸曹参军的统称。

⑰捶楚：受到鞭挞。唐制：参军、簿、尉等有过错须受笞杖之刑，故云。

⑱同时辈流：指和他们同时贬谪的人。上道：上路回京。

⑲天路：比喻进身于朝廷的路。

⑳殊科：不同类。

㉑明：指明月。

【鉴赏】

这首诗以接近散文的笔法，古朴的语言，真陈其事，不用譬喻，洒脱疏放，别具一格。

听颖师弹琴

昵昵儿女语，恩怨相尔汝①；
划然变轩昂，勇士赴敌场。
浮云柳絮无根蒂，天地阔远随飞扬②。
喧啾百鸟群，忽见孤凤凰③。
跻攀分寸不可上，失势一落千丈强④。
嗟余有两耳，未省听丝篁⑤。
自闻颖师弹，起坐在一旁。
推手遽止之，湿衣泪滂滂⑥。
颖乎尔诚能⑦，无以冰炭置我肠⑧。

【注释】

①"昵昵"二句：意谓琴声之缠绵宛转，有如青年男女谈情说爱似的。昵："暱"的同音假借字。昵昵：亲近的意思，一作"妮妮"或"呢呢"，义并同。尔、汝，都是第二人称。相尔汝：以尔、汝互相称呼。表示亲昵。《世说新语·排调》："晋武帝问孙皓：'闻南人好作《尔汝歌》，颇能为不？'"《尔汝歌》是江南一带民间流行的情歌，歌词每句用"尔"或"汝"，以表明彼此关系的亲昵。此取其义。

②"浮云"二句：比喻琴声的悠扬。

③"喧啾"二句：比喻琴声忽而如百鸟竞喧，忽而如孤凤长鸣。

④"跻攀"二句：写声调高低的变化。跻：登。跻攀：意指调子越弹越高。分寸不可上，形容高到不能再高。千丈强：千丈有余，极言其低。

⑤省：懂得。丝篁：即丝竹、弦管。泛指乐器，这里借指音乐。

⑥滂滂：流溢貌。

⑦能：指擅长弹琴。

⑧"无以"句：意谓琴声荡人心魂，再弹就禁受不起。冰炭置肠：比喻情感剧烈的波动。语本《庄子·人间世》郭象注："喜惧战于胸中，固已结冰炭于五藏（脏）矣。"

【鉴赏】

这首诗写了韩愈听颖师弹琴喜怒哀乐，变化倏忽，百感交集，莫可名状的感受。

杂　诗

古史散左右，诗书置后前①，
岂殊蠹书虫：生死文字间。
古道自愚蠢②，古言自包缠③；
当今固殊古，谁与为欣欢？
独携无言子④，共升昆仑颠⑤，
长风飘襟裾，遂起飞高圆⑥。
下视禹九州⑦，一尘集毫端⑧。
遨嬉未云几⑨，下已亿万年⑩。
向者夸夺子⑪，万坟压其巅⑫。
惜哉抱所见⑬，白黑⑭未及分。
慷慨为悲咤，泪如九河⑮翻。
指摘相告语，虽还今谁亲？
翩然下大荒，被⑯发骑騏驎。

【注释】

①后前：即"前后"的倒置。

②别本或作"憨"。

③包缠：言其包封着、缠捆着，不易打开；喻古言深奥，难以了解。即作者在《施先生墓铭》中所谓的"古圣人言，其旨密微"。

④无言子：假设的人名。无言：喻不"生死文字间"，不著书立说：即道家所谓"绝圣弃智"之意。从这句起，八句都是假托。是说读"古史"、"诗书"读得厌烦了，想跳出"古道"、"古言"的圈子，去另觅"欢欣"，"遨嬉"于"九州"之外。

⑤颠：通"巅"。昆仑山自帕米尔高原发脉，分北支、中支、南支，遍布在我国西北、中原、西南各省。我国古代所谓昆仑，一般是指今新疆维吾尔自治区于阗境内的山。它是我国神话中的圣地，《列子》《穆天子传》等书所说的周穆王乘八骏西游就是到这里，西王母的瑶池也在这里。

⑥高圆：天空。

⑦禹九州：据《尚书·禹贡》，我国古代的领土，分为冀、兖、青、徐、

扬、荆、豫、梁、雍九州。

⑧这一句是说一粒灰尘在一根毛尖儿上，极言其微。比喻九州之小。

⑨遨嬉：游戏。未云几：即未几——没有好久。"云"是语助词，略含"有"、"是"的意思。

⑩下：指下界——人间。此句喻时间的短促。

⑪夸夺子，也是假设的人名。夸：贪多；夺：强求。指读"古史"、"诗书"，对"古道"、"古言"贪多强求的人，犹如说"书呆子"。

⑫坟：指典坟——古籍。这类人既然"生死文字间"，坟典也就是他们的坟墓。万坟压巅：言其被埋葬在里面，出不来了。

⑬抱所见：抱着自己的所见。言其自以为是，而所见不大。

⑭白黑：即"黑白"的倒置，指"古道"、"古言"中的是非。

⑮九河：《尚书·禹贡》中说夏禹疏导了九河，九河的名称是：徒骇、太史、马颊、覆釜、胡苏、简、洁、钩盘、鬲津。这里借喻泪多。

⑯被：同"披"。騏驎：今写作"麒麟"。

【鉴赏】

本诗寓情于景，情景交融，含蓄婉转，浑然天成。

龊 龊①

龊龊当世士②，所忧在饥寒③。

但见贱者悲，不闻贵者叹④。

大贤事业异⑤，远抱非俗观⑥。

报国心皎洁，念时涕汍澜⑦。

妖姬⑧坐左右，柔指发哀弹⑨。

酒肴虽日陈⑩，感激宁为欢⑪？

秋阴欺白日⑫，泥潦不少干⑬。

河堤决东郡⑭，老弱随惊湍⑮。

天意固有属⑯，谁能诘其端⑰。

愿辱太守荐⑱，得充谏诤官⑲。

排云叫阊阖⑳，披腹呈琅玕㉑。

致君岂无术㉒，自进诚独难㉓。

【注释】

①这首诗作于唐德宗贞元十五年，当时韩愈在徐州任节度判官。这年黄河决口，东郡遭灾。韩愈有感到于百姓流离、困苦不堪，故作此诗。龊龊(chuò)：拘谨的样子。此以首句二字为诗题。

②当世士：此指当代的读书人。

③所忧：所担心、所关心的事。饥寒：此指与己相关的功名利禄。

④叹：此为感叹、同情。

⑤大贤：古指具有崇高道德的人，此作者自况。事业异：另干一番事业。

⑥远抱：宏伟远大的抱负。非俗观：不同于俗人的看法。

⑦念时：关心时事。涕：眼泪。汍澜(wán lán)：泪流纵横的样子。

⑧妖姬：妖艳的侍女。

⑨发：弹奏。哀弹：清婉悦耳的声音。

⑩日陈：每日呈奉。

⑪感激：感慨激动，意即内心忧愤。宁为欢：岂有心绪追求欢乐。

⑫"秋阴"句：秋天的阴云遮盖了太阳，意即终日阴雨绵绵。欺：欺侮。比喻秋雨之盛。

⑬泥潦：地面的泥泞。不少干：没有干的时候。少：同"稍"。

⑭河堤(dī)：黄河大堤。东郡：即滑州。隋时名东郡，今河南滑县。

⑮惊湍(tuān)：急流的水。

⑯天意：上天的意志。属：注意，此指固定。

⑰诘：追问。端：原因。

⑱辱：屈辱。此作者自廉，意即请。荐：推荐。太守：此指徐州节度使张建封。

⑲充：担任。谏诤官：即给皇帝提劝谏的官，又称谏官。

⑳排云：乘云上天。阊阖：神话中的天门，引指宫门。

㉑披腹：披露心腹，表示真心。呈：展示。琅玕(láng gān)：似玉的石头，即珍宝。比喻自己的忠贞之心。

㉒致君：辅佐君王。无术：没有策略。

㉓自进：自己求得进身。诚：确实。

【鉴赏】

这首诗抒发了作者对黄河决口，东郡遭灾而百姓们流离失所，困苦不堪的情景之情，感情真挚动人，催人泪下。

桃源图①

神仙有无何渺茫，桃源之说诚荒唐②。

流水盘回山百转，生绡数幅垂中堂③。

武陵太守好事者，题封远寄南宫下④。

南宫先生忻得之，波涛入笔驱文辞⑤。

文工画妙各臻极⑥，异境恍惚移于斯⑦。

架岩凿谷开宫屋，接屋连墙千万日⑧。

嬴颠刘蹶了不闻。地坼天分非所恤⑨。

种桃处处惟⑩开花。川原近远蒸红霞⑪。

初来犹自念乡邑⑫，岁久此地还⑬成家。

渔舟之子来何所，物色相猜更问语⑭。

大蛇中断丧前王，群马南度开新主⑮。

听终辞绝共凄然，自说经今六百年⑯。

当时万事皆眼见，不知几许犹流传⑰。

争持酒食来相馈，礼数不同樽俎异⑱。

月明伴宿玉堂⑲空，骨冷魂清无梦寐。

夜半金鸡啁哳鸣⑳，火轮㉑飞出客心惊。

人间有累㉒不可住，依然㉓离别难为情。

船开棹进一回顾，万里苍苍烟水暮。

世俗宁知伪与真，至今传者武陵人。

【注释】

①桃源图：描绘桃花源情景的图画。桃花源，是晋代大诗人陶渊明《桃花源记》虚构的与世隔绝的乐土，其地人人丰衣足食。怡然自乐，不知世间有祸乱忧患。

②荒唐：荒诞。

③生绡数幅垂中堂：生绡：没有漂煮过的丝织品，古时以生绡作画，所以也指画卷。中堂：厅堂正中间。垂：悬挂。

④"武陵"二句：武陵太守，指窦常，窦常曾任郎州刺史，郎州，唐代

武陵郡（依陈景云说）。题：题字。封：装封。南宫：古称尚书省为南宫。南宫本为南方列宿，汉代用它比拟尚书省。

⑤"南宫"二句：南宫先生指卢汀。卢当时在尚书省做官。忻（xīn）：心喜。波涛：形容汹涌起伏的文思。驱：遣。驱文辞：即遣词造句撰写诗文。此处指为桃源图题字。

⑥文工画妙各臻极：工：精巧。臻：达到。极：指最高的境界。

⑦恍（huǎng）惚：隐约的样子。

⑧"架岩"二句：岩，山崖。架岩：意思是凭依山崖。凿谷：凿通山谷。宫室，房屋，接屋连墙：意思是一家连一家地修筑房屋。

⑨"嬴颠"二句：嬴颠刘蹶，秦汉兴亡。嬴：指秦朝，秦王朝姓嬴氏。刘：指汉朝，汉王朝姓刘氏。颠、蹶同义，原意是跌倒，这里用于抽象意义，即灭亡。了：副词，全。坼（chè），裂开、分开。地坼天分：指三国分立。恤：忧虑，顾惜。

⑩惟：由于。

⑪蒸红霞：形容桃花开放的繁盛，象蒸腾的红色去霞。

⑫乡邑：指故乡。

⑬还（huán）：反。

⑭"渔舟"二句：渔舟之子，即驾着渔船的人。陶渊明《桃花源记》写的是武陵的一个捕鱼的人到桃花源的故事。物色：访求。

⑮"大蛇"二句：大蛇中断丧前王，指刘邦灭秦建立汉朝。《汉书·高帝纪》："（刘邦）夜径泽中，前有大蛇当道，拔剑斩之，蛇分为两，道开。后人来至蛇所，见一老妪，曰：'吾子，白帝子也，化为蛇，当道。今者赤帝子斩之。'"后刘邦代秦而建立汉王朝。群马南渡开新主，指晋室南渡，司马睿建立东晋王朝。《晋书·元帝纪》："太安之际童谣云：'五马浮渡江，一马化为龙，'帝（指晋元帝司马睿）与西阳（指西阳王司马羕）、汝南（指汝南王司马亮）、南顿（指南顿王司马宗）、彭城（指彭城王司马绎）五王获济，帝竟登大位焉。"后因以五马渡江代指东晋立国。如王安石《答张奉议》诗："五马渡江开国处，一牛吼地作庵人。"

⑯六百年：陶渊明《桃花源记》所写桃花源中人是避秦暴政入山，武陵渔人到桃花源是晋太元年间，其间经过了大约六百年时间。

⑰几许：许：估计数最之词。几许：多少。

⑱"争持"二句：馈（kuì）：赠送。各持酒食来相馈，都争着拿出酒食款待渔人。《桃花源记》："余人各复延至其家，皆出酒食。"礼数，礼节。樽俎，古时

盛酒肉器皿，樽为酒器，俎为载肉之具。《桃花源记》："俎豆犹古法"。

⑲玉堂：仙人所居之室。曹操《气出倡》："乃到王母台，金阶玉为堂，芝草生殿旁。"

⑳夜半金鸡啁哳（zhōu zhā）鸣：金鸡，《神异经》上说："扶桑山有玉鸡，玉鸡鸣则金鸡鸣，金鸡鸣则石鸡鸣，石鸡鸣则天下之鸡皆鸣。"啁哳：杂乱细碎的声音，这里是开容金鸡的鸣声。

㉑火轮：太阳。《列子·汤问》："日初出，大如车轮。"

㉒累：牵累，此处指家室。

㉓依然：留恋的样子。

【鉴赏】

这首诗描绘了一幅桃花源情景的图画，写法独特，文字优美，意蕴无穷。

谒衡岳遂宿岳寺题门楼

五岳祭秩皆三公，四方环镇嵩当中①。
火维地荒足妖怪，天假神柄专其雄②。
喷云泄雾藏半腹③，虽有绝顶谁能穷？
我来正逢秋雨节，阴气晦昧无清风④。
潜心默祷若有应⑤，岂非正直能感通⑥。
须臾静扫⑦众峰出，仰见突兀⑧撑青空。
紫盖连延接天柱，石廪腾掷堆祝融⑨。
森然魄动⑩下马拜，松柏一迳趋灵宫⑪。
纷墙丹柱动光彩⑫，鬼物图画填青红。
升阶伛偻荐脯酒，欲以菲薄明其衷⑬。
庙令老人⑭识神意，睢盱偵伺能鞠躬⑮。
手持杯珓导我掷，云此最吉馀难同⑯。
窜逐蛮荒幸不死⑰，衣食才足甘长终⑱。
侯王将相望久绝，神纵欲福难为功⑲。
夜投佛寺上高阁⑳，星月掩映云曈昽㉑。
猿鸣钟动不知曙㉒，杲杲㉓寒日生于东。

【注释】

①"五岳"二句：总叙五岳。意谓五岳是中国的五座名山，以嵩山为中心，按东、南、西、北分布四境。祭秩：祭礼的次第等级。秩：次也。《礼记·王制》："天子祭天下名山大川，五岳视三公。"祭秩皆三公：是说祭五岳，都比照祭三公的礼秩。周以太师、太傅、太保为"三公"，历代官制不同，都以三公泛指朝廷最高官位。

②"火维"二句：专叙衡岳。言衡岳雄镇在荒僻的南方。传说衡岳之神，为赤帝祝融氏。《初学记》卷五引徐灵期《南岳记》及盛弘之《荆州记》云："（衡山）下踞离宫，摄位火乡，赤帝馆其岭，祝融托其阳，故号南岳。"火维：犹言火乡。维：隅。足：多。假：授予。柄：权力。

③半腹：山腰。

④晦昧：阴暗貌。无清风，言气压低，沉闷有雨意。清：一作"晴"。

⑤默祷：暗中祷祝，意指祈求晴明的天色。若有应：言天色由阴转晴，祈祷好像有了应验。

⑥正直能感通：意谓自己虔诚的祷祝感通神明，是神道正直的征验。《左传》庄公三十二年："神，聪明正直而壹者也。"

⑦静扫：指清风吹散了云气。

⑧突兀：指高耸突出的山峰。

⑨"紫盖"二句：紫盖：顾嗣立注引《长沙记》："衡山七十二峰，最大者五，芙蓉、紫盖、石廪、天柱、祝融为最高。"腾掷：形容山势起伏不平。

⑩森然魄动：言山峰高峻，望之使人惊心动魄。

⑪松柏一迳：夹路两旁，都是松柏。柏：一作"桂"。灵宫：即衡岳庙。灵：神。

⑫动光彩：光彩飞动。

⑬"升阶"二句：韩愈时正在失意中，即下文所云"窜逐蛮荒"。明其衷，意谓祭神非为求福，而是自己的内心郁抑，无人理解，欲以明之于神。伛（yǔ）偻（lǚ），弯着腰。荐：进。脯（fǔ）：干肉。菲薄：不丰盛的祭品。

⑭庙令老人：掌管神庙的老人。《唐六典》：五岳、四渎庙令各一人，正九品上，掌祭祀及判祠事。

⑮"睢（suī）盱（xū）"句：写祭神时，庙令老人站在身旁的形象。张开眼睛叫睢，闭着眼睛叫盱。睢盱：是偏义复词，偏用睢义，指眼睁睁地看着。侦伺：窥察。能鞠躬：犹言惯于鞠躬致敬。

⑯"手持"二句：杯珓（jiào），一作"杯角"。也可写作"杯教"或

"杯校"。是一种简单的占卦工具。用玉及蚌壳或竹木制成，共有两片，可以分合。占时，把两片合起，掷在地上，视其俯仰向背，以定吉凶休咎（见程大昌《演繁露》卷三）。问卜时，杯珓应由卜者自掷，庙令老人告诉韩愈掷的方法，故云"导我掷"。"此最吉余难同"，是庙令根据卦象所作的判语。方世举注："其掷法以半俯半仰者为吉。"（《韩昌黎诗集编年笺注》）

⑰"窜逐"句：指迁谪阳山事。德宗贞元十九年（803）冬，韩愈以监察御史上疏谏以京畿百姓穷困，请宽延今年税钱，触犯德宗，贬阳山令。阳山，唐属连州，今广东省阳山县，故云"蛮荒"。贞元二十一年（805）正月，顺宗李诵即位，照例大赦天下，韩愈离开阳山，至郴州待命。这年八月，顺宗因病传位于其子宪宗李纯，改元永贞，又一次颁发大赦令，韩愈改官为江陵府法曹参军。幸不死，指此。

⑱甘长终：甘愿长此而终身。

⑲福：赐福。难为功：难于为力。

⑳"夜投"句：夜晚投宿在佛寺的高阁上。佛寺：即衡岳庙。

㉑瞳胧：光线隐约貌。形容云层里透射出的星月之光。一作"瞳昽"。

㉒不知曙：意谓睡得酣稳，不知已到天明。

㉓杲杲（gǎo）：日出光明貌。

【鉴赏】

这首诗抒发了作者对仕途坎坷的不满情怀。

左迁至蓝关示侄孙湘

一封朝奏九重天，夕贬潮州路八千①。
欲为圣明除弊事②，肯将衰朽惜残年③！
云横秦岭④家何在？雪拥蓝关马不前。
知汝远来应⑤有意，好收吾骨瘴江边⑥。

【注释】

①"一封"二句：《旧唐书·韩愈传》载：韩愈上疏谏迎佛骨，"疏奏，宪宗怒甚。间一日，出疏以示宰臣，将加极法"。因裴度、崔群等力争，乃贬为潮州刺史。这里说"朝奏""夕贬"，言得罪之速。九重天：借指皇帝。潮州：又称潮阳郡，州治在潮阳（今广东省潮阳县）。潮阳距长安八千里，见

《韩昌黎集》卷三十《唐故中散大夫少府监胡良公墓神道碑》。州：一作"阳"。

②"欲为"句：《韩昌黎集》卷三十九《论佛骨表》云："今闻陛下令群僧迎佛骨于凤翔，御楼以观，升入大内，又令诸寺递迎供养。"又云："百姓焚顶烧指，百十为群；解衣散钱，自朝至暮。转相仿效，惟恐后时，老少奔波，弃其业次。若不即加禁遏，更历诸寺，必有断指脔身以为供养者。伤风败俗，传笑四方，非细事也。"弊事，指此。欲：一作"本"。明：一作"朝"。事：一作"政"。

③肯：犹言岂肯。惜残年：顾惜老年的生命。这时韩愈五十二岁。

④秦岭：《读史方舆纪要》："蓝田县：秦岭在县东南，即南山别出之岭，凡入商、洛、汉中者，必越岭而后达。"

⑤应：一作"须"。

⑥"好收吾骨"句：意谓自己将死在潮州。收骨：语本《左传》僖公三十二年："必死是间，余收尔骨焉。"瘴江边：指潮州。当时岭南一带河流多瘴气。

【鉴赏】

全诗叙事、写景、抒情融为一，诗味浓郁，诗意盎然。

雉 带 箭

原头火烧静兀兀①，野雉畏鹰出复没②。
将军③欲以巧伏人，盘马弯弓惜不发④。
地形渐窄观者多⑤，雉惊弓满劲箭加⑥。
冲人决起百余尺⑦，红翎白镞随倾斜⑧。
将军仰笑军吏贺，五色离披马前堕⑨。

【注释】

①"原头"句：原头，平原上。火：猎火。兀（wù）兀：静止不动的样子。静兀兀：形容猎者静悄悄地、一动不动地等待着。

②"野雉"句：野雉（zhì）：野鸡。出复没，野鸡见火受惊而出，见鹰又害怕地藏起来。

③将军：指徐州节度使张建封。

④"盘马"句：盘马，骑马盘旋不进。弯弓：拉满弓。惜不发：舍不得轻易发射。

⑤"地形"句：曹植《七启》中写"羽猎之妙"，有"人稠网密，地逼势胁"的句子。此句是写在将军及其随从的围猎之下，野雉被逼到地势狭窄的地方，已陷入猎者的紧缩的包围之中。

⑥劲箭加：劲箭，强劲的箭。加：施于，这里指射中。

⑦"冲人"句：冲人，对着人。决：迅速的样子。此句是说野雉中箭后对着围猎的观者迅速地飞起百尺多远。

⑧"红翎"句：红翎，野雉的红色的羽毛，这里代指野雉。白镞（zú）：白色的箭头。随倾斜，写野雉带着箭头挣扎飞出百尺远随后就歪歪斜斜要坠落下来的样子。

⑨"五色"句：五色指野雉颜色斑斓的羽毛。披离：散乱的样子。这句是写野雉羽毛散乱，最后落于马前。

【鉴赏】

这首诗从不同角度的侧面烘托，巧妙地暗示将军的射技。

秋 怀（选一首）

其 一

秋气日恻恻，秋空日凌凌①。
上无枝上蜩②，下无盘中蝇。
岂不感时节，耳目去所憎③。
清晓卷书④坐，南山见高棱⑤。
其下澄湫⑥水，有蛟寒可罾⑦。
惜哉不得往，岂谓吾无能！

【注释】

①"秋气"二句，秋气：秋日萧杀悲凉之气。日：日益。恻恻：凄凉的样子。凌凌：寒冷的样子。

②蜩（tiáo）：蝉。

③所憎：指蜩与蝇。

④卷书：把书卷起来。唐时书籍不是现在这样一册一册的，而是长卷，不看时卷起来。

⑤南山见高棱：南山：指终南山。高棱：高高的棱角，指山峰。

⑥湫（qiū）：深潭。这里指终南山的炭谷湫，相传其中有蛟。

⑦罾（zēng）：渔网。这里用作动词，网起。

【鉴赏】

这首诗描写了秋天萧杀悲凉的景色，表达了作者沉重的心情。

晚泊江口①

郡城朝解缆②，江岸暮依村③。

二女竹上泪④，孤臣⑤水底魂。

双双归蛰燕⑥，一一叫群猿⑦。

回首那闻语，空看别袖翻⑧。

【注释】

①这首诗作于唐顺宗永贞元年，韩愈遇赦北归。泊：停靠。江口：荆江口，洞庭湖与长江交汇处。

②郡城：指巴陵郡，今湖南岳阳市。解缆：启航。

③"江岸"句：黄昏时在江村岸边停泊。

④二女：指神话中的娥皇和女英。二人是尧的女儿，舜的妃子，舜南巡死后，二女寻到洞庭，泪水洒在君山竹上，永不消失，形成了出斑竹。

⑤孤臣：指楚国大夫屈原。屈原被放逐江南，心忧国事，投汨罗江自尽。汨罗江流入洞庭。

⑥蛰（zhé）：藏，秋冬之季，燕子潜藏于江岸。

⑦叫群猿：呼唤同伴的失群猿。此二句喻指友人分别，内心不胜孤寂。

⑧翻：随风吹摆。

【鉴赏】

这首诗写于作者遇赦北归时，表达了诗人内心的孤寂与落寞，以及作者的无限感慨。

湘中酬张十一功曹①

休垂绝徼②千行泪，共泛清湘一叶舟③。
今日岭猿兼越鸟④，可怜同听不知愁⑤。

【注释】

①湘：湘水，发源于广西壮族自治区灵川县海洋山，东北流经湖南入洞庭湖。湘中：指湖南省。酬：答谢。张十一功曹：张署，河间（今河北省河间县）人，历任监察御史、临武令、虔州刺史、沣州刺史等职，是韩愈的好友。十一：是兄弟间的排行，唐人习惯以行第相称。功曹：是州府功曹参军的省称，掌管官员考核以及文化教育卫生诸事宜。

②绝徼：偏僻荒远之地，此指广东省和湖南省南部韩、张两人贬官之所。

③一叶舟：船如一叶，极言其小。这两句说：不必再因贬官南荒而垂泪千行了，今天不是乘一叶扁舟沿湘江北上了吗。

④岭：五岭，说法不一，通常指大庾、骑田、都庞、萌渚、越城五岭。当时以岭南为蛮荒之地。越：古代广东、广西称百越之地。

⑤可怜：可爱。这两句说：岭猿越鸟的鸣声，本使北人听了哀愁；今日因为遇赦北归，又和好友同行，似乎也变得可爱而使人忘掉忧愁了。

【鉴赏】

这首诗描写了诗人遇赦北归，与友人重逢，表达了诗人愉快的心情。

春 雪①

新年都未有芳华②，二月初惊见草芽。
白雪却嫌春色晚，故穿③庭树作飞花。

【注释】

①元和十年（815）作。

②都未：这里作算来没有解。芳华：并指芳草、香花。

③故穿：故意穿过。

【鉴赏】

　　这首诗描绘了姗姗来迟的白雪纷纷扬扬的画面，构思新巧，独具风采。

送桂州严大夫①

苍苍森八桂②，兹地在湘南③。
江作青罗带，山如碧玉簪④。
户多输翠羽⑤，自家种黄甘⑥。
远胜登仙⑦去，飞鸾不暇骖⑧。

【注释】

　　①桂州：今广西壮族自治区桂林市。因盛产桂树而得名。严大夫——严谟。

　　②苍苍：树色。森：挺立。八桂：指桂州。

　　③兹：此。湘：湘水，源出广西壮族自治区灵川县，东流纵贯湖南省而北注洞庭湖。湘南：湘水之南。

　　④簪（zān）：古代妇女发髻上的装饰品。这句是写桂林一带的可溶性石灰岩的特有姿态。壁立孤峙，瘦削挺拔，形如妇女的玉簪竖立在平地上。

　　⑤输：缴纳。翠羽：翠鸟的羽毛，名贵的装饰品，当时用作贡赋。

　　⑥黄甘：即黄柑，橙类水果。

　　⑦登仙：身登仙籍，成仙。

　　⑧飞鸾：传说中的凤一类的鸟，乘之可以飞升成仙。骖（cān）：在车两侧驾车的马，此处指骑乘。这两句说：去桂州等于身登仙籍，不需再乘鸾鸟飞成仙了。

【鉴赏】

　　这首诗是诗人送友人严谟离开京城长安，去当时还是边远偏僻的桂林做官的作品，说桂林远胜仙境，是鼓励友人赴任。

枯 树

老树无枝叶，风霜不复侵。
腹穿人可过，皮剥蚁还寻。
寄托惟朝菌①，依投绝暮禽。
犹堪持改火②，未肯但空心。

【注释】

①朝菌:《庄子·逍遥游》:"朝菌不知晦朔"，朝菌，有人释为"大芝"；一是植物，一是昆虫；不过都有朝生暮死、生命短促的含意。韩愈这里的用法，似指植物（倘指昆虫就和上句的"蚁"重复了，中间这四句原是分别以四物来说枯树的无用，第二句和第七句又分别以风、火来说枯树似有用，章法整饬）。不过只是指"菌"义，不含"朝"义（用"朝菌"这个词儿，是为了与下句的"暮禽"对仗罢了）。

②改火:《论事·阳货》:"钻燧改火"；朱熹注: "燧，取火之木也。"

【鉴赏】

本诗借对枯树的描写抒发了作者感慨生命短促的情怀。

刘禹锡①

再授连州至衡阳酬柳柳州赠别②

去国十年同赴召，渡湘千里又分歧。
重临事异黄丞相，三黜名惭柳士师③。
归目并随回雁尽，愁肠正遇断猿时④。
桂江东过连山下，相望长吟有所思⑤。

【注释】

①刘禹锡（772～842），字梦得，洛阳人，郡望中山（今河北定县），又作彭城（今江苏徐州）。贞元九年（793）与柳宗元同榜进士，又中博学宏词科，官监察御史。曾参加革新政治的王叔文集团。失败后，贬朗州司马，历连州、夔州、和州刺史。后入朝为主客郎中。以太子宾客分司东都。官终检校礼部尚书。他早年和柳宗元交谊最深。晚年在洛阳，和白居易为诗友，相互唱和，并称刘、白。其诗沉着稳练，风调自然，而格律精切。尤其是仿民歌的《竹枝歌》，于唐诗中别开生面。有《刘梦得文集》四十卷。

②柳柳州：柳宗元（773～819），字子厚，中唐时期杰出的文学家和思想家，刘禹锡的最亲密的朋友。贞元二十一年（805）刘、柳一同参加了王叔文的政治革新运动，失败后一同被贬到湖南，刘为朗州司马（州刺史的佐吏，位在别驾之下，多是被贬之人），柳为永州（今湖南省零陵县）司马。公元815年刘、柳同"召而复出"，柳为柳州（今广西壮族自治区柳州市）刺史，所以称柳宗元为柳柳州。

③"重临"二句：同是重临旧地，我和黄霸多么不一样呵；你我虽然都三次被贬，但人们把刘柳并列我却深感惭愧。黄丞相，黄霸，西汉宣帝刘询的丞相。《汉书·循吏传》载，黄霸由颍川太守调为京兆尹后，"坐发民治驰道

不先以闻，又发骑士诣北军马不迨士"（因调集民夫修筑道路事先没报告，再加往北部边防派骑兵马少人多），复为颍川太守。刘禹锡在公元805年九月十三日被贬为连州刺史，未及到任，十一月十四日又被贬朗州司马。这次再刺连州，和黄霸两任颍川太守一样，都是重临旧地。三黜，多次被罢免。柳士师，柳下惠，姓展名禽，春秋时期鲁国人，居住在柳下，死后谥号"惠"，人称柳下惠。这里以柳下惠代指柳宗元。柳宗元于公元805年被贬为邵州刺史，旋再贬永州司马，这次出刺柳州，正是三黜。

④"归目"二句：回首北望呵，看见了回雁峰，目光随着北归雁到了天的尽头；愁肠欲断呵，又遇上断续的猿声，这凄凉的啼叫使人愁上加愁。归目，向回望的目光。回雁，北归的大雁。断猿，断续的猿叫声。

⑤"桂江"二句：桂江东流，经过连山脚下，我们彼此望着，吟唱着《有所思》吧。桂江，即漓江，这里借指柳宗元被贬的地方连山，在广东省连县西。这里借指刘禹锡被贬的地方。（按：桂江东流，并不经过连山，诗人只是借此把柳州和连州联系起来而已）。有所思，汉乐府歌曲名。其首句说："有所思，乃在大海南。"（有所思念呵，所思念的乃在大海以南）。

【鉴赏】

这首诗把其与友人屡遭挫折的经历勾画了出来，深稳又绵渺。

杨 柳 枝①

清江一曲柳千条②，二十年前旧板桥。
曾与美人③桥上别，恨无消息到今朝。

【注释】

①本诗是根据白居易《板桥路》一诗改制而成。白诗云："梁苑城西二十里，一渠春水柳千条。若为此路今重过，十五年前旧板桥。曾共玉颜桥上别，不知消息到今朝。"

②柳千条：古人有折柳相别的习俗。

③美人：当指妓女。刘诗中多有咏妓女之诗。

【鉴赏】

此诗中作者触景伤情，抒发了作者的离愁别绪以及对美人失去消息的痛惜之情，艺术力量感人至深。

西塞山怀古①

王濬楼船下益州②，金陵王气黯然收③。

千寻铁锁沉江底④，一片降幡出石头⑤。

人世几回伤往事⑥，山形依旧枕寒流⑦。

今逢四海为家⑧日，故垒萧萧芦荻秋⑨。

【注释】

①西塞山：在今湖北省大冶县东，形势险峻，三国时东吴在此设江防。怀古：追念古迹往事。

②王濬（206～286）：西晋初年的益州（州治在今四川成都市）刺史。楼船：高大的战船。下益州：自益州顺流而下。晋武帝太康元年（280）正月，命王濬自成都出发伐吴，沿长江东下，直取吴都建康（今江苏南京），进入石头城，吴主孙皓投降。

③金陵：东吴国都，春秋时名金陵，孙权于公元211年改称建业，唐高祖武德八年（625）改名金陵。即今南京市。王气：古代迷信说法，帝王所在地有"王气"，表明国家兴旺。黯然：暗淡无光。收：消失。

④寻：八尺为一寻。千寻：形容其长。铁锁沉江底：吴国用铁锁链横截长江，阻挡王濬战船。王濬用木筏载火炬，烧毁了铁链，终于破险前进。

⑤降幡：表示投降的旗。幡，旗帜。石头：石头城，故址在今南京清凉山。

⑥往事：指历史上在金陵建都的东吴、东晋、宋、齐、梁、陈六个朝代相继灭亡的史实。

⑦枕：靠。寒流：形容秋天长江江水。

⑧四海为家：天下统一。

⑨故垒：指西塞山旧日的营垒。萧萧：秋风声。

【鉴赏】

这首诗好像是在客观的叙述往事，描绘古迹，其实是对当时重新抬头的割据势力的迎头痛击。

视刀环歌

常恨①言语浅，不如人意深。
今朝两相视，脉脉万重心②。

【注释】

①恨：遗憾。

②脉脉：含情不语的样子。万重：无尽之意。

【鉴赏】

这首诗抒发了作者无限的情意，表达了"言不尽意"的主题，语言简洁却情深意厚。

插 田 歌 (并引)

连州城下，俯接村墟①。偶登郡楼，适有所感，遂书其事为俚歌，以俟采诗者②。

冈头花草齐，燕子东西飞，
田塍望如线，白水光参差③。
农妇白纻裙，农父绿蓑衣④。
齐唱郢中歌，嘤咛如竹枝⑤。
但闻怨响音，不辨俚语词⑥。
时时一大笑，此必相嘲嗤。
水平苗漠漠，烟火生墟落⑦。
黄犬往复还，赤鸡鸣且啄⑧。
路旁谁家郎，乌帽⑨衫袖长。
自言上计吏，年幼离帝乡⑩。
田夫语计吏："君家侬足谙，
一来长安道，眼大不相参⑪。"
计吏笑致辞："长安真大处，

> 省门高轲峨，侬入无度数⑫。
>
> 昨来补卫士，唯用筒竹布⑬。
>
> 君看二三年，我作官人去⑭。"

【注释】

①村墟：村落。据《连州刺史厅壁记》记载，连州城筑在冈上，居高临下，所以"引"中说"俯接村墟"。

②郡楼：指连州城楼。俚歌：旧时代称民间歌谣为俚歌。俟：等待。采诗者：采集风谣的官吏。相传周代曾有设官采诗的制度，《诗经·国风》里的民谣就是被采诗者搜集起来的。诗人自称本篇为"俚歌"，并说等待朝廷采诗者来搜集，不仅表示有意仿效民谣，而且表示其中有讽喻，有如《国风》。

③田塍：田埂。参差：长短不齐的样子。这里形容没有插秧的水田，由于反射阳光，显得闪烁不定的样子。

④白纻裙：白麻布裙子。

⑤唱：底本作"倡"，据《刘宾客文集》改。嘤咛：鸟鸣声，这里形容轻细的歌声。竹枝：指巴地（今四川东部）民歌《竹枝词》，流传在长江中游。

⑥怨响音：宛转悠扬的歌声。俚语词：带方言性的通俗语词。

⑦漠漠：密布的样子，这里形容田中的秧苗。烟火生墟落：写快到收工时间，农家升起了炊烟。

⑧"黄犬"二句。这两句写劳动结束，农民们回村时的情景：狗绕着主人来回奔跑，红公鸡在边啼叫、边啄食。

⑨乌帽：黑色的帽子。

⑩上计吏：入京办理上报州郡年终户口、垦田、钱谷收入等事务的人员，或简称为"计吏"。帝乡：皇帝居住的地方，这里指长安。

⑪君家：你家。侬：旧诗文多作"我"解。足谙：非常熟悉。相参：相谒，这里作"交往"解。以上四句的意思是：农夫对计吏说："你家的根底我们是非常熟悉的，自从你去了一趟长安回来，眼界高了，不和我们来往了。"

⑫省门：指唐代尚书省、中书省、门下省等高级官署的门。轲峨：高耸的样子。无度数：无数次。度，次。

⑬昨来：近来，不久前。补卫士：在宦官掌管的禁军中补一个卫士名额。筒竹布：装在竹筒中的一种细布，又名"黄润"，是蜀地名产。

⑭以上八句的意思是：计吏笑着说："长安真是个大地方，三省的门又高又大，我进去过不知多少次。前些时我在禁军中补了一个卫士的名额，只是送点筒竹布就行了。你们看吧，再过两三年我就要当官去了。"

【鉴赏】

这首乐府体诗歌写于刘禹锡贬为连州刺史期间，诗以俚歌形式记叙了农民插秧的场面以及农夫与计吏的一场对话。

伤愚溪 (三首并引)

其 一

溪水悠悠春自来，草堂无主燕飞回①。
隔帘唯见中庭草，一树山榴依旧开②。

【注释】

①"溪水"二句：春天到了，溪水悠然平静地流着，燕子回来了，草堂的主人却没有了。

②"隔帘"二句：隔着帘儿，只见满院都是荒草，一株映山红，花儿照样开。中庭，庭院之中，院子里。草，用如动词，长草的意思。山榴，即山石榴，又叫映山红。

【鉴赏】

这首诗从愚溪、草堂下笔，溪水悠悠，芳草萋萋，引起了作者无限的伤感，抒发了作者对柳子的深浓怀念之情。

其 二

草圣数行留坏壁，木奴千树属邻家①。
唯见里门通德榜，残阳寂寞出樵车②。

【注释】

①"草圣"二句：残留在断壁的是你传神入化的数行草书，属于邻家的是你亲手种植的千株柑树。草圣，东汉张芝善草书，人称草圣。这里指柳宗元的草书，与杜甫《饮中八仙歌》中"张旭三杯草圣传"（张旭酒过三杯草书传神入化）的用法相同。木奴：柑桔树的别名。

②"唯见"二句：残阳斜照，寂寞难耐，通德门中不见驷牡所挽的高轩过，只见打柴的车子走出来。里门通德榜，范晔《后汉书·郑玄传》记载，学者郑玄字康成，北海高密人。北海太守孔融"深敬于玄，屣履造门。告高密县为玄特立一乡……郑君乡宜曰'郑公乡'。昔东海于公仅有一节，犹或戒乡人侈其门闾，矧乃郑公之德，而无驷牡之路！可广开门衢，令容高车，号为'通德门'。"（孔融对于郑玄特别敬重，没有穿好鞋子就跑到郑玄门上拜访。叫高密县为郑玄特立一乡……郑玄乡应叫"郑公乡"。过去东海于公仅因断案公平就立了于公祠，还叫乡人扩建于公祠的大门，况且那郑玄的贤德，而没有四匹公马拉的大车行走的大路！可以广开里门和大道，让其门能通过高车，称这门作"通德门"）。樵车：砍柴的车子。

【鉴赏】

这首诗先写柳的遗书、遗物，睹物思人，想起柳子的生平，由物及人，借孔融赞扬柳的学问、德行，最又以夕阳之下寂寞过往的樵车，反衬草堂的凄凉，不平之气隐含其中。

其 三

柳门竹巷依依在，野草青苔日日多①。
纵有邻人解吹笛，山阳旧侣更谁过②？

【注释】

①"柳门"二句：竹篱柴门依然存在，野草青苔一天天增多。竹巷：竹篱笆。

②"纵有"二句：纵然你的邻居有懂得闻笛作赋之事的，可是老朋友又有谁曾路过你的门前？邻人解吹笛，向秀的《思旧赋》序中说："余与嵇康、吕安居止接近，其人并有不羁之才，嵇志远而疏，吕心旷而放，其后并以事见法。嵇博综技艺，于丝竹特妙，临当就命，顾视日影，索琴而弹之。余逝将西迈，经其旧庐。于时日薄虞泉，寒冰凄然。邻人有吹笛者，发声嘹亮。追想曩昔游宴之好，感音而叹，故作赋……"山阳，古地名。在今河南省焦作市境内。旧侣，老朋友。

【鉴赏】

本诗写草堂风光，而草堂的野草青苔因主人离去而日渐增多，显得更为荒凉，体现了作者哀伤住过愚溪的挚友旧侣。

金陵五题（并序）

余少为江南客，而未游秣陵^①，尝有遗恨^②。后为历阳守^③，跂而望之^④。适有客以《金陵五题》相示^⑤，逌^⑥尔生思，欻然^⑦有得。他日，友人白乐天^⑧掉头苦吟，叹赏良久。且曰："《石头》诗云：'潮打空城寂寞回'，吾知后之诗人不复措词矣。"余四咏虽不及此，亦不孤乐天之言耳^⑨。

【注释】

①秣陵：南京的别名。

②遗恨：遗憾。

③历阳守：历阳郡守，即和州刺史。

④跂而望之：踮起脚跟往远处望。跂，音义同"企"。

⑤相示：给我看。

⑥逌尔：愉快自得。

⑦欻然：忽然。

⑧白乐天：唐代诗人白居易，字乐天。

⑨不孤：不辜负。孤：通"辜"。

石 头 城^①

山围故国周遭在^②，潮打空城寂寞回^③。
淮水^④东边旧时月，夜深还过女墙来^⑤。

【注释】

①唐敬宗宝历二年（826），刘禹锡自和州返洛阳途经金陵（今南京市）时，写下了一组七言绝句《金陵五题》，《石头城》是其中的一首。石头城：故址在今南京清凉山，这里指金陵。

②故国：故都，指石头城。周遭：周围。在：仍旧存在。这句是说，山仍旧是古代的山。

③潮打：指长江的潮水拍打。寂寞回：无声无息地退回去。"潮打"这句是说，城已不是历史上的繁华都会，而是空城。

④淮水：石头山前的秦淮河，六朝时秦淮河是金陵繁华地区。

⑤女墙：城墙上的小墙垛称女墙。过：跨进，爬过；表示月亮有意地走。

【鉴赏】

诗人以空城与寂寞表达一个历史朝代的消亡，好似一篇金陵的历史浓缩小结。

乌衣巷①

朱雀桥边野草花②，乌衣巷口夕阳斜。

旧时王谢③堂前燕，飞入寻常④百姓家。

【注释】

①这首诗是《金陵五题》的第二首。乌衣巷：今南京市东南的一条街巷。东晋王导、谢安等豪门大族居住的地方。三国时吴国曾在此设军营，兵士皆乌衣，故名。

②朱雀桥：秦淮河上的桥名，在今南京聚宝门内。野草花：野草开着花。花，开花（动词）。这里是形容荒凉冷落。

③王谢：即东晋的宰相王导和谢安两个家族。

④寻常：普通的。

【鉴赏】

这首诗以荒凉冷落的笔调描写象征六朝的悲剧，语言简洁，使人一目了然。

台　城

台城六代竞豪华，结绮临春事最奢①。

万户千门成野草，只缘一曲后庭花②。

【注释】

①"台城"二句：六朝的皇城一朝比一朝豪华，陈后主的结绮阁临春阁最奢华。台城，六朝时期的皇城，故址在今南京市鸡鸣山北。六代：指建都在金陵的吴、东晋、宋、齐、梁、陈这六个相继的朝代。结绮、临春：陈后主（叔宝）建造的两座穷极奢华的楼阁。

② "万户"二句：千门万户的结绮、临春不见了，这里早已野草丛杂，原因是陈叔宝制作、演出了《玉树后庭花》。万户千门：指宏伟豪华的结绮、临春两座楼。后庭花：陈后主所作的歌曲《玉树后庭花》。

【鉴赏】

　　这首诗用撷取特例之法，言六代兴亡交替，思想深刻，艺术精湛。

生公讲堂^①

　　生公说法鬼神听，身后空堂夜不扃^②。
　　高坐寂寥尘漠漠^③，一方明月可中庭^④。

【注释】

　　①生公讲堂：东晋高僧竺道生传经说法的地方。生公即竺道生。他精通佛法，传说在苏州时曾对石头讲经说法，说得石头也点头，故有"生公说法，顽石点头"的俗谚。
　　②扃：从外面关门叫扃。
　　③漠漠：密布。
　　④一方：犹言一片。可：当、对、正。

【鉴赏】

　　此诗咏唱的是金陵一处佛教古迹，引人深思玩味。

江令^①宅

　　南朝词臣北朝客，归来唯见秦淮碧。
　　池台竹树三亩馀，至今人道江家宅。

【注释】

　　①江令：江总（519～594），南朝诗人，陈时，曾任尚书令，故世称"江令"。历经梁、陈、隋三朝。其诗精巧，工整。

【鉴赏】

　　这首七律通过对景物的勾勒，表达了物是人非、世事变迁的感慨。

秋日送客至潜水驿

候吏立沙际，田家连竹溪①。
枫林社日鼓，茅屋午时鸡②。
雀噪晚禾地，蝶飞秋草畦③。
驿楼宫树近，疲马再三嘶④。

【注释】

①"候吏"二句：管理驿站的候吏在水边站立，田家紧连着长满翠竹的小溪。候吏：管理驿站的人。沙际：水边。

②"枫林"二句：枫林里回荡着社日的鼓声，茅屋旁传来了午时的鸡啼。社日：祭祀土地神的日子叫社日。社有春社和秋社，这里指的是秋社。

③"雀噪"二句：雀儿在晚庄稼地里喳喳叫，蝴蝶在秋草畦中来回飞。晚禾：秋庄稼。畦：田园中的小块区域叫畦。

④"驿楼"二句：驿站的驿亭四周的树下，疲劳的驿马一声一声嘶。驿楼：即驿亭。宫：围墙。

【鉴赏】

这首诗所见为田园景色，所闻为农村声响，其声虽杂，其境实静，动中有静，如同一幅风俗画。

和牛相公夏末雨后寓怀见示①

金火交争正抑扬②，萧萧飞雨助清商③。
晓看纨扇④恩情薄，夜觉纱灯刻数⑤长。
树上早蝉才发响，庭中百草已无光⑥。
当年⑦富贵亦惆怅，何况悲翁⑧发似霜！

【注释】

①据本诗编次及称"牛相公"而不冠以"仆射"衔，当是牛征入为左仆射前留守东都时作。

②金火：《春秋繁露·五行之义》："火居南方，而主夏气。金居西方，而主秋气。"《晋书·艺术传·戴洋》："此为金火相烁，水火相煎，以故受害耳。"

③清商：商，五音之一，与秋相协。清商，谓秋声。

④纨扇：细绢做的扇子。

⑤刻数：时刻。古时用刻漏计时，漏壶用具刻有度数，以辨时辰。

⑥光：荣茂，丰茂。

⑦当年：谓本年在所必遇；正逢此时。

⑧悲翁：禹锡自称。

【鉴赏】

这首诗作于牛征入为左仆射前留守东都之时，表达了诗人与其的深情厚谊。

华 清 词

日出骊山东，裴回①照温泉。

楼台影玲珑②，稍稍开白烟。

言昔太上皇，常居此祈年③。

风中闻清乐，往往来列仙④。

翠华入五云，紫气归上玄⑤。

哀哀生人泪，泣尽弓剑前⑥。

圣道本自我，凡情徒颙然⑦。

小臣感玄化，一望青冥天⑧。

【注释】

①裴回：即徘徊。

②玲珑：精巧的样子。

③太上皇：对皇帝父亲的尊称，这里指唐玄宗李隆基（712～756在位）。祈年：祈年殿。

④列仙：众仙，指杨贵妃姊妹及众宫妃。刘禹锡把当时奢侈寄生的宫廷生活比拟成所谓的仙境。

⑤翠华：以翠羽装饰的旗子，这里指皇帝的车驾。五云：五彩的云朵。紫

气：祥瑞之气。古代统治者为了神化帝王，捏造说皇帝停留的地方，上空有紫气出现。上玄：指天。

⑥生人：即生民。弓剑：古兵器，这里代指"安史之乱"。

⑦圣道：这里用讥讽的语气，把李隆基统治时期的弊政叫做圣道。我：指唐玄宗李隆基。凡情：指一般百姓的愿望。颙然：仰头盼望的样子，引申为空想。

⑧小臣：刘禹锡自喻。玄化：上天的教化，这里是挖苦李隆基的反动统治。青冥天：指青天。

【鉴赏】

这首诗描写了作者对当时奢侈寄生的宫廷生活的不满，把矛头指向最高统治者，对其进行了辛辣的讽刺。

再游玄都观 (并引)①

余贞元二十一年为屯田员外郎，时此观未有花②。是岁出牧连州，寻贬朗州司马③。居十年，召至京师。人人皆言：有道士手植仙桃，满观如红霞④。遂有前篇，以志一时之事⑤。旋又出牧⑥。今十有四年，复为主客郎中⑦。重游玄都观，荡然无复一树，唯兔葵燕麦动摇于春风耳⑧。因再题二十八字，以俟后游⑨时大和二年三月⑩。

百亩中庭半是苔，桃花净尽菜花开⑪。
种桃道士归何处？前度刘郎今又来⑫！

【注释】

①本诗是一首绝句，绝句是旧体诗的一种，讲究音韵格律。一首四句。五字一句的叫五言绝句，七字一句的叫七言绝句。

②余：我。贞元：唐德宗李适的年号。贞元二十一年，即公元805年。屯田员外郎：唐代尚书省工部屯田司的副长官，主管边兵、垦荒、屯田和官家公田等事务。时：当时。

③是岁：这一年。牧：用作动词，是出任州牧（此指刺史）的意思。古代统治阶级把统治人民称为"牧民"，这是对劳动人民的极度侮辱。刘禹锡由于阶级的局限，沿用了这个说法。出牧连州：指出任连州刺史。寻：不久，随

即。司马：州刺史的属官，当时多安置被贬谪的官吏担任。

④满观如红霞：指观内到处盛开的桃花好像红霞一般，极言玄都观里桃花盛开。

⑤遂：于是。前篇：指《元和十年自朗州承召至京，戏赠看花诸君子》一诗。志：记载，记述。一时之事：当时的情景。

⑥旋：接着，很快。

⑦有：通又。十有四年：即十四年。主客郎中：唐代尚书省礼部主客司正长官，主管外国使节和诸藩王的朝见及贡赐等事务。

⑧荡然：空荡荡的样子。无复：不再有。兔葵：又名天葵，一种可食的野生植物。燕麦：俗称油麦，一种谷类植物。动摇于春风：在春风里摇摆不定。耳：助词，罢了。

⑨俟：等待。以俟后游：等待以后再来游览。

⑩大和：唐文宗李昂的年号。大和二年：即公元八二八年。

⑪中庭：即庭中，院子里。苔：指青苔等苔类植物。净尽：一点也没有了。

⑫种桃道士：喻指大力扶植豪强权贵的封建统治者。归何处：到哪里去了呢？前度：前一次。前度刘郎：前次来过的刘郎。又：明刻本作"独"，据《全唐诗》改。

【鉴赏】

作者写这首诗，重提旧事，向打击他的权贵挑战，表示决不因为屡遭报复就屈服妥协。

白居易①

赋得古原草送别

离离原上草，一岁一枯荣②。
野火烧不尽，春风吹又生③。
远芳侵古道，晴翠接荒城④。
又送王孙去，萋萋满别情⑤。

【注释】

①白居易（772～846），字乐天，晚号香山居士，原籍太原，后迁居为下络（今陕西渭南县）人。官终刑部尚书。世称白香山。白居易认为"文章合为时而著，歌诗合为事而作"（《与元九书》），强调继承《诗经》的优良传统和杜甫的创作精神。其早期所作政治讽喻诗如《秦中吟》及《新乐府》等，思想倾向鲜明，对当时社会问题的症结，作了系统的揭发和批判，在"新乐府"运动中显示了最优异的业绩。与元稹齐名，并称元、白。晚年，因政治混乱，不愿卷入朋党斗争的漩涡，退居洛下，以诗酒自娱，并崇奉佛教，有逃避现实的消极思想。其诗善于叙述，语言浅易，相传老妪能解。以《长恨歌》《琵琶行》为代表的长篇叙事诗，也是他成就的一个重要方面。有《白氏长庆集》。

②"离离"二句：古原上的草又多又长，一年一度枯萎一度茂盛。离离：野草又多又长的样子。

③"野火"二句：野火烧也烧不尽，春风一吹又会茂盛地生长。

④"远芳"二句：伸向远方的芳草长到了古道之上，碧绿的野草连接着遥远的荒城。芳：芳香，这里指野草。侵：侵占。晴翠：在晴天时阳光照射，野草现出碧绿的颜色。

⑤ "又送"二句：又在这里送别我的朋友，茂盛的春草也满含着离别的感情。王孙：贵族的后代，这里指将要离开自己的朋友。萋萋：草长得茂盛的样子。

【鉴赏】

这首诗对仗工整，语言自然流畅，字中有情，言外有意，堪称"赋得体"之绝唱。

长　恨　歌①

汉皇重色思倾国②，御宇③多年求不得；
杨家有女④初长成，养在深闺人未识⑤。
天生丽质难自弃⑥，一朝选在君王侧；
回眸一笑百媚生⑦，六宫粉黛无颜色⑧。
春寒赐浴华清池⑨，温泉水滑洗凝脂⑩；
侍儿扶起娇无力，始是新承恩泽时。
云鬓花颜金步摇⑪，芙蓉帐暖度春宵⑫；
春宵苦短日高起，从此君王不早朝。
承欢侍宴无闲暇⑬，春从春游夜专夜⑭；
后宫佳丽三千人⑮，三千宠爱在一身。
金屋妆成娇侍夜⑯，玉楼宴罢醉和春⑰。
姊妹弟兄皆列土⑱，可怜⑲光采生门户；
遂令天下父母心，不重生男重生女⑳。
骊宫㉑高处入青云，仙乐风飘处处闻；
缓歌慢舞凝丝竹㉒，尽日君王看不足㉓。
渔阳鼙鼓动地来㉔，惊破《霓裳羽衣曲》㉕。
九重城阙烟尘生㉖，千乘万骑西南行㉗。
翠华摇摇行复止㉘，西出都门百余里㉙；
六军不发无奈何㉚，宛转蛾眉马前死㉛！
花钿委地无人收㉜，翠翘金雀玉搔头㉝；
君王掩面救不得，回看血泪相和流㉞！
黄埃散漫风萧索㉟，云栈萦纡登剑阁㊱；
峨嵋山㊲下少人行，旌旗无光日色薄㊳。

蜀江水碧蜀山青，圣主朝朝暮暮情㊴；
行宫㊵见月伤心色，夜雨闻铃肠断声㊶。
天旋地转回龙驭㊷，到此踌躇不能去㊸；
马嵬坡下泥土中，不见玉颜空死处㊹。
君臣相顾尽沾衣，东望都门信马归㊺；
归来池苑皆依旧，太液芙蓉未央柳㊻；
芙蓉如面柳如眉，对此如何不泪垂？
春风桃李花开日，秋雨梧桐叶落时。
西宫南内多秋草，落叶满阶红不扫㊼。
梨园弟子白发新㊽，椒房阿监青娥老㊾。
夕殿萤飞思悄然㊿，孤灯挑尽未成眠㈶；
迟迟钟鼓初长夜，耿耿星河欲曙天㈼。
鸳鸯瓦冷霜华重㈽，翡翠衾㉔寒谁与共？
悠悠生死别经年，魂魄不曾来入梦。
临邛道士鸿都客㉕，能以精诚致魂魄㉖；
为感君王辗转㉗思，遂教方士殷勤觅㉘。
排空驭气奔如电，升天入地求之偏；
上穷碧落下黄泉，两处茫茫皆不见。
忽闻海上有仙山㊐，山在虚无缥缈间㊒；
楼阁玲珑五云起㊑，其中绰约㊓多仙子。
中有一人字太真㊔，雪肤花貌参差㊕是。
金阙西厢叩玉扃㊖，转教小玉报双成㊗；
闻道汉家天子使，九华帐㊘里梦魂惊。
揽衣㊙推枕起徘徊，珠箔银屏迤逦开㊚；
云鬓半偏新睡觉㊛，花冠不整下堂来。
风吹仙袂飘飖举，犹似霓裳羽衣舞。
玉容寂寞泪阑干㊜，梨花一枝春带雨㊝。
含情凝睇谢君王㊞，一别音容两渺茫；
昭阳殿㊟里恩爱绝，蓬莱宫中日月长㊠。
回头下望人寰㊡处，不见长安见尘雾。
惟将旧物表深情，钿合金钗寄将去㊢；
钗留一股合一扇㊣，钗擘黄金合分钿㊤；
但教心似金钿坚，天上人间会相见㊥。

临别殷勤重^㉛寄词，词中有誓两心知。
七月七日长生殿^㉜，夜半无人私语时。
在天愿作比翼鸟^㉝，在地愿为连理枝^㉞。
天长地久有时尽，此恨绵绵无绝期^㉟！

【注释】

①元和元年（806）十二月，白居易被任命为盩厔县（即今陕西周至县）尉，曾与陈鸿、王质夫等一起游仙游寺。他们在谈话中讲到唐明皇和杨贵妃的事。根据王质夫的建议，白氏写了《长恨歌》，陈鸿续作《长恨歌传》。这首诗对唐明皇的荒淫误国和杨贵妃的恃宠贵幸都有所批评；而对他们的爱情生活，尤其是杨贵妃死后唐明皇对她的思念，则表示了深切的同情。作者对李、杨的爱情做了不应有的美化。这首诗是在有关李、杨爱情故事传说的基础上写成的，也很明显地受到汉武帝与李夫人故事（见《汉书·外戚传》）的影响。

②汉皇：汉家皇帝，指唐明皇。倾国：一国的人为她所倾倒。语出西汉李延年的《北方有佳人》歌。

③御宇：驾御天下。

④杨家有女：指杨玉环，也就是后来的杨贵妃。

⑤这句是有意替唐明皇遮羞。其实杨玉环十七岁就被册封为唐明皇的儿子寿王（李瑁）的妃子。二十二岁唐明皇把她度为道士，号太真。这是一种过渡的安排。二十七岁时唐明皇将她占为己有，封为贵妃。

⑥这句说杨玉环天生聪慧美丽，不肯随便委身他人。丽质：聪明秀丽的姿质。

⑦这句是极力形容杨玉环一颦一笑的动人情态。眸：眼珠。

⑧六宫：古代天子有正寝（帝王治事的地方）一，燕寝（帝王休息安寝的地方）五，合为六宫。后泛指皇后妃嫔居住的地方。粉黛：妇女的饰物，用粉敷面，用黛画眉，后即用它代指妇女。这里是泛指皇宫里的后妃们。无颜色：即黯然失色。

⑨华清池：在陕西临潼县城南骊山西北麓。唐贞观十八年（644）建汤泉宫，咸亨二年（671）改名温泉宫，天宝六年（747）扩建后改名华清宫，以后又名华清池。

⑩凝脂：凝固的油脂。这里形容杨贵妃皮肤细腻油润白皙。

⑪云鬟：鬟发像云。形容女人头发浓密和卷曲的美态。花颜：像花一样美丽的容貌。金步摇：首饰名，用金子做成山形，上面缀着花鸟和垂珠等，走路时动摇不定。

⑫芙蓉帐：上面绣着莲花的帐子。芙蓉是莲（荷）的别名。

⑬无闲暇：无空隙。指承欢、侍宴接连不断。

⑭"春从"句：这句是说春季白天跟着春游，夜晚陪着寝息。

⑮"后宫"句：古代帝王为满足自己的淫奢，往往无限制地搜罗民间美女。据史书记载：汉武帝、元帝有嫔妃宫女"三千"人，唐太宗有多余的宫女"数万人"，唐明皇后宫美女更多至四万。这里说的"佳丽三千人"，是仅指其中的佳丽部分。

⑯金屋：典出《汉武故事》：汉武帝年幼时曾说，如果得到表姊妹阿娇做妻，就要用黄金盖屋子给她住。这句是形容唐明皇对杨贵妃的极端宠爱。妆成：打扮得漂漂亮亮。

⑰"玉楼"句：这句说唐明皇与杨贵妃在玉楼上尽情欢宴，醉意和着春意。

⑱"姊妹"句：这句指杨贵妃一家受到的封赏，三个姐姐分别被封为韩、虢、秦国夫人，族兄铦锜为侍御史，钊（就是杨国忠）为右丞相等等。列土：分封土地。

⑲可怜：可爱，值得钦羡。

⑳"遂令"二句：这两句本《史记·外戚世家》褚先生补："生男无（不）喜，生女无怨，独不见卫子夫霸天下。"原是指卫子夫受到汉武帝的宠幸，弟侄四人因而受封为侯、贵倾天下的事。据陈鸿《长恨歌传》记载：杨家因贵妃得宠而全家受封，民间歌谣也说："生女勿悲酸，生男勿喜欢。"白氏的描述是有根据的。

㉑骊宫：即骊山上的华清宫。

㉒慢舞：即曼舞，形容舞姿轻盈美妙。凝丝竹：指歌舞与乐器伴奏配合得很好。

㉓尽日：整天。以上写杨贵妃的专宠和唐明皇的荒淫失政，隐伏着安禄山的叛乱。

㉔渔阳：郡名，辖有现在北京市的平谷县和河北省的蓟县等地，属于（平卢、范阳、河东三镇节度使）安禄山的辖地。鼙鼓：古代骑兵用的小鼓。这里喻战争。这句是指安禄山于天宝十四年（755）十一月起兵叛唐。

㉕霓裳羽衣曲：舞曲名。据说为唐开元中西凉节度使杨敬述所献，初名《婆罗门曲》，经过唐明皇润色并制作歌词，才改用此名，为宫廷所用。

㉖九重：旧指帝王所居住的地方，皇宫门有九重。见《楚辞·九辩》。烟尘：烟和尘，喻战火。

㉗"千乘"句：这句指玄宗逃蜀。天宝十五年（756）六月，安禄山陷潼关，唐明皇命龙武大将军陈元礼率领少数卫队，选马九百匹，护送皇亲国戚和亲近官吏等共千余人秘密出逃（见《资治通鉴》卷二一八）。古代一车四马为一乘。这里的千乘万骑是夸张的说法。

㉘翠华：皇帝仪仗中用翠鸟毛作装饰的一种旗帜。行复止：走走停停。这是暗示军中正在酝酿着不满情绪。

㉙"西出"句：这句暗示唐明皇已逃至马嵬驿。马嵬驿在今陕西兴平县西马嵬镇，距长安正好百余里。

㉚六军：古代天子军队的总数。这里泛指皇帝的随从卫队。唐明皇时，实际上只有左右龙武、左右羽林军，共四军。不发：不肯前进。

㉛宛转：缠绵委屈的样子。娥眉：蚕蛾触须似的眉毛细长弯曲，古代常用它来形容美女的眉毛，并作为美女的代称。这两句指马嵬驿兵变和杨贵妃被缢。唐明皇走到马嵬驿时，将士饥困，心怀不满，陈元礼认为祸由杨国忠起，他用谋反罪把杨杀了，并指出杨贵妃也应该正法。唐明皇没有办法，只得让高力士把杨贵妃领去缢杀。

㉜花钿：用金翠珠宝等制成花朵形式的首饰。委地：丢在地上。

㉝翠翘：形状像翠鸟尾巴向上翘一样的首饰。金雀：用金子制成朱雀（即凤）形状的一种钗。玉搔头：就是玉簪，可用它搔头。

㉞"君王"二句：这句是形容唐明皇看到杨贵妃惨死的情状而悲痛欲绝。

㉟"黄埃"句：这句是说萧瑟的秋风卷起漫天的黄尘。这是黄土高原常有的景象，但主要还是为衬托唐明皇的孤寂凄凉的心境。

㊱云栈：高入云端的栈道（即在山崖险绝地方架设的桥）。萦纡：迂回曲折。剑阁：四川剑阁县北大小剑山之间，有栈道名曰剑阁，亦名剑门关。为三国时诸葛亮所开凿架设的，是古代川陕之间的交通要道。

㊲峨眉山：山名，在四川西南部峨眉县境内。唐明皇逃蜀并未经此山，这里只是泛指唐明皇逃蜀时经过的高山深谷。

㊳日色薄：就是近黄昏的天色。薄：迫近。这句是极力渲染唐明皇心目中的悲惨气氛。

㊴"蜀江"二句：这句是说唐玄宗日日夜夜思念杨贵妃。语本宋玉《高唐赋》。

㊵行宫：皇帝外出时的住所。

㊶"夜雨"句：据唐郑处诲《明皇别录补遗》记载：唐明皇逃蜀走到斜谷（在今陕西眉县西南）时，遇到大雨，在栈道上听到铃声与山相应，就据

此写了《雨霖铃曲》，以寄托悲恨。

㊷天旋地转：指至德二年（757）九月郭子仪打败安禄山，收复长安。回龙驭：指至德二年十二月唐明皇自蜀回京。龙驭，皇帝乘坐的车骑。

㊸到此：指走到马嵬坡。踟蹰：徘徊不前。

㊹空死处：即"空见死处"的省文。

㊺都门：指长安。信马归：由着马儿走进城。据《新唐书·后妃传》记载：唐明皇回京路过马嵬坡时，备棺椁改葬杨贵妃；挖开土后见杨贵妃的香囊还在，心情极其悲痛。以上六句就是指此事。

㊻太液：池名，在长安城大明宫北，即现在的西安市偏东。未央：宫名，遗址在现在的西安市西北郊。

㊼西宫：即太极宫，唐时称为"西内"，遗址在现在的西安市北。南内：即兴庆宫，遗址在现在的西安市东南。唐明皇回都后，住在南内。上元元年（760），宦官李辅国假借肃宗的名义，迫唐明皇迁入西内，并遣散随从，唐明皇忧愤成疾，这两句就是暗指此事，见旧、新《唐书·李国辅传》与《资治通鉴》卷二二一。

㊽梨园子弟：梨园是唐玄宗时宫中教习音乐的机构。白发新：又有新长出的白头发。

㊾椒房：殿名，在未央宫，是皇后所住的房子，用椒粉涂壁，取其香、暖、驱邪气，并象征多子。阿监：皇宫中的女官。青娥：青春美貌。

㊿悄然：忧心的样子。

○51"孤灯"句：有人以为这句是"书生之见"，外行话，理由是当时富贵人家都已点上蜡烛，不点油灯；宫中不可能点油灯，也不可能由唐明皇自己去挑灯芯。其实，白氏这样写只是为了烘托唐明皇的孤独和凄凉的心境，不能拘泥字面。

○52"迟迟"句：这句是说：迟迟的钟鼓声告诉人已进入了漫长的黑夜，明亮的银河才是将要亮的天。钟鼓：古代用鸣钟击鼓来报时。耿耿：微明的样子。星河：天河。曙天：天刚亮。

○53鸳鸯瓦：即阴阳瓦，指两片瓦中一俯一仰配搭成对。霜华：即霜花。

○54翡翠衾：绣有翡翠鸟的被面。

○55临邛：旧县名，在今四川邛崃县。道士：就是下句的"方士"，是专门讲求炼仙丹等迷信活动的人。鸿都：大都，指长安。这句是说有个寄居长安的临邛道士。

○56精诚：至诚。致：招致，引来。

302

⑤辗转：转移不定，形容忧思萦牵的样子。

⑧觅：寻找。这两句是说这个道士由于受到唐明皇思念杨贵妃事的感动，就决心仔细去寻找杨贵妃的灵魂。

⑨穷：穷尽，找遍。碧落：道家对天界的说法，因为据说那里碧霞遍布。(见相传为三国葛玄所传的道家主要经典《度人经》)

⑥虚无缥缈：隐隐约约若有若无的样子。

⑥玲珑：明净清澈的样子。五云：五色云。

⑥绰约：体态柔美的样子。

⑥太真：杨贵妃的道号。道家的真与仙同义。

⑥参差：差不多，近似。这里作依稀、仿佛讲。

⑤这句是说在金阙的西厢敲打着白玉的门。道家说天帝所居的有黄金阙。阙：宫门前面的门楼。扃：门户。

⑥转教：指拜托侍人通报。小玉：仙女名。唐诗多指仙人中的侍女。双成：董双成，仙人名，传说是西王母的侍女。

⑥九华帐：绚烂多彩的罗帐。"九"是形容彩色繁多。

⑥揽衣：披起衣服。

⑥珠箔：用珠子缀成的帘子。银屏：银制的屏风。迤逦：曲折连绵的样子。全句意思是掀起朱帘，拉开屏风，好让太真和汉家天子的使者相见。

⑦云鬓：浓密卷曲像层云一样的头发。半偏：就是歪了，不整齐。新睡觉：刚刚睡醒过来。

⑦玉容寂寞：面色暗淡凄楚。泪阑干：眼泪纵横的样子。

⑦"梨花"句：这句也是形容杨贵妃悲泣的情态。

⑦凝睇：注视，出神地看。谢：告诉。

⑦昭阳殿：汉武帝后宫八区之一。这里指杨贵妃生前所居的地方。

⑦蓬莱：传说中的仙山。这两句是说：她和唐明皇的恩爱已断了，而在蓬莱仙宫的日子还很长。

⑦人寰：人世间。

⑦钿合：金饰的盒子。合：通"盒"。钗：妇女的首饰，由两股合成。这就是上句所说的旧物。也即定情的东西。

⑦"钗留"句：这句说金钗留下一股，金盒留下一扇（一半）。

⑦钗擘黄金：把金钗分开。合分钿：把金盒子上完整的花纹分为两半。

⑧天上人间：或在天上、或在人间的意思。会：终会。

⑧重：又，反复。

㉒七月七日：传说是牛郎织女相会的日子。长生殿：唐华清宫殿名，天宝元年建造，原名为集灵台，用以祀神。

㉓比翼鸟：相传产在南方的一种鸟，翼翼相比，不比不飞。

㉔连理枝：不同根的两棵树，枝、干连在一起。理：纹理。

㉕绵绵：长久不断。以上是写方士招魂的事。最后两句点出了"长恨"的题旨。

【鉴赏】

这首诗主要叙述了唐玄宗与杨贵妃的爱情悲剧，诗人将叙事和抒情相结合，以简洁、凝练的语言，成功塑造出两个生动鲜活的人物形象。

杜 陵 叟①

杜陵叟，杜陵居，岁种薄田一顷余。

三月无雨旱风起，麦苗不秀②多黄死。

九月降霜秋早寒，禾穗未熟皆青乾。

长吏明知不申破，急敛暴征求考课③。

典桑卖地纳官租，明年衣食将何如？

剥我身上帛，夺我口中粟。

虐人害物即豺狼，何必钩爪锯牙食人肉！

不知何人奏皇帝，帝心恻隐知人弊。

白麻纸上书德音④，京畿⑤尽放今年税。

昨日里胥⑥方到门，手持尺牒榜乡村⑦。

十家租税九家毕，虚受吾君蠲免⑧恩。

【注释】

①题下自注："伤农夫之困也。"宪宗元和四年，江南大旱，发生严重饥荒，皇帝下罪己诏，并接受白居易等的奏请，下令蠲免灾区租税。但地方官吏为了邀功，对灾情故意隐瞒不报。待到蠲免令下达时，老百姓早已因被搜刮而破产。杜陵：在长安东南。

②秀：庄稼扬花吐穗。

③考课：考核地方官吏的政绩，评定优劣，以决定升降。

④在唐代，有关德音、立储等一类大事的诏书，都用白麻纸书写。

⑤京畿：国都及其附近的地方。

⑥里胥：即里正，管一百农户。

⑦尺牒：皇帝下的公文。榜：张贴。

⑧蠲免：免除。

【鉴赏】

这首诗的内容是同情农民生活的困苦，指出官僚制度的黑暗与腐败，横征暴敛，巧取豪夺。

卖 炭 翁

苦宫市也①

卖炭翁，伐薪烧炭南山中②。

满面尘灰烟火色，两鬓苍苍③十指黑。

卖炭得钱何所营④？身上衣裳口中食。

可怜身上衣正单，心忧炭贱愿天寒。

夜来城外一尺雪，晓驾炭车碾冰辙⑤；

牛困人饥日已高，市南门外泥中歇。

两骑翩翩⑥来是谁？黄衣使者白衫儿⑦。

手把文书口称敕⑧，回车叱牛牵向北⑨。

一车炭，千余斤，宫使驱将惜不得⑩，

半匹红纱一丈绫⑪，系向牛头充炭直⑫！

【注释】

①作者小序说："苦宫市也。"所谓宫市，实际上就是皇家在长安市上进行的一种公开的掠夺。本来宫中用物有专设的官吏来办理，但到德宗贞元末，就改由宦官掌管了。他们随便压价抢购，最后甚至派"白望"（白取其物，不还本价）几百人在长安东西两市等地转悠，看到合意的东西，就口称"宫市"，强行把货物要去。他们常拿一些用红紫颜色染过的旧衣服破丝绸给人家作抵当。还要人家把东西送进宫，又要勒索"门户钱"，所以常常使卖主空手而归。白居易的这首诗就是在这种背景下写的。

②伐薪：砍柴。南山：即终南山，在今陕西西安市南。

③苍苍：形容鬓发花白。

④营：谋求。

⑤碾冰辙：轧着结冰的车道。辙：车轮的痕迹。

⑥翩翩：轻快自得的样子。

⑦黄衣使者：指宦官。唐代宦官品级较高的穿黄衣。因为是皇帝派出的，所以称"使者"。白衫儿：指宦官手下的爪牙。唐代没有品级的穿白衣。

⑧敕：皇帝的命令。这里是喊着"宫市"的意思。

⑨牵向北：指牵向宫中。因为唐代长安的东、西两市都在南边，而皇宫内苑在北边。

⑩"一车"句：宫使把满车的炭赶走，卖炭翁舍不得也没有用。驱：赶着走。将：语助词。

⑪"半匹"句：唐代实际交易，往往使用丝织品。宫廷购买货物，是依照官方高抬的丝织品价格即所谓"省估"计算，不依"实估"，即民间现行的实价计算，所以拿纱绫支付炭钱，老百姓吃亏很大。半匹：唐制二丈。

⑫系：绑，扎。直：同"值"。

【鉴赏】

这首诗诗人借卖炭翁的遭遇来反映当时社会黑暗的现象，达到揭露"宫市"本质的目的。

琵 琶 行

浔阳江头夜送客①，枫叶荻花秋瑟瑟②。
主人③下马客在船，举酒欲饮无管弦④。
醉不成欢惨将别，别时茫茫江浸月。
忽闻水上琵琶声，主人忘归客不发。
寻声暗问弹者谁？琵琶声停欲语迟。
移船相近邀相见，添酒回灯⑤重开宴。
千呼万唤始出来，犹抱琵琶半遮面。
转轴拨弦三两声⑥，未成曲调先有情。
弦弦掩抑声声思⑦，似诉平生不得志。
低眉信手续续弹，说尽心中无限事。
轻拢慢捻抹复挑⑧，初为《霓裳》后《六幺》⑨。

大弦嘈嘈如急雨，小弦切切如私语。

嘈嘈切切错杂弹，大珠小珠落玉盘。

间关莺语花底滑⑩，幽咽泉流水下难⑪。

冰泉冷涩弦凝绝，凝绝不通声暂歇。

别有幽愁暗恨⑫生，此时无声胜有声。

银瓶乍破水浆进，铁骑突出刀枪鸣⑬。

曲终收拨当心画，四弦一声如裂帛⑭。

东船西舫⑮悄无言，唯见江心秋月白。

沉吟放拨插弦中，整顿衣裳起敛容⑯。

自言本是京城女，家在虾蟆陵⑰下住。

十三学得琵琶成，名属教坊第一部⑱。

曲罢曾教善才服，妆成每被秋娘妒⑲。

五陵年少争缠头⑳，一曲红绡㉑不知数。

钿头银篦击节碎，血色罗裙翻酒污㉒。

今年欢笑复明年，秋月春风等闲度。

弟走从军阿姨㉓死，暮去朝来颜色故㉔。

门前冷落鞍马稀，老大嫁作商人妇。

商人重利轻别离，前日浮梁㉕买茶去。

去来江口守空船，绕船月明江水寒。

夜深忽梦少年事，梦啼妆泪红阑干㉖。

我闻琵琶已叹息，又闻此语重唧唧㉗。

同是天涯沦落人㉘，相逢何必曾相识！

我从去年辞帝京，谪居卧病浔阳城㉙。

浔阳地僻无音乐，终岁不闻丝竹声。

住近湓江㉚地低湿，黄芦苦竹绕宅生。

其间旦夕闻何物，杜鹃啼血㉛猿哀鸣。

春江花朝㉜秋月夜，往往取酒还独倾。

岂无山歌与村笛，呕哑嘲哳㉝难为听。

今夜闻君琵琶语，如听仙乐耳暂明。

莫辞更坐弹一曲，为君翻作《琵琶行》㉞。

感我此言良久立，却坐促弦弦转急㉟。

凄凄不似向前㊱声，满座重闻皆掩泣。

座中泣下谁最多，江州司马青衫㊲湿。

【注释】

①浔阳江：长江流过九江以北一段。江头：江边。

②荻：芦苇一类的植物。瑟瑟：风吹草木的声音。

③主人：作者自指。

④举酒：端起酒杯。管弦：乐器。无管弦：没有音乐；古代宴会往往伴有音乐。

⑤回灯：移灯。

⑥转轴：将琵琶上的弦柱拧动。转轴拨弦：指弹琵琶前调音的准备动作。

⑦掩抑：形容音调的低沉、抑郁。思：哀怨的感情。

⑧拢、捻、抹、挑：都是弹琵琶的几种指法。拢：用左指扣弦。捻：用左指揉弦。抹：右手下拨。挑：右手上拨。

⑨霓裳：即《霓裳羽衣曲》。六么：也叫绿腰，当时京都流行的曲调。

⑩间关：鸟声。滑：形容鸟的鸣声宛转流利。

⑪幽咽：低沉的流水声。水下难：水流下滩与泉流之间石都是幽咽之声。

⑫幽愁暗恨：隐藏在心中的忧愁怨恨。

⑬乍：骤然。迸：溅射，涌出。铁骑：带甲的骑兵。突：突然。刀枪鸣：兵器发出的声响。枪：长矛。

⑭收拨：演奏结束时的一指手法。即合并四条弦用力一划。拨：用象牙或牛角等制成有弹力的薄片，用来做拨弦的工具。

⑮舫：小船。

⑯沉吟：形容说话之前略微迟疑的样子。敛容：恭敬而有礼貌的表情。

⑰虾蟆陵：即下马陵，相传是董仲舒坟墓，在长安东南。

⑱教坊：唐代官办教练音乐歌舞的机构。第一部：第一班，即名列前茅。

⑲服：佩服。秋娘：当时长安著名歌妓。这是泛指美女。

⑳五陵年少：指长安富贵人家子弟。五陵：长安城外有汉代五个皇帝的陵墓，后来成为豪族富户的聚居地。缠头：歌舞的人演奏后，以绫帛一类东西相赠。

㉑绡：精细而轻薄的生丝织品。

㉒钿头银篦：镶着云头花钿的发篦。钿：用金翠宝石等镶嵌而成的首饰。击节：打拍子。翻酒污：泼翻酒而被沾污。这两句是这位演奏者说自己生活豪侈，不吝惜珍贵的物品。

㉓阿姨：称教坊中管领歌妓的人。

㉔颜色故：容颜衰老。

㉕浮梁：县名，今江西省景德镇市。

㉖梦啼：因梦而伤心啼哭。红：指装饰的脂粉和眼泪混合起来，成了红色。阑干：形容泪流纵横的样子。

㉗唧唧：叹息声。

㉘天涯：天边。沦落人：沉沦流落的人。

㉙辞：离开。谪：贬谪，降职。

㉚溢江：即溢水。

㉛杜鹃啼血：相传杜鹃啼叫时嘴角流血，啼声为"不如归去"，极其哀苦。

㉜花朝：花开的时节。

㉝呕哑嘲哳：声音嘈杂难听。

㉞辞：推辞。翻作：按照曲调，写成歌词。

㉟良久：很久。却坐：退回原处，重新坐下。促弦：拧紧弦。弦转急：声音急促。

㊱向前：刚才。

㊲青衫：当时作者虽任州司马，但官阶只是将仕郎，是最低的九品官，著青色官服。

【鉴赏】

本诗借对琵琶女不幸遭遇的描写，来抒发遭贬后的伤感情怀，同时对朝廷政治的黑暗表达了强烈的愤慨。

问刘十九

绿蚁新醅酒，红泥小火炉①。

晚来天欲雪，能饮一杯无②？

【注释】

①"绿蚁"二句：我有新酿的浮着绿蚁的酒，还有红泥造的小火炉。绿蚁：新酿的米酒，未经过滤，酒面浮渣如蚁，微呈绿色，称为"绿蚁"。醅：没过滤的酒。

②"晚来"二句：夜来天正要下雪，朋友啊，能跟我饮一杯么？　无：疑问语气助词。相当于"么""吗"。

【鉴赏】

　　这首诗描写了诗人在一个风雪飘飞的傍晚邀请朋友前来喝酒，共叙衷肠的情景，表现了温馨炽热的情谊。

暮　江　吟①

一道残阳铺水中②，半江瑟瑟半江红③。
可怜④九月初三夜，露似真珠月似弓⑤。

【注释】

　　①这首诗大约写于长庆二年（822）。

　　②残阳：夕照。这里指天边晚霞。铺：铺展。

　　③瑟瑟：一种碧色宝玉的名称。这里形容江水斜阳照不到的地方，水色如同碧色宝玉一样。半江红：指半边江水被晚霞染成红色。

　　④怜：爱。

　　⑤真珠：珍珠。月似弓：形容初三晚上月牙刚出现，形状如弓。

【鉴赏】

　　这首诗描绘了夕阳照射下碧波交映和新月初悬时的静夜草露的两幅美景。

钱塘湖①春行

孤山寺北贾亭西②，水面初平云脚低③。
几处早莺争暖树④，谁家新燕啄春泥⑤。
乱花⑥渐欲迷人眼，浅草才能没⑦马蹄。
最爱湖东行不足⑧，绿杨阴里白沙堤⑨。

【注释】

　　①钱塘湖：即杭州市西湖。

　　②孤山寺：孤山上的一座古寺庙，是南朝陈文帝天嘉（560～566）年间所建。贾亭：唐德宗贞元（785～805）年间贾全为杭州刺史时所建，一名贾公亭。

③水面初平：春天湖水初涨，水与岸平。云脚：靠近地面流荡不定的云气。

④早莺：春天新来的黄莺。争暖树：竞着集于向阳的树木。

⑤啄春泥：指燕衔泥作巢。

⑥乱花：春天的各种灿烂开放的花。

⑦没：掩盖，遮住。

⑧行不足：游赏不够，即反复游赏。

⑨白沙堤：又名白堤，是西湖中一条长堤，把西湖分为里湖和外湖。

【鉴赏】

本诗的创作背景是诗人春天去西湖游历，形象生动地展示出西湖初春的美景。

长 相 思①

九月西风兴，月冷霜华凝。

思君秋夜长，一夜魂九升②。

二月东风来，草坼③花心开。

思君春日迟，一夜肠九回。

妾住洛桥北，君住洛桥南。

十五即相识，今年二十三。

有如女萝草④，生在松之侧。

蔓短枝苦高，萦回⑤上不得。

人言人有愿，愿至天必成。

愿作远方兽，步步比肩⑥行。

愿作深山木，枝枝连理生。

【注释】

①写作年代不详。长相思：古乐府曲名。

②魂九升：总是神魂不定。

③草坼：草木种子裂开发芽。

④女萝草：即松萝，地衣类植物，植物体丝状，常附着松树或其他树木上。

⑤萦回：缠绕。

⑥比肩：并肩。

【鉴赏】

这首诗写了一个女子思念情人的场面，烘托出哀怨忧伤的气氛，表现了人物的复杂感情。

后 宫 怨

泪湿罗巾梦不成，夜深前殿按歌声①。

红颜未老恩先断，斜倚薰笼坐到明②。

【注释】

①"泪湿"二句：夜深了，她愁怨满腹，无法入睡。前殿传过来阵阵奏乐声，更使她感到自身被冷落，她痛苦得啜泣起来，泪水把罗巾沾湿了。罗巾：古代用以抹拭的一种丝巾。按：犹言弹奏。

②"红颜"二句：她美丽的容颜还未衰老，便先失去了皇帝的恩宠。她斜倚薰笼，呆呆地坐着，思前想后，直到天亮。薰笼：古代用以焚香薰衣的竹笼。

【鉴赏】

这首诗语言明快自然，感情真挚而多层次，细腻地刻画了失宠宫女千回百转的心理状态。

江南送北客，因凭寄徐州兄弟书①

故园望断欲何如②，楚水吴山万里余③。

今日因君访兄弟，数行乡泪④一封书。

【注释】

①这是白氏十五岁时写的诗，也是作者现存的最早作品。江南：道名，这里指江南东道，辖地相当于现在的苏南和闽、浙两省。北客：北上的客人。因：依。凭：托。

②故园：故乡，老家。这里指徐州。望断：望到看不见，指望得久，望得远。何如：怎样。

③楚水吴山：即楚、吴山水。吴越一带古代曾属楚国疆域，所以作者当时旅居的越中，也可以概称吴越。万里余：是概指作者旅居的越中与兄弟所居的徐州的距离。

④乡泪：思乡的眼泪。

【鉴赏】

这首诗是作者十五岁时因思念家中的兄弟所作的一封家书，让人们看到了萌芽的诗才在白居易身上显现光彩。

观　刈①　麦

田家少闲月，五月人倍忙。
夜来南风起，小麦覆陇黄②。
妇姑荷箪食③，童稚携壶浆④。
相随饷田⑤去，丁壮在南冈⑥。
足蒸暑土气，背灼炎天光⑦。
力尽不知热，但惜夏日长⑧。
复有贫妇人，抱子在其傍⑨。
右手秉遗穗⑩，左臂悬敝筐⑪。
听其相顾言⑫，闻者为悲伤。
家田输税⑬尽，拾此充饥肠。
今我⑭何功德？曾不事农桑⑮。
吏禄三百石⑯，岁晏⑰有余粮。
念此私自愧，尽日不能忘！

【注释】

①刈：割。

②陇：通垄，田埂。这句说遍地覆盖着黄熟的小麦。

③妇姑：媳妇与婆母，或嫂嫂与小姑。这里是泛指妇女。荷：背着。箪：盛饭的圆形竹器。

④壶浆：用壶罐盛着汤水。

⑤饷田：给在地里干活的人送饭。

⑥丁壮：壮丁，壮年的男子。南冈：泛指农田的位置，犹说南亩。

⑦灼：煎烤。炎天光：夏日骄阳。

⑧但：只是。

⑨傍：通旁，旁边。

⑩秉：拿着。遗穗：漏掉在地里的麦穗。

⑪敝筐：破旧的竹筐。

⑫这句说听农妇对农民的诉说。

⑬输税：缴纳田税。

⑭我：指作者。

⑮曾：乃。事农桑：干农活，种田。

⑯吏禄：做官的俸禄（薪水）。三百石：这里是借用汉朝县尉的年俸（二百石、四百石之间）。唐朝从九品下的县尉，年俸也是不少的。

⑰岁晏：年底。晏：晚。

【鉴赏】

这首诗对造成人民贫困之源的繁重租税提出指责，对自己无功无德又不劳动却能丰衣足食而深感愧疚，表现了一个有良心的封建官吏的人道主义精神。

李都尉古剑①

古剑寒黯黯②，铸来几千秋③。
白光纳日月④，紫气排斗牛⑤。
有客借一观，爱之不敢求⑥。
湛然玉匣中⑦，秋水澄不流⑧。
至宝有本性⑨，精刚无与俦⑩。
可使寸寸折，不能绕指柔⑪。
愿快直士心⑫，将断佞臣头⑬。
不愿报小怨，夜半刺私仇。
劝君慎所用，无作神兵⑭羞。

【注释】

①这首诗以古宝剑喻刚正不阿的谏官和朝政大臣。最后两句点出了此诗的

主旨，希望掌握国家权柄的人要很好地发挥他们的作用。诗约作于元和三四年（808～809）任左拾遗期间。李都尉：未详其人。都尉一职始于战国，是比将军略低的武官。唐也保持这一官职。

②黯黯：即暗暗，幽暗隐约的样子，形容寒光四射。

③千秋：千年。

④这句是说宝剑把日月光芒都吸进去，致使日月暗淡无光。东晋王嘉《拾遗记》卷十说越王勾践有宝剑叫"掩日"，用它指日，日就失色。纳：收入。

⑤《晋书·张华传》说：张华看到紫气上冲斗牛。雷焕告诉他，那是地下宝剑的气上冲于天的。果然在地下掘得龙泉、太阿两把宝剑。紫气：宝物的光气。排：向上冲开。斗牛：二十八星宿中的斗宿星和牛宿星。

⑥这两句说明宝剑不是常物，一般人不应得，应让它去完成其应有的使命。

⑦湛然：水光澄澈的样子，形容宝剑的光芒四射。玉匣：饰着玉的剑鞘。

⑧这句是说剑光像澄澈的不流动的秋水。语出东汉袁康的《越绝书》："太阿剑，视之如秋水。"

⑨至宝：最珍贵的宝物，指古剑。本性：原有的特性。

⑩这句指古剑的纯度和硬度，都是无与伦比的。刚：精粹坚硬。俦：辈。

⑪这句形容剑坚硬、不能弯曲。是反用西晋刘琨《重赠卢谌》诗："何意百炼钢，化为绕指柔。"

⑫快：快意，高兴。直士：刚正不阿的人。语见《荀子·不苟》篇。

⑬《汉书·朱云传》载：朱云对汉武帝说，希望赐给我一把皇家的斩马剑，让我去"断佞臣"张禹头。佞臣：谄上欺下的奸臣。

⑭神兵：神奇的兵器（指古剑）。晋张协《七命》称宝剑为世间少有的"神兵"，后即以"神兵"代宝剑。

【鉴赏】

本诗借古宝剑比喻了刚正不阿的谏官与朝政大臣，表示了作者希望手握重权的人好好发挥他们的作用。

悲 哉 行①

悲哉为儒者，力学②不知疲。

读书眼欲暗，秉笔手生胝③。

十上方一第④，成名常苦迟。

纵有宦达者，两鬓已成丝⑤。

可怜少壮日，适在穷贱时。

丈夫老且病，焉用富贵为⑥。

沉沉朱门宅，中有乳臭儿⑦。

状貌如妇人，光明膏粱肌⑧。

手不把书卷，身不摆戎衣⑨。

二十袭封爵⑩，门承勋戚资⑪。

春来日日出，服御何轻肥⑫。

朝从博徒饮，暮有娼楼期⑬。

平封还酒债⑭，堆金选蛾眉⑮。

声色狗马外⑯，其余一无知。

山苗与涧松，地势随高卑⑰。

古来无奈何⑱，非独君伤悲。

【注释】

①悲哉行：乐府《杂曲歌辞》名，魏明帝作，原诗已佚。后来陆机等也都有此题，多抒发客游中的忧思心情。

②力学：勤勉学习。

③眼欲暗：就是头昏眼花。胝：就是茧子。

④"十上"句：参加十次考试，才能考中一次。形容由读书到做官的道路十分艰难。

⑤"成名"句：读书人中个别幸运者爬到高位，但那时已经是鬓发斑白，来日无多了。宦达：宦途通达，也即官运亨通。

⑥"丈夫"句：一个人到了年老多病的时候，富贵有什么用？丈夫：指成年的男子。

⑦沉沉：形容宫室深邃的样子。朱门：红漆的大门，指富贵人家。乳臭：

奶腥气。常用以指年幼无知。

⑧膏粱：原指肥肉和白米，这里用来形容富贵人家子弟的肌肤洁白丰腴有光泽。

⑨把：持，握。撮：穿。戎衣：战衣。

⑩"二十"句：这句说二十岁可以继承先辈封的爵位。其实唐代世袭与荫封不一定要等到二十岁，这里只是说子孙长大成人的即可受封罢了。唐爵号共分九等，即：王、嗣王、郡王、国公、开国郡公、开国县公、开国县侯、开国县伯、开国县子、开国县男。如皇帝兄弟、皇子为"亲王"；皇太子之子为"郡王"，袭郡王、嗣王的为"国公"。又如一品官的儿子可得正七品上阶，二品官的儿子可得正七品下阶。五品以上可荫至孙。三品以上可荫至曾孙，等等。(见《新唐书》之《百官志》《选举志》)

⑪"门承"句：这句说家门可以继承勋官或皇帝国戚的名位。勋：勋官，因有功而受奖励的文武官员。唐代勋官分十二转（等），一转为武骑尉，同从七品；二转为云骑尉，同正七品……十二转为上柱国，同正二品。(见《新唐书·百官志》)

⑫"春来"句：穿（服）的是轻裘，驾御的是肥马。何：多么。

⑬博徒：就是赌徒们。娼楼：就是歌妓院。期：相约。

⑭平封：指卖掉家产。平：一作"评"，论定价值。封：原指堆土，引申为堆子，这里指家产。

⑮堆金：堆起金子。即显示富有，舍得花销。李贺有"堆金积玉夸豪毅"诗句。蛾眉：蚕蛾的触须弯曲细长好看，古人常用来形容美女的眉，并借指美女。

⑯声色：指歌舞和女色。狗马：指玩好之物。《史记·殷本纪》说：殷纣王收集"狗马奇物"，填满宫室。

⑰"山苗"句：用左思的《咏史·郁郁三间底松》，意思是说：高大的松树生长在山沟底，被长在山顶上的小草遮盖了，这是因为地势的高低造成的。

⑱"古来"句：把左诗"金张（汉宣帝时大官僚金日磾和张安世）籍旧业"等最后四句抽象化。说明不合理的社会现象自古就有，无法改变。字面好像有点消极，其实内心是十分激愤的。

【鉴赏】

这首诗抒发了作者对社会现象的不合理的愤慨之情。

晚 秋 夜①

碧空溶溶月华静，月里愁人②吊孤影。

花开残菊傍疏篱，叶下衰桐落寒井。

塞鸿飞急觉秋尽③，邻鸡鸣迟知夜永。

凝情不语空所思，风吹白露衣裳冷④。

【注释】

①约作于元和初年。

②月里愁人：作者自谓。

③塞鸿：自塞外飞来的大雁。大雁是候鸟，天冷即南飞，春天即北归。

④"凝情"二句：夜半天凉，作者孤身形影相吊，独自徘徊于月下。

【鉴赏】

这首诗流畅爽口，通脱雅致，清淡幽丽，宁静悠远，是一首雅俗共赏的杰作。

新制布裘

桂布白似雪，吴绵软于云①。

布重绵且厚，为裘有余温②。

朝拥坐至暮，夜覆眠达晨③。

谁知严冬月，支体暖如春④。

中夕忽有念，抚裘起逡巡⑤。

丈夫贵兼济，岂独善一身⑥。

安得万里裘，盖裹周四垠⑦？

稳暖皆如我，天下无寒人⑧。

【注释】

①"桂布"二句：桂地出产的布白得像雪一样，吴地产的丝绵比云还软。桂：唐代桂管地区，在今广西壮族自治区一带；唐代其地产绵出布。当时这种织物还不普遍，很珍贵。吴：吴地，今江苏省苏州市一带。于：比。

②"布重"二句：棉布很重，丝绵也很厚，做成的棉袍非常暖和。裘，

皮袍，这里指布袍。

③"朝拥"二句：早晨披着它坐到晚上，夜里盖着它睡到天明。拥：抱，持，这里是披的意思。

④"谁知"二句：谁知道在严寒的冬天，全身就像春天一般温暖。支体，身体；支，同肢。

⑤"中夕"两句：半夜里忽然产生了一个念头，起来抚摸着棉袍徘徊不定。中夕：中夜，半夜。逡巡：有所顾虑而徘徊或不敢前进，这里指在屋中地上徘徊。

⑥"丈夫"二句：大丈夫贵在使天下人得到救助，怎能只顾自己得到满足。丈夫，成年男子，这里指有志的人。济：使……得到救济。一身：自己一个人。《孟子·尽心》里说："穷则独善其身，达则兼善天下。"作者在《与元九书》中说："仆虽不肖，常师此语。"意思是说我虽然不够贤德，但常常用这话要求自己。

⑦"安得"二句：怎么能得到万里的大棉袍儿，把整个大地都盖上裹住。周：遍，全。四垠：四边；垠：界限，边际。

⑧"稳暖"二句：大家都像我一样舒服温暖，天下就没有了挨冻的人。稳：妥帖，这里指舒服。

【鉴赏】

这首诗反映了白居易的抱负和品德，与可视为他希望实行"仁政"的政治主张和处世哲学。

同李十一醉忆元九①

花时同醉破春愁，醉折花枝当酒筹②。
忽忆故人天际去，计程今日到梁州③。

【注释】

①李十一：名建，字杓直，排行十一，故称李十一。元九：元稹，排行第九，故称元九。二人都是诗人白居易的朋友。

②"花时"二句：开花季节，一同醉饮，消除春愁；醉态中折来花枝当作酒筹。酒筹：饮酒记数的筹码。有的说，行酒令的签也叫酒筹。

③"忽忆"二句：忽然想起老朋友到极远的地方去了；计算行程，今天

应当到了梁州了。故人：旧交，老朋友，指元九。梁州：今陕西省汉中、固城等地，唐时称为梁州。元和四年三月，元稹奉使前往东川（东川节度使署在今四川省三台县）复查狱刑案件。从长安去东川，路过梁州。

【鉴赏】

这是一首即景生情，因事起意之作，以情深意真见长。

江 楼 月①

嘉陵江②曲曲江池，明月虽同人别离。
一宵光景③潜相忆，两地阴晴远不知。
谁料江边怀我夜，正当池畔望君时。
今朝共语方同悔，不解多情先寄诗。

【注释】

①这是白居易给元稹的赠答诗。元和四年（809）春，元稹以监察御史使东川。在嘉陵江岸驿楼中，作七律《江楼月》寄乐天，后乐天作《酬和元九东川路诗十二首》，在题下注："十二篇皆因新境追忆旧事，不能一一曲叙，但随而和之，唯予与元知之耳。"这首《江楼月》是其中第五首。

②嘉陵江：源出陕西凤县嘉陵谷，至四川重庆入长江。

③光景：境况，情况。

【鉴赏】

这首诗，虽是白居易写给元稹的，却通篇都道双方的思念之情，别具一格。

上阳① 白发人

怅怨旷也②

上阳人，上阳人，红颜暗老白发新③。
绿衣监使守宫门，一闭上阳多少春④。
玄宗末岁初选入，入时十六今六十⑤。
同时采择百余人，零落年深残此身⑥。

忆昔吞悲别亲族，扶入车中不教哭⑦。
皆云入内便承恩，脸似芙蓉胸似玉⑧。
未容君王得见面，已被杨妃遥侧目⑨。
妒令潜配上阳宫，一生遂向空房宿⑩。
宿空房，秋夜长，夜长无寐天不明⑪。
耿耿残灯背壁影，萧萧暗雨打窗声⑫。
春日迟，日迟独坐天难暮⑬。
宫莺百啭愁厌闻，梁燕双栖老休妒⑭。
莺归燕去长悄然，春往秋来不记年⑮。
唯向深宫望明月，东西四五百回圆⑯。
今日宫中年最老，大家遥赐"尚书"号⑰。
小头鞵履窄衣裳，青黛点眉眉细长⑱。
外人不见见应笑，天宝末年时世妆⑲。
上阳人，苦最多⑳。
少亦苦，老亦苦，少苦老苦两如何㉑？
君不见昔日吕向《美人赋》，又不见今日上阳宫人白发歌㉒！

【注释】

①上阳：唐宫名，在东都洛阳皇城西南，洛水与谷水之间，唐高宗上元（674～675）年间建立。

②悯：哀怜，怜悯。作者自注说："天宝、五载已后，杨贵妃专宠，后宫人无复进幸者矣。六宫有美色者，辄置别所，上阳是其一也。贞元中尚存焉。"意思是天宝五年以后，杨贵妃独自得宠，宫中妇女没有再能接近皇帝的了。宫中妇女中长得好的，都安置在其他地方，上阳宫就是其中一个。贞元年间还存在。

③"上阳人"三句：上阳宫的宫人，上阳宫的宫人，美丽的面容悄悄地衰老，新添的白发一根根。暗：不明显，这里是不知不觉的意思。

④"绿衣"二句：穿绿衣服的监使守着宫门，幽闭在上阳宫中，不知过了多少年。绿衣监使：唐代看守宫门的人，穿绿色的公服。闭：幽闭，软禁。春：这里指年。

⑤"玄宗"二句：玄宗末年被选入宫中，入宫时才十六岁，现在已经六十岁了。玄宗：李隆基，公元712年到742年在位。

⑥"同时"二句：同时被选入宫的有一百多人，年久零落，只剩下老身一人。采择：选取宫女。零落：凋谢，脱落，这里指死亡。残：残余，剩下。

⑦ "忆昔"二句：回想从前，强忍悲痛，离别了亲人；在扶进车时，还不让哭泣。

⑧ "皆云"二句：都说脸像荷花胸像美玉，一进宫便能承受皇恩。

⑨ "未容"二句：还没来得及与君王见面，就被杨贵妃远远地侧目而视。杨妃：杨贵妃。侧目：本意是不敢正视，形容畏惧或愤恨，这里是指因为嫉妒而斜着眼睛看。

⑩ "妒令"二句：由于杨贵妃妒忌，被秘密地送到了上阳宫，一辈子就只好守着空房度日。潜：偷偷地，秘密的。配：发配，流放，上阳人虽然无罪，但被送到上阳宫，处境跟犯人被发配差不多，所以诗人在这里用了一个"配"字。遂：于是，就。向：朝着，向着。

⑪ "宿空房"三句：独自住在空房，秋天的夜晚漫长；夜长不能入睡，盼天亮天也不亮。寐：睡。

⑫ "耿耿"二句：微明的残灯映射着墙壁，淅沥的暗雨敲打着窗户。耿耿：微明的样子。残灯：将要熄灭的灯。萧萧：多形容风声，这里指雨声。

⑬ "春日"二句：春天的白天过得缓慢；白天过得慢啊，独自苦坐天难晚。迟：缓慢。

⑭ "宫莺"二句：宫莺叫声婉转，由于自己发愁，也不愿意去听；梁燕双双栖息，因为自己老了，也不去忌妒。啭：鸟婉转地叫。休：停止。

⑮ "莺归"二句：莺归燕去，长久地寂静无声；春去秋来，也记不得过了多少年。悄然：寂静无声。

⑯ "唯向"二句：只有在深宫遥望明月，月亮从东向西，圆了四五百回。

⑰ "今日"二句：今天在宫中我的年纪最老，皇帝从很远的地方赐给我女尚书的称号。大家：汉代宫中对皇帝的称呼，唐代也沿用了这一称呼。遥：远，当时皇帝在长安，上阳宫在洛阳，所以在"赐"字前用了一个"遥"字。尚书号：女尚书的称号。三国、北魏时宫内都设有女尚书，唐代宫中也沿用了这一封号。

⑱ "小头"二句：小头的鞋子窄窄的衣裳，用青黛画眉，眉毛画得又细又长。履：鞋。青黛：青黑的颜料，古代女子用来画眉。

⑲ "外人"二句：外人没有看见，看见就该笑话了，还是天宝末年时髦的妆饰。在作者写此诗时，妇女已经时兴画阔而短的眉，穿宽大的衣服了。诗人这样写，是说上阳宫人与世隔绝，还是几十年前的装饰。

⑳ "上阳人"二句：上阳宫的宫人，苦楚最多。

㉑ "少亦苦"三句：年少时受苦，年老了也受苦；年少年老都受苦，那

有什么办法呢？如何：怎样，怎么样，怎样办。

㉒ "君不见"二句：您没有看见从前吕向写的《美人赋》，又没有看见今天上阳宫人的《白发歌》！君：您，泛指。

【鉴赏】

这首诗作者以人哀怨同情、如泣如诉的笔调，描述了上阳宫女一生的遭遇，反映了无数宫女青春和幸福被葬送的严酷事实，从而鞭挞了封建朝廷广选妃嫔的罪恶。

新丰折臂翁①

戒边功也

新丰老翁八十八②，头鬓眉须皆似雪。
玄孙扶向店前行，左臂凭肩③右臂折。
问翁臂折来④几年？兼问致折何因缘。
翁云贯属新丰县，生逢圣代⑤无征战。
惯听梨园歌管声⑥，不识旗枪与弓箭。
无何⑦天宝大征兵，户有三丁点一丁⑧。
点得驱将⑨何处去，五月万里云南⑩行。
闻道云南有泸水⑪，椒花落时瘴烟起⑫。
大军徒涉水如汤⑬，未过十人二三死⑭。
村南村北哭声哀，儿别爷娘夫别妻。
皆云前后征蛮⑮者，千万人行无一回。
是时翁年二十四，兵部牒中有名字⑯。
夜深不敢使人知，偷将大石槌折臂⑰。
张弓簸旗俱不堪⑱，从兹⑲始免征云南。
骨碎筋伤非不苦，且图拣退归乡土⑳。
此折来来六十年㉑，一肢虽废一身全。
至今风雨阴寒夜，直到天明痛不眠。
痛不眠，终不悔，且喜老身今独在。
不然当时泸水头，身死魂孤骨不收。
应作云南望乡鬼，万人冢上哭呦呦㉒。

老人言,君听取,君不闻开元宰相宋开府,
不赏边功防黩武㉓。
又不闻天宝宰相杨国忠,欲求恩幸立边功㉔。
边功未立生人怨,请问新丰折臂翁㉕。

【注释】

①这首诗形象地反映了唐王朝对南诏的不义战争。天宝九年(750),云南太守张虔陀,侮辱南诏王阁罗凤,阁罗凤起兵攻云南,杀张虔陀,并占领了羁縻州三十二州。天宝十年,剑南节度使鲜于仲通率兵八万攻南诏,阁罗凤请和,鲜于仲通不允,进军至西洱河(洱海),被南诏打败,唐兵死六万人。杨国忠当政时,继续对南诏用兵,天宝十三年,派剑南留后李宓率兵七万击南诏,进至太和城(今云南大理县),又全军覆没。唐兵前后死亡约二十万人。作者对不义战争是反对的,对杨国忠之流为达到个人卑鄙目的而开边寻衅是坚决批判的。诗写得很沉痛,很愤激,诗人从另一方面表达了中国人民希望各族人民平等相待、和睦相处的伟大胸襟和善良愿望。新丰:古县名,唐天宝七年废,改昭应县。本诗所写是天宝年间事,故称新丰。故城在今陕西临潼县东北。

②八十八:敦煌本作"年八十"。按诗中推算,老翁应是八十左右。但为与"雪"字押,改作"八十八"。

③左臂凭肩:指左臂扶在玄孙的肩上。

④来:以来,表示时间,从过去持续到现在。

⑤圣代:圣明的年代。这个老翁约生于开元中期,青少年在开元中天宝初度过。开元年代正属玄宗励精图治的时期,社会相对安定,经济比较繁荣,所以作者称它为"圣代"。

⑥梨园:唐玄宗时宫廷里练习音乐的机构。新丰是骊山华清宫所在地,所以这个老翁有可能听到从宫中飘出来的音乐。

⑦无何:没有多久。

⑧丁:前一个丁,作丁男解;后一个丁,作壮丁解。

⑨驱将:赶着往。将:语助词。

⑩云南:唐时云南,包括现在的四川南部。这里的云南,指当时的南诏。开元二十六年(738),唐玄宗封南诏王阁罗凤为云南王。

⑪泸水:即金沙江。

⑫椒:花椒。瘴烟:瘴气。南方山林间有一种因湿热蒸郁而产生的能致人疾病的毒气。椒花落时约在盛夏,是瘴气最厉害的季节。

⑬徒涉：趟水过河。汤：滚开的水。

⑭"未过"句：这句说还没有趟过泸水，十人中就有二三人中毒死在河中。

⑮蛮：古代汉族对南方少数民族不尊重的称呼。

⑯兵部：唐尚书省的六个部之一，负责全国的军事工作。牒：文书，这里指征兵的名册。

⑰将：拿，取。槌：敲打。

⑱簸旗：摇动战旗，高举战旗。不堪：不能战胜。

⑲从兹：从此。

⑳且图：苟且图得。拣退：挑剩下来的（指当兵不合格的人）。

㉑此折来来：即臂折以来。来来：唐人口语，用法同"来"。

㉒作者自注说：云南有万人冢，就在鲜于仲通、李宓军队覆没的地方。现在冢尚存。冢在原南诏都城太和（今云南大理）。呦呦：形容鬼哭的声音。

㉓开元：唐玄宗的年号（713～741）。宋开府：指宋璟，开元时的贤相。后改授开府仪同三司，是极高的官衔，唐人敬称他为宋开府。作者自注说：开元初天武军牙将郝灵佺斩突厥可汗默啜请赏，宋璟加以制止，第二年才授他郎将。见《旧唐书·突厥传》。宋璟这样做是为了防止边将为邀功而滥用武力，挑起民族的纠纷，保证了边境的安宁。

㉔杨国忠拜相在天宝十一年（752）。这句意思是杨国忠企图立边功来进一步得到皇帝的宠幸。

㉕作者自注说：天宝末，杨国忠做宰相，两次挑起与阁罗凤的战争，死二十余万。元和初，折臂翁还活着，所以可以"请问"。

【鉴赏】

这首诗通过一位新丰折臂老人之自述，谴责唐玄宗对南诏国进行的不义战争。

缚 戎 人

达穷民之情也

缚戎人，缚戎人，耳穿面破驱入秦①。

天子矜怜不忍杀，诏徙东南吴与越②。

黄衣小使录姓名，领出长安乘递行③。

身被金创面多瘠，扶病徒行日一驿④。

朝餐饥渴费杯盘，夜卧腥臊污床席⑤。

忽逢江水忆交河，垂手齐声呜咽歌⑥。

其中一虏语诸虏，尔苦非多我苦多⑦。

同伴行人因借问，欲说喉中气愤愤⑧。

自云乡贯本凉原，大历年中没落蕃⑨。

一落蕃中四十载，追著皮裘系毛带⑩。

唯许正朝服汉仪，敛衣整巾潜泪垂⑪。

誓心密定归乡计，不使蕃中妻子知⑫。

暗思幸有残筋力，更恐年衰归不得⑬。

蕃候严兵鸟不飞，脱身冒死奔逃归⑭。

昼伏宵行经大漠，云阴月黑风沙恶⑮。

惊藏青冢寒草疏，偷渡黄河夜冰薄⑯。

忽闻汉军鼙鼓声，路傍走出再拜迎⑰。

游骑不听能汉语，将军遂缚作蕃生⑱。

配向东南卑湿地，定无存恤空防备⑲。

念此吞声仰诉天，若为辛苦度残年⑳。

凉原乡井不得见，胡地妻儿虚弃捐㉑。

没蕃被囚思汉土，归汉被劫为蕃虏㉒。

早知如此悔归来，两地宁如一处苦㉓。

缚戎人，戎人之中我苦辛㉔。

自古此冤应未有，汉心汉语吐蕃身㉕。

【注释】

①"缚戎人"三句：被缚的戎人，被缚的戎人，耳穿脸破被赶到长安。缚：绑。戎人：古代称西方少数民族为戎人。耳穿面破：指戎人受到迫害与凌辱。秦：本指关中地区；唐朝都城长安在关中地区，这里指长安。

②"天子"二句：天子发慈悲，不忍杀戮；下诏书，将他们迁到东南的吴越一带。矜：怜悯，同情。诏徙：皇帝下诏迁徙。吴越：今江苏浙江一带。

③"黄衣"二句：黄衣小使录下姓名，领出长安，接递地押解。乘递行：字面的意思是坐递解的车走，但后文有"徒行"的字样，可见没有坐车。这里是递解的意思。递解，解往远地的人犯，由所经地方派人接递押送，称为递解；如由甲地经乙地将人犯押往丙地，则由甲地派人将人犯押往乙地，再由乙地派人将人犯押往丙地。递，更易、传递的意思。解，解送，押解。

④"身被"二句：满身都是刀剑的伤痕，又面黄肌瘦，带病徒步赶路，一天走上一站的路程。金创，指金刀对人体所致的创伤，也写作"金疮"。扶病，带病（做某件事）。徒行：步行。驿：驿站，供驿马或传递公文的人中途休息的地方。一驿：古代按一定的距离设置驿站，两个驿站之间的距离叫一驿，即一站地。

⑤"朝餐"二句：一天到晚又饥又渴，常常是吃光了杯盘；满身腥臊，往往弄脏了睡觉的床席。餐：晚饭，这里泛指吃饭。第一句的意思是饭不够吃。

⑥"忽逢"二句：猛看见江水想起了交河，一齐垂下手唱起了悲歌。交河：唐设交河郡，在今新疆吐鲁番、鄯善一带。不知诗人为什么把江水和交河联系起来，疑诗人有误，误把交河认为是水名。呜咽：形容凄切的水声或丝竹声，这里形容歌声凄苦。

⑦"其中"二句：其中一个人对众人说：你们的苦不多，我的苦楚多。语：动词，告诉。尔：你们。

⑧"同伴"二句：同行的人问他是什么原因，他刚要说话，喉咙里便充满了气愤。

⑨"自云"二句：他说道：家乡本来在凉原，大历年间陷没在吐蕃。凉原，凉州、原州，均在今甘肃境内。大历：唐代宗年号（766～779）。蕃：吐蕃，我国古代的少数民族。

⑩"一落"二句：一落吐蕃四十年，身穿皮衣，腰系毛带。著，穿。

⑪"唯许"二句：只准正月初一穿汉人的服装，整理衣巾暗暗地流下了眼泪。正朔，正月初一。服汉仪，按照汉人的风俗装束。

⑫"誓心"二句：心里发誓，秘密定下了还乡的计划，不让吐蕃的妻子察觉。

⑬"暗思"二句：暗想幸亏还有点儿残余的精力，担心再老了就回不到家去。

⑭"蕃候"二句：蕃地的斥候卫兵布置得很严密，连鸟都飞不过去；我冒死脱身往回奔跑。候：斥候，侦察兵。

⑮"昼伏"二句：昼伏夜行经过大沙漠；沙漠中阴云遮月，风沙险恶。

⑯"惊藏"二句：我惊恐地躲藏在王昭君的坟旁，寒草却那样稀疏；夜里偷渡黄河，冰还很薄。青冢：王昭君的坟墓，在今内蒙古自治区呼和浩特市南二十里。

⑰"忽闻"二句：忽然听到汉军的鼓声，我便从路旁跑出来跪拜迎接。

鼙：古代军中用的一种鼓。

⑱ "游骑" 二句：哨兵不管我能说汉话，将军便把我绑起来当作吐蕃人。游骑：放哨巡逻的骑兵。蕃生：蕃人。

⑲ "配向" 二句：发配到江南低湿的地方；只有防范，一定不会慰问救济。配：发配。卑：低。存恤：慰问，救济。空防备：只有防范。

⑳ "念此" 二句：想到这些，我忍气吞声仰诉苍天，我将怎样痛苦地渡过残年。若为：若何，怎么样。

㉑ "凉原" 二句：凉原的家乡看也看不见，胡地的妻儿白白地丢弃了。乡井：家乡。虚弃捐：即空弃捐，白白地丢弃了。

㉒ "没蕃" 二句：陷没在蕃地作囚徒思念汉土，回汉朝被劫持作了蕃虏。

㉓ "早知" 二句：早知道这样就不该逃回来，两处受苦哪如一处受苦！宁如：哪如。

㉔ "缚戎人" 二句：被缚的戎人们，在戎人当中我最痛苦。

㉕ "自古" 二句：自古以来不会有这样的冤枉，汉心汉语却落了个吐蕃的身份。

【鉴赏】

这是一首讽刺诗，同时也体现了诗人的痛苦之情。

缭 绫

念女工之劳也

缭绫缭绫何所似？不似罗绡与纨绮①。
应似天台山上明月前，四十五尺瀑布泉②。
中有文章又奇绝，地铺白烟花簇雪③。
织者何人衣者谁？越溪寒女汉宫姬④。
去年中使宣口敕，天上取样人间织⑤。
织为云外秋雁行，染作江南春水色⑥。
广裁衫袖长制裙，金斗熨波刀剪纹⑦。
异彩奇文相隐映，转侧看花花不定⑧。
昭阳舞人恩正深，春衣一对直千金⑨。
汗沾粉污不再着，曳土踏泥无惜心⑩。

缭绫织成费功绩，莫比寻常缯与帛⑪。
丝细缲多女手疼，扎扎千声不盈尺⑫。
昭阳殿里歌舞人，若见织时应也惜⑬。

【注释】

①"缭绫"二句：缭绫缭绫像什么？不像罗绡和纨绮。缭绫：一种精美的丝织品。罗绡、纨绮：都是丝织品的名称。罗：织文稀疏的丝织品。绡：生丝绸。纨：细绢。绮：有花纹的绸。

②"应似"二句：好像天台山上明月下边，四十五尺的瀑布一样。天台山，在今浙江省天台县北，山上有瀑布，景象极为壮观。四十五尺：指缭绫的长度，不是指瀑布。

③"中有"二句：缭绫上面有美丽的花纹，非常奇特绝妙；白地白花，地儿好像笼罩着烟雾，花儿好像堆积着白雪。文章：花纹。簇：聚积，堆积。

④"织者"二句：织它的是什么人，穿它的又是谁？织它的是越溪贫女，穿它的是宫中美人。衣，名词用作动词，穿。越溪：在今浙江省绍兴县南，相传西施曾在溪上浣纱。汉宫：这里借指唐宫。姬：宫中美人。

⑤"去年"二句：去年宦官宣布皇帝的口头命令，从天上取来图样到人间来织造。中使：宫中派出的使者，即宦官。

⑥"织为"二句：织为云外秋雁的行列，染作江南春水一样的颜色。行，行列。

⑦"广裁"二句：衣袖裁得宽，裙子做得长；用金熨斗熨平皱纹，用剪刀按纹路剪裁。这是写衣服的制做过程。

⑧"异彩"二句：异彩和奇纹时隐时现，相互辉映；展转看花，花儿闪烁不定。

⑨"昭阳"二句：昭阳殿里的舞女正承受皇帝的深恩，一套春衣价值千金。昭阳：汉宫殿名，借指唐宫。恩：受皇帝的宠爱。一对：指一套。直：同值。

⑩"汗沾"二句：沾了汗污上粉就不再穿，拖土踏泥毫无爱惜之心。着：穿（衣）。曳：拉，拖。

⑪"缭绫"二句：织成缭绫很费工力，不比平常的缯和帛。缯、帛：都是丝织品的名称。

⑫"丝细"二句：丝细缲疼了女工的手，织布机扎扎地响了千声还织不满一尺。缲：抽茧出丝。扎扎：织帛机织缭绫的声音。盈：满。

⑬"昭阳殿"二句：昭阳殿里歌舞的美人，要是看到织缭绫的艰难也理应爱惜。

母　别　子①

刺新间旧也

母别子，子别母，白日无光哭声苦②。
关西骠骑大将军③，去年破虏新策勋④。
敕赐⑤金钱二百万，洛阳迎得如花人⑥。
新人迎来旧人弃，掌上莲花眼中刺⑦。
迎新弃旧未足悲，悲在君家留两儿。
一始扶行一初坐⑧，坐啼行哭牵人衣⑨。
以汝夫妇新燕婉⑩，使我母子生别离⑪。
不如林中乌与鹊，母不失雏雄伴雌。
应似园中桃李树，花落随风子在枝⑫。
新人新人听我语，洛阳无限红楼女⑬。
但愿将军重⑭立功，更有新人胜于汝。

【注释】

①这首诗描述了一个"旧妇"被遗弃的悲惨事件。在封建制度的统治下，妇女没有独立的地位和人格。在漫长的封建社会里，有无数的妇女在种种的借口下被抛弃了。

②"母别"句：母子的悲伤痛哭，白日也为之动容。

③"关西"句：当指某一个高级武官。关西：汉唐泛指函谷关或潼关以西地区。古谚语有所谓"关西出将，关东出相"的说法（见《后汉书·虞诩传》）。骠骑大将军：唐代武官散阶中最高的一级（从一品）。

④破虏：击败敌兵，即立战功。策勋：把功勋记录在简策上。策：这里作动词。唐代的官吏勋级。从一转（级）武骑尉，到十二转上柱国，共有十二转（级），十二个勋号。

⑤敕赐：皇帝的赏赐。

⑥洛阳：在今河南洛阳市。洛阳从东汉、魏、晋以至隋唐，一直是全国著名的经济、文化中心，歌妓舞女很多，历代达官贵人常在这里挑选姬妾。

⑦"新人"句：这句是承上句。掌上莲花：喻爱抚之极，承上句"新人"。眼中刺：喻厌恶之极，承上句"旧人"。

⑧ "一始"句：大儿刚学会扶墙走，小儿则刚刚会坐。

⑨ 牵人衣：指孩子拉着母亲的衣裳不放。

⑩ 燕婉：夫妻恩爱和好。

⑪ 生别离：活生生地永远分开。

⑫ "花落"句：花儿随风飘落，可是结的果子却留在树上，有如母子被强行分散。

⑬ 无限：没有穷尽。红楼：华美的楼房。当时的富贵人家女子多住红楼。歌伎舞女的活动场所也称红楼。

⑭ 重：再。

【鉴赏】

这首诗描述了一个"旧妇"被抛弃的悲惨故事，诗中母子的别离之感，使人痛心，催人泪下。

井底引银瓶

止淫奔①也

井底引银瓶，银瓶欲上丝绳绝②。

石上磨玉簪，玉簪欲成中央折③。

瓶沉簪折知奈何？似妾今朝与君别④。

忆昔在家为女时，人言举动有殊姿⑤。

婵娟两鬓秋蝉翼，宛转双蛾远山色⑥。

笑随戏伴后园中，此时与君未相识⑦。

妾弄青梅凭短墙，君骑白马傍垂杨⑧。

墙头马上遥相顾，一见知君即断肠⑨。

知君断肠共君语，君指南山松柏树⑩。

感君松柏化为心，暗合双鬟逐君去⑪。

到君家舍五六年，君家大人频有言⑫。

聘则为妻奔是妾，不堪主祀奉蘋蘩⑬。

终知君家不可住，其奈出门无去处⑭。

岂无父母在高堂？亦有亲情满故乡⑮。

潜来更不通消息，今日悲羞归不得⑯。

为君一日恩，误妾百年身⑰。

寄言痴小人家女，慎勿将身轻许人⑱！

【注释】

①淫奔：旧指男女不遵守封建礼教而自行结合，一般指女方到男方那里去。

②"井底"二句：从井底往上吊银瓶，银瓶就要上来了，可是丝绳却断了。银瓶：打水的器具。

③"石上"二句：在石头上磨玉簪，玉簪快要磨成的时候，却从中间折断了。簪：用来绾住头发的一种首饰，用金属、骨头、玉石等制成。

④"瓶沉"二句：银瓶沉了，玉簪断了，我知道无可奈何了，就像我今天跟你分别一样。奈何：指无可奈何。

⑤"忆昔"二句：回想起从前我在家当姑娘的时候，人家说我的举动姿态与众不同。殊姿：姿态出色，与众不同。

⑥"婵娟"二句：美好的两鬓就像秋蝉的翅膀，宛转的双眉就像远山的景色。婵娟：姿态美好，这里指发式美好。蝉翼：像蝉翼一样，形容女子鬓发梳得微薄。宛转：多形容声音或姿态，这里形容眉毛弯曲，也写作"婉转"。蛾：蛾眉，形容女子的眉毛细长而弯曲的样子，也写作"娥眉"。

⑦"笑随"二句：嬉笑着随同女伴在后园里玩耍，这时我跟你彼此还不认识。

⑧"妾弄"二句：我倚着矮墙玩弄着青梅，你骑着白马靠近垂杨。妾：旧时女子自称。青梅：青色的梅子。凭：依靠。傍：靠近。垂杨：垂柳的通称。

⑨"墙头"二句：墙头马上遥遥相望，一见就知道你害了相思病。顾：看。断肠：形容悲痛到极点，这里指男方爱慕而又无法接近女方所引起的伤感。

⑩"知君"二句：知道你害了相思病，我跟你一块谈心，你指着南山上的松柏树，立下了海誓山盟。

⑪"感君"二句：被你那松柏一样坚贞不变的心所感动，我偷偷地合拢了双鬟跟你私奔。暗：暗中，背地里，私下里。双鬟：两个环形的发髻，这是古代姑娘的打扮。已婚的女子合两鬟为一髻。合双鬟：即改姑娘打扮为媳妇打扮。逐：这里作跟随讲。

⑫"到君"二句：到你家中五六年，你家的老人多次有话。大人：古代对父母尊长的敬称。频：屡次，多次。

⑬"聘则"二句：明媒正娶的就是妻子，私奔的是妾；妾不能作主妇捧着祭物去祭祀。聘：定亲。封建礼法规定，男女结婚必须听父母之命，媒妁之言，并经过"问名"、"纳采"等订婚手续，才算合法，女方才能取得"妻"的地位。不然，就只能算是"妾"。妾，指旧社会男人在妻子以外娶的女人，地位低下。为：是。不堪：不能。祀：祭祀。奉：同"捧"。蘋：植物名。蘩：即白蒿，也是植物名。二物都是古代的祭品。

⑭"终知"二句：早就知道在你家不能住下去，可是出了你家大门没有地方去，那又怎么办？终：始终；终知，意思是早就知道。其：语气助词，表示反问语气，不译。奈：奈何。这句诗是用反问的方式表示没有办法的意思。

⑮"岂无"二句：难道家里没有父母？有！也有亲朋满故乡。岂：难道，表示反问。高堂：指住宅的正房，这里指家中。

⑯"潜来"二句：偷偷地跑到你这儿来，再也没有与家人通过消息；今天我又悲伤又羞愧，没脸回去。潜：秘密地，偷偷地。更：再。

⑰"为君"二句：为了你一日的恩情，耽误了我的终身。

⑱"寄言"二句：寄语给那些痴情的少女，千万要慎重，不要把自己轻易地委身于人。寄言：传话给别人，也说寄语。痴小：指痴情的少女。勿：不要。身：自己，自身。

【鉴赏】

这是一首遭封建礼教欺压迫害的女子的怨歌，表达了诗人对因自由恋爱而受到迫害的爱情悲剧的同情。

秦中吟 （十首并序选五首）①

贞元、元和之际，予在长安，闻见之间，有足悲者。因直歌其事，命为《秦中吟》。

议 婚

天下无正声，悦耳即为娱。
人间无正色，悦目即为姝②。
颜色非相远，贫富则有殊。
贫为时所弃，富为时所趋。

红楼富家女，金缕绣罗襦③。

见人不敛手，娇痴二八初④。

母兄未开口，已嫁不须臾⑤。

绿窗贫家女，寂寞二十余。

荆钗不直钱⑥，衣上无真珠⑦。

几回人欲聘，临日又踟蹰⑧。

主人会良媒，置酒满玉壶。

四座且勿饮，听我歌两途。

富家女易嫁，嫁早轻其夫。

贫家女难嫁，嫁晚孝于姑。

闻君欲娶妇，娶妇欲何如？

【注释】

①作于元和四年冬至五年（809～810）暮春，时白居易在长安官左拾遗、翰林学士。

②姝：美好。

③襦：短衣。

④二八初：刚过十六岁。

⑤须臾：片刻，马上。意思是说，富家女只要家长准嫁当即就能嫁出去。

⑥荆钗：荆枝作钗。直：同值。

⑦真珠：即珍珠。

⑧踟蹰：犹豫不决。

【鉴赏】

这首诗对当时受封建门第观念影响重财轻人，攀高结富的恶俗做出揭露与批判，并对难于出嫁的贫家女寄予了同情。

重　赋①

厚地②植桑麻，所要济生民③。

生民理布帛④，所求活一身⑤。

身外充征赋，上以奉君亲⑥。

国家定两税⑦，本意在忧民。

厥初防其淫⑧，明敕内外臣⑨：

税外加一物，皆以枉法论⑩。

奈何岁月久⑪，贪吏得因循⑫。

浚我以求宠⑬，敛索无冬春⑭。

织绢未成匹⑮，缲丝未盈斤⑯。

里胥⑰迫我纳，不许暂逡巡⑱。

岁暮天地闭⑲，阴风生破村⑳。

夜深烟火尽，霰雪白纷纷㉑。

幼者形不蔽㉒，老者体无温㉓。

悲喘与寒气，并入鼻中辛㉔。

昨日输残税㉕，因窥㉖官库门：

缯帛如山积，丝絮似云屯㉗。

号为羡余㉘物，随月献至尊㉙。

夺我身上暖，买尔眼前恩。

进入琼林库㉚，岁久化为尘㉛！

【注释】

①此诗一题《无名税》，即分不清项目、叫不上名堂、莫名其妙的苛捐杂税。与《重赋》（沉重的赋税）大意相同。

②厚地：厚实的大地（不是肥沃的土地）。《诗·小雅·正月》"谓地盖厚"（尽管说得很厚），即其意。

③所要：即"要求……"，与下句"所求"意思相同，指植桑麻理布帛的目的只有一个，"所"是指事的词。济生民：供给百姓的需要。

④理布帛：治布帛，也即从事丝麻纺织的意思。唐人避高宗李治的讳，用"理"代"治"。

⑤活一身：养活自身，即养活一家人的意思。

⑥"身外"二句：养活自身所需以外的布帛，就充作赋税奉献给皇帝。君亲：君父，也即所谓皇帝老子。

⑦两税：唐王朝在开元以前，实行租（粮谷）、庸（力役）、调（布帛）的税法；德宗采用宰相杨炎的建议，于建中元年（780），合租庸调为一，改以钱纳税，分夏秋两次征收，叫"两税法"。

⑧厥初：其初，开始。淫：过度，指滥起名目，乱增赋税。

⑨敕：皇帝的命令。内外臣：指朝廷内外官员，也即中央与地方官员。

⑩"税外"二句：如果在法定的税收之外，再多收一物，也要按违法论罪。枉法：违法。

⑪奈何：如何，怎么办。岁月久：从德宗初年实行两税法以来到作者写诗的元和初年，已有三十来年了。

⑫因循：本义是指守旧，不改变，这里是指沿袭过去滥收赋税的恶习。

⑬浚：榨取。我：拟人民的口气。求宠：博得上司的宠爱。

⑭无冬春：不分冬春。两税法规定夏秋征税，现在不管冬春也在搜刮勒索，正说明地方官吏滥增税目和税额。

⑮匹：唐代规定，普通丝织品每匹长四丈，宽一尺八寸。

⑯缫丝：煮蚕茧抽丝。未盈斤：还不够一斤。

⑰里胥：先秦时的乡村小吏。这里指唐朝管理百户的里正。

⑱这句说：不得有所迟延。逡巡：犹豫迟疑。

⑲天地闭：天与地各自关闭起来互不通气。

⑳"阴风"句：在破落的村里刮起冷风。阴风：暗地里刮起的冷风。

㉑"霰雪"句：白蒙蒙的霰雪纷纷扬扬。霰：雪珠。

㉒形不蔽：身体没有遮盖。指衣服破残。

㉓体无温：身体冰冷。指缺衣少穿。

㉔"悲喘"二句：悲伤的叹息与寒冷的空气一起灌入鼻中，令人心酸极了。

㉕输：送交。残税：尚未交清的捐税。

㉖因窥：顺便偷看。

㉗"缯帛"二句：上句写丝织品，下句写原料。缯：丝织品的总称。缯、帛是同义复词。山积：像山头一样的堆积。与下句"云屯"（像云一样的屯聚），都是极言其多。丝：蚕丝，可织精细的丝织品。絮：粗丝棉，只能絮衣服。

㉘羡余：本指正常赋税所得，扣去行政开支等以外的盈余。这里实际上是指贪官污吏向人民进行超额的征收，拿出一部分献给皇帝而巧立的名目。

㉙至尊：指皇帝。

㉚琼林库：德宗在奉天（今陕西乾县）设琼林、大盈两个私库，用以收藏贡物。这里是泛指贡物的贮藏所。

㉛化为尘：指贡物腐烂败坏变成灰尘垃圾。

【鉴赏】

这首表达了诗人对广大劳动人民在重税压迫下衣不蔽体，食不果腹，困苦不堪的现象的不满之情。

立 碑①

勋德既下衰，文章亦陵夷②。

但见山中石，立作路旁碑。

铭勋悉太公，叙德皆仲尼③。

复以多为贵，千言直万赀④。

为文彼何人，想见下辈时。

但欲愚者悦，不思贤者嗤⑤。

岂独贤者嗤，仍传后代疑⑥。

古石苍苔字，安知是愧词⑦！

我闻望江县，曲令抚茕嫠⑧。

在官有仁政，名不闻京师。

身殁欲归葬，百姓遮路歧⑨。

攀辕不得归⑩，留葬此江湄⑪。

至今道其名，男女涕皆垂。

无人立碑碣⑫，唯有邑人⑬知。

【注释】

①这首诗着重批评文人卑劣的"谀墓"风气。

②"勋德"二句：统治阶级的功业、品德现已衰落，文风也日益败坏。勋德：功勋与道德。下衰：下降衰败。文章：这里指碑文。陵夷：如山陵变为平地，喻文风衰颓。

③"铭勋"句：碑文中记起功勋来一概像姜太公，写到品德时全都如孔子。铭：记。太公：指吕尚。他佐周武王灭商有功，封于齐，有太公之称，俗称姜太公。仲尼，孔子的名。

④"复以"二句：当时替人写碑文可以得到所谓"润笔"钱。一般按字数计算，所以说写得越长，酬金就越多。直：通"值"。赀：通"资"，钱财。

⑤嗤：嘲笑。

⑥仍：更，还要。

⑦"古石"二句：古碑上刻着长满青苔的碑文，哪里知道是作者自感惭愧的文字。安知：哪里知道。愧词：在碑文中替人家乱吹捧而感到内心有愧。

⑧望江：在今安徽望江县。曲令：作者自注："名信陵。"曾做舒州望江

县令，有惠政。(参见宋洪迈《容斋五笔·书鞠信陵事》) 茕：孤独的人，这里指鳏夫。嫠：寡妇。

⑨"身殁"二句：鞠令死后遗体要运送回乡埋葬时，老百姓舍不得，在路口拦住不放。殁：死。遮：拦住。路歧：交叉路口，上路的地方。

⑩攀辕：拉着车辕子。

⑪江湄：江边。江指长江。望江县在长江北岸。

⑫碑碣：古人把长方形的刻石叫碑，圆首形刻石叫碣。碑：先秦已有。秦开始立碑碣记功，汉以后才开始有墓碑记死者生前事迹。唐制五品以上立碑，七品以上立碣。

⑬邑人：本县人，当地人。

【鉴赏】

这首诗讽刺了立碑夸耀门第，歌功颂德之风。

轻　肥①

意气骄满路，鞍马光照尘②。
借问何为者，人称是内臣③。
朱绂皆大夫，紫绶或将军④。
夸赴军中宴，走马去如云⑤。
樽罍溢九酝，水陆罗八珍⑥。
果擘洞庭橘，脍切天池鳞⑦。
食饱心自若，酒酣气益振⑧。
是岁江南旱，衢州人食人⑨！

【注释】

①轻肥：语出《论语·雍也》："乘肥马，衣轻裘。"这里指达官贵人的奢侈豪华生活。

②"意气"二句：意气扬扬，无比骄横的傲气充满了大路，鞍马的光亮照耀着尘埃。

③"借问"二句：请问这些人是干什么的？人家说这是宦官。借问：请问。内臣：宦官。

④"朱绂"二句：佩带朱绂的都是大夫，佩带紫绶的都是将军。朱绂、紫绶：古代拴在印纽或佩玉上的丝织绳带，高级官员都用红色的或紫色的。

⑤ "夸赴"二句：耀武扬威地到军中去赴宴，驱马奔跑，飞快如云。夸：夸耀，向人显示自己有地位有势力。

⑥ "樽罍"二句：酒杯里斟满了美酒，宴席上罗列着山珍海味。樽罍：都是酒器。九酝：美酒名。水陆：指水里陆上所产的珍贵食品。罗：罗列，摆着。八珍：八种珍贵的食品，指豹胎、熊掌等。

⑦ "果擘"二句：擘开洞庭山产的橘子，端上天池所产的鱼作的鱼肉。洞庭橘：江苏省太湖洞庭山产的橘子，味道鲜美。脍：细切的肉、鱼。天池鳞：指天池所产的鱼；天池：大海；一说指扬州天池。

⑧ "食饱"二句：吃饱了心里坦然自得，喝足了精神越发振作。

⑨ "是岁"二句：这一年江南大旱，衢州地方人吃人。是：这。衢州：今浙江省衢县。

【鉴赏】

这首诗作者首先极言了内臣的生活之豪奢，最后写百姓的悲惨状况，深刻地揭露了当时的社会矛盾。

歌　舞

秦中岁云暮①，大雪满皇州②。
雪中退朝者，朱紫③尽公侯。
贵有风云兴，富无饥寒忧。
所营唯第宅，所务在追游。
朱轮车马客，红烛歌舞楼。
欢酣促密坐，醉暖脱重裘。
秋官④为主人，廷尉居上头⑤。
日中为一乐，夜半不能休。
岂知阌乡⑥狱，中有冻死囚！

【注释】

① 秦中：实指长安。云：语助词。

② 皇州：指皇帝居住的京城。

③ 朱紫：唐代穿朱紫色官服的，全是高级官僚。

④ 秋官：掌管刑法的刑部官员。

⑤ 廷尉：秦、汉时管审判官司的官。居上头：坐上席。

⑥阌乡：唐时县名，在今河南灵宝县西。

【鉴赏】

　　在本诗中作者一方面描述了朱门车马穷奢极侈，另一方面描述了无辜囚犯冻死狱中，强烈的对比之下，深刻揭露了当时社会的黑暗。

买　花

帝城春欲暮，喧喧车马度。
共道牡丹时，相随买花去。
贵贱无常价①，酬直看花数②：
灼灼③百朵红，戋戋五束素④。
上张幄幕庇⑤，旁织笆篱⑥护；
水洒复泥封，移来色如故⑦。
家家习为俗，人人迷不悟⑧。
有一田舍翁⑨，偶来买花处。
低头独长叹，此叹无人谕⑩：
一丛深色花，十户中人赋！⑪

【注释】

　　①无常价：没有一定的价目和标准，看情况随意讨索。

　　②"酬直"句：酬直：给价，予以价款；直：即今"值"字。看花数：意谓某色某种花多易得，则值贱一些；花少罕见，则价目特昂。这就是"无常价"的情况之一。

　　③灼灼：形容花的艳盛、光彩。这里实指红色，《诗经》曾以"灼灼其华"的句子写桃花。

　　④"戋戋"句：用《易经·贲卦》"束帛戋戋"语。戋戋：众多委积之貌；一说，剪裁分裂之状。素：绢之精白者，这里用以形容白色牡丹花。按：向来对此句解释意见不一，有人以为"素"是指花的代价，或又以为"素"是束花用的。

　　⑤"上张"句：说上面施张帏幕遮庇保护。

　　⑥笆篱：即芭篱，《史记·张仪传》索隐："今江南亦谓苇篱曰笆篱。"

　　⑦"移来"句：说从卖处移来，花色精彩一丝不变。

⑧家家、人人：实际指封建统治阶级的人、家。

⑨田舍翁：农父，庄稼汉。

⑩谕：理解，知晓。

⑪"十户"句：(一丛花的价钱足以抵得)十户中等人家所出的赋税额。《汉书·文帝纪》："百金，中人十家之产也。"封建时代把百姓按照家产多少分为上户、中户、下户。

【鉴赏】

这首诗通过描写京城贵胄买牡丹花的情景，反映了剥削与被剥削的矛盾，揭露深刻，讽刺辛辣，具有较深的社会意义。

其 二

有木香苒苒，山头生一蘖①。

主人不知名，移种近轩闼②。

爱其有芳味，因以调曲糵③。

前后曾饮者，十人无一活④。

岂徒悔封植，兼亦误采掇⑤。

试问识药人，始知名野葛⑥。

年深已滋蔓，刀斧不可伐⑦。

何时猛风来，为我连根拔⑧。

【注释】

①"有木"二句：有一种树木香气很浓，山头上长了一棵。苒苒：草木茂盛的样子，这里指香气很浓。一蘖：一棵。

②"主人"二句：主人不知道它的名字，把它移植到院中。轩：窗户或门，这里指窗户。闼：门，小门。

③"爱其"二句：喜欢它有一股香味，就用它来调酒。芳：香。以：用，后边省略了宾语"之"。调：调味。曲糵：酿酒用的发酵剂，也指酒。

④"前后"二句：前前后后曾经喝过这种酒的人，十个人死了十个。

⑤"岂徒"二句：岂只是后悔不该培土栽种，而且觉得采摘也是个错误。岂徒：岂止。封：加土培育树木。掇：拾取，采取。

⑥"试问"二句：请问了懂得药性的人，才知道它的名字叫野葛。野葛：常绿灌木，有毒，也叫钩吻或葫蔓藤。

⑦"年深"二句：年长日久已经生长蔓延开了，用刀斧也砍不了它。伐，砍。

⑧"何时"二句：什么时候吹来大风，替我连根把它拔掉。

【鉴赏】

这首诗抒发了主人公的后悔之情，并希望弥补过失的情怀。

村居苦寒

八年十二月，五日雪纷纷①。
竹柏皆冻死，况彼无衣民②。
回观村闾间，十室八九贫③。
北风利如剑，布絮不蔽身④。
唯烧蒿棘火，愁坐夜待晨⑤。
乃知大寒岁，农者尤苦辛⑥。
顾我当此日，草堂深掩门⑦。
褐裘覆絁被，坐卧有余温⑧。
幸免饥冻苦，又无垄亩勤⑨。
念彼深可愧，自问是何人⑩。

【注释】

①"八年"二句：元和八年十二月，接连五天，大雪纷纷。

②"竹柏"二句：耐寒的竹柏全都被冻死，何况那些无衣的贫民。

③"回观"二句：遍观全村所有人家，十家有八九家是穷人。回观，看遍了的意思。村闾，村庄；闾，古代二十五家为一闾。

④"北风"二句：北风像剑一样犀利，单薄的布絮遮不住身体。

⑤"唯烧"二句：只好点起蒿棘烤火，深夜里忧愁地坐待天明。蒿棘：蒿草和荆棘。

⑥"乃知"二句：才知道特别冷的年月，农民尤其痛苦。

⑦"顾我"二句：可是在这个时候，我却紧紧地关上房门。顾：但是。草堂：本意为茅草盖的堂屋；旧时文人常称自己在山野间的住所为草堂，有自谦的意思。掩门：关门。

⑧"褐裘"二句：穿着布袍，盖着缎子被，坐着躺着都很温暖。褐：毛

布。裘：皮袍。覆：盖。绁，一种粗绸子。

⑨"幸免"二句：幸运呀，我既没有冻饿的痛苦，又尝不到田野劳动的辛勤。垄亩：田亩，田间。

⑩"念彼"二句：想到他们，我就深感惭愧；自己问自己，我到底是什么样的人呢！彼：他们，指村中贫民。

【鉴赏】

诗中诗人把自己的生活与农民的痛苦作了对比，深深感到惭愧和内疚，语言通俗，叙写流畅。

望 江 州①

江回望见双华表②，知是浔阳③西郭门。
犹去孤舟三四里，水烟沙雨欲黄昏。

【注释】

①元和十年（815）冬近江州时作。江州：即今江西九江市。
②华表：亦称桓表，古时用以指路的木柱，立在亭驿旁。
③浔阳：即江州。

【鉴赏】

这首诗赞美了江州傍晚黄昏的景象，意境动人，令人回味无穷。

题浔阳楼^①

常爱陶彭泽^②，文思何高玄^③。
又怪韦江州^④，诗情亦清闲。
今朝登此楼，有以知其然^⑤。
大江寒见底，匡山青倚天^⑥。
深夜溢浦^⑦月，平旦炉峰烟^⑧。
清辉与灵气，日夕供文篇^⑨。
我无二人才，孰为来其间^⑩？
因高偶成句，俯仰愧江山^⑪。

【注释】

①指江州城内可供登临远眺的楼阁，非专指。

②陶彭泽：陶渊明在晋义熙元年（405）八月，为彭泽令，这是他最后一次出仕，故后人称他为陶彭泽。

③高玄：高妙。

④韦江州：韦应物，唐朝诗人。擅写五言诗，工于山水。

⑤知其然：知道其原因。

⑥匡山：即庐山。因古代有匡俗曾隐居此山，故又称匡山。倚天：刺天。言庐山高峰插天，形如利剑。

⑦溢浦：河名。

⑧平旦：清早。炉峰：即香炉峰，在庐山东南。李白有诗《望庐山瀑布》："日照香炉生紫烟"。

⑨日夕：白天和晚上。文篇：文章诗篇。

⑩二人：即陶渊明、韦应物。孰为：何以。

⑪此句谓因登浔阳楼而缅怀陶、韦高风，偶成诗句，愧对山川之美和陶韦之才华。

【鉴赏】

这首诗描绘了作者对陶渊明，韦应物的缅怀，抒发了作者的愧疚之情。

山中独吟^①

人各有一癖，我癖在章句^②。

万缘皆已消，此病独未去。

每逢美风景，或对好亲故。

高声咏一篇，恍^③若与神遇。

自为江上客，半在山中住。

有时新诗成，独上东岩路。

身倚白石崖，手攀青桂树。

狂吟惊林壑，猿鸟皆窥觑。

恐为世所嗤^④，故就无人处。

【注释】

①作于元和十三年（818）。

②章句：指诗歌。

③恍：同恍。

④嗤：讥笑。

【鉴赏】

这首诗状景抒情，结构精巧，情意绵长，动人心魄。

早　　兴

晨光出照屋梁明，初打开门鼓一声^①。

犬上阶眠知地湿，鸟临窗雨报天晴^②。

半销宿酒头仍重，新脱冬衣体乍轻^③。

睡觉心空思想尽，近来乡梦不多成^④。

【注释】

①"晨光"二句：早晨，阳光照在屋梁上，屋里一片明亮；开门：听到报晓的第一声街鼓。开门鼓：指报晓的街鼓。当时以街鼓报夜（宵禁）、报晓

（宵禁开放）。

②"犬上"二句：狗也知道地湿，睡在台阶上；鸟儿对着窗子鸣叫，仿佛向人报告天晴。

③"半销"二句：隔夜的酒力只销去一半，头还觉得沉重；冬衣刚脱，突然感到身子也轻了。宿酒：隔夜未销的酒力。新脱冬衣：暗示冬去春来，时序变换，引出尾联的乡关之思。

④"睡觉"二句：一觉醒来，心里空荡荡的，一点思绪也没有，近来连归乡之梦也不多啊！睡觉：睡醒。

【鉴赏】

这首诗反映了诗人在杭州的第一个春天即将来临时内心的喜悦激动之情。

杭州春望

望海楼明照曙霞，护江堤白踏晴沙①。
涛声渐入伍员庙，柳色春藏苏小家②。
红袖织绫夸柿蒂，青旗沽酒趁梨花。
谁开湖寺西南路？草绿裙腰一道斜。

【注释】

①"望海"二句：曙色中的霞光，把望海楼映照得十分明亮；天气晴朗，护江堤上铺着白色的沙子，我踏着沙路前行。望海楼：作者原注："城东楼名望海楼。"护江堤：指白沙堤。

②"涛声"二句：涛声很大，夜里传到伍员庙内；苏小小墓隐藏在杨柳春色之中。伍员庙：伍员，字子胥，春秋楚人，父兄均为楚。

【鉴赏】

诗中对杭州春日景色作了全面的描写，景物丰富多彩，富有诗意，洋溢着诗人抑制不住的赞美之情。

西湖晚归回望孤山寺赠诸客

柳湖松岛莲花寺，晚动归桡出道场^①。
卢橘子低山雨重，栟榈叶战水风凉^②。
烟波澹荡摇空碧，楼殿参差倚夕阳^③。
到岸请君回首望，蓬莱宫在水中央^④。

【注释】

①"柳湖"二句：在暮色降临的时候，我们划动着小船，经过柳湖、松岛和莲花寺，离开法会的场所。柳湖、松岛、莲花寺："出道场"所经之地，当离孤山不远。柳湖：即柳浦。桡：原意为桨，此代指船。

②"卢橘"二句：卢橘的果实低低地下坠，山雨又密又大；栟榈的叶子颤动着，水风吹送着阵阵清凉。卢橘：亦名给客橙，橘之一种，自夏至冬，花果不辍。栟榈：旧指棕榈。

③"烟波"二句：远看，烟波淡荡，摇动于碧色的天际；那高矮不等的楼台宫殿，倚在夕阳之下。澹荡：舒缓荡漾。参差：长短不齐。

④"到岸"二句：到岸请你们回头远望，蓬莱宫正耸立在湖水中间。君：指"诸客"。蓬莱宫：孤山上有蓬莱阁。

【鉴赏】

诗中生动地描绘了孤山寺的秀美，风景中处处点染着诗人的喜悦之情。

秋　　思

夕照红于烧^①，晴空碧胜蓝。
兽形云不一^②，弓势月初三^③。
雁思来天北，砧愁满水南^④。
萧条秋气味，未老已深谙^⑤。

【注释】

①夕照：太阳刚落时，反射在天空中的光线。烧：指像火一般的红颜色。

②"兽形"句：形容云的形状，变化不一，有的像这种兽，有的又像那种兽。

③"弓势"句：农历初三，月牙儿刚出现，形状像弯弓一样。

④雁思：由于看见鸿雁南飞而引起的怀念、思绪。砧愁：由于听见捣衣的砧杵声音而引起的客愁、归思。雁和砧，古代诗人常用来写客子思家，成为一种象征性的事物。

⑤谙：熟悉。

【鉴赏】

这首诗通过对秋景的形象描述，抒发了作者思念家乡的思想感情。

乌 夜 啼

城上归时晚，庭前宿处危①。
月明无叶树，霜滑有风枝②。
啼涩饥喉咽，飞低冻翅垂③。
画堂鹦鹉鸟，冷暖不相知④。

【注释】

①"城上"二句：乌鸦从城上归来的时候，天色已晚，它在庭前的栖宿之所是多么危险。

②"月明"二句：月光把光秃秃的树照得一片明亮，树枝在风中猛烈地摇摆，寒霜使树枝变得很滑。明：动词，照，使……明亮。滑：动词。使……滑。风枝：在风中摇摆的树枝。

③"啼涩"二句：它饥肠辘辘，喉咙塞咽，啼声嘶哑；它因寒冻而垂下翅膀，无力高飞。啼涩：谓声哑，不圆滑流畅。咽：声音因阻塞而低沉。翅垂：翅膀无力而下垂。

④"画堂"二句：那画堂的鹦鹉，它不了解寒乌的苦况啊！画堂：汉代宫中殿堂。

【鉴赏】

这首诗借景喻人，构思巧妙，堪称名作。

柳宗元①

感遇（二首）

其 一

西陆动凉气，惊鸟号北林。
栖息岂殊性，集枯安可任②。
鸿鹄去不返，勾吴阻且深③。
徒嗟日沈湎，丸鼓骜奇音④。
东海久摇荡，南风已骎骎⑤。
坐使青天暮，小星愁太阴⑥。
众情嗜奸利，居货捐千金⑦。
危根一以振，齐斧来相寻⑧。
揽衣中夜起，感物涕盈襟⑨。
微霜众所践，谁念岁寒心⑩。

【注释】

①柳宗元（773～819），字子厚，河东（今山西永济县）人。贞元九年（793）进士。又中博学宏词科，授集贤殿正字。调蓝田尉，拜监察御史。他和刘禹锡等人参加了王叔文集团革新政治的活动。顺宗时，官礼部员外郎。王叔文失败后，贬为永州司马，调柳州刺史，死于柳州。世称柳柳州或柳河东。柳诗的特点在于：语言峻洁，气体明净，善于从幽峭掩抑的意境中，表现沉着深挚的感情。像砾崖峻谷中凛冽的潭水，冲沙激石，百折千回，流入绝涧，停溜到彻底的澄清。苏轼称韦、柳诗"发纤秾于简古，寄至味于澹泊"（《书黄

子思诗集后》），后句所指即此。然而有时他的抒情，则以奔迸出之，长歌当哭，发为凄厉激越的变徵之音。风格和韦应物并不完全相似。有《柳河东集》。

②栖息：归宿。殊性：异性，习性不同。集枯：一群鸟停在枯树上。任：胜任，这里指依赖。

③鸿鹄：水鸟名，俗称天鹅，鸣声嘹亮。这里比喻王叔文。勾吴：指周代的吴国，在今江苏、浙江一带。《吴越春秋》："太伯逃之荆蛮，号为勾吴。"王叔文的家乡在浙江，所以这里用"勾吴"。阻：险阻。

④徒嗟：白白地感叹。沈湎：沈没，堕落。九鼓：用铜丸击鼓。骛：追求。骛奇音：追求奇特的声音。

⑤摇荡：摇晃动荡。骙骙：马跑得快的样子。这里指风刮得急。

⑥坐：因。坐使：因而使，于是使。青天：白天。暮：昏暗，指黑夜。青天暮：使白天变成了黑夜。小星：比喻改革派人物。太阴：月亮。古时以日为阳，月为阴，男为阳，女为阴，宦官称为阴人。这里"太阴"一词语意双关，隐喻当时专权的宦官。

⑦嗜：爱好。居：积蓄，储存。捐：这里意为花费。《史记·吕不韦传》载：大奴隶主商人吕不韦，曾把秦始皇的父亲子楚当作奇货，认为可以囤积作为资本，于是花了很多钱去为他求作太子。后来吕不韦就利用子楚继承君位的机会，夺得了秦国的大权。

⑧危：高。危根：生在高山的树木。振：挺立。齐斧：利斧。

⑨揽衣：披着衣服。中夜：半夜。感物：感时伤事。

⑩微霜：薄霜。指天气转寒，草木逐渐凋零。比喻唐王朝处于衰落境地。践：踩，踏。岁寒心：严寒时松柏那种挺立不屈的气概。喻指改革派关心政事和不向恶势力妥协的坚韧意志。

【鉴赏】

此诗作于王叔文遇害之后，诗中景象，一片肃杀凄凉，饱含沉痛而又晦隐其辞，诗人心中极为悲愤而又惊惧。

其 二

旭日照寒野，乌斯起蒿莱①。

啁啾有余乐，飞舞西陵隈②。

回风旦夕至，零叶委陈荄③。

所栖不足恃，鹰隼纵横来④。

【注释】

①乌斯：即乌鸦。蒿、莱：两种草本植物，借指草丛。

②啁啾：鸟叫声。陵：大土山。隈：山势弯曲的地方。

③回风：旋风。旦夕：早晚，形容很快。零叶：残叶。委：坠落。陈荄：腐烂的草根。

④所栖：栖息的地方。恃：依靠。所栖不足恃：指乌斯把败叶腐草作为安身之地，很不可靠。暗指保守势力的基础并不牢靠。鹰、隼：两种猛禽，比喻强有力的改革派人士。纵横来：比喻大刀阔斧进行改革。

【鉴赏】

这首诗是感伤时事，为自己及友人的不幸遭际而发。

秋晓行南谷经荒村

杪秋霜露重①，晨起行幽谷②。

黄叶覆③溪桥，荒村唯④古木。

寒花疏寂历⑤，幽泉微断续⑥。

机心久已忘，何事惊麋鹿⑦？

【注释】

①杪秋：秋末。杪：树梢，引申为末尾。

②幽谷：幽深的山谷。

③覆：遮盖。

④唯：只有。

⑤"寒花"句：天寒山花疏疏落落，显得十分寂寥。疏：疏落，稀少。

寂历：寂寞。

⑥"幽泉"句：深涧里的泉水很小，断断续续地流着。

⑦"机心"二句：我很久就超然物外，没有深沉权变的心计，为什么野鹿望见我还惊慌失措呢？机心：出自《庄子·外篇·天地》："有机械者必有机事，有机事者必有机心。"本指机巧的心思，后指深沉权变的心计。何事：为何。

【鉴赏】

此诗写诗人经荒村去南谷一路所见景象，处处紧扣深秋景物所独具的特色，句句有景，景亦有情，交织成为一幅秋晓南谷行吟图。

笼 鹰 词

凄风淅沥飞严霜，苍鹰上击翻曙光①。
云披雾裂虹霓断，霹雳掣电捎平冈②。
砉然劲翮剪荆棘，下攫狐兔腾苍茫③。
爪毛吻血百鸟逝，独立四顾时激昂④。
炎风溽暑忽然至，羽翼脱落自摧藏⑤。
草中狸鼠足为患，一夕十顾惊且伤⑥。
但愿清商复为假，拔去万累云间翔⑦。

【注释】

①凄风：秋风。淅沥：风声。严霜：寒霜。

②披：劈开。裂：冲破。虹霓：彩虹。霹雳：疾雷声。掣电：闪电。捎：掠过。平冈：山冈。

③砉然：象声词，形容迅猛动作的声音。劲翮：强而有力的翅膀。荆棘：多刺的灌木。这里暗指当时的弊政。攫：抓取。苍茫：辽阔的天空。

④吻：嘴。逝：去，这里指逃避。四顾：向四周张望。

⑤炎风：热风。溽暑：湿热的盛夏气候。炎风溽暑忽然至，指保守派得势，政局发生变化。摧藏：受到摧残，暂时隐藏起来。

⑥狸鼠：山猫、田鼠。这里指大地主阶级保守派。

⑦清商：秋风。假：借助。累：羁绊，束缚。这里暗指反动保守势力的迫害。

【鉴赏】

这是一首托物言志诗，诗中以笼鹰自喻抒发了作者当年参加政治革新活动时的豪情壮志，以及失败后遭到迫害摧残的悲愤，渴望有朝一日能冲出樊笼。

柳州二月榕叶落尽偶题

宦情羁思共凄凄①，春半如秋意转迷②。
山城③过雨百花尽，榕叶满庭莺乱啼④。

【注释】

①宦情：宦，从事政治活动。宦情，指作者政治上失败后的处境。羁思：羁，羁绊，滞留。思，名词，心情。羁思，滞留在边远的南方的心情。凄凄：悲伤，悲愤。

②春半：春天已过去一半，即二月。柳州地区地处亚热带，二月应是春暖花开的季节，但大雨过后，花残叶落，天气转冷，所以说"春半如秋"。转：转变，变得。迷：乱。

③山城：柳州多石山，所以称山城。

【鉴赏】

这首诗写于柳州刺史任上，写景肃杀萧条，写情凝重深沉。

读　书

幽沉谢世事，俯默窥唐虞①。

上下观古今，起伏千万途②。

遇欣或自笑，感戚亦以吁③。

缥帙各舒散，前后互相逾④。

瘴痾扰灵府，日与往昔殊⑤。

临文乍了了，彻卷兀若无⑥。

竟夕谁与言，但与竹素俱⑦。

倦极更倒卧，熟寐⑧乃一苏。

欠伸展肢体，吟咏心自愉⑨。

得意适其适，非愿为世儒⑩。

道尽即闭口，萧散捐囚拘⑪。

巧者为我拙，智者为我愚⑫。

书史足自说，安用勤与劬⑬。

贵尔六尺躯，勿为名所驱⑭。

【注释】

①幽沉：幽囚沉沦。指被贬谪到穷乡僻壤。谢：谢绝。俯默：低头不语。窥：暗地察看。这里是探讨的意思。唐虞：唐尧、虞舜。古代传说中的明君。这里指古代史事。

②上下观古今：即上观古而下观今。起伏：升沉。起伏千万途：意为世事的此起彼落，千变万化。

③欣：高兴，欣慰。吁：嗟叹声。

④缥帙：青白色的书套。这里指书卷。逾：超越，这里有重叠相压的意思。

⑤瘴痾：瘴气病。灵府：心。殊：不同。

⑥乍：刚，初。了了：清楚明了。彻：通。这里是从头到尾的意思。兀：无知的样子。

⑦竟夕：整夜。竹：竹简。素：一种白色的绢。在使用纸张之前，书是刻写在竹简上或写在绢子上的。竹素：指代书籍。俱：在一起。

⑧熟寐：熟睡。

⑨欠伸：伸懒腰。吟咏：声调抑扬地念书。

⑩适其适：第一个"适"是感到适意的意思；第二个"适"指合意的事情。世儒：庸俗的儒生。

⑪萧散：清静闲散。捐：抛弃。囚拘：束缚。

⑫巧者：乖巧的人。这与下文的"智者"都是讽刺那些逢迎投机、争名夺利的世儒。为：谓，说。

⑬安用：哪里需要。劬：劳苦。勤劬：指世儒为追求名利而奔走钻营，费尽心力。

⑭贵：珍惜。尔：你的。躯：身体。

【鉴赏】

这首诗讽刺了那些投机取巧，争名夺利的世儒，表达了诗人对其的不满之情。

古东门行①

汉家三十六将军，东方雷动横阵云②。
鸡鸣函谷客如雾，貌同心异不可数③。
赤丸夜语飞电光，徼巡司隶眠如羊④。
当街一叱百吏走，冯敬胸中函匕首⑤。
凶徒侧耳潜慑心，悍臣破胆皆吐口⑥。
魏王卧内藏兵符，子西掩袂真无辜⑦。
羌胡毂下一朝起，敌国舟中非所拟⑧。
安陵谁辨削砺功，韩国诅明深井里⑨。
绝胭断骨那下补，万金宠赠不如土⑩。

【注释】

①东门行：古乐府诗题。柳宗元在这里借指当时长安靖安里东门（武元衡的住宅在靖安里）。行：古诗的一种体裁。

②汉家三十六将军：汉景帝三年发生吴、楚七国之乱，朝廷派周亚夫统帅三十六个将军去讨伐镇压。东方：东部地区，这里指吴、楚等国。横：布满，充满。阵云：兵阵如云。作者在此引汉朝镇压"七国之乱"的事，形容讨伐

藩镇割据势力的正义之战时的场面。

③函谷：函谷关，在今河南省灵宝县。客如雾：形容旅客很多。数：计算，这里是识别的意思。这两句是说，来往长安的旅客很多，其中杂着王承宗派来的刺客，使人不易分辨。

④赤丸：《汉书·尹赏传》记载，长安城中常有坏人唆使少年结伙进行暗杀，用红色弹丸杀害武官，用黑色弹丸杀害文官。夜语：指凶手用的暗语。飞电光：形容弹丸飞快地向武元衡打去。微巡司隶眠如羊：指武元衡被害时巡查人员都在熟睡之中。微巡：搜捕盗贼执勤巡逻的人。司隶：掌管京城执勤巡逻的官吏。

⑤一叱：（凶手们）一声呼喊。百吏走：指武元衡的护卫人员搏斗不过凶手，扔下武元衡而逃跑。冯敬胸中函匕首：据《汉书·贾谊传》记载，汉文帝御史大夫冯敬主张加强中央集权，在同搞分裂割据的准南厉王刘长进行说理斗争时，刚一开口就当场被刘长用匕首刺胸而死。函：包含，这里是被刺进的意思，指武元衡被割据势力杀害。

⑥侧耳：躲在一旁探听。潜慊心：心中暗暗高兴。悍：勇猛。吐口：吐舌头，害怕的表现。

⑦魏王卧内藏兵符：据《史记·魏公子列传》记载，战国时，秦国攻打赵国。魏王派兵救赵。兵符：古时帝王授予臣属兵权和调发军队的信物，剖为两半，各持其一。作者引来喻指当时朝廷对于武元衡被害置若罔闻。子西掩袂真无辜：据《左传·哀公十六年》记载，楚国的邑大夫白公胜起兵杀令尹（相当于丞相官职）子西，劫走楚惠王，子西死时以袖掩面。袂：衣袖。

⑧羌胡毂下一朝起：据《史记·司马相如列传》记载，司马相如向君主上谏书说：陛下爱好打猎，难免遇上特殊野兽，这就像敌人从车轮下突然出现一样的危险哪。羌、胡：我国古代的两个少数民族。毂：车轮。拟：比拟。这里指武元衡的被害，比"敌国身中"的处境更为严重。

⑨安陵谁辨削砺功：据《史记·袁盎列传》记载，汉景帝的兄弟梁孝希望能接替景帝做皇帝，袁盎向景帝提出不同意见，梁孝王极为不满，便暗中派人在安陵杀了袁盎。事后，经过磨刀工辨认丢下的剑，查出了刺客。安陵：地名，在今陕西省咸阳市东北。削砺功：削磨刀剑的人。功：通"工"。

⑩绝脰断骨那下补：就是把杀人凶手千刀万剐也弥补不了武元衡被害的损失。绝：剐。脰：肉。万金宠赠：这里指皇帝追赠武元衡荣耀尊号，抚赏万金。

【鉴赏】

这首诗抒发了作者愤慨的心情。

江　雪

千山鸟飞绝，万径人踪灭①。

孤舟蓑笠翁，独钓寒江雪②。

【注释】

①绝：尽。这里是绝迹的意思。径：小路。踪：踪影，脚印。

②蓑笠翁：披蓑衣戴斗笠的老渔翁。

【鉴赏】

这首诗既是咏江上雪景，又是寄寓自己顽强不屈，孤寂苦闷的思想感情。

视民诗

帝视民情，匪幽匪明①。

惨或在腹，已如色声②。

亦无动威③，亦无止力④。

弗⑤动弗止，惟民之极⑥。

帝怀民视⑦，乃降明德，

乃生明翼⑧。明翼者何？

乃房乃杜⑨。惟房与杜，

实为民路⑩。

乃定天子，乃开万国⑪。

万国既分⑫，乃释蠹民⑬，

乃学与仕⑭，乃播与食⑮，

乃器与用⑯，乃货与通⑰。

有作有迁，无迁无作⑱。

士实荡荡⑲，农实董董⑳，

工实蒙蒙㉑，贾实融融㉒。

左右惟一，出入惟同㉓。

摄仪以引，以遵以肆㉔。

其风既流，品物载休㉕。

品物载休㉖，

惟天子守，乃二公之久㉗。

惟天子明，乃二公之成㉘。

惟百辟正，乃二公之令㉙。

惟百辟谷，乃二公之禄㉚。

二公行矣，弗敢忧纵，是获忧共㉛，

二公居矣，弗敢泰止，是获泰已㉜。

既柔一德，四夷是则㉝。

四夷是则，永怀不忒㉞。

【注释】

①帝视民情，匪幽匪明：天帝观察民情，无所谓隐晦和明显。帝：天帝。匪：同"非"。幽：昏暗。

②惨或在腹，已如色声：（在天帝看来）有的人虽然悲伤的心情深藏于腹，也像颜色和声音表现于外一样。惨：悲伤。或：有的。已：同"亦"也。

③亦无动威：不施展威力使人们去做什么。

④亦无止力：也不使用威力去制止。

⑤弗（fú）：不。

⑥惟民之极：意思是以民情为标准，应从民所欲。

⑦帝怀民视：天帝想到民所盼望的事。意思是说天所想的是从民那里来的。

⑧乃降明德，乃生明翼：产生了圣明的君主，又有了贤德的辅佐大臣。乃：语助词。

⑨房：指房玄龄；杜：指杜如晦。二人都是唐初有作为的政治家，曾帮助唐太宗李世民统一全国；以后二人共掌朝政，制定各种典章制度，是坚持中央集权、执行法家路线的重要谋臣。

⑩惟房与杜，实为民路：只有房玄龄和杜如晦所推行的法治，确实是百姓的正路。惟：只有。

⑪万国：指天下。

⑫分：指州县划定。

⑬释：释放。蠹（dù）民：这里指罪犯。

⑭学与仕：办学校培养人才。

⑮播与食：农民种地打粮供给人吃。播：播种，种地。

⑯器与用：工匠做成器具供人使用。

⑰货与通：商人做买卖使货物流通。

⑱有作有迁，无迁无作：制作物品就得有销路，无销路就不制作。迁：移动，这里指销路。

⑲士：旧时指读书的人。实：实在。荡荡：心胸开阔。

⑳董董：朴朴实实。

㉑蒙蒙：勤劳朴实。

㉒贾（gǔ）：商人。融融：温和喜悦。

㉓左右惟一，出入惟同：上下思想一致，行动统一。

㉔摄仪以引，以遵以肆：选择榜样加以引导，（让人们）效法和学习他。摄：取，选择。仪：仪表，标准。引：引导。肆：学习。

㉕其风既流，品物载休：这种社会风气已经流行，各种物品都丰盛美好。

㉖此句是继上句的加重语。

㉗惟天子守，乃二公之久：天子能够建立和巩固统一大业，是二公（房玄龄、杜如晦）长期辅助的结果。

㉘惟天子明，乃二公之成：天子能够明察政事，是二公全力成就的结果。成：成就。

㉙惟百辟正，乃二公之令：百官各尽职责，是二公施行教令的结果。百辟：诸侯，即百官。令：指教令。

㉚惟百辟谷，乃二公之禄：百官做得好，是二公品德影响的结果。谷：善。禄：善，这里指好的品德。

㉛二公行矣，弗敢忧纵，是获忧共：二公处理政事的时候，谁都不敢有放纵的想法，这样就能得到思想一致。行：指推行政事。忧：思。纵：放纵。共：一致。

㉜二公居矣，弗敢泰止，是获泰已：二公闲居时，谁也不敢认为是太平无事从而骄傲自满起来，这样就能得到太平了。居：指闲居时。泰：太平无事。止：语助词。已：了。

㉝既柔一德，四夷是则：既然君民上下一心一德，四方的少数民族都来仿效。柔：归服。四夷：四方的少数民族。夷是古代统治阶级对少数民族的蔑称。则：效法。

㉞四夷是则，永怀不忒：四方的少数民族都这样做，并永不改变，因此天下就能长治久安。忒（tè）：差错。

【鉴赏】

这首诗寄托了作者希望社会长治久安的情怀。

【国学精粹珍藏版】

◎尽览中国古典文化的博大精深 ◎读传世典籍，赢智慧人生——受益终生的传世经典

唐诗名篇鉴赏

李志敏⊙主编

卷四

民主与建设出版社

早 梅

早梅发高树，迥映楚天碧①。

朔风飘夜香，繁霜滋晓白②。

欲为万里赠，杳杳山水隔③。

寒英坐销落，何用慰远客④。

【注释】

①早梅：早开的梅花。发：开花。迥（jiǒng）：远。

②朔风：北风。繁霜：严霜。滋：增加。

③万里赠：指捎一枝梅花赠给远方的友人。杳杳（yǎo）：深远的样子。

④寒英：指梅花。坐：就要，将要。销落：零落，凋谢。何用：用什么。

【鉴赏】

诗中借对梅花在严霜寒风中早早开放的风姿的描写，表现了自己孤傲高洁的品格和不屈不挠的斗争精神。

渔 翁

渔翁夜傍西岩宿，晓汲清湘燃楚竹①。

烟销日出不见人，欸乃一声山水绿②。

回看天际下中流，岩上无心云相逐③。

【注释】

①西岩：指永州西山。清湘：清澈的湘江。楚竹：楚地的竹子。两句写渔翁日常的水上生活。

②意思是清晨烟消日出时已见不到渔翁，只有在青山绿水之间回响的橹声中才能知道他的存在。销：消散。人：指渔翁。欸乃：象声词，摇橹声。

③回看：回头看。天际：天边。两句写视线从水面移到天空。古人有"云无心以出岫"的说法，这里把浮云比拟漂泊无定的渔翁。

【鉴赏】

此诗犹如一幅小品画,摄取渔翁生活的几个镜头,表现一种对闲适意趣的向往。

行 路 难① (选二)

其 一

君不见,夸父逐日窥虞渊,跳踉北海超昆仑②。

披霄决汉出沆漭,瞥裂左右遗星辰③。

须臾力尽道渴死,狐鼠蜂蚁争噬吞④。

北方立爭人长九寸,开口抵掌更笑喧⑤。

啾啾饮食滴与粒,生死亦足终天年⑥。

睢盱大志小成遂,坐使儿女相悲怜⑦。

【注释】

①行路难:古乐府诗题名,内容多写世道艰难和离别情意。后来文人多有模仿。

②夸父逐日:传说古时有个叫夸父的人,追赶太阳一直到日落处。窥:看。虞渊:相传太阳落入的地方。跳踉:腾跃,跳过。超:超越。

③披:排开。霄:天空。决:冲破。汉:天河。出:奔走的意思。沆漭:水势浩大的样子,这里形容广阔的天空。瞥裂左右遗星辰:形容夸父逐日的速度非常快。瞥裂:眼光飞快掠过。遗星辰:把星辰丢在后面。

④须臾黄河渭河都被他喝干了还不够,结果渴死在路旁。这里也包含着作者参加"永贞革新"失败后的悲愤沉痛心情。狐鼠蜂蚁争噬吞:这句是比喻王叔文革新派失败后,受到保守势力的诬蔑、打击和迫害。噬:咬。

⑤立爭人:传说古代北方一种矮小的人。这里用以比喻那些无所作为的庸人。抵掌:击掌,拍掌。

⑥啾啾:虫鸟细小的叫声,这里指喊喊喳喳地议论。饮食滴与粒:喝一滴水,吃一粒粮。意思是说琐屑狭小,满足于个人的生活。生死:指像夸人那样的生活。亦足:也能够。终天年:活到老死,意思是说不会遭遇到什么祸患。

⑦睚眦大志小成遂：指雄心大志很少能达到。睚眦：张目怒视的样子。小：少。遂：达。坐：因。儿女：后代。这里是针对夸父说的，夸父虽然逐日而死，可是他这种追求理想的斗争精神，却赢得了后世的同情。

【鉴赏】

这首诗作者引经据典，抒发了诗人愿为理想奋斗的精神。

其 二

虞衡斤斧罗千山，工命采斫杙与椽①。

深林土剪十取一，百牛连鞅摧双辕②。

万围千寻妨道路，东西蹶倒山火焚③。

遗馀毫末不见保，蹢砾碢壑何当存④。

群材未成质已夭，突兀砯豁空岩峦⑤。

柏梁天灾武库火，匠石狼顾相愁冤⑥。

君不见南山栋梁益稀少，爱材养育谁复论⑦。

【注释】

①虞衡：掌管山林的官。斤斧：斧头。罗：广布。千山：众多的山。这里比喻大地主大官僚等反动保守势力对进步力量的摧残迫害。工命：命令工匠。斫：砍。杙：小木桩，小木条。椽：屋顶的椽子。

②土剪：从根上砍倒。十取一：在砍断的树木当中，十棵只拿一棵。百牛：形容牛的数量多。鞅：牛鞅子，套在牛脖子上拉车、拉犁用的器具。摧双辕：形容原木拉得多，以致把车辕压坏。

③万围千寻妨道路：许多又粗又高的树被砍倒了，遗弃在那里阻碍着道路。"万围千寻"比喻国家的人才，即进步力量。围：古时一抱或八尺为一围。寻：古时长度单位，八尺为寻。东西蹶倒：指乱砍滥伐下来的树木东倒西歪地扔在那里。暗指"永贞革新"失败后，王叔文被杀，参与变革的人都被贬斥到边远的州郡。蹶：倒。以上两句反映了对革新派遭受迫害的愤慨和对保守势力的不满。

④遗馀：遗漏，剩余。毫末：细小的东西。见：被。蹢砾：蹂躏、践踏、伤害的意思。壑：山谷，深沟。何当存：还能剩下什么呢？

⑤夭：短命，早死。这里指还没成材就横遭摧残。突兀：高耸的样子。砯

豁：宫殿高大的样子，这里指山高。空：指巍峨高大的群山都被破坏、践踏成了秃山。峦：小而尖的山。

⑥柏梁天灾武库火：柏梁台和武库珍藏的许多文物、宝器，都被大火烧尽了。柏梁：柏梁台，汉时所建，汉武帝时被焚毁。武库：储藏器物的仓库，汉朝时建，到晋朝时遭遇火灾焚毁。匠石：《庄子》中记载的一个名叫石的工匠。此处泛指有名的工匠、手艺人。狼顾：惊慌失措地张望。这里比喻人有后顾之忧，为将来忧虑。

⑦栋梁：房屋的大梁。比喻立志革新、能够担负国家重任的人材。爱材养育谁复论：爱护、培育人材的事又有谁来说呢。

【鉴赏】

这首诗抒发了作者对国家良才日益稀少的无限感慨，希望爱惜栽培人才。

夏夜苦热登西楼

苦热①中夜起，登楼独褰衣②。
山泽凝暑气，星汉湛③光辉。
火晶燥露滋④，野静停风威。
探汤汲阴井⑤，炀灶⑥开重扉。
凭阑久彷徨，流汗不可挥。
莫辩亭毒⑦意，仰诉璇与玑⑧。
谅非姑射子⑨，静胜⑩安能希。

【注释】

①苦热：为热所苦。

②褰：撩起，提起。

③湛：通"沉"，淹没。

④晶：明亮，闪闪发光。火晶，指星光如火。滋：汁液；润泽。

⑤探汤：把手放入热水中。阴井：水井。

⑥炀灶：在灶前烤火。

⑦亭毒：化育，养育。语出《老子》。

⑧璇：天璇星，北斗七星之一，为斗身第二星。玑：天机星，北斗七星之一，为斗身第三星。璇与玑，代指北斗星。

⑨姑射子：传说中姑射山上的神仙，"肌肤若冰雪"，即酷热得令金石熔化、土山烤焦，也不觉得炎热。（见《庄子·逍遥游》）

⑩静胜：指以宁静安详战胜炎热。

【鉴赏】

诗人用极度夸张的手法，成功地借助于炎炎夏夜的描绘，表现出心神不宁的情绪和无可名状的惆怅，锋芒直指唐王朝的虐民暴政。

登柳州城楼寄漳、汀、封、连四州刺史

城上高楼接大荒，海天愁思正茫茫①。
惊风乱飐芙蓉水，密雨斜侵薜荔墙②。
岭树重③遮千里目，江流曲似九回肠。
共来百越文身地，犹自音书滞一乡④。

【注释】

①大荒：荒僻遥远的地方。茫茫：漫无边际。

②惊风：狂风。惊风、密雨都是寓指反动保守势力。飐：吹动。芙蓉：荷花。薜荔：蔓生常绿灌木，属香草。芙蓉、薜荔都是比喻革新派。

③重：重叠。

④百越：古代我国南方少数民族的总称。文身：在身上刺花纹的一种习俗。滞：停滞，阻隔。

【鉴赏】

这是诗人被贬柳州后，通过登柳州城楼的所见所思所感而写下对同遭贬谪的友人的怀念之作，抒发难以明言的积愫。

汨罗遇风

南来不作楚臣悲，重入修门自有期①。
为报春风汨罗道，莫将波浪枉明时②。

【注释】

①南来：指被贬永州。楚臣：指屈原。屈原被楚襄王放逐，当秦国攻破楚国的郢都时，投汨罗江自杀。修门：这里指长安。

②报：告知。将：拿，用。明时：政治清明的时代。

【鉴赏】

这首诗抒写了诗人自己的境遇和政治抱负，对未来存有无限的期望，全诗没有刻意渲染，只是平实的语句，却能感人至深，没有刻意表白，只是普通的叙述，却是发自肺腑。

衡阳与梦得分路赠别

十年憔悴到秦京，谁料翻为岭外行①。
伏波故道风烟在，翁仲遗墟草树平②。
直以慵疏招物议，休将文字占时名③。
今朝不用临河别，垂泪千行便濯缨④。

【注释】

①十年：指被贬为司马的十年。憔悴：忧患，指境遇不好。秦京：秦的国都咸阳（今陕西咸阳市），这里借指长安。翻：反而。岭外：五岭（大庚、骑田、都庞、萌诸、赵城）之外。

②伏波故道：伏波是汉代将军的名称。汉武帝时的伏波将军路博德曾出桂阳（今广东连县），下湟水（今广东连江），东汉光武帝时的伏波将军马援也曾南下。柳宗元、刘禹锡分赴柳州连州，走的是伏波将军走过的道路。风烟在：风物依然的意思。翁仲：墓前石人。草树平：指废墟被草木埋没了。

③直：只是。慵疏：懒散放达。实际是说自己和刘禹锡坚持革新理想，不同保守派勾搭。物议：世人的讥议，指保守派的攻击诽谤。占时名：博取当世的名誉。

④临河：到河边。濯缨：洗帽带。

【鉴赏】

这首诗字字含情，句句有泪深沉而郁抑，哀伤而悲凄。

再上湘江

好在①湘江水，今朝又上来。
不知从此去，更遣几年回②。

【注释】

①好在：唐诗中表示慰问的常用语，有无恙、依旧的意思。

②意思是不知道这次去柳州，又要待多少年才能回长安。更：还。遣：使。

【鉴赏】

这首诗表达了作者离开长安去柳州的惜别之情。

咏 三 良①

束带值明后②，顾盼流辉光③。
一心在陈力④，鼎列夸四方⑤。
款款效忠信⑥，恩义皎⑦如霜。
生时亮同体⑧，死没宁分张⑨。
壮躯闭幽隧⑩，猛志填黄肠⑪。
殉死礼所非⑫，况⑬乃用其良。
霸基弊不振⑭，晋楚更张皇⑮。
疾病命固乱⑯，魏氏言有章⑰。
从邪陷厥父⑱，吾欲讨彼狂⑲。

【注释】

①咏：歌颂。良：有才德的人。

②束带：腰间束着玉带，是作官的标志。值：正当遇着。明后：贤明的君主，指秦穆公，他是春秋前期一个比较有作为的国君。

③流辉光：放光辉。顾盼流辉光：形容人处境顺利、气概不凡，一举一动都有精神。

④陈力：贡献出力量。

⑤鼎：古代三脚两耳的金属器具。鼎列：形容奄息、仲行、鍼虎三人才德并称，像鼎的三足一样。夸：夸奖。

⑥款款：诚恳，忠心耿耿。效：献出。

⑦皎：皎洁。

⑧亮：同"谅"，信，真。同体：如同一体，指三良与秦穆公关系融洽。

⑨宁：岂，哪能。分张：分开。指三良对秦穆公感情深厚，不忍分离。

⑩壮躯：雄伟的身躯。闭：关闭，这里作埋葬解。幽隧：很深的墓道。

⑪猛志：壮志，远大的志向。黄肠：用黄心柏木做的葬具。这里代指棺材。

⑫殉死：用活人给死者陪葬。礼所非：礼所不许可的。《礼记·檀弓下》载：齐国大夫陈子车死后，他的妻子和家大夫打算拿活人给他殉葬，他的弟弟陈子亢反对说："用人殉葬，不符合礼。"陈子亢是春秋末期齐国新生地主阶级代表陈氏（即田氏）的家族，可见这里所说的"礼"，已是封建制的"礼"，不是奴隶制的"礼"。在奴隶制占统治地位时，殉死这种野蛮制度是合"礼"的。

⑬况：何况。

⑭霸基：霸业的基础。弊：败，坏。

⑮晋、楚：春秋时代的晋国和楚国。更：轮流，交替。张皇：张大，扩张。秦穆公任用贤能，改革政治，使秦国开始强大，成为春秋"五霸"之一。

⑯疾病：病重。"疾"，古时指病；这里指病得更严重。命：命令。乱：混乱，错误。

⑰魏氏：指魏颗。章：法则。

⑱从邪：听从不正当的话。陷厥父：陷害他的父亲。

⑲讨：申讨。彼狂：那个狂人，指秦康公。实际上这也是指唐宪宗。

【鉴赏】

这首诗是作者贬谪永州期间读书有感而作，其意在刺宪宗信谗言贬贤，自抒强烈的孤愤之情。

离觞不醉，至驿却寄相送诸公①

无限居人送独醒，可怜寂寞到长亭②。
荆州不遇高阳侣，一夜春寒满下厅③。

【注释】

①觞：古代喝酒用的器具。驿：驿站，古代传递公文的人和出差官员途中歇宿、换马的处所。却：返。

②居人：指为柳宗元送行的亲友们。独醒：屈原曾说："举世皆浊我独清，众人皆醉我独醒，是以见放。"（《楚辞·渔父》）在这里柳宗元以屈原自喻。长亭：古代设在路旁供休息的亭舍，离城十里左右，常用作亲友远行饯别的地方。

③荆州：古州名，今长江中游一带。永州属古荆州地。高阳：指汉高祖刘邦的谋士郦食其，陈留高阳（今河南省杞县西南）人。刘邦反儒，郦食其去见他，自称"高阳酒徒"，后被重用。厅：房屋，客舍。

【鉴赏】

这首诗表达了诗人寂寞的情怀和恋恋不舍的心情。

北还登汉阳①北原题临川驿

驱车方向阙，回首一临川②。
多垒非余耻，无谋终自怜③。
乱松知野寺，馀雪记山田④。
惆怅樵渔事，今还又落然⑤。

【注释】

①汉阳：今湖北省钟祥县一带。

②驱车：策马赶车。方向：正向着。阙：宫阙，宫殿，这里指京城长安。一临川：同一个临川。意思是说，十年前柳宗元被贬永州南下时曾经过临川，现在看到的是同一个临川。

③多垒：是说因藩镇叛乱，汉阳四郊到处是断壁残垒。非余耻：不是我的耻辱。无谋：没有机会施展自己的谋略。

④乱松知野寺，馀雪记山田：虽有乱松遮掩，仍知道野寺所在；虽有余雪覆盖，仍记得山田面貌。

⑤惆怅：哀伤。樵渔事：打柴与捕鱼，泛指有关百姓生活的问题，这里引申为国家的政治大事。今还又落然：现在又回到这里，更感到内心不能平静，无所依托。

【鉴赏】

这首诗描绘了作者对国家政治的不满，抒发了其惆怅的心情。

岭南江行①

瘴江②南去入云烟，望尽黄茆是海边③。
山腹雨晴添象迹④，潭心日暖长蛟涎⑤。
射工巧伺游人影⑥，飓母偏惊旅客船⑦。
从此忧来非一事，岂容华发待流年⑧。

【注释】

①岭南江行：元和十年（815）柳宗元从永州司马改贬柳州刺史，柳州在当时比永州更为僻远，是祖国南疆的边远地区。这年三月，柳宗元与被改贬为连州刺史的刘禹锡一同离开长安南下，到湖南衡阳后分手，柳宗元乘船经水路到柳州赴任，这首诗就是在旅途中写的。岭南，指今广东、广西一带。

②瘴江：江，指柳江，柳江从北向南流经柳州，所以说"瘴江南去"。

③黄茆：黄茅草。海边：岭南一带（广东、广西）近海的地方。

④山腹：腹，内地。山腹即山窝里。添象迹：增添了大象走过的足迹。

⑤潭心：水潭中心。长蛟涎：长，增长，更多。蛟：这里可能是指穿山甲。涎：唾沫。长蛟涎：指穿山甲之类的动物在大暑天因潭水很热游到水面呼吸。

⑥射工：传说江南有射工虫，能含沙射人影以杀人。"含沙射影"这个成语即由此而来。这里指搞阴谋诡计，诽谤别人。伺：伺机。

⑦飓母：传说是象征飓风即将来临的一种云气。偏：出乎意外地。

⑧华发：花白的头发。流年：流逝的时光。

【鉴赏】

这首诗是诗人离开长安到柳州赴任的途中所作，抒发了作者惆怅的心情。

酬曹侍御过象县见寄

破额山前碧玉流，骚人遥驻木兰舟①。
春风无限潇湘意，欲采苹花不自由②。

【注释】

①破额山：在象州县。碧玉流：形容江水宛如流动的碧玉，清澈可爱。骚人：诗人，指曹侍御。驻：停留。木兰舟：用芳香木料做的船，是颂扬曹侍御乘坐的船。

②春风：指时间，也暗喻曹的作品。潇湘意：楚辞有《湘君》《湘夫人》，都是写不能会面的思念之情。苹：多年生水草，也是《湘夫人》篇的典故，有采苹持赠或共同采苹的意思。采苹花，实际就是会面。

【鉴赏】

这首诗语言简练，写景如画，同时也描绘出了作者当时的心情。

溪① 居

久为簪组累，幸此南夷谪②。

闲依农圃邻，偶似山林客③。

晓耕翻露草，夜榜响溪石④。

来往不逢人，长歌⑤楚天碧。

【注释】

①溪：指冉溪，湖南零陵县西南的一条小河，东流入潇水。

②簪组：古代贵族帽子上的装饰，后世用为官员的代称。南夷：指永州。

③山林客：隐士。

④露草：沾有露珠的杂草。榜：划船。响溪石：因船的行动使溪中的石块发出声响。

⑤长歌：放声歌唱。

【鉴赏】

这首诗表面上写自我排遣，也自得其乐，实际上曲折地表达了被贬谪的幽愤，字里行间隐含了作者壮志难酬的苦闷之情。

中夜起望西园值月上①

觉闻繁露坠，开户临西园。

寒月上东岭，泠泠②疏竹根。

石泉远逾响，山鸟时一喧③。

倚楹遂至旦，寂寞将何言④。

【注释】

①中夜：半夜。西园：当指作者在永州愚溪的住宅西边的园地。

②泠泠：水声。

③逾：更加。喧：鸣。

④楹：柱子。将何言：还要说什么，意即无须再说了。

【鉴赏】

这首五言古诗作于诗人贬谪永州之时，表达了其谪居中郁悒的情怀。

冉 溪

少时陈力希公侯，许国不复为身谋①。
风波一跌逝万里，壮心瓦解空缧囚②。
缧囚终老无余事，愿卜湘西冉溪地③。
却学寿张樊敬侯，种漆南园待成器④。

【注释】

①陈力：贡献才力。希公侯：希望能做一番封侯授爵的大事业。许国：决心为国家效力。为身谋：为自己打算。

②风波一跌：指政治上失意，革新集团失败。逝万里：指被贬到永州。瓦解：象瓦片一样碎裂，表示政治理想的破灭。空缧囚：意思是只剩下一个囚犯的身份。缧：捆犯人的绳子。

③卜：选择。湘西：湘江西边。冉溪在现在的潇水西边，古代潇湘并称，因此说"湘西"。

④寿张：今山东省寿张县。樊敬侯：樊重，东汉人，光武帝的内戚，死后追封寿张敬侯。

【鉴赏】

这首诗描述了作者对惨遭贬谪而愤愤不平，抒发了坚持信念，寄希望于未来的伟大抱负。

别舍弟宗一

零落残魂倍黯然①，双垂别泪越江②边。
一身去国六千里③，万死投荒十二年④。
桂岭瘴来云似墨⑤，洞庭⑥春尽水如天。
欲知此后相思梦，长在荆门郢树烟⑦。

【注释】

①零落残魂：指屡遭贬谪后备受摧残的心神。黯然：神情沮丧的样子。语见江淹《别赋》："黯然销魂者，唯别而已矣。"

②越江：即粤江，珠江的别称。这里指珠江水系河流之一的柳江。

③六千里：指长安与柳州的距离。

④十二年：作者自永贞元年（805）被贬为永州司马，到此时已经在永州、柳州度过了十二年。

⑤桂岭：在今广西贺县东北，这里泛指柳州附近的山岭。瘴：瘴气，旧指南方山林间湿热蒸郁使人得病之气。这句写分别地柳州的景色。

⑥洞庭：洞庭湖，在湖南省北部，是赴江陵途中必经之地。这句是想像柳宗一途中景色。

⑦荆门：山名，在今湖北省宜都县西北。郢：春秋时楚国的都城，在今湖北省江陵县附近。"荆门"和"郢"都指代江陵。

【鉴赏】

此伤别并自伤之作，抒发的并不单纯是兄弟之间的骨肉之情，同时还抒发了诗人因参加"永贞革新"而被贬窜南荒的愤懑愁苦之情。

柳州城西北隅种柑树

手种黄柑二百株，春来新叶遍城隅①。
方同楚客怜皇树，不学荆州利木奴②。
几岁开花闻喷雪，何人摘实见垂珠③？
若教坐待成林日，滋味还堪养老夫④。

【注释】

①隅：角落。柑树：同这首诗中的"黄柑"都是指柑树。

②方同：正好一样。楚客：客，指迁客，就是被贬谪到外地的官员。楚客，指战国时期楚国的诗人屈原。屈原曾辅佐楚怀王，做过左徒，三闾大夫。他非常关心国家的命运，因同反动贵族集团进行斗争，遭到失败后被贬谪，长期流浪在沅水、湘水（都在今湖南省境内）一带，与人民接近，写了揭露黑暗统治，抨击反动贵族的诗篇。怜：喜爱。皇树：屈原在《橘颂》一诗中说

橘树是"后皇嘉树"，就是皇天（古代把天叫做皇天）后土（古代把地叫做后土）所生的好树，与一般树木不同，具有坚定不移的高尚品格，比喻自己的才德就像橘树一样高尚。荆州：古时的州名，三国时，辖地在现今湖北、湖南一带。木奴：地主阶级把柑树看成奴隶一样，作为他们发财致富的工具。

③几岁：多少年后。喷雪：柑花是白色的，因此用"喷雪"来形容雪白的柑花所喷发出来的清香。何人：谁。垂珠：柑果像宝珠一样挂满枝头。

④若：如果。教：使、让。坐待：坐着就可以等到，很快的意思。堪：可以。养：供养，引申为品尝。老夫：老年人的自称。

【鉴赏】

这首诗作于作者贬官柳州时期，诗的内容是抒发种柑树的感想，韵味深厚。

田家（选二首）

其 一

蓐食徇所务，驱牛向东阡①。

鸡鸣村巷白，夜色归暮田。

札札耒耜声，飞飞来乌鸢②。

竭兹筋力事，持用穷岁年③。

尽输助徭役，聊就空自眠④。

子孙日已长，世世还复然⑤。

【注释】

①蓐食：在寝席上吃早饭。蓐：草席，草垫子。徇：全力去做。所务：这里指从事农活。东阡：东面的田间小路，这里泛指田地。

②札札：象声词。耒耜：古时耕地用的农具。乌鸢：泛指鸟。鸢：鹰的一种。

③竭：用尽。兹：此。筋力事：指艰苦的体力劳动。穷岁年：指过完这一年。穷：尽。

④尽输：全部缴出。徭役：劳役。这里用助徭役来泛指缴租税。聊：只好勉强。就：到。空自眠：有的版本作"空舍眠"。

⑤还复然：还是原来的老样子。以上两句，悲叹子孙们一天天长大，但辈辈还要过着同样悲惨的生活。

【鉴赏】

此首诗抒发了作者对封建沉重的徭役杂税的不满。

其　二

篱落①隔烟火，农谈四邻夕。

庭际秋虫鸣，疏麻方寂历②。

蚕丝尽输税，机杼③空倚壁。

里胥夜经过，鸡黍事筵席④。

各言官长峻，文字多督责⑤。

东乡后租期，车毂陷泥泽⑥。

公门少推恕，鞭朴恣狼藉⑦。

努力慎经营，肌肤真可惜⑧。

迎新在此岁，唯恐蹑前迹⑨。

【注释】

①篱落：篱笆围成的院落。

②庭际：院子的四周。寂历：冷清，寂静。

③机杼：织布机。

④里胥：里长，乡村的小吏。鸡黍：指杀鸡做饭。事：安排，招待。

⑤峻：严厉。文字：指催缴赋税的文书。督责：督促，责备。

⑥后租期：超过规定缴租的日期。车毂陷泥泽：车轮陷在泥里。

⑦公门：指官府。推恕：按情理给以宽恕。鞭朴：鞭抽棒打。恣：随意。狼藉：散乱，这里形容被打得遍体鳞伤。

⑧经营：指筹备缴纳租税。肌肤真可惜：指当心皮肉受苦。

⑨迎新：指新粮上场，准备缴纳租税。蹑前迹：这里是说农民听了里胥恐吓的话以后，害怕过了缴租期限，再像别人那样遭受毒打。蹑：追随。前迹：前人的老路。

与浩初上人同看山寄京华亲故①

海畔尖山似剑铓，秋来处处割愁肠。
若为化得身千亿②，散上峰头望故乡③。

【注释】

①浩初上人：即浩初和尚。"上
人"是佛家对有道德的人的称呼，后
成为和尚的代称。浩初善作诗、弈棋，
与柳宗元和刘禹锡交情很深，曾到柳
州、连州看望他们。京华：指长安。

②千亿：极言其多，并非具体数
目。化身，佛教习惯用语，佛教认为
佛祖释迦牟尼能化身千万亿。作者是
与和尚一同看山，所以采用此语。

③故乡：指长安。作者祖籍河东
(今山西永济)，本人在长安出生、长大。

【鉴赏】

诗中诗人把思念故乡，思念亲友之情，淋漓尽致的抒发了出来。

种柳戏题①

柳州柳刺史，种柳柳江②边。
谈笑为故事③，推移④成昔年。
垂阴当覆地⑤，耸干会参天⑥。
好作思人树⑦，惭无惠化传⑧。

【注释】

①戏：逗趣。戏题：随便写一首诗。在这里，柳宗元借种柳为题，以轻松
的笔调，抒发感情，寄托理想。

②柳江：西江的支流，流经现在的广西壮族自治区柳州市。

③为：成为。故事：过去的事情。这句的意思是，今天的种柳会成为将来人们谈笑的故事。

④推移：指时间的变迁。这句的意思是，随着时间的变迁，种柳的今天就变成过去的年代了。

⑤当：应当。覆地：遮盖大地。这句的意思是，垂柳的浓阴遮盖着大地。

⑥竿干：高高的树干。会：可能，将要。参天：接到天际。这句的意思是，高高的树干将会接天际。

⑦好作：可以作。思人树：传说周文王有个儿子叫做（奭），封在召（今陕西岐山县一带），称为召伯。

⑧惭：惭愧，遗憾。惠化：好的教化，这里指政治革新给社会带来的好处。

【鉴赏】

柳宗元借种柳为题，以轻松的笔调，抒发感情，寄托理想。

咏　史

燕有黄金台，远致望诸君①。
嘛嘛事强怨，三岁有奇勋②。
悠哉辟疆理，东海漫浮云③。
宁知世情异，嘉谷坐焦焚④。
致令委金石，谁顾蠢蠕群⑤。
风波欻潜构，遗恨意纷纭⑥。
岂不善图后，交私非所闻⑦。
为忠不顾内，晏子亦垂文⑧。

【注释】

①燕：春秋战国时的诸侯国，疆域在今河北省北部一带。黄金台：燕昭王所筑，台上放有黄金，以招请天下人才。致：招引。望诸君：乐毅，赵国人，曾受燕昭王重用，昭王死后被猜忌，跑回赵国，赵王封为望诸君。

②嘛嘛（xián）：弱小的样子，燕和齐相比是小国。事强怨：与强敌从事，指与齐国作战。奇勋：特大的功绩。

③悠哉：遥远辽阔的样子。疆理：国土。东海：指齐国，齐国的位置在东海边。浮云：古诗中常用来比喻蒙蔽皇帝的奸人，这里指齐国的反间计。

④宁知：哪里知道。嘉谷：好的庄稼。坐：因此。熇（hè）焚：烧掉。

⑤致令：致使，使达到，即专心致志的意思。委金石：把功绩铭刻在钟鼎或石碑上。蠢蠕（ruǎn）群：蠕动的昆虫。

⑥欻（xū）：忽然。潜构：暗地里形成。

⑦柳宗元在《惩咎赋》中说："不顾虑以周围图分，专兹道以为服（不考虑个人得失，一心为实行正道)。"可以和这两句参看。图后：考虑退路。交私：结党营私。

⑧不顾内：不顾自己。晏子：晏婴，春秋时齐国大夫。垂文：有文章传下来。

【鉴赏】

此诗借古人事以自抒怀抱，将诗人强烈的孤愤融入对历史的观照，反思之中，同时又赋予史事以丰厚的现实内蕴和情感深度。

柳州峒氓①

郡城南下接通津②，异服殊音不可亲③。
青箬裹盐归峒客④，绿荷包饭趁虚人⑤。
鹅毛御腊缝山罽⑥，鸡骨占年拜水神⑦。
愁向公庭问重译⑧，欲投章甫作文身⑨。

【注释】

①峒氓（dòng méng）：峒，唐代时把南方少数民族地区泛称为"峒豀（xī）"。少数民族把山中的田地村落叫"峒场"，因此"峒"又是过去基层行政单位的名称。氓，这里是"民"的意思。"峒氓"，指少数民族人民。

②郡城：郡，古代行政区域名称。柳州在唐玄宗天宝年间曾改称过龙城郡，所以这里的郡城指柳州城。津：渡口，码头。

③殊：不同。音：语音，语言。亲：亲近，接近。不可亲：不可能去亲近。

④箬（ruò）：竹笋壳。南方山区少数民族过去习惯用笋壳包装东西。裹：包装。峒客：山里人。

⑤荷：指荷叶。趁虚：赶集，赶圩，这是广西人民的口头语。

⑥御腊：抵御寒冷，过冬。腊：旧历十二月称腊月，这里引申为寒冷。罽（jì）：用毛做成的像毡一类的东西。

⑦鸡骨占年：古代我国南方一种迷信活动。拜水神：设置祭品向水神祈祷。

⑧重（chóng）译：古代把几种不同语言之间的口头转译称为重译，这里指从事口头翻译的人。

⑨投：扔，抛弃。章甫：古代北方人戴的一种礼帽的名称。文身：见《登柳州城楼寄漳、汀、封、连四州》注。

【鉴赏】

这首诗用朴素的语言，如实地描写出诗人和柳州少数民族人民生活接近的情况，表现出了入乡随俗的思想。

元 稹①

织妇词

织妇何太忙，蚕经三卧行欲老。

蚕神女圣早成丝，今年丝税抽征早②。

早征非是官人③恶，去岁官家事戎索④。

征人战苦束刀疮，主将勋高换罗幕。

缲丝⑤织帛犹努力，变缉撩机⑥苦难织。

东家头白双女儿，为解挑纹嫁不得。

檐前袅袅⑦游丝上，上有蜘蛛巧来往。

羡他虫豸解缘⑧天，能向虚空织罗纲。

【注释】

①元稹（779～831），字微之，（今河南洛阳市人）。贞元九年（793）明经及第，又登才识兼茂明于体用科，名列第一，除左拾遗。历监察御史。因得罪宦官，贬江陵士曹参军。后变节，和宦官相勾结。穆宗朝，官职不断升迁。长庆二年（822），与裴度同时拜相。时论不满，出为同州刺史，转越州，兼浙东观察使。卒于武昌节度使任所。元稹诗与白居易齐名。陈绎曾说："白诗祖乐府，务欲为风俗之用。元与白同志。"（《唐音癸签》卷七引）两人文学观点相同，彼此唱和，在新乐府运动中，起着桴鼓相应的作用。但元诗反映现实的深度尚不及白。《旧唐书》本传说元、白为诗，"善状咏风态物色。当时言诗者称元、白焉。白衣冠士子，至闾阎下俚，悉传诵之，号为元和体。"元的诗风，有时流于僻涩，不似白之红徐畅达，曲尽事情。但有一部分作品，却写得精警清峭，有其独到之处。有《元氏长庆集》。

②行：行将，将要。抽征：三卧：指蚕的三眠。

③官人：指官府。

④官家：指天子。戎索：犹言军事。

⑤缲丝：把蚕茧浸在热水中，取出蚕丝。

⑥变缉撩机：在织机上变换丝线脉理，挑成花纹。

⑦袅袅：细弱的样子。

⑧缘：攀缘。

【鉴赏】

此诗以荆州官府江陵为背景，描写织妇被剥削初奴役的痛苦。

苦乐相倚① 曲

古来苦乐之相倚②，近于掌上之十指。

君心半夜猜恨生，荆棘满怀天未明。

汉成眼瞥飞燕③时，可怜班女④思已衰。

未有因由相决绝，犹得半年伴暖热。

转将深意谕旁人，缉缀瑕疵遣潜说。

一朝诏下辞金屋⑤，班姬自痛何仓卒。

呼天抚地将自明⑥，不悟寻时⑦暗销骨。

白首宫人前再拜，愿将日月相辉解。

苦乐相寻昼夜间，灯光那有天明在。

主今被夺心应苦，妾夺深恩初为主。

欲知妾意恨主时，主今为妾思量取。

班姬收泪抱妾身，我曾排摈⑧无限人。

【注释】

①苦乐相倚：取老子"祸兮福所倚，福兮祸所伏。"及《列子》"塞翁得马，焉知非祸。塞翁失马，焉知非福。"之意，本此意而以飞燕、班姬事说明之。

②相倚：相生，相互转化。倚：靠，依靠。

③飞燕：即赵飞燕，汉成帝宠妃，后封为皇后。

④班女：即下文所说班姬，姓班名婕妤，亦为汉成帝宠妃，飞燕入宫后被弃。

⑤金屋：指后妃居所。汉武帝年幼时见到表妹阿娇，曾云："若娶得阿娇，愿筑金屋以藏之"，即后世所谓"金屋藏娇"是也。

⑥抚地：用手拍地。

⑦寻时：不久。

⑧排摈（bìn）：排挤抛弃。。

【鉴赏】

这首诗说明了祸福相依的哲理，寓意深刻。

遣悲怀 (三首)①

其 一

谢公最小偏怜女②，自嫁黔娄③百事乖。

顾我无衣搜荩箧，泥他沽酒④拔金钗。

野蔬充膳甘长藿，落叶添薪仰古槐⑤。

今日俸钱过十万，与君营奠复营斋。

其 二

昔日戏言身后事，今朝皆到眼前来。

衣裳已施行看尽⑥，针线犹存未忍开。

尚想旧情怜婢仆，也曾因梦送钱财。

诚知此恨人人有，贫贱夫妻百事哀。

其 三

闲坐悲君亦自悲，百年都是几多时。

邓攸⑦无子寻知命，潘岳悼亡犹费词。

同穴窅冥⑧何所望，他生缘会更难期。

惟将终夜常开眼，报答平生未展眉⑨。

【注释】

①此三首均为悼亡妻韦丛的诗。

②谢公最小偏怜女：指韦丛。怜：疼爱。

③黔娄：战国时鲁国贫穷的高士。此处元稹用以自况。

④沽酒：买酒。沽：买。

⑤野蔬充膳甘长藿，落叶添薪仰古槐：谓以野藿为食，以槐叶作薪，极言生活之贫困。

⑥衣裳已施行看尽：意思是旧日你着的衣裳都已送给仆奴，眼看着就要送完了。行：行将，将要。

⑦邓攸：晋人。西晋末为逃避战乱南渡长江，途中艰难，乃舍其子而负其兄之子以行。谓兄已死，弃之无后，而自己却还可以再行生育，岂料其后妻子竟不复生育，遂绝后。人们因为这件事很看重邓攸的为人。

⑧同穴窅冥：指同穴而葬。

⑨展眉：即舒眉，谓舒心，快意。李白有诗云："十五始展眉，常存抱柱信。"末展眉，言至死都生活在贫困之中。

【鉴赏】

这是元稹悼念亡妻韦丛所写的三首七言律诗，叙事叙得实，写情写得真，写出了诗人的至性至情。

和李校书新题乐府

西 凉 伎

吾闻昔日西凉州，人烟扑地桑柘①稠。

葡萄酒熟恣行乐，红艳青旗朱粉楼。

楼下当垆称卓女②，楼头伴客名莫愁③，

乡人不识离别苦，更卒多为沉滞游。

哥舒④开府设高宴，八珍九酝当前头。

前头百戏竞撩乱，丸剑跳踯霜雪浮⑤。

师子摇光毛彩竖，胡腾醉舞筋骨柔。

大宛⑥来献赤汗马，赞普⑦亦奉翠茸裘。

一朝燕贼⑧乱中国，河湟⑨没尽空遗丘。

开远门前万里堠⑩，今来蹙到行原州。

注：去京⑪五百而近何其逼，天子县内半没为荒陬⑫。

西京之道尔阻修。连城边将但高会，每听此曲能不羞。

【注释】

①柘：落叶灌木或乔木，叶子可以喂蚕。

②卓女：即卓文君。其曾与司马相如卖酒成都市，并亲自当垆，传为历史佳话。当垆：犹言"掌柜"也。垆，酒店安放酒瓮的土台。

③莫愁：六朝名妓，与上文之"卓女"均为代指也。

④哥舒：即开元时名将哥舒翰，后投降安禄山被杀。

⑤丸剑跳踯霜雪浮：形容剑光闪闪，寒气逼人。

⑥大宛：汉唐时西部国名，其地盛产名马。

⑦赞普：吐蕃王名。

⑧燕贼：指安禄山。

⑨河湟：今甘肃。

⑩堠：古时设于边境了望敌方情况的土堡。

⑪去京：距离长安城。

⑫天子县内：指唐王朝所辖所。县：即赤县九州，指中华大地。荒陬：荒山野岭，荒野。陬：角落，山脚。

【鉴赏】

这首诗融情于景，借景抒情，对人物的塑造与对环境的描写统一为一个整体。

洞庭湖

人生除泛海①，便到洞庭波。

驾浪沉西日，吞空②接曙河。

虞③巡竟安在，轩乐讵曾过。

唯有君山下，狂风万古多。

【注释】

①泛海：游海。

②吞空：言狂风巨浪时洞庭湖之气象也。

③虞：轩，传说中的两个帝王。

【鉴赏】

这首诗描写了洞庭湖的景色，借景抒情。

估客乐①

估客无住著，有利身则行。

出门求火伴②，入户辞父兄。

父兄相教示，"求利莫求名。"

求名有所避③，求利无不营。

火伴相勒缚④，卖假莫卖诚。

交关⑤但交假，本生⑥得失轻。

自兹相将去，誓死意不更。

亦解市头语⑦，便无邻里情。

鍮石⑧打臂钏，糯米吹项璎⑨。

归来村中卖，敲作金石声。

村中田舍娘，贵贱不敢争。

所费百钱本⑩，已得十倍⑪赢。

颜色转光静，饮食亦甘馨⑫。

子本频蕃息⑬，货贩日兼并。

求珠驾沧海，采玉上荆衡。

北买党项⑭马，西擒吐蕃⑮鹦。

炎洲布火浣⑯，蜀地锦织成。

越婢⑰脂肉滑，奚僮⑱眉眼明。

通算衣食费，不计远近程。

经游天下遍，却到长安城。

城中东西市，闻客次第迎。

迎客兼说客，多财为势倾⑲。

客心本明黠，闻语心已惊。

先问十常侍⑳，次求百公卿。

侯家与主第㉑，点缀无不精。

归来始安坐，富与王者勍㉒。

市卒酒肉臭，县胥家舍成。

岂唯绝言语，奔走极使令㉓。

大儿贩材木，巧识梁栋形。

小儿贩盐卤，不入州县征㉔。

一身偃市利㉕，突若截海鲸㉖。

钩距不敢下，下则牙齿横。

生为估客乐，判尔乐一生。

尔又生两子，钱刀㉗何岁平。

【注释】

①此诗极力描写商人的贪婪横暴和他们与官府相互勾结的情形。估客：商人。

②火伴：即伙伴，火通"伙"。

③有所避：有所避讳。

④勒缚：约束，捆绑，在此意为相约。

⑤交关：交纳关税。全句意为交纳官税时要弄虚作假。

⑥本生：犹言"个人"，意思是既然加入了团体，就不得以个人得失为重。

⑦市头语：做生意时用的暗语。

⑧鍮石：一种矿物，可以之冒充金银。

⑨项璎：珍珠，项珠。

⑩百钱本，当作"百一本"，百分之一的本钱，虚指，极言其少。

⑪十倍：虚指非实指，极言其赢利之多。

⑫甘馨：香甜。

⑬子本频蓄息：子，利息。蓄息：本利相生，利上转利。全句的意思是形容本利相生之快，商人盘剥之重。

⑭党项：古代西北部地区羌族的国名，盛产马。

⑮吐蕃：即今西藏。

⑯炎洲布火浣：炎洲，谓汉末三国时西南诸国，因其地气候严热，故称之为炎洲。火浣布，耐火之布。全句意为出产自西南地区的耐火之布。

⑰越婢：来自江浙地区的婢女。

⑱奚僮：即奚奴，奴仆之稍有知识者。

⑲多财为势倾：指若想大量聚敛财富，必先交结权贵。

⑳十常侍：东汉灵帝时宦官张让、赵忠等十二人极受一时之宠，人称十常侍。在此泛指专横擅权的宦官。

㉑侯家与主第：王侯之家和公主之第。

㉒勋：比。

㉓奔走极使令：言其用尽奴仆供其使唤之能事。

㉔不入州县征：言其勾结官府，权通州县，可以逃税免征。

㉕一身偏市利：指一个人就包揽了所有的生意。

㉖突若截海鲸：突，突出。此句言其突出如海中之鲸，纵横已极。

㉗钱刀：指钱币。战国时齐国有币如刀形，称刀币。

【鉴赏】

这首诗抒发了作者对贪婪横暴的商人和他们勾结官府之情景的深切不满。

遣春 (三首)

其 一

杨公三不惑，我惑①两般全。
逢酒判身病，拈花尽意怜。
水生低岸没，梅蹙小珠连。
千万红颜辈，须惊又一年。

其 二

柳眼开浑尽②，梅心动已阑③。
风光好时少，杯酒病中难。
学问慵都废④，声名老更判。
唯馀看花伴，未免忆长安。

其 三

失却游花伴，因风浪引将。
柳堤遥认马，梅径误寻香。
晚景行看谢⑤，春心渐欲狂。
园林都不到，何处枉风光。

【注释】

①惑：困惑，迷惑，此处指人生总的困惑。

②浑尽：浑然已尽，表怅惘之意。

③阑：凋谢，枯萎。

④"学问"句：指平生所学因为慵懒的缘故已尽行荒废。

⑤晚景：指暮春的景色。行：行将，将要。

【鉴赏】

这首诗结构严景，抒发了作者的情怀，不仅声情俱佳，且意蕴无穷。

独　　游

远地难逢侣①，闲人且独行②。

上山随老鹤，接酒待残莺。

花当西施面③，泉胜卫玠清。

鹎鵊满春野④，无限好同声。

【注释】

①远地：指诗人被贬谪之地。侣：伴侣。

②闲人：指诗人自己。且：姑且，聊且。

③"花当"句：言把花当做西施之面容也。

④鹎鵊：鸟名。春野：春天的郊野。

【鉴赏】

这首诗描写了作者在被贬之地独游时的所见，所闻，所感。

李 贺①

金铜仙人辞汉歌 (并序)②

　　魏明帝青龙元年（233）八月，诏宫官牵车西取汉孝武捧露盘仙人③，欲立置前殿④。宫官既拆盘，仙人临载，乃潸然⑤泪下。唐诸王孙李长吉⑥遂作《金铜仙人辞汉歌》。

　　　　茂陵刘郎秋风客⑦，夜闻马嘶晓无迹⑧。
　　　　画栏桂树悬秋香⑨，三十六宫土花碧⑩。
　　　　魏官牵车指千里⑪，东关酸风射眸子⑫。
　　　　空将汉月出宫门⑬，忆君清泪如铅水⑭。
　　　　衰兰送客咸阳道⑮，天若有情天亦老⑯。
　　　　携盘独出月荒凉⑰，渭城⑱已远波声小。

【注释】

　　①李贺（790～816），字长吉，昌谷（今河南宜阳县）人。唐皇室远支。因避家讳，不得参加进士科考试（参看韩愈《昌黎集》卷一二《讳辩》）。曾官奉礼郎。年少失意，郁郁而死。他早岁工诗，受知于韩愈、皇甫湜。其诗尤长乐府，善于熔铸词采，驰骋想象，运用神话传说，创造出恢奇诡谲、璀璨多彩的鲜明形象，艺术上有显著的特色。但由于他生活孤独，性情冷僻，对广阔的现实，缺乏深切的联系和感受，而当时的社会，又异常混乱、黑暗，因使得他诗中带有阴暗低沉的消极色调。他作诗态度严肃，以苦吟著称。有《李长吉歌诗》。注本中，以清人王琦的《汇解》较为详备。

　　②《金铜仙人辞汉歌》：相传汉武帝曾用铜铸成铜人，立在汉宫前的柏梁

台上，伸开手掌，捧着铜盘，承接空中的露水。汉武帝用这种露水和玉屑拌和，作为长生不老药服用。魏明帝曹叡为求长生不老，曾下诏书把金铜仙人搬往魏的京都洛阳。李贺根据这个故事，写了《金铜仙人辞汉歌》。

③诏：旧时称皇帝发出的命令叫诏。汉孝武：指汉武帝刘彻。汉代曾标榜对"孝"重视，所以帝皇的谥号都加上"孝"字。

④前殿：指魏都宫殿前。

⑤潸然：流泪的样子。

⑥唐诸王孙李长吉：李贺是唐郑王李亮（唐高祖李渊的伯父）的后裔，所以自称"唐诸王孙"。

⑦茂陵：汉武帝的陵墓，在今陕西兴平县。刘郎：指汉武帝刘彻。郎，古代男子的通称。秋风客：汉武帝作过《秋风辞》，其中有"欢乐极兮哀情多，少壮几时兮奈老何"的句子，感叹欢乐不长，人生短暂。李贺把汉武帝称为"秋风客"，是说汉武帝虽然具有雄才大略，但也不能逃脱衰老死亡的自然规律，最后仍是成为人间的匆匆过客。

⑧嘶：马叫声。这一句说晚上还听到马的嘶叫声，但天明时就找不到人和马的踪迹了。形容"秋风客"正如这样的一去无踪，匆匆而逝。

⑨画栏：雕刻着花纹的栏杆。悬：飘的意思。

⑩三十六宫：泛指汉朝都城长安的宫殿。土花碧：土花，藓苔。碧，碧绿色。以上两句说汉武帝的宫殿也早已寂寞荒凉。

⑪指千里：指，向。指千里，向离长安很远的洛阳进发。

⑫东关：指长安东城门。酸风：悲凉的风。眸子：眼睛中的瞳孔。这里指铜人的眼睛。

⑬空将：空，只。将，伴随。汉月：曾经照过汉朝宫殿的月亮。

⑭君：指汉武帝。铅水：写金铜仙人流泪，用铅水作比喻，使人读起来有沉重、哀伤的感觉。

⑮衰兰：将要枯萎衰败的兰花。客：指金铜仙人。咸阳道：咸阳，秦朝都城，汉朝改名为渭城，与汉朝都城长安相距不远。这里的咸阳泛指长安一带。咸阳道，长安附近的大道。

⑯这句的意思说：天如果是有感情的话，也会因看到金铜仙人泣别汉宫的凄凉情景，为之悲伤而衰老。李贺在这里极度渲染金铜仙人离开汉宫的悲凉，对金铜仙人寄予无限的同情，表达了诗人对法家杰出人物汉武帝的怀念和惋惜。

⑰携盘独出：因金铜仙人掌上托盘，孤独离开汉宫，所以说，"携盘独出"。月荒凉：月色冷清。

⑱渭城：这里也泛指长安。这一句说离开长安越来越远，渭水的波声也就越来越小了。

【鉴赏】

这首诗抒发了作者处处碰壁，仕进无望，报国无门，而交织着的家园之痛和身世之悲的凝重感情。

李凭箜篌引①

吴丝蜀桐张高秋②，空白凝云颓不流③。

江娥啼竹素女愁④，李凭中国弹箜篌⑤。

昆山玉碎凤凰叫⑥，芙蓉泣露香兰笑⑦。

十二门前融冷光⑧，二十三弦动紫皇⑨。

女娲炼石补天处⑩，石破天惊逗秋雨⑪。

梦入神山教神妪⑫，老鱼跳波瘦蛟舞⑬。

吴质不眠倚桂树⑭，露脚斜飞湿寒兔⑮。

【注释】

①李凭：当时弹箜篌的名手，梨园弟子。杨巨源有《听李凭弹箜篌诗》："听奏繁弦玉殿清，风传曲度禁林明。君王听乐梨园暖，翻到云门第几声。""花咽娇莺玉嗽泉，名高半在御筵前。汉王欲助人间乐，从遣新声坠九天。"箜篌引：古乐府曲调名。《古今注》："《箜篌引》，朝鲜津卒霍里子高妻丽玉所作也。子高晨起刺船而濯，有一白首狂夫披发提壶乱流而渡。其妻随呼止之，不及，遂堕河水死，于是援箜篌而鼓之，作《公无渡河》之歌，声甚凄怆，曲终亦投河而死。霍里子高还，以其声语妻丽玉。丽玉伤之，及引箜篌而写其声。闻者莫不堕泪饮泣。丽玉以其声传邻女丽容，名曰《箜篌引》焉。"丽玉《箜篌引》："公无渡河，公竟渡河。渡河而死，当奈公何。"后世乐府均沿用此内容。这里则只借用曲调。这题目当理解为以《箜篌引》咏李凭。

②吴丝蜀桐：指箜篌。吴丝，用江浙产的蚕丝作琴弦。蜀桐，用四川产的

梧桐木作琴身。张：指调理好弦线，等待弹奏。高秋：深秋。

③空白：指秋天的天空。颓：低垂的样子。这句描写天上浓云满布，含有云垂欲雨的情景。

④江娥啼竹：江水女神悲伤哭泣。《博物志》："舜之二妃曰湘夫人，舜崩，二妃以涕挥竹，竹尽斑。"素女：古代传说中善弹瑟的神女。《史记》："太帝使素女鼓五十弦瑟，悲。帝禁不止，乃破其瑟为二十五弦。"这句是以湘娥、素女比喻善于弹瑟的乐工，说她们因嫉妒李凭至于哭泣，发愁。

⑤中国：在京城（长安）中。箜篌：即现在的竖琴。而形制要小些。《旧唐书》："箜篌，汉武帝使乐人侯调所作，以祠太乙。或云侯辉所作。其声坎坎应节，谓之坎侯。声讹为'箜篌'。或谓师延靡靡之乐，非也。旧说依琴制，今按其形，似瑟而小，七弦，用拨弹之，如琵琶。"《通典》："竖箜篌，胡乐也，汉灵帝好之。体曲而长，二十有三弦，竖抱于怀中，用两手齐奏，俗谓之擘箜篌。

⑥昆山玉：昆仑山产的玉。《韩诗外传》："玉出于昆山。"碎：指玉被敲破时的碎裂声。凤凰：古代传说中的像征吉祥的神鸟。《文献通考》："燕乐有大箜篌、小箜篌，音逐手起，曲随弦成。盖若鹤鸣之嘹唳，玉声之清越者也。"与这句意颇相同。

⑦香兰笑：香兰开花。这句是说李凭的琴声感动草木。

⑧十二门：长安城的城门。《三辅黄图》："长安城，面三门，四面十二门，皆通达九逵以相经纬。"融：大明也。冷光：指月光。这句说十二门前月光很明亮，暗示云散月出。

⑨紫皇：道家所说的天帝。《太平御览·秘要经》："太清九宫，皆有僚属，其最高者，称太皇、紫皇、玉皇。"这句承上而来，说天空的变化是琴声感动了紫皇的结果。

⑩女娲：古代传说中创造人的女神。炼石补天：《淮南子》："女娲炼五色石以补苍天。"

⑪逗：留住。这两句承上而来，诗人驰骋他的想象：女娲用来补住天穹的石破裂了，秋雨从裂口倾泻而下。《渊鉴类函》中载唐人（佚名）《女娲炼石补天赋》："降如丝之雨，终若漏穿。"意类此。但是紫皇把它留住了，所以不曾降下来。以上四句，应作一句看。

⑫神妪：神仙老太婆。王琦注："《搜神记》：'永嘉中，有神见兖州，自

称樊道基。有姬号成夫人。夫人好音乐，能弹箜篌，闻人弦歌，辄便起舞。'所谓神姬疑用此事。"这句说李凭弹完箜篌，回去歇息，但在梦中又被请到神山去教神姬弹奏。并含有称赞李凭的技艺高超的意思。

⑬蛟：蛟龙。《列子》："瓠巴鼓琴而鸟舞鱼跃。"这里暗用了这个典故，再次称赞李凭的技艺。

⑭吴质：应是"吴刚"之误。《西阳杂俎》："月桂高五百丈，下有一人斫之，树创随合。其人姓吴名刚，学道有过，责令伐树。"这句是说月亮通宵都很明亮。

⑮露脚：露点。寒兔：月亮。以上两句强调云散月出的结果。说月亮终宵都很明亮，实际上就是李凭琴技之神妙的见证。

【鉴赏】

诗人描写音乐运用了大量丰富奇特的想象和比喻，充满浪漫主义色彩，令人惊叹。

示　弟①

别弟三年后，还家一日余。
醁醽②今夕酒，缃帙去时书③。
病骨犹能在④，人间底事无⑤！
何须问牛马⑥，抛掷任枭卢⑦。

【注释】

①示弟：写诗给弟弟。

②醁醽：美酒名。据说是用渌水和醽湖水做的酒，味甘美。

③缃：浅黄色。帙：包书的布。这句意思是：浅黄色书衣包着的还是去长安时所带的书。

④病骨：病体。犹：一作"独"。

⑤底事：何事、啥事。这句意思是：在那种黑暗社会里什么怪事没有！白居易《放言五首》之一："朝真暮伪何人辨？古往今来底事无？"

⑥这句意思是：何必问是牛是马。

⑦枭卢：古代有掷五木的博戏，类似后来掷骰子，枭和卢是五木掷出来的名称。卢是王采、贵采，枭是盹采、杂采。

【鉴赏】

诗中诗人装作不介意仕途的得失，自我解嘲，流露出的正是隐藏在内心深处的极大痛苦。

雁门太守行①

黑云压城城欲摧②，甲光向日金鳞开③。
角④声满天秋色里，塞上燕脂凝夜紫⑤。
半卷红旗临易水⑥，霜重鼓寒声不起⑦。
报君黄金台⑧上意，提携玉龙⑨为君死。

【注释】

①雁门：秦、汉郡名，治所在今山西省右玉县南。雁门太守行：乐府古题名，写边地战事。

②黑云：黑色的浓云，喻敌军。这句形容叛军攻城的声势，像黑云高压城垣，城将要被摧毁一样。

③甲：铠甲，古时战士的护身衣，多用金属小片缀成；向日：一作"白日"。这句意思是：月光照在战甲的鳞片上，闪耀着金光。

④角：古代军中的一种乐器，即军中的号角。

⑤塞：要塞，险要之地；燕：同"胭"。燕脂：这里喻血。这句意思是：战士的血洒在长城边的战场上，夜间凝成了紫色。李贺巧妙地把"紫塞"的地名融化到诗句中。崔豹《古今注》："秦筑长城，土色皆紫，汉塞亦然，故称紫塞矣。"

⑥易水：河名，在今河北省易县、定县之间。这句意思是：援军半卷红旗急速进军，临近了易水。

⑦鼓寒声不起：一作"鼓声寒不起"。这句意思是：夜寒霜浓，鼓声沉重。形容寒夜行军的景象。

⑧黄金台：故址在今河北省易县附近。鲍照《放歌行》李善注引《上谷

《郡图经》："易水东南十八里，燕昭王置千金于台上，以延天下之士。"诗人借此典说明君王对人材的重视。

⑨玉龙：指宝剑。

【鉴赏】

这首诗诗人用浓艳斑驳的色彩描绘悲壮惨烈的战斗场面，构思新奇，形象丰富。

梦　天

老兔寒蟾泣天色①，云楼半开壁斜白②。
玉轮轧露湿团光③，鸾佩相逢桂香陌④。
黄尘清水三山下，更变千年如走马⑤。
遥望齐州九点烟⑥，一泓海水杯中泻⑦。

【注释】

①老兔寒蟾：古代神话说，月亮里有兔子和蟾蜍。泣天色：天光月色，明净如水。

②云楼：云层幻化的空中楼阁。壁斜白：月光斜照着云壁。

③玉轮：玉制的车轮，指月亮。这句意思是：一轮明月辗着露珠，放出晶润的光辉。

④鸾佩：雕着鸾形的玉佩，女子的饰物，这里借指月里嫦娥。桂香陌：桂树飘香的路上。

⑤黄尘：指陆地。清水：指海洋。三山：古代神话里的蓬莱、方丈、瀛洲三座神山。这两句意思是：从天上向下看，只见三山之下，陆地变成海洋，沧海又变为桑田，千年来的沧桑之变，快得像走马一样。

⑥齐州：指中国。《列子·汤问》："汤又问曰：'四海之外奚有？'革曰：'犹齐州也'。"张湛注："齐，中也。"九点烟：古代中国分为九州，从天上遥望九州，小得像九点烟尘。

⑦泓：形容水的深广，此处作量词用。这句意思是：一片汪洋大海，只是像从杯子里倒出来的一点水。

【鉴赏】

这是一首游仙诗，写的是梦游月宫的情景，构思精妙，比喻新颖，变幻怪谲。

湘　妃①

筠竹千年老不死，长伴神娥盖湘水②。

蛮孃吟弄满寒空，九山尽绿泪花红③。

离鸾别凤烟梧中，巫山蜀雨遥相通④。

幽愁秋气上青枫⑤，凉夜波间唈古龙。

【注释】

①湘妃：传说尧之二女，为舜之二妃；舜死，二妃自投湘水，因称湘妃。

②筠竹：指竹子，这里指斑竹。据《博物志》说：舜死，二妃哭，以泪挥竹，竹上尽是斑点，因称此竹为斑竹，这两句意思是：千百年来，斑竹相传不绝，长伴二妃之灵，映盖湘水之地。神娥：神女，指湘妃的神灵。神，一作"秦"。

③蛮孃：南方姑娘。古称南方居民为南蛮。九山：九疑山，因山有九峰，皆相似，故名九疑。据《山海经》说：舜死，葬于九疑山。

④离鸾别凤：指舜和二妃的生离死别。巫云蜀雨：指男女间的相会，典出宋玉《高唐赋》。这里指舜和二妃的灵魂相互往来。

⑤这句用《楚辞·招魂》："湛湛江水低上有枫……魂低归来哀江南"和杜甫《梦李白》诗"魂来枫

林青"句，写苍梧、湘水为舜和二妃灵魂往来之地，满含幽愁秋气。

【鉴赏】

这首诗引经据典，给人以荡气回肠之感。

老夫采玉歌

采玉采玉须水碧①，琢作步摇②徒好色。

老夫饥寒龙为愁，蓝溪③水气无清白。

夜雨冈头食榛子④，杜鹃口血⑤老夫泪。

蓝溪之水厌生人⑥，身死千年恨溪水⑦。

斜山柏风雨如啸，泉脚挂绳青袅袅⑧。

村寒白屋⑨念娇婴，古台石磴悬肠草⑩。

【注释】

①水碧：碧玉。《山海经》："耿山多水碧。"

②步摇：用玉制成的一种首饰。《释名》："步摇，上有垂珠，步则摇也。"

③蓝溪：即蓝水。是灞水上源，出陕西省蓝田县蓝田谷。《太平寰宇记》："蓝田山在蓝田县西三十里，一名玉山，一名覆车山，灞水之源出此。"《三秦记》："有川方三十里，其水北流，出玉。"

④榛子：榛的果实，似栗子而较小，可食用或榨油。

⑤杜鹃口血：《华阳风俗录》："杜鹃大如鹊，而羽乌声哀，而吻有血。春至则鸣。"《尔雅翼》："子巂出蜀中，今所在有之。其大如鸠，以春分先鸣，至夏尤甚，日夜号深林中，口为流血。至章陆子熟乃止。农家候之，亦曰杜宇，亦曰杜鹃。"这里借以形容悲苦。

⑥这句因溪中淹死者多，故说溪水厌恶活人。

⑦这句说淹死者怨恨溪水，不过是一种指责社会现实的含蓄说法。王琦就指出："夫不恨官吏，而恨溪水，微词也。"

⑧泉脚：溪水的底部。挂绳：采玉工用以系在身上潜入溪水深处的绳索。

⑨白屋：茅草屋。《汉书》："致白屋之意。"颜师古曰："白屋，谓白盖之屋，以茅覆之，贱人所居。"

⑩石磴：石级。悬肠草：《述异记》："悬肠草，一名思子蔓，南中呼为离别草。"韦应物《采玉行》："官府徵白丁，言采蓝溪玉。绝岭夜无人，深榛雨中宿。独妇饷粮还，哀哀舍南哭。"与本诗内容相近，而诗意与感人的速度俱远不及本诗。

【鉴赏】

此诗写采玉工人苦难生活和痛苦心情，既叹惜人力的徒劳，又批评统治阶级的骄奢。

有 所 思①

去年陌上歌离曲，今日君书远游蜀。
帘外花开二月风，台前泪滴千行竹②。
琴心与妾肠③，此夜断还续。
想君白马悬雕弓，世间何处无春风④？
君心未肯镇⑤如石，妾⑥颜不久如花红。
夜残高碧横长河⑦，河上无梁⑧空白波。
西风未起悲龙梭⑨，年年织素攒双蛾⑩。
江山迢递无休绝⑪，泪眼看灯乍⑫明灭。
自从孤馆深锁窗⑬，桂花⑭几度圆还缺。
鸦鸦向晓鸣森木⑮，风过池塘响丛玉⑯。
白日萧条⑰梦不成，桥南更问仙人卜⑱。

【注释】

①《有所思》：汉鼓吹铙歌十八曲之一。因首句曰："有所思，乃在大海南"而名。见《乐府诗集》卷十六。后人拟作多用来吟咏离思的悲苦。

②"台前泪滴"句：暗用湘娥洒泪页竹斑之事，参见前面《李凭箜篌引》注④。

③琴心：寄托着心思的琴声。

④春风：这里喻指欢乐的遇合。

⑤镇：坚定，牢固。

⑥妾：女子自称。

⑦高碧：崇高而苍碧的天空。长河：指天河。因其横亘长空，故名。南朝宋谢庄《月赋》："列宿掩缛，长河韬映。"

⑧梁：桥梁。

⑨龙梭：美称织布之梭。语本《晋书·陶侃传》，陶侃少时渔猎得一织梭，挂于壁，忽然雷雨大作，梭化作龙而去。

⑩素：白色生绢。《玉台新咏·古诗八首之一》："新人工织缣，故人工织素。"攒双蛾：紧皱双眉。

⑪迢递：遥远之貌。三国魏嵇康《琴赋》："指苍梧之迢递，临回江之威夷。"休绝：终止。

⑫乍：忽然。

⑬孤馆：孤寂的馆舍。深锁窗：一作"锁深窗"。

⑭桂花：指月亮；椅传肩中有桂树，故称。北周庾信《舟中望月》诗："天汉看珠蚌，星桥视桂花。"

⑮鸦鸦：指乌鸦。

⑯丛玉：指竹林。据《天宝遗事》载：歧王宫中，于竹林内悬碎玉片子，每夜闻玉片子相触之声，即知有风。一说指悬于房檐下的玉石，风吹动则有声。

⑰萧条：寂寞无聊。

⑱桥南：一作"城南"。仙人：这里指善卜之人。玉琦注："卜者，卜其夫何日当还。"

【鉴赏】

这首诗吟咏了离别的苦楚，表达了主人翁寂寞无聊的情怀。

始为奉礼忆昌谷①山居

扫断马蹄痕②，衙③回自闭门。

长枪江米熟④，小树枣花春⑤。

向壁悬如意⑥，当帘阅角巾⑦。

犬书曾去洛⑧，鹤病悔游秦⑨。

土甒⑩封茶叶，山杯锁竹根⑪。

不知船上月，谁棹满溪云⑫？

【注释】

①昌谷：今河南宜阳，李贺的家乡。

②断：断绝，没有。这句说：门前洒扫看不见马蹄的痕迹。

③衙：官署。

④枪：即"铛"，有脚有耳的锅。江米：糯米。这句说明饮食很平常。

⑤这句说：院中只有小树枣花这样的普通花木供玩赏。

⑥如意：器物名。用竹、玉、骨、铁等制成，头作灵芝或云叶形，柄微曲。可供搔背、赏玩、指挥及防身等用。

⑦阅：或曰当作"脱"，义为"悦"。钱钟书《谈艺录》："当帘阅角巾，注家于'阅'字皆不解，或'脱'字之讹欤。'脱'，古或作'说'，'说'通'悦'，'悦'音同'阅'，书经三写，鱼鲁帝虎也。"角巾：晋、唐人家居时所戴的一种有棱角的头巾。此处暗用晋羊祜事，羊祜见角巾动归家之思。

⑧犬书：晋陆机有一狗名"黄耳"，善解人意。陆机在洛阳做官时，有一天戏对此狗说："你能把我的家信送回去，再给我带来家中的消息吗？"狗作声应之。陆机把信系在狗颈上，它果然送信到陆机的家乡，又带回家信。洛：洛阳。此指李贺家乡。

⑨鹤病：古诗有"飞来双白鹤，乃从西北方，十十五五，罗列成行。妻卒被病，不能相随。五里一反顾，六里一徘徊"。此以"鹤病"指妻病在家。秦：指长安。因长安旧属秦地。

⑩土甒：瓦罐。

⑪山杯：山野人所用的土酒杯。竹根：指用竹根做的酒杯。以上两句写诗

人想象家中的情况：茶叶封在瓦罐里，竹根做的土酒杯也被锁了起来，都无人取用。

⑫棹：船桨。这里作动词用，划船的意思。以上两句说：月夜故乡的溪水上，不知有什么人在划船游玩。

【鉴赏】

这首诗用生活细节反映自己不在家乡的无奈，思乡之情跃然纸上。

过华清宫①

春月夜啼鸦，宫帘隔御花②。
云生朱络暗，石断紫钱斜③。
玉碗盛残露，银灯点旧纱④。
蜀王无近信，泉上有芹芽⑤。

【注释】

①华清宫：唐太宗时建，初名温泉宫，唐玄宗天宝六载改为华清宫。在陕西省临潼县南骊山上。山有温泉，即华清池。唐玄宗李隆基常同妃子杨玉环在这里玩乐。

②御花：宫苑里的花。

③朱络：挂在宫檐下防鸟雀的红色网络。石：指阶沿石。紫钱：指紫色钱形的苔藓。

④盛：装着。残露：指喝剩的酒。点：点燃。纱：指宫灯上的薄纱。

⑤蜀王：指李隆基。安禄山和史思明叛乱后，李隆基逃到蜀地（四川）去避难，所以李贺嘲笑他是"蜀王"。泉：指温泉。芹：水芹。芽：同芽。这两句意思是：蜀王近来毫无信息，温泉上已经长出了芹芽。

【鉴赏】

本诗中诗人从多方面刻画出华清宫凄凉的景象，表现了作者忧国忧民的思想感情。

唐儿歌① 杜齯公之子②

头玉硗硗眉刷翠③，杜郎④生得真男子。

骨重神寒天庙器⑤，一双瞳人剪秋水⑥。

竹马梢梢⑦摇绿尾，银鸾睒光踏半臂⑧。

东家娇娘求对值⑨，浓笑书空作唐字⑩。

眼大心雄知所以，莫忘作歌人姓李。

【注释】

①唐儿：这名字含有唐朝的孩子的意思。

②《旧唐书》："杜黄裳字遵素，京兆杜陵人。拜平章事，封邠国公。男载，为太子太仆。长庆中，迁太仆少卿兼御史中丞，充入吐蕃使。弟胜，登进士第。大中朝，位给事中。"

③硗硗：坚硬貌。刷：涂抹。翠：青绿色。古时女子用螺黛（一种青黑色矿物颜料）画眉，称眉为"翠黛"。这里是说唐儿眉毛乌黑发亮，像画的一样。

④杜郎：即唐儿。

⑤天庙器：皇帝祭祀天的庙堂中摆设的祭器。借指国家重用的人材。

⑥秋水：指眼光明澈。《李邺侯外传》："贺知章尝曰：'此稚子目如秋水。'"

⑦梢梢：形容竹叶披散的样子。

⑧银鸾：王琦认为是指背心上用银色颜料画的鸾鸟，黎简认为是项圈下鸾鸟形状的坠子。二说都通，而黎说似较优。睒：闪。半臂：背心。《锦绣万花谷》："隋大业中，内官多服半除，即今长袖也。唐高祖改其袖谓之半臂。"

⑨对值：配偶。

⑩书空：在空中写字。《世说》："殷中军被废在信安，终日恒书空作字。"这句是描写女孩子娇羞的心理。

【鉴赏】

这首诗诗鬼李贺写给杜齯公之子的，"一双瞳人剪秋水"比喻绝妙。

浩　歌

南风吹山作平地，帝遣天吴①移海水。

王母桃花千遍红，彭祖巫咸几回死？

青毛骢马②参差钱，娇春③杨柳含缃烟。

筝人劝我金屈卮④，神血未凝身问谁？

不须浪饮丁都护，世上英雄本无主。

买丝绣作平原君，有酒唯浇赵州土。

漏催水咽玉蟾蜍⑤，卫娘发薄不胜梳。

羞见秋眉换新绿⑥。二十男儿那刺促⑦？

【注释】

①天吴：古代神话中的水神。

②青毛骢马：一种很名贵的马。

③娇春：即初春。

④筝人：弹筝的人，即歌妓。金屈卮：一种有弯柄的金属酒杯。

⑤玉蟾蜍：指用玉雕制的蟾蜍。它是漏壶下用来盛滴水的容器。

⑥秋眉：衰白的眉毛。新绿：指青少年人乌黑发亮的眉须。

⑦刺促：唐时口头语，局促、拘束的意思。

【鉴赏】

这首畅叙臆的诗篇，造语奇，造境也奇，使人感到耳目一新，表现了作者非凡的气度。

秦王饮酒

秦王骑虎游八极①，剑光照空天自碧。

羲和敲日玻璃声②，劫灰③飞尽古今平。

龙头泻酒邀酒星④，金槽琵琶夜枨枨⑤。

洞庭雨脚⑥来吹笙，酒酣喝月使倒行。

银云栉栉瑶殿明⑦，宫门掌事报六更⑧。

花楼玉凤⑨声娇狞，海绡⑩红文香浅清，

黄鹅跌舞千年觥⑪。

仙人烛树蜡烟轻，清琴醉眼泪泓泓⑫。

【注释】

①八极：八方。

②羲和：古代神话中给太阳驾车的神。玻璃声：因太阳光晶如玻璃，故说羲和敲日时发现玻璃声。

③劫灰：指远古劫火的余灰。

④龙头：指以龙头为壶嘴的大酒壶。酒星：即酒神。

⑤金槽：指以金嵌入的琵琶上端架弦的格子。枨枨：琵琶弦声。

⑥雨脚：指雨点。

⑦栉栉：排列细密的样子。瑶殿：宫殿。

⑧宫门掌事：宫中报时的人。六更：表明彻夜欢宴。

⑨玉凤：歌女。娇狞：娇美、柔弱。狞，当作仦；仦：柔弱。

⑩海绡：即鲛绡，一种轻柔优质的薄纱。

⑪黄鹅：穿黄衣的舞女。跌舞：舞蹈。千年觥：觥是古代的一种酒杯。此处是举杯祝寿的意思。

⑫清琴：古代传说中的神女。此处指宫女。泓泓：指泪水汪汪。

【鉴赏】

这首诗表达了诗人惋惜、哀怨、讥诮及复杂的思想感情，使读者感到余意无穷。

南园（选三首）①

其　一

花枝草蔓眼中开②，小白长红越女腮③。
可怜日暮嫣香④落，嫁与春风不用媒。

【注释】

①《南园十三首》：是李贺歌咏家乡风光的一组诗。南园、北园都是就连昌宫的位置而言。

②花枝：此指木本之花。草蔓：系指蔓藤的草花。

③越女腮：此以鲜花比越地美女的面颊，梁昭明太子《十二月启》有"莲花泛水，艳如越女之腮"句。

④嫣香：指娇艳的花朵。

【鉴赏】

这是一首描摹南园景色，慨叹春暮花落的小诗，清新委婉，风格别具，是不可多得的抒情佳品。

其　二

男儿何不带吴钩①，收取关山五十州②。
请君暂上凌烟阁③，若个书生万户侯④。

【注释】

①吴钩：古代吴地出产的一种弯刀。

②关山五十州：指当时黄河中下游为藩镇割据的广大地区。《通鉴》："元和七年，李绛曰：今法令所不能制者，河南北五十馀州。"

③暂：即暂。凌烟阁：唐代皇宫中悬挂功臣画像的地方。

④万户侯：爵位名，食邑万户的列侯。

【鉴赏】

这首诗由两个设问句组成，顿挫激越，而又直抒胸臆，把家国之痛和身世之悲都淋漓酣畅地表达出来了。

其 十

小树开朝径①，长茸②湿夜烟。

柳花③惊雪浦，麦雨④涨溪田。

古刹疏钟度⑤，遥岚破月悬⑥。

沙头敲石火⑦，烧竹照渔船。

【注释】

①朝径：晨光中的小路。

②长茸：指蒙茸的细草。

③柳花：柳絮。

④麦雨：麦子将熟时所下的雨。刘衍证异："当地谚语云：'麦收三月雨，还要去年墒。'"似以麦雨指三月雨，不确。

⑤古刹：古寺庙。疏钟：稀疏的钟声。

⑥岚：山头水蒸气。破月：残月。

⑦敲石火：谓击石取火。

【鉴赏】

这是一首诗，也是一幅画，诗人以诗作画，采用移景换形的方法，描绘出南园一带从早到晚的水色山光，旖旎动人。

伤 心 行

咽咽学楚吟①，病骨伤幽素②。

秋姿③白发生，木叶啼风雨。

灯青兰膏歇④，落照飞蛾舞⑤。

古壁生凝尘⑥，羁魂⑦梦中语。

【注释】

①咽咽：悲吟声。学楚吟：模仿屈原的《楚辞》来抒发哀情。

②病骨：多病的身体。幽素：幽怀。素，即愫的本字，作"真情"、"情怀"讲。

③秋姿：衰老的容貌。

④灯青：灯油将尽，灯光暗青。兰膏：这里指灯油。歇：尽，完。

⑤落照：夕阳，将落山的太阳，这里用来比喻残灯落下的灯花。娥：别本作"蛾"。

⑥古壁：房中陈旧破烂的墙壁。凝尘：厚厚的灰尘。

⑦羁魂：旅居在外的孤魂，指作者自己。

【鉴赏】

这首诗以景抒情，写了旅居在外的作者抒发出来的哀情。

南山田中行

秋野明，秋风白，塘水漻漻虫喷喷①。
云根苔藓山上石②，冷红③泣露娇啼色。
荒畦④九月稻叉牙，蛰萤低飞陇径斜⑤。
石脉⑥水流泉滴沙，鬼灯如漆点松花⑦。

【注释】

①漻漻：形容塘水的清深。喷喷：形容虫鸣的轻细。

②云根：指白云浓郁升起的地方。也有说是一种石头的名称，但与"山上石"重复，似不切。

③冷红：寒冷中的秋花。

④荒畦：指荒野中的田地。

⑤蛰：原指虫类的静藏，这里指萤火遇了秋气，光亮很暗。陇径：指田陇上的小路。

⑥石脉：指石中的隙缝。

⑦鬼灯：即磷火。如漆：指明亮如漆。

【鉴赏】

　　诗人用富于变幻的笔触描绘了一幅秋夜田野图，突出地显示了李贺诗歌的独特风格和意境。

长歌续短歌①

长歌破衣襟，短歌断白发②。
秦王③不可见，旦夕成内热④
渴饮壶中酒，饥拔陇头粟。
凄凉四月阑，千里一时绿。
夜峰何离离⑤，明月落石底⑥，
徘徊沿石寻，照出高峰外。
不得与之游⑦，歌成鬓先改。

【注释】

　　①长歌续短歌：古乐府有《长歌行》《短歌行》。王琦注："或谓《长歌》《短歌》者，以人生寿命长短之分，或谓歌声有长短之别，未知孰是。傅玄《艳歌行》曰：'咄来长歌续短歌，'则以歌之长声短声言也。长吉命题盖出于此。"这里就字面解，还可说是"短歌之后，续以长歌"。

　　②断白发：诗人早生白发。白发早生，是忧苦之征。

　　③秦王：指唐太宗。即位前封为秦王。

　　④内热：形容忧愁焦虑。《庄子》："我其内热欤？"杜甫诗："穷年忧黎元，叹息肠内热。"

　　⑤离离：罗列分明的样子。

　　⑥这句说明月的影落在溪涧的石底。

　　⑦之：指秦王。游：追随，共事。

【鉴赏】

　　这首诗表达了作者苦闷的心情和清贫的生活，抒发了其哀婉凄伤的感情。

昌谷北园新笋①（二首）

其 一

箨落长竿削玉开②，君看母笋是龙材③。
更容一夜抽千尺，别却池园数寸泥④。

【注释】

①昌谷：在福昌县，即今河南省宜阳县。是诗人的家乡。北园：诗人读书的地方。

②箨：笋壳。长竿：指新竹。这句意思是：笋壳脱落，新竹像削玉一样挺露出来。

③母笋：老笋。龙材：珍贵之材。材，一作"媒"。

④别却：离开。这两句意思是：再让它一夜之间抽竿千尺，便将别去园土，上拂青云。

【鉴赏】

本诗把人的怨情变成竹的怨情，从而创造出物我相契、情景交融的动人境界来。

其 二

斫取青光写楚辞①，腻香春粉黑离离②。
无情有恨何人见③？露压烟啼千万枝。

【注释】

①斫：刮削。楚辞：这里借指诗人自己的作品。诗人有将自己的作品写在竹枝上的癖好，他在《南园十三首》中曾说："舍南有竹堪书字"。可以作证。

②春粉：新生竹子上带着的粉痕。黑离离：描写字迹清晰分明。

③无情：指竹。有恨：指写在竹上的诗。

【鉴赏】

这是一首借物咏志诗，表达了诗人雄心未泯的壮志情怀。

感讽（选一首）

其　一

合浦^①无明珠，龙州无木奴^②。

足知造化^③力，不给使君须^④。

越妇^⑤未织作，吴蚕^⑥始蠕蠕。

县官骑马来，狞色虬紫须^⑦。

怀中一方板^⑧，板上数行书。

"不因使君怒，焉得诣尔庐^⑨？"

越妇拜县官，"桑芽今尚小。

会待春日晏，丝车方掷掉^⑩。"

越妇通言语，小姑具黄粱^⑪。

县官踏飧^⑫去，簿吏复登堂。

【注释】

①合浦：今广东省合浦县。《后汉书》："孟尝迁合浦太守，郡不产谷实，而海出珠宝。与交趾比境，常通商贩贸籴粮食。先时，宰守并多贪秽，诡人採求，不知纪极。珠逐渐徙于交趾郡界。于是行旅不至，人物无资，贫者死卧于道。尝到官，革易前弊，求民利病。曾未岁馀，去珠复还，百姓皆反其业，商旅流通，称为神明。"这里借用来讽刺"使君"的贪秽。

②《襄阳记》："李衡每欲置家，妻辄不听。后密遣客十人于武陵龙阳洲上作宅，种甘橘千株。临死敕儿曰：'汝母恶吾治家，故穷如是。吾州里有千头木奴，不责汝衣食，岁上一匹绢，亦可足用耳。'衡亡后二十馀日，儿以白母。母曰：'此当是种甘橘也。汝家失十户客来七八年，必汝父遣为宅。汝父恒称太史公言：江陵千树橘，当对君家。吾答曰：'人患无德义，不患不富。

若贵而能贫方好耳，用此何为？'吴末，衡甘橘成，岁岁得绢数千匹，家道殷足。晋咸康中，其宅上枯树犹在。"这里借用来说贪官弄得民生凋敝。

③造化：大自然。

④使君：指郡太守。须：需求。

⑤越妇：对江浙一带的劳动妇女的称呼。

⑥吴蚕：指江浙一带的蚕。

⑦狞：恶狠狠的样子。虬：一种胡须卷曲的龙。虬须则指卷曲的络腮胡子。

⑧方板：古代书写用的木板。这里指收税通知。陈开先注："板即纸也，如今之牌票，古所谓符檄是也。"

⑨诣：前来。尔庐：你的屋子。

⑩掷掉：指丝车开动。

⑪黄粱：即高粱。

⑫踏飧：行食也，饭后散步以助消化。飧：熟食。

【鉴赏】

这首叙事诗写得很有特色，它将客观叙述与主观情感的抒发有机地交融在一起。

将　　发

东床卷席①罢，护落②将行去。

秋白③遥遥空，日④满门前路。

【注释】

①卷席：即束装将行。

②护落：义同濩落，瓠落。空廓寥落的意思。韩愈《赠徐州族侄》诗："萧条资用尽，濩落门巷空。"

③秋白：空无所有。

④日：一作"月"。

【鉴赏】

这首诗简短精练，给人以美好的意境，耐人深思回味。

题赵生壁

大妇然①竹根，中妇春玉屑②。

冬暖拾松枝，日烟生蒙灭③。

木藓青桐老，石井水声发④。

曝背⑤卧东亭，桃花⑥满肌骨。

【注释】

①然：同"燃"。

②玉屑：指米粉。

③蒙灭：朦胧，模糊不清。这句说：冬日燃松枝取暖，生出迷蒙的烟雾。

④这两句说：庭院内老桐树上长着青苔，石上泉声淙淙。

⑤曝背：晒太阳。

⑥桃花：喻太阳光。这两句说：赵生卧于东亭，阳光撒落满身。

【鉴赏】

这首诗描写了一个意境优美的画卷，音节和谐自然，格调清新悠远。

摩多楼子①

玉塞去金人②，二万四千里。

风吹③沙作云，一时渡辽水④。

天白水如练⑤，甲丝双串断。

行行莫苦辛，城月犹残半。

晓气朔烟上，趦趄胡马蹄⑥。

行人临水别，隔陇⑦长东西。

【注释】

①摩多楼子：乐府古题，属杂曲歌辞。《乐府诗集》收录此诗。

②玉塞：古玉门关，在今甘肃省敦煌县西。金人：金铸神像。《史记·匈

奴传》记载，汉骠骑将军霍去病率万骑出陇西，得休屠王祭天金人。金人：此指休屠地。休屠，在今甘肃省武威县北。

③风吹：一作"风卷"。

④辽水：即辽河。东西两源，东出吉林，西出内蒙，至辽宁省汇成辽河，西南流入海。

⑤如练：《乐府诗集》作"如绢"。

⑥趒趄：本为局促狭小之状，此指马蹄行走之繁细急促。

⑦隔陇：王琦说："行人临水而别，而水亦东西分流，不能同归一处，以见触景伤心之意。"

【鉴赏】

这首诗描写了浓郁的离别之情。

夜 坐 吟①

踏踏马蹄谁见过？眼看北斗直天河。
西风罗幕②生翠波，铅华③笑妾颦青娥。
为君起唱长相思④，帘外严霜皆倒飞，
明星烂烂东方陲⑤。
红霞梢出东南涯，陆郎去矣乘斑骓⑥。

【注释】

①夜坐吟：乐府曲名。鲍照有《代夜坐吟》："冬夜沉沉夜坐吟，含声未发已知心。霜入幕，风度林，寒灯灭，朱颜寻。体君歌，逐君音，不贵声，贵意深。"

②罗幕：罗帏。陆机诗："兰室接罗幕。"

③铅华：妆饰用粉。曹植《洛神赋》："铅华弗御。"青娥：即青蛾。指眉。唐代多以青色描眉。

④长相思。乐府曲名。徐陵《长相思》："长相思，好春节，梦里恒啼悲不泄……"

⑤明星烂烂：将晓之时。《诗经·郑风·女曰鸡鸣》："子兴视夜，明星有

烂。"古《鸡鸣歌》:"东方欲明星烂烂。"陲:边。

⑥陆郎:乐府《明下童曲》:"陈孔骄白马,陆郎乘斑骓。"陈孔谓陈宣、孔范;陆郎谓陆瑜,皆陈后主狎客。此处则指所欢之人。斑骓:《说文》:"骓,马苍黑杂毛也。"

【鉴赏】

本诗通过主人公夜间吟唱,抒发思人的情思,深情绵邈,韵味悠长。

箜 篌 引①

公②乎公乎,提壶将焉如③?

屈平④沉湘不足慕,徐衍⑤入海诚为愚。

公乎公乎,床有菅席⑥盘有鱼。

北里有贤兄,东邻有小姑。

陇亩油油黍与葫⑦,瓦甒浊醪蚁浮浮⑧。

黍可食,醪可饮,公乎公乎其奈居⑨。

被发奔流竟何如⑩?贤兄小姑哭呜呜。

【注释】

①箜篌引:据《古今注》记载,船工霍里子高见一披头散发的白首狂夫,提着酒壶从急流处渡河被淹死。狂夫的妻子弹着箜篌,作《公无渡河歌》,歌声凄怆,唱毕也投河而死。子高回到家里,把这件事告诉他的妻子丽玉,丽玉十分悲伤,也拿起箜篌弹奏。听她弹奏的人,没有不落泪的。丽玉把这个调子传授给邻家女子丽容,取名叫做《箜篌引》。引,古代一种乐曲体裁。李贺这首《箜篌引》用乐府旧题,也是写狂夫投河的故事。狂夫发狂,由醉酒而投河,当有其深刻的社会原因。诗中举屈原,应是暗示这一点的。全诗表面上是劝人得过且过,活命要紧,实际上这只不过是愤激的反语而已,真意在于言外。

②公:古代对男人的一种尊称,这里指白首狂夫。

③焉如:往哪儿去。如,往。

④屈平:即屈原,战国时楚国人。由于受楚国统治的集团中"党人"的

迫害，他投汨罗江而死。

⑤徐衍：周朝末年人，负石投海而死。

⑥菅席：用菅草编的席。菅：一种多年生草本植物。

⑦油油：形容黍与葫的叶光亮喜人的样子。黍：带粘性的谷子。葫：大蒜。

⑧瓺：酒器。醪：味薄的酒，这里泛指酒。蚁浮浮：酒初开时，上有浮花，好像蚂蚁在上浮动的样子。

⑨其奈居：意思是还可以居住，还可以生活。其：语气词。奈：通耐，适宜，可以。居：居住。

⑩被：同披。竟何如：意思是究竟想干什么。

【鉴赏】

这首诗想像奇特，形象鲜明，充满浪漫主义色彩，构成可以悦目赏心的艺术境界。

贝宫夫人

丁丁海女弄金环，雀钗翘揭双翅关①。

六宫不语一生闲，高悬银榜照青山②。

长眉凝绿几千年，清凉堪老镜中鸾③。

秋肌稍觉玉衣寒，空光帖妥水如天④。

【注释】

①海女：海中之女，即贝宫夫人。这句说龙宫夫人塑像上环佩风中丁丁作响，很像其玩弄它们发出的声音。雀钗：钗头作雀形，指帝王后妃等高级命妇戴的凤钗之类。翘：鸟尾的长毛，变言"尾"。揭：高的样子。关：关合。这句说泥像头上簪着雀形的金钗，雀尾高举似飞，但双翅合拢在一起。翘揭，曾本、二姚本作"揭翘"。

②六宫：相传古代制度，天子立六寝宫，正寝一在前，燕寝五在后；皇后居正寝，夫人以下分居燕寝，合称六宫（见《周礼·天官·内宰》"以阴礼教六宫"注）；这里借指"海女"，因为她被称为"夫人"，是"六宫"主人之

一。不语：对自己"一生闲"没有怨言和恨语。

一生闲：一生之中，丈夫从来没有和她同居，因为她是木胎泥塑的身子，没有活人的要求。

银榜：以白银装饰的宫门匾牌。李治《太子纳妃，太平公主出降诗》："王庭浮瑞色，银牓藻祥徽。""高悬"句暗讥海神庙高筑在山上。此"高悬"是"六宫"的

倒出句；大意说夫人是海神，可是庙却不伦不类地筑在山上。山高海深，照理她永远不能和丈夫同居，然而她是偶像，对没有性爱生活并无意见，不比人间帝王后宫的妇女。

③凝：凝固不变。绿：代黑。几千年：几千年不老。

④秋肌：秋凉中的肌肤。玉衣：玉般清凉的衣服。空光：空气、阳光。帖妥：即"妥帖"，指其在陆地上生活安好、适宜的样子。

【鉴赏】

这首诗感情真挚，赞美生活。

李商隐^①

瑶　池

瑶池阿母绮窗开^②，黄竹歌^③声动地哀。

八骏日行三万里，穆王何事不重来^④？

【注释】

①李商隐（813～858），字义山，号玉溪生，怀州河内（今河南省泌阳县）人。开成二年（837）进士，授秘书省校书郎，补弘农尉。当时牛、李党争剧烈，他被卷入漩涡，在政治上受到排挤，一生困顿失决。曾依桂管观察使郑亚及京兆尹卢弘正。柳仲郢为东川、剑南节度使，辟为判官，检校工部员外郎。后死于荥阳。李商隐和杜牧齐名，是晚唐重要诗人之一。他的诗，多抒写时代乱离的感慨，个人失意的心情，其中有不少借古讽今的咏史诗和缠绵深挚的爱情诗；直接反映人民生活的题材虽不多，也间有优秀之作。但由于时代骚乱，遭遇坎坷，诗中往往流露浓厚的消极感伤情绪。他在诗歌艺术上，善于广泛地从多方面学习前人，形成自己的一种独特风格。构思绪密，想象丰富，语言美艳，韵调和谐。包蕴丰富而表达特含蓄。各体之中，尤以七言律、绝为擅长。惟部分作品，过于讲究词藻，多用于典入，不免流于晦涩，其末流遂演为宋代西昆一派，产生了不良的影响。有《李义山诗集》。后代注本，以清人冯浩的《玉溪生诗笺注》较为详备。

②瑶池：古代神话中西方的仙境，是西王母所居之地。阿母：西王母，汉代有人称之为玄都阿母。据《穆天子传》载：周穆王曾从镐京出发，西游至昆仑山上的仙人西王母之邦。西王母宴穆王于瑶池之上。临别，西王母作歌以赠之曰："白云在天，山陵自出。道里悠远，山川间之，将（希望）子毋死，尚能复来。"穆王答歌曰："比及三年，将复（返）而野（您的国土）。"

③黄竹歌：《穆天子传》载，周穆王的队伍在到黄竹的路上"遇北风雨雪，有冻人"，穆王作《黄竹歌》三章以哀其民。

④"八骏"二句：穆王的八匹骏马，本来跑得很快，一天可行三万里，为什么还不见他再来呢？八骏，传说中穆王所乘的八匹骏马。名赤骥、盗骊、白义、逾轮、山子、渠黄、华骝、绿耳。

【鉴赏】

晚唐迷信神仙之风极盛，最高统治者尤甚，好几个皇帝因服丹药妄求长生而丧命，此诗就讽刺了求仙之虚妄。

海 上 谣①

桂水寒于江②，玉兔秋冷咽③。
海底觅仙人，香桃④如瘦骨。
紫鸾⑤不肯舞，满翅蓬山⑥雪。
借得龙堂⑦宽，晓出揲云发⑧。
刘郎旧香炷，立见茂陵树⑨。
云孙帖帖卧秋烟⑩，上元细字如蚕眠⑪。

【注释】

①海上谣：借汉武帝事，讽刺唐皇帝求仙之虚妄。

②桂水：桂海，南海的别称。江：长江。

③玉兔：指月。咽：寒战。

④香桃：蟠桃，指长生不老的仙药。

⑤紫鸾：一种传说中凤凰之类的神鸟。

⑥蓬山：指蓬莱山，传说中的海上仙山。

⑦龙堂：龙宫。暗指宫廷。

⑧揲：占卜时对蓍草的一种计数方法。揲云发：估量头发的多少，这是惟恐如云之密发疏落而渐老。

⑨刘郎：指汉武帝。炷：线香。传说汉武帝七月七日焚香等待西王母到来。茂陵：汉武帝陵墓。

⑩云孙：指汉武帝的后代子孙。帖帖：帖服的样子。卧秋烟：形容长眠

地下。

⑪上元：指女仙上元夫人。细字：指上元仙人经书上的字。蚕眠：形容用蚕书体写成的经书上的字形。

【鉴赏】

这首诗借汉武帝之事，来讽刺唐皇帝求仙的虚妄。

<h1 style="text-align:center">贾　　生①</h1>

宣室求贤访逐臣②，贾生才调更无伦③。

可怜夜半虚前席④，不问苍生⑤问鬼神。

【注释】

①贾生：指贾谊。他被贬为长沙王太傅后，汉文帝曾将他召回长安，在祭祀完毕后接见他，谈论鬼神之事，一直到夜半，文帝不觉促近前席。谈完后，文帝很赞赏贾谊的才华。

②宣室：汉未央宫前正室。逐臣：被贬在外的官吏。

③才调：才情。无伦：无比。

④虚前席：徒有促近前席的这种爱贤之举。古人席地而坐，谈得投机了，不觉往前靠近，所以说"前席"。

⑤苍生：百姓。

【鉴赏】

这首诗中的贾谊，正有诗人自己的影子，概而言之，讽汉文实刺唐帝，怜贾生实亦自悯。

<h1 style="text-align:center">过　楚　宫①</h1>

巫峡迢迢旧楚宫②，至今云雨暗丹枫③。

微生④尽恋人间乐，只有襄王忆梦⑤中。

【注释】

①诗作表面上是在讽刺楚襄王贪恋女色、荒淫废政，实则暗中却在谴责李

唐王朝几代皇帝迷信神仙、贪恋女色的荒淫丑恶行径。楚宫：《太平寰宇记》："楚宫在巫山县西北二百步阳台古城内，即襄王所游之地。"

②巫峡：为长江三峡之一。长江三峡，自西至东为瞿塘峡、巫峡（在四川省境内）、西陵峡（在湖北省境内）。楚国旧宫即在巫山西北阳台古城内，长江流经巫山峡，故名巫峡。迢迢：高远的样子。

③云雨：宋玉《高唐赋·序》说：楚襄王（怀王之子）与宋玉游云梦之台、望高唐楼馆，上有云气，变化无穷。襄王问之，宋玉说：从前，先王（怀王）曾游高唐，怠而昼寝，梦见巫山神女，便与之欢合。神女辞曰："妾在巫山之阳，高丘之阻，旦为朝云，暮为行雨，朝朝暮暮，阳台之下。"旦朝视之如言，故为立庙，号曰："朝云"。暗丹枫：意谓云雨遮蔽了巫峡两岸的丹枫树。

④微生：细民，众生。

⑤襄王忆梦：宋玉《神女赋·序》说：楚襄王与宋玉游于云梦之浦，使宋玉赋高唐之事，其夜王寝，果梦与神女遇……

【鉴赏】

这首诗暗暗谴责了李唐王朝的几代皇帝，迷恋女色和迷信神仙的荒唐丑恶的行径。

夜雨寄北

君问归期未有期，巴山①夜雨涨秋池。
何当共剪西窗烛②，却话巴山夜雨时！

【注释】

①巴：古国名，在今四川省东部。巴山：泛指川东的山岭。

②何当：何时能够，冀望之词。剪烛：从前点蜡烛，灯蕊上结灯花，须不时剪去。以此暗示作长时间的谈话。

【鉴赏】

诗人用朴实无华的文字，写出他对妻子的一片深情，亲切有味。

重过圣女祠①

白石岩扉碧藓滋②，上清沦谪得归迟③。
一春梦雨常飘瓦④，尽日灵风⑤不满旗。
萼绿华⑥来无定所，杜兰香去未移时⑦。
玉郎会此通仙籍⑧，忆向天阶问紫芝⑨。

【注释】

①圣女祠：这里指"圣女神"的祠庙，是唐朝京城长安通往西川（治所在今成都市）和梁（今开封市）的必经之地。此诗为大中十年（856）作者由东川（治所在梓州，即今四川省三台县）归京，途经圣女祠而作。因开成二年（837）作者初登进士第时，曾途经这里而写过《圣女祠》诗，故谓此作为《重过圣女祠》。当时作者潦倒归来，故借"圣女"自寓，以抒其"沦谪迟归"之慨。

②白石岩扉：白石门。碧藓滋：生长出绿苔。藓：苔。

③上清：《三洞宗元》："三清境者，玉清、上清、太清是也，亦名三天。"《太真经》："三清之间，各有正位，圣登玉清，真登上清，仙登太清。"是道教所称神仙居住的宫殿名。沦谪：沦落降谪。

④梦雨：宋玉《高唐赋》序说：楚王梦遇巫山神女，并与神女发生情事。神女说："妾在巫山之阳，高丘之阻，旦为朝云，暮为行雨，朝朝暮暮，阳台之下。"又王若虚《滹南诗话》引萧闲语："盖雨之至细，若有若无者，谓之梦。"这里所谓"梦雨"，二者兼而有之。飘瓦：谓雨飘洒在屋瓦上。

⑤灵风：即神风。

⑥萼绿华：陶弘景《真诰·运象》："萼绿华者，自云是南山人，不知是

何山也。女子，年二十上下，青衣，颜色绝整。以升平三年十一月十日夜，降于羊权家，自此往来，一月辄六过。"

⑦杜兰香：仙女。未移时：没有多久。

⑧玉郎：《太平御览》引《金根经》曰："青宫之内，北殿上有仙格，格上有学仙簿录，及玄名年月深浅，金简玉札，有十万篇，领仙玉郎所典也。"道教掌管学仙簿录的仙官。会：曾。通仙籍：意谓将名字载入仙籍。仙籍，登记仙人的名册。

⑨天阶：上天宫之台阶。紫芝：神芝。

【鉴赏】

这首诗成功地塑造了一位沦谪不归，幽居无托的圣女形象。

夕 阳 楼

花明柳暗绕天愁①，上尽重城更上楼②。
欲问孤鸿③向何处，不知身世自悠悠④。

【注释】

①花明：九月繁花凋谢，菊花开放，特别鲜明。柳暗：秋天柳色深绿，显得晦暗。绕天愁：忧愁随着天时循环运转而来，秋天有秋愁。

②重城：等于说层城，指高高的城楼。楼：指夕阳楼。

③孤鸿：孤飞的鸿雁。古诗中常比喻独行无依的人。这里比喻被贬遂州的萧侍郎。

④身世：诗人自谓。悠悠：长远不尽，茫无头绪。

【鉴赏】

　　作者的知己萧澣被贬，诗人登夕阳楼，写下了这首情致深婉的小诗，表现了作者触景伤情，感慨万千的情怀。

锦　　瑟

　　锦瑟无端五十弦①，一弦一柱思华年。
　　庄生晓梦迷蝴蝶②，望帝春心托杜鹃③。
　　沧海月明珠有泪④，蓝田日暖玉生烟⑤。
　　此情可待成追忆，只是当时已惘然。

【注释】

　　①无端：无缘无故。五十弦：古瑟有五十弦。
　　②"庄生"句：《庄子·齐物论》说，一次庄子梦见自己化为蝴蝶，觉得自己真就是蝴蝶了。
　　③"望帝"句：周末蜀王杜宇，号望帝，相传他死后魂魄化为啼血的杜鹃鸟。
　　④"沧海"句：相传南海有鲛人，住在水中，不废机织，哭泣出珠。
　　⑤"蓝田"句：蓝田，山名，在今陕西蓝田县东南，出美玉，又名玉山。

【鉴赏】

　　这首诗是李商隐的代表作，堪称最享盛名，全诗恰当地使用了比喻和象征手法，诗意委婉，情思绵长。

即　　日

　　一岁林花即日休，江间亭下怅淹留①。
　　重吟细把真无奈，已落犹开未放愁②。
　　山色正来衔小苑，春阴只欲傍高楼③。
　　金鞍忽散银壶漏，更醉谁家白玉钩④。

【注释】

①"一岁"二句：这一年中美丽的林花，竟在这一天完了。我在江边、在亭子下，无限惆怅地徘徊不去。

②"重吟"二句：我一遍又一遍吟哦着，小心地拿着花枝细看，真的是无可奈何；花儿大都零落了，但有一些还在开着，心里的愁情总是没法解脱啊。

③"山色"二句：远处浓翠的山色正接在小苑的上边，春日的低压的阴云只挨在高楼附近。春暮，山上草木茂盛，翠色显得更深，特别是黄昏时候，远山仿佛移到近处来了。

④金鞍：金饰的马鞍。指豪富的游客。银壶：亦即"铜壶"，古代计时的仪器。壶中盛水，以滴漏计时。古诗词中常用"铜壶滴漏"表示夜晚的时刻。白玉钩：用白玉制的帘钩。

【鉴赏】

这首诗描写了作者的无恨惆怅，以及其心里的愁情。

乐 游 原

向晚意不适，驱车登古原①。
夕阳无限好，只是近黄昏②。

【注释】

①古原：指乐游原，从宣帝建乐游庙，至此已有九百年了。

②"夕阳"二句：极力赞叹晚景之美。无限好，并不光是写夕阳，而是写在夕阳余辉照耀下，涂抹上一层金色的世界。诗人在乐游原上，纵目平川，俯瞰长安，祖国壮丽的山河，引起了强烈的美的感受。所以，他才发出这深沉的慨叹——只是近黄昏！

【鉴赏】

李商隐所处的时代是国运将尽的晚唐，尽管他有抱负，但无法施展，很不得志，此诗就反映了他的伤感情绪。

银河吹笙

怅望银河吹玉笙，楼寒院冷接平明。

重衾幽梦他年断，别树羁雌昨夜惊。

月榭故香因雨发，风帘残烛隔霜清。

不须浪作缑山①意，湘瑟②秦箫自有情。

【注释】

①缑山：指王子乔缑山骑鹤仙去事。

②湘瑟：屈原《楚辞·远游》："使湘灵鼓瑟兮，令海若舞冯夷。"注："湘灵，舜妃，溺于湘水，为湘夫人。"此典原是说让传说中的湘水之神弹奏瑟，后借喻为美妙动人的艺术作品或高雅的艺术境界，唐诗中又用以表现悲思。秦箫：传说秦穆公时，有一个名叫箫只（亦作萧史）的人很会吹箫。箫声能引来白鹤、孔雀，翔集中庭。穆公的女儿弄玉爱上了箫只。穆公便把女儿嫁给了他。箫只教弄玉吹箫，能引来凤凰。穆公为他们修建凤台。箫只夫妇居台上数年不下。后一道跨凤，双双飞去。

【鉴赏】

此诗实境与假想混在一起，给人以迷离惝恍的感情。

嫦 娥

云母①屏风烛影深，长河②渐落晓星沉。

嫦娥③应悔偷灵药，碧海青天夜夜心。

【注释】

①云母：一种含水砂酸盐类矿物，富于珍珠光泽，可装饰屏风、门扉。

②长河：银河。

③嫦娥：嫦娥是神话中后羿的妻子，偷吃了后羿从西王母处求得的不死之药，飞入月宫，成为月中仙子。

【鉴赏】

这首诗讽刺了信奉神仙而求长生不老的人，揭示人生哲理，启发人们去思考。

无　　题 (选六首)

其　　一

凤尾香罗薄几重^①，碧文圆顶^②夜深缝。
扇裁月魄羞难掩^③，车走雷声^④语未通。
曾是寂寥金烬暗^⑤，断无^⑥消息石榴红。
斑骓只系垂杨岸^⑦，何处西南待好风^⑧？

【注释】

①凤尾香罗：指织有凤凰图纹的罗帐。几重：几层。古代有复帐，不止一层。

②碧文圆顶：指帐顶，上有青碧花纹。文同"纹"。

③扇裁月魄：指扇子形状如圆月。裁：制成。月魄：本指月轮亏缺后无光的部分，这里指圆月形体。

④车走雷声：指车声隆隆像雷鸣。

⑤曾是：已是。金烬：指铜灯盏上的残烬。烬：灯花。

⑥断无：乃无。

⑦斑骓：毛色青白相杂的马，这里指意中人所骑的马。系：结，缚。

⑧西南待好风：曹植《七哀诗》："愿为西南风，长逝入君怀。"本句化用其意，意思是：哪里能等到西南来的好风，把自己吹送到爱人怀中呢？

【鉴赏】

这首诗描写了一位女性在怀思所爱，期待着有面缘能再相遇。

其 二

重帏深下莫愁堂^①，卧后清宵细细长^②。

神女^③生涯原是梦，小姑^④居处本无郎。

风波不信菱枝弱，月露谁教桂叶香^⑤。

直道相思了无益^⑥，未妨惆怅是清狂^⑦。

【注释】

①重帏：层层帘幕。莫愁：古乐府中女子的名字，这里借指诗中女主人公。

②清宵：静夜。细细：形容夜长，仿佛时光一丝一丝地过去。

③神女：即巫山神女，传说与楚王在梦中欢会，后常用来指爱情遇合。

④小姑：未嫁少女的称呼，这里是诗中女主人公自称。

⑤"风波"二句：自己有如菱枝般柔弱，偏偏遭到风波的摧残；又像桂叶一样具有芬芳美质，却得不到月露的滋润使之飘香。

⑥直：即使。道：料想。了：全然。

⑦清狂：原指痴呆，这里指痴情。

【鉴赏】

此诗写少女醒后细品梦中的情景，怅然若失，徒自伤感，并表示了为了爱情甘愿受折磨，决心追求幸福。

其 三^①

来是空言去绝踪，月斜楼上五更钟。

梦为远别啼难唤^②，书被催^③成墨未浓。

蜡照半笼金翡翠^④，麝薰微度绣芙蓉^⑤。

刘郎已恨蓬山远^⑥，更隔蓬山一万重。

【注释】

①李商隐无题诗多写爱情。

②难唤：难于唤醒。

③催：催促。

④蜡照：烛光。金翡翠：指被子。因被子上有用金线绣成的翡翠鸟。

⑤麝：麝香。微度：微微透过。绣芙蓉：指帐子。古代一种华贵的帷帐称芙蓉帐。

⑥刘郎：东汉的刘晨，传说他和阮肇同入天台山采药，遇见两位仙女，成为眷属，留居半年而归。蓬山：传说中的仙山。

【鉴赏】

这是一首情诗，写了与情人别离后的思念之情。

其 四①

相见时难别亦难，东风②无力百花残。

春蚕到死丝方尽，蜡炬成灰泪始干③。

晓镜但愁云鬓改④，夜吟应觉月光寒。

蓬山此去无多路，青鸟殷勤为探看⑤。

【注释】

①此诗是脍炙人口的名篇佳作，写作年代不详。对于此诗的主旨，学术界向来就有不同看法，有人说是政治诗，有人说是爱情诗，有人说是悼亡诗。而从其表现的思想感情来看，它应是一首爱情诗，表现男主人公与其相爱女子难分难舍的恋情及其别后相思的痛苦。这里援引刘禹锡的《怀妓》诗，便可以作为佐证。刘诗云："三天不见海沉沉，岂有仙踪更可寻。青鸟去时云路断，嫦娥归处月宫深。纱窗遥想春相忆，书幌谁怜夜独吟？料得夜来天上镜，只应偏照两人心。"

②东风：春风。

③丝：借喻情思。泪：借喻眼泪。两句用生动形象的比喻，表达主人公对爱情忠贞不渝的精神。

④晓镜：清晨照镜。云鬓：形容女子鬓发如云，仪态倩丽。改：意谓变得憔悴衰老。

⑤蓬山：《史记·封禅书》："使人入海求蓬莱、方丈、瀛洲，此三神山者，其传在海中。"青鸟：《汉武故事》："七月七日，上（指皇帝）于承华殿斋，忽有青鸟从西来，飞集殿前，上问东方朔。朔曰：'此西王母欲来。'有顷，王母至，三青鸟夹侍王母旁。"后人因此以青鸟代称使者。

【鉴赏】

这是一首感情深挚、缠绵委婉，咏叹忠贞爱情的诗篇，细微精深，成功地体现了心底的绵邈深情。

其　六①

裙衩芙蓉小，钗茸翡翠轻④。

照梁②初有情，出水③旧知名。

锦长书郑重⑤，眉细⑥恨分明。

莫近弹棋⑦局，中心最不平⑧。

【注释】

①无题：此作采用比兴手法，借少女在爱情上的失意，而寄寓作者仕途的失意和苦闷。

②照梁：宋玉《神女赋》："其始来也，耀乎若白日初出照屋梁。"

③出水：何逊《看伏郎新婚诗》："雾夕莲出水，霞朝日照梁。何如花烛夜，轻扇掩红妆？"

④裙衩芙蓉：即"芙蓉作裙衩"。芙蓉：荷花。裙衩：指下裳。钗茸翡翠：即翡翠作的钗茸。茸：本为草初生时纤细的形状，这里指翡翠钗的翠鸟羽毛的形状。轻：轻巧。

⑤锦书：在锦绣上书写的情书。郑重：频繁。

⑥眉细：《后汉书·五行志》云：汉桓帝元嘉中，京都妇女作愁眉，细而曲折。后人便把细眉视为女子含愁的情状。

⑦弹棋：《后汉书·梁冀传》注："《艺经》曰：'弹棋，两人对局，白黑棋各六枚，先列棋相当，更相弹也。其局（棋盘）以石为之。'"又《西京杂记》："汉元帝好击鞠（球），为劳，求相类而不劳者，遂为弹棋之戏。"

⑧中心最不平：语义双关，暗喻诗人仕途失意的苦闷和不平。

【鉴赏】

这首诗采用了比兴手法，借少女在爱情上的失意，表达了作者仕途失意和苦闷之情。

其　八

昨夜星辰昨夜风，画楼西畔桂堂东。

身无彩凤双飞翼，心有灵犀①一点通。

隔座送钩②春酒暖，分曹射覆蜡灯红③。

嗟余听鼓应官去④，走马兰台⑤类转蓬。

【注释】

　　①灵犀：传说犀牛彼此间用角来互表心灵。

　　②送钩：古时有藏钩的游戏，即在手中藏钩让人猜。

　　③分曹：分队。射覆：器皿下覆盖东西令人猜，也是古代一种游戏。
射：猜。

　　④听鼓：听到报晓的更鼓。应官去：当去应付官事。

　　⑤兰台：唐高宗时一度改秘书省为兰台。

【鉴赏】

　　全诗以心理活动为出发点，诗人的感受细腻而真切，将一段可意会不可言
传的情感描绘得扑朔迷离而又入木三分。

富平少侯

七国三边未到忧①，十三身袭富平侯。

不收金弹②抛林外，却惜银床在井头③。

彩树转灯珠错落④，绣檀回枕玉雕镂⑤。

当关⑥不报侵晨客，新得佳人字莫愁⑦。

【注释】

　　①七国：汉景帝时，吴、楚、赵、胶东、胶西、济南、淄川等七个诸侯国
发动叛乱。后被周亚夫等剿平。诗中以喻唐代的藩镇割据势力。三边：战国
时，秦、赵、燕三国与匈奴邻接的边境，常发生战事。此借指当时的吐蕃、党
项等，常对中原地区侵扰。未到：不懂得。

②金弹：《西京杂记》载：汉武帝的嬖臣韩嫣好弹，常以金为弹丸，一日失数十，每出，儿童随之拾取弹丸。长安人语曰："苦饥寒，逐弹丸。"此指贵公子的豪奢放纵。

③却惜：张相《诗词曲语辞汇释》："却惜，岂惜也。描写豪侈，与上句语意一贯。"银床：井上辘轳架。乐府《淮南篇》："后园凿井银作床，金瓶素绠汲寒泉。"以银为之，以示豪富。

④彩树：指灯树，灯柱。《开元遗事》："韩国夫人上元夜燃百枝灯树，高八十余尺，竖之高山，百里皆见。"错落：形容点点灯光，参差交错。

⑤雕锼：刻镂。

⑥关：门关。

⑦莫愁：古代女子名。洛阳人，后嫁为卢家妇。此借其名"莫愁"，以讽刺少侯的"未到忧"。

【鉴赏】

这是一首托古讽时之作，是一首讽刺腐朽而无知的贵族少年的诗。

宫① 中 曲

云母滤宫月，夜夜白于水②。

赚得羊车来，低扇遮黄子③。

水精不觉冷，自刻鸳鸯翅④。

蚕缕茜香浓，正朝缠左臂⑤。

巴笺两三幅，满写承恩⑥字。

欲得识青天，昨夜苍龙是⑦。

【注释】

①宫：指西晋宫廷。

②"云母"二句：云母，用云母制成的窗。月亮透过云母窗，月光如同过滤过了，比水更白。

③"赚得"二句：《晋书·后妃传》载：武帝掖庭殆将万人，而并宠者甚多，莫知所适。常乘羊车，恣其所之，至便宴寝。宫人取竹叶插户，以盐汁洒地，引帝车。黄子：六朝妇女爱在额上涂黄色，《博物志》："石中黄子，黄石脂。"涂额用的就是这种黄石脂，又叫"黄子"。

④"水精"二句：宫女获得皇帝宠爱，绸缪缱绻，在水精帘内不觉冷，正在刻画鸳鸯戏水。

⑤"蚕缕"二句：《晋书·后妃传》载：武帝多简良家子女以充内职，自择其美者，以绛纱系臂。蚕缕：指丝绸。茜：一种染料，即茜草，能染绛色。以香气扑鼻的丝带系在左臂，正是皇帝亲自选上的美女。

⑥承恩：宫妃得到皇帝的宠爱，叫新承恩泽。宫女在巴笺上写满"承恩"之字，正表明她得宠。

⑦"欲得"二句：正史及笔记屡次记及宫女梦见青天或苍龙据腹，常常是宫女得宠，并生贵子。《史记》卷四十九记薄姬，一日被召幸，薄姬曰："昨暮夜妾梦苍龙据吾腹。"高帝（刘邦）曰："此贵征也，吾为女（汝）遂成之。"一幸生男，是为代王。又《晋书》卷三十二记孝武文李太后被简文帝召幸，"后数梦两龙枕膝，日月入怀，意为吉祥。……帝闻而异焉，遂生孝武帝及会稽文孝王、鄱阳长公主"。

【鉴赏】

这首诗写了西晋宫廷的景物和事态。

曲 江①

望断平时翠辇过②，空闻子夜鬼悲歌③。

金舆不返倾城色④，玉殿犹分下苑波⑤。

死忆华亭闻唳鹤⑥，老忧王室泣铜驼⑦。

天荒地变心虽折⑧，若比伤春⑨意未多。

【注释】

①曲江：又名曲江池，周七里，占地三十顷，是唐代长安著名的风景名胜区（故址在今西安市曲江一带）。安史之乱后荒废，文宗大和九年十月，修缮曲江，十一月发生"甘露之变"而罢修。

②望断：望尽而不见。翠辇：皇帝乘坐的华贵车子，车盖上用翠羽装饰，故称"翠辇"。

③空闻：徒闻。子夜：半夜子时。

④金舆：用金银装饰的华贵车子。倾城色：谓美女迷人的姿色。

⑤玉殿：即宫殿。下苑：即曲江，与宫殿御沟相通。

⑥华亭闻唳鹤：《晋书·陆机传》载：陆机受宦官孟玖谮害而被诛，死前悲叹道："华亭鹤唳，岂可复闻乎？"华亭：陆机故宅旁谷名，在今上海市松江县西部。唳：指鹤鸣。

⑦泣铜驼：《晋书·索靖传》载：西晋灭亡之前，索靖预知天下将乱，便指着洛阳宫门前的铜驼叹息道："会见汝在荆棘中耳！"

⑧天荒地变：暗喻当时朝政和时局天翻地覆的巨大变化，意指仇士良党人专权，挟制皇帝，草菅人命的势态。折：摧折。

⑨伤春：感伤春天归去，暗喻感伤时乱，忧虑国家命运。

【鉴赏】

这首诗借曲江今昔暗寓时事，又通过对时事的感受抒写"伤春"之情。

楚　宫

湘波如泪色潆潆，楚厉迷魂逐恨遥①。

枫树夜猿愁自断②，女萝山鬼语相邀③。

空归腐败犹难复④，更困腥臊岂易招⑤？

但使故乡三户⑥在，彩丝谁惜惧长蛟⑦。

【注释】

①"湘波"二句：湘江的波浪如同流不尽的悲泪，水色清深。楚国屈原迷惘无依的魂魄，抱恨含冤，随波远逝。潆潆：《说文》："潆，清深也。"厉，指屈原的无归的冤魂。《左传·昭公七年》："鬼有所归，乃不为厉。"

②枫树：《楚辞·招魂》："湛湛江水兮上有枫。目极千里兮伤春心，魂兮归来哀江南。"夜猿：《九歌·山鬼》："雷填填兮雨冥冥，猿啾啾兮狖夜鸣。"

③女萝：即松萝，一种攀援植物。山鬼：楚国传说中的山林女神。

④空：徒然；无用。复：《礼记·丧大记》："复有林麓则虞人设阶……中屋履危，北面三号，卷衣投于前。"陈澔集说："复，始死升屋招魂也。"

⑤腥臊：指动物臭恶的气味。《吕氏春秋·本味》："夫三群之虫，水居者腥，肉玃者臊，草食者膻。"诗中专指水族动物，如鱼、虾等。招：指招魂。王逸《楚辞章句》曰："宋玉哀怜屈原忠而斥弃，愁懑山泽，魂魄散佚，厥命将落，故作《招魂》。"

⑥三户：《史记·项羽本纪》载：楚南公云："楚虽三户，亡秦必楚。"诗意谓楚人尚在，将永念屈原。

⑦"彩丝"句：据《续齐谐记》载：屈原在五月五日投汨罗江而死，楚人每至此日，以竹筒贮米投水祭之。汉时，有人白日忽见一人，自称三闾大夫，曰："常年所遗，并为蛟龙所窃，今若有惠，可以楝树叶塞其上，以五色丝缚之，此二物蛟龙所惮。"

【鉴赏】

这首诗融进了对社会政治和个人身世的感慨，以景托情，以感叹为意论，使全诗充满了浓重的抒情气息。

咏　　史^①

历览前贤国与家，成由勤俭败由奢^②。

何须琥珀^③方为枕，岂得真珠始是车^④。

运去不逢青海马^⑤，力穷难拔蜀山蛇^⑥。

几人曾预南熏曲^⑦，终古苍梧哭翠华^⑧。

【注释】

①咏史：为悼念文宗而作。据史所载：文宗深知穆、敬二帝之弊，即位后，"励精求治，去奢从俭"，力图铲除宦官集团。结果事与愿违，皆以失败告终。宦官仇士良等更加嚣张，文宗亦"受制于家奴"，郁郁不乐，于开成五年（840）正月卒。

②"历览"二句：《韩非子·十过》说：秦穆公问由余国君"得国失国"之道。由余说"常以俭得之，常以奢失之"。

③琥珀：《博物志》卷一《药物》引《神仙传》："松柏脂入地，千年化为茯苓，茯苓化为琥珀。"琥珀一名江珠。

④岂得真珠始是车：《史记·田敬仲完世家》："梁王曰：'若寡人国小也，尚有径寸之珠照车前后，各十二乘者十枚。'"意为难道非用珍珠照车前后才能作为所乘之车吗？

⑤青海马：《汉书·武帝纪》："元鼎四年……秋，马生渥洼水中。"汉朝当时国运正隆，故天马生于渥洼。渥洼，地名，在今甘肃省安西县境内，在青海的西北部。

⑥蜀山蛇：《华阳国志·蜀志》载：蜀有五丁力士，能移山，秦惠王许嫁五女于蜀，蜀遣五丁迎之。还，到梓潼，见一大蛇入穴中，一人揽其尾掣之，不禁，至五人相助，大呼拽蛇。山崩，压杀五人及秦五女。

⑦南熏曲：《孔子家语·辩乐》："昔者舜弹五弦之琴，造南风之诗，其诗曰：'南风之薰兮，可以解吾民之愠兮；南风之时兮，可以阜吾民之财兮。'"这里暗喻文宗爱雅乐、去淫乐。

⑧苍梧：《礼记·檀弓上》："舜葬于苍梧之野。"苍梧，山名，即九疑山，在今湖南省宁远县南。这里指文宗的葬地章陵。翠华：有翠羽毛为饰的旗。华：葆，即盖。这里以"翠华"指文宗。

【鉴赏】

本诗借古讽今，含蓄地表达了他现实主义倾向，同时还借题寄慨，委婉地抒发了他怀才不遇的苦闷。

岳 阳 楼①

欲为平生一散愁，洞庭湖上岳阳楼②。
可怜万里堪乘兴③，枉是蛟龙解覆舟。

【注释】

①岳阳楼：岳阳西门城楼，唐开元中张说所建，面对洞庭湖，为登览胜地。

②"欲为"二句：意谓为了排遣平生郁积的愁闷，今天特意登上了洞庭湖侧的岳阳楼。

③可怜：可喜。堪：能够。解：会。

【鉴赏】

此诗写岳阳楼抒发了作者的情怀。

登霍山驿楼①

庙列前峰迥，楼开四望穷②。
岭奥岚色外，陂雁夕阳中③。
弱柳千条露，衰荷一面风④。
壶关有狂孽，速继老生功⑤。

【注释】

①霍山：又名太岳山、霍太山。在山西省中南部，主峰在今霍县东南。驿：古代供传递公文的人或来往官吏换马、暂住的地方。

②庙：指霍山的岳庙。迥：远。穷：尽。两句说登驿楼可极目四望开阔景色，岳庙就耸列在远处的前峰之上。

③鼷：一种小鼠，又称耳鼠。岚：山上的雾气。陂：池塘。

④露：指将凝成露水的湿润水汽。一面：朝着一方向。两句续写眼前景物：枝枝弱柳萦绕着日暮的雾气，片片衰荷因风而朝一个方向翻卷。

⑤壶关：刘稹的老巢潞州（今山西长治市）附近有壶关山。狂孽：猖狂的叛逆者，指刘稹。老生：隋朝将领宋老生。据《旧唐书·高祖本纪》，李渊由太原起兵，向关中进军。隋将宋老生守霍邑（今山西霍县），阻唐军前进。有一穿白衣的老者，自称霍山神使者，要唐军于八月雨止时由霍邑东南进攻，说届时霍山神将给予帮助。李渊依言进军，果斩宋老生。

【鉴赏】

这首诗借景抒情，语言优美。

幽居冬暮

羽翼摧残日，郊园寂寞时①。
晓鸡惊树雪，寒鹜守冰池②。
急景忽云暮③，颓年浸已衰④。
如何匡国分⑤，不与夙⑥心期。

【注释】

①"羽翼"二句：我的羽翼已受尽摧残，无法奋飞，在市郊的家园中寂寞地度日。羽翼摧残：诗中以喻作者在政治生活上饱受打击迫害。郊园，指诗人在郑州郊外的居处。

②"晓鸡"二句：冬日的早晨，气寒天暗，雄鸡还是按时鸣叫。黄庭坚

《再次韵寄子由》诗："风雨极知鸡自晓。"意与之相似。鹜，鸭子。

③急景：即短景。景：日光。忽：倏忽；迅速地。云：语气助词。

④颓年：衰暮之年。浸：渐。

⑤匡：帮助、挽救。分：职分。

⑥夙：素有的，平素。

【鉴赏】

这首诗形象地刻画了雪后农村的景象，诗人写诗寄情，抒发情怀。

落　花

高阁客竟去，小园花乱飞①。

参差连曲陌，迢递送斜晖②。

肠断未忍扫，眼穿仍欲归③。

芳心向春尽，所得④是沾衣。

【注释】

①"高阁"二句：在高高的楼阁上，啊，客人竟就这样走了！小园里，风吹得千万片残花乱飞！那人，在芳春时节，和我一起度着似绮华年，小苑高楼，灵风梦雨。几曾想有这么的一天，亲爱的朋友会舍我而去，所余下的只是阑珊的春意，那美丽的岁月也随他（她）而去，不回来了，再也不回来了。

②"参差"二句：从"客去"更进一步展开联想，曲陌斜晖，也是古人惯用以写离情的具体环境景物。参差：高低不齐。

③"肠断"二句：看到这样的情景，柔肠寸断，不忍把落花扫去；望眼欲穿，还在盼望逝去者的归来。

④所得：何焯云："一结无限深情，'得'字意外巧妙"。所谓"意外巧妙"，是指在"得"字中所包含的真实意义——那就是春归、客去、花飞的无可挽回之"失"！

【鉴赏】

这首诗作于诗人陷入牛李党争之中，境况不佳，心情郁闷，本诗流露出其幽恨怨愤之情。

寄 蜀 客

君到临邛问酒垆，近来还有长卿无①。
金徽却是无情物②，不许文君忆故夫。

【注释】

①"君到"二句：司马相如，字长卿，西汉蜀郡成都人。曾客游于梁。
梁孝王死，相如归蜀，过临邛（蜀郡县名，今四川邛崃）。大商人卓王孙女文
君善鼓琴，时丧夫后家居，席间听相如弹琴，心甚慕悦，二人遂相恋，私奔成
都。不久又同返临邛，开酒店，文君亲自当垆卖酒，相如涤器。酒垆，酒店中
用土砌台安放大酒缸的地方。

②金徽：琴面板一边的一排圆星点，共十三个，用以标志泛音位置及音
位，用金属制成，这里即借指琴。却是：正是。

【鉴赏】

这首诗借古抒情，蕴意深厚。

晚 晴

深居俯夹城①，春去夏犹清。
天意怜幽草，人间重晚晴。
并添高阁迥，微注小窗明②。
越鸟③巢干后，归飞体更轻。

【注释】

①深居：幽静的住处。夹城：大城外的小城。

②"并添"二句：雨后天晴，又使高阁望远，视野更为开阔；夕阳斜照，
光线柔和地照亮小窗。

③越鸟：南方的鸟。

【鉴赏】

这首诗细腻地描画了晚晴的景物，又在景物描写中融入诗人独特的感受与

心境，寓托了其某种积极的人生态度。

城　　上

有客虚投笔①，无憀独上城②。

沙禽失侣远，江树著③阴轻。

边遽稽天讨④，军须竭地征⑤。

贾生游刃极⑥，作赋又论兵⑦。

【注释】

①客：作者自指。虚投笔：空自投笔从戎，弃文就武，乃着感慨之词。

②无憀：同无聊，烦闷空虚。

③著：附着之意。

④遽：传送公文的驿车。稽：迟延。天讨：朝廷的讨伐。

⑤军须：即"军需"。征：征税。

⑥贾生：指贾谊。游刃：游刃有余。比喻应付自如，不费力气。

⑦作赋：指文才。论兵：指武略。贾谊是著名辞赋家，又曾上书谈论军事策略。

【鉴赏】

这首诗表达了作者报效祖国的志向。

杜工部蜀中离席①

人生何处不离群②？世路干戈惜暂分③。

雪岭未归天外使④，松州犹驻殿前军⑤。

座中醉客延⑥醒客，江上晴云杂雨云。

美酒成都堪送老，当垆仍是卓文君⑦。

【注释】

①杜工部：即杜甫，授有检校工部员外郎官衔，人称杜工部，这里是表明

此诗是仿杜甫诗体之作。蜀中：四川，此指成都。离席：饯别的宴席。

②离群：分别。

③世路：人世间。干戈：战争。惜：悲伤。

④雪岭：雪山，在今四川西部，是唐与吐蕃的分界线。天外使：指唐王朝派往遥远边境地区的使者。由于边境不宁，唐王朝曾屡屡向边境地区派出使者。

⑤松州：今四川松潘，唐代西南边境地区。殿前军：本指宫廷禁卫军，泛指朝廷军队。由于当时边境时有战事，驻军不得撤还。

⑥延：请，劝。

⑦成都：即今四川成都。堪：可。送老：安度晚年。当垆：面对酒垆，指卖酒者。垆：安放酒瓮的土墩。卓文君：汉代女子，因与司马相如相爱而被逐出家门，在成都卓文君亲自当垆卖酒。此处指卖酒的美女。

【鉴赏】

本诗深寓忧时伤乱之感，语言流畅，情景融合，感人至深。

夜　饮

卜夜容衰鬓①，开筵属异方②。

烛分歌扇③泪，雨送酒船④香。

江海三年客⑤，乾坤百战场⑥。

谁能辞酩酊，淹卧剧清漳⑦。

【注释】

①卜夜：《左传·庄公二十二年》载：齐桓公使敬仲为工正，并到敬仲家去，敬仲设宴招待，桓公甚乐。至晚，"公曰：'以火继之。'辞曰：'臣卜其昼，未卜其夜，不敢'"。后因称昼夜相继宴乐为卜昼卜夜。衰鬓：鬓发斑白，作者自指。

②属：值。异方：异乡。这里指东川节度使府所在的梓州。

③歌扇：古代歌女歌舞时用的扇子。

④酒船：酒器。庾信《北园新斋成应赵王教》诗云："金船代酒卮。"《海录碎事》："金船，酒器中大者呼为船。"

⑤江海：犹"江湖"，泛指与朝廷相对的外地异方。三年客：作者自大中五年赴东川幕，到这时（大中七年）已三年。

⑥乾坤百战场：犹《杜工部蜀中离席》之"世路干戈"，不必具体指哪次战争。

⑦酩酊：大醉。淹卧：久卧。剧：更甚于。清漳：即漳水。刘桢《赠五官中郎将》诗云："余婴沉痼疾，窜身清漳滨。"

【鉴赏】

这首诗抒发了作者愿一醉方休的情怀。

骄 儿 诗

衮师①我骄儿，美秀乃无匹②。
文葆未周晬③，固④已知六七。
四岁知姓名，眼不视梨栗⑤。
交朋颇窥观⑥，谓是丹穴物⑦。
前朝尚器貌⑧，流品方第一⑨。
不然神仙姿，不尔燕鹤骨⑩。
安得⑪此相谓？欲慰衰朽质⑫。
青春妍和月⑬，朋戏浑甥侄⑭。
绕堂复穿林，沸若金鼎⑮溢。
门有长者来，造次请先出⑯。
客前问所须⑰，含意不吐实⑱。
归来学客面⑲，闹败秉爷笏⑳。
或谑张飞胡㉑，或笑邓艾㉒吃。
豪鹰毛崱屴㉓，猛马气佶傈㉔。
截得青篔档㉕，骑走恣唐突㉖。
忽复学参军，按声唤苍鹘㉗。
又复纱灯旁，稽首礼夜佛㉘。
仰鞭胃㉙蛛网，俯首饮花蜜。
欲争蛱蝶轻，未谢柳絮疾㉚。
阶前逢阿姊，六甲㉛颇输失。
凝走弄香奁㉜，拔脱金屈戌㉝。
抱持多反侧，威怒不可律㉞。

曲躬牵窗网③，略唾拭琴漆③。

有时看临书③，挺立不动膝。

古锦请裁衣③，玉轴亦欲乞③。

请爷书春胜④，春胜宜④春日。

芭蕉④斜卷笺，辛夷低过笔④。

爷昔好读书，恳苦自著述④。

憔悴欲四十，无肉畏④蚤虱。

儿慎勿学爷④，读书求甲乙④。

穰苴司马法④，张良黄石术④。

便为帝王师，不假更纤悉④。

况今西与北，羌戎正狂悖④。

诛赦两未成④，将养如痼疾④。

儿当速长大，探雏④入虎窟。

当为万户侯④，勿守一经帙④。

【注释】

①衮师：李商隐儿子的名字。

②美：漂亮。秀：聪敏。乃：意。无匹：无比。

③文葆：绣花的婴儿包被。葆，同"褓"。周晬：周岁。

④固：就。

⑤"眼不"句：此句说衮师懂事不贪馋。

⑥交朋：朋友们。窥观：观察。

⑦丹穴物：指凤凰。传说凤凰产于丹穴山。

⑧前朝：指魏 晋南北朝。当时极注重品评人物的仪容风度、言谈举止。
尚：推崇。器貌：风度仪容。

⑨流品：品级。方：将。

⑩燕鹤骨：相术家以为下巴像燕、走路像鹤是贵人的骨相。

⑪安得：怎能。

⑫衰朽质：衰老无用的人，诗人自指。

⑬青春：春天。妍和月：美好而和煦的日子。

⑭浑甥侄：指不分辈分高低。浑：同混。

⑮鼎：古代的炊具。

⑯造次：匆促。请：愿。先出：指先出外迎客。

⑰所须：所需。

⑱含：隐藏。意：心愿。吐：说出。

⑲学客面：模仿客人的神态。

⑳闹败：破门而入。闹：开门。败：毁坏。秉：手持。爷：父亲。笏：古时大臣上朝时拿的手板。

㉑或：有时。谑：嘲笑。

㉒邓艾：三国魏将，有口吃的毛病。

㉓豪鹰：雄鹰。崛屴：本指山峰高耸，这里比喻雄鹰展翅的姿态。

㉔猛马：骏马。佶傈：雄健的样子。

㉕筤筜：竹子。

㉖走：跑。恣：恣意。唐突：冲撞。

㉗参军、苍鹘：唐代参军戏的两个角色，分别扮官员和仆从，以滑稽的对话和动作引人发笑。按声：压低声音，模仿参军的声调。

㉘稽首：叩头。礼：拜。

㉙胃：牵、挂。

㉚未谢：不让。疾：速捷。

㉛六甲：即"双陆"，古时的一种游戏，黑白双方各以六子赌胜负。

㉜凝：硬要，坚持。走：跑。香奁：古代妇女放梳妆用品的匣子。

㉝屈戍：指梳妆盒上的环扣、绞链。

㉞威：威吓。怒：发怒。律：约束。

㉟曲躬：弯下身子。窗网：窗纱之类的东西。

㊱略唾：吐唾沫。拭：擦。

㊲临书：临摹碑帖。

㊳衣：书衣，包书卷的布帛。

㊴玉轴：唐代写本多装裱成卷帙，每卷中有一木轴，两端嵌玉石。乞：索讨。

㊵书：写。春胜：立春日剪彩做成的小幡，上写"宜春"二字。

㊶宜：适合。

㊷芭蕉：用来比喻斜卷的纸笺。

㊸辛夷：即木笔花，含苞未放时形状像毛笔头。这里用来比喻毛笔。过：递过。

㊹恳苦：勤奋刻苦。著述：写文章。

㊺畏：惧怕。

㊻慎：当心。勿：不要。

㊼求甲乙：指求得进士及第。唐代进士考试分甲乙二科。

㊽穰苴：春秋时齐国大将，曾任大司马，人称司马穰苴。司马法：指《司马穰苴兵法》，战国时齐威王命人总结古司马兵法而编成的一部兵书，其中包括穰苴兵法。

㊾张良：汉高祖刘邦的谋士。史载他年青时遇到一位老人，叫黄石公，送他一部《太公兵法》，并告诉他读后能作帝王之师。黄石术：指《太公兵法》。

㊿假：凭借。纤悉：指其它琐细的知识。

(51)羌戎：指当时西北边境上常进犯中原的吐蕃、党项、回鹘等少数民族。狂悖：指叛乱。

(52)诛：讨伐。赦：安抚。

(53)将养：将息调养，此指姑息放纵。痼疾：久治不愈的病。

(54)雏：指虎崽。

(55)万户侯：食邑万户的列侯，是列侯中封赏最高的，此指能为国建功立业的人。

(56)经帙：指经书。帙，包书卷的封套。

【鉴赏】

这首诗是作者为自己儿子衮师写的，诗中描绘出一个天真活泼，聪明灵巧的儿童形象，用事笔法，细节描写饶有情趣，生动逼真。

题汉祖庙①

乘运应须宅八荒②，男儿安在恋池隍③。
君王自起新丰后④，项羽何曾在故乡⑤。

【注释】

①汉祖庙：汉高祖刘邦庙，在沛县东泗水亭中。

②运：时运、时势。宅八荒：以八荒为宅，指一统天下。八荒：八方极远之地。

③池隍：原指城池，此指乡里、故乡。

④君王：指汉高祖刘邦。起：兴建。新丰：地名。刘邦定都长安后，按故乡丰邑样式在长安附近的郦邑另建街里，迁故乡百姓于此，后改名新丰县。

⑤"项羽"句：写项羽最终兵败身亡，不能在故乡称王称霸，炫耀富贵。据《史记·项羽本纪》，项羽引兵进入关中后，未在咸阳定都以成霸业，他认为"富贵不归故乡，如衣绣夜行"，所以选了离故乡很近的彭城定都。

【鉴赏】

这首诗借古抚今，令人深思。

杜 司 勋①

高楼风雨感斯文②，短翼差池不及群③。
刻意伤春复伤别④，人间唯有杜司勋⑤。

【注释】

①杜司勋：即杜牧，字牧之。杜牧任司勋员外郎（吏部属官），兼史馆修撰。杜牧的诗多忧国伤时之作，亦有少量伤别的绮丽之笔，义山与之同调。因此，杜牧与义山齐名，世称李杜。

②高楼风雨：《诗·郑风·风雨》："风雨如晦，鸡鸣不已。"是抒发风雨怀人之情。这里用"高楼风雨"的迷茫景象，是象征时局的昏暗。感斯文：王羲之《兰亭集序》："后之览者，亦将有感于斯文。"斯：此。

③短翼差池：《诗·邶风·燕燕》："燕燕于飞，差池其羽。"差池：不齐的样子。

④刻意：镂刻心意，着意，是说用意深刻。伤春：指杜牧《惜春》诗："春半年已除，其余强为有。即此醉残花，便同尝腊酒。怅望送春怀，殷勤扫花帚。谁为驻东流，年年长在手。"伤别：指杜牧《赠别》诗二首。其一："娉娉袅袅十三余，豆蔻梢头二月初。春风十里扬州路，卷上珠帘总不如。"

其二："多情却似总无情，唯觉樽前笑不成。蜡烛有心还惜别，替人垂泪到天明。"显然"伤春"是指忧国伤时而言。作者《曲江》诗："天荒地变心虽折，若比伤春意未多。"即可佐证。

⑤"人间"句：意谓杜牧是世上第一诗人。

【鉴赏】

这首诗抒发了作者怀念友人的思想感情。

忆　　梅

定定住天涯①，依依向物华②。
寒梅最堪恨③，长作去年花④。

【注释】

①定定：形容长期滞留。天涯：指远离家乡的地方。
②依依：深情的样子。向：向往。物华：美好的景物。
③恨：怅憾。
④去年花：梅于寒冬开放，众花开放的美好季节，梅花早已凋谢，所以说是去年花。

【鉴赏】

这是李商隐作幕漳州后期之作，借寒梅早秀而不逢春的比喻人之早秀而不逢时。

柳①

柳映江潭底②有情，望中频遣客心惊③。
巴④雷隐隐千山外，更作章台走马声⑤。

【注释】

①柳：这首诗作于在东川漳州柳仲郢幕府时。借柳抒发对京城的思念。
②底：何。

③频：多次。遣：使、让。客：客居东川的诗人自称。

④巴：巴山，代指巴蜀，即今四川。

⑤章台：章台街，在长安，此处代指长安。走马：跑马。

【鉴赏】

这是一首作者在东川漳州柳仲郢幕府时所作的诗，表达了作者对京城的无限思念之情。

霜　月

初闻征雁①已无蝉，百尺②楼高水接天。

青女素娥俱耐冷③，月中霜里斗婵娟④。

【注释】

①征雁：南归的鸿雁。秋风起，鸿雁结队由北南飞，有如远途长征，故称征雁。

②百尺：形容楼高。

③青女：青霄玉女，传说中主霜雪的女神。素娥：即嫦娥，月宫里的仙女。

④婵娟：美好的容态。

【鉴赏】

这首诗写深秋月夜景色，然不作静态描写，而借神话传说言月夜冷艳之美即景寓情，因象寄兴。

齐　宫　词

永寿兵来夜不扃①，金莲②无复印中庭。

梁台③歌管三更罢，犹自风摇九子铃④。

【注释】

①永寿：南齐宫殿名。扃：闭锁。据《南史》《南齐书》记载，齐后主萧宝卷起芳乐、芳德、仙华、含德等殿，又另为宠妃潘妃起神仙、永寿、玉寿三殿，四周用黄金璧玉作饰。永元三年（501），雍州刺史萧衍（即后来的梁武帝）率兵攻入京城建康（今南京市），齐叛臣王珍国、张稷等作内应，夜开云龙门，引兵入宫。当晚后主正在含德殿笙歌作乐，卧未熟，兵至被斩。这句即写齐后主在宫中寻欢作乐，宫门不闭，梁兵突然到来的情景。

②金莲：齐后主凿金为莲花，贴放地上，让潘妃在上面行走，说："此步步生莲花也。"

③梁台：即梁宫晋、宋以后，称朝廷禁省为台，称禁城为台城。

④九子铃：一种用金、玉等材料制成的挂在宫殿、寺塔四角的檐铃。据史载，齐后主曾派人摘取华严寺的玉九子铃来装饰潘妃的宫殿。

【鉴赏】

这首诗为"齐宫词"，却兼咏齐、梁两代，乍看似不称题，实则寓有深意，构思与表现手法都独具一格。

代贵公主

芳条得意红①，飘落忽西东②。
分逐春风去③，风回得故丛④。
明朝金井露，始看忆春风⑤。

【注释】

①"芳条"句：隐喻公主嫁徐德言，春风得意，志得意满。

②"飘落"句：以树叶凋落，各分西东，隐喻公主与丈夫遭乱，被迫分离。

③"分逐"句：公主与丈夫分离，她归杨素。春风：代杨素。

④"风回"句：公主又回归丈夫。故丛：代原来的丈夫。

⑤"明朝"二句：明朝在金井露面，又会回忆杨素。

【鉴赏】

这首诗写了代贵公主的经历，层次分明，颇具感染力。

杜 牧①

杜秋娘诗 (并序)

　　杜秋,金陵女也。年十五,为李锜妾。后锜叛灭,籍之入宫,有宠於景陵。穆宗即位,命秋为皇子傅姆。皇子壮,封漳王。郑注用事,诬丞相欲去己者,指王为根。王被罪废削,秋因赐归故乡。予过金陵,感其穷且老,为之赋诗。

　　京江水清滑,生女白如脂。
　　其间杜秋者,不劳朱粉施②。
　　老濞即山铸③,后庭千双眉。
　　秋持玉斝④醉,与唱金缕衣⑤。
　　濞既白首叛,秋亦红泪滋⑥。
　　吴江⑦落日渡,灞⑧岸绿杨垂。
　　联裾⑨见天子,盼眄独依依⑩。
　　椒壁⑪悬锦幕,镜奁蟠蛟螭⑫。
　　低鬟认新宠,窈袅复融怡⑬。
　　月上白璧门⑭,桂影⑮凉参差,
　　金阶⑯露新重,闲捻⑰紫箫吹。
　　莓苔夹城路⑱,南苑⑲雁初飞。
　　红粉羽林⑳仗,独赐辟邪旗㉑。
　　归来煮豹胎,餍饫不能饴㉒。
　　咸池升日庆㉓,铜雀分香悲㉔。
　　雷音后车远㉕,事往落花时。
　　燕禖㉖得皇子,壮发绿緌緌㉗。
　　画堂授傅姆㉘,天人㉙亲捧持。

虎睛珠络褓，金盘犀镇帷。
长杨射熊罴，武帐弄哑咿㉚。
渐抛竹马剧，稍出舞鸡奇㉛。
崭崭整冠佩，侍宴坐瑶池。
眉宇俨图画，神秀射朝辉㉜。
一尺桐偶人，江充知自欺。
王幽茅土削，秋放故乡归㉝。
觚棱拂斗极，回首尚迟迟。
四朝三十载，似梦复疑非㉞。
潼关识旧吏，吏发已如丝。
却唤吴江渡，舟人那得知㉟。
归来四邻改，茂苑草菲菲。
清血洒不尽，仰天知问谁㊱。
寒衣一匹素，夜借邻人机㊲。
我昨金陵过，闻之为嘘唏㊳。
自古皆一贯，变化安能推㊴。
夏姬㊵灭两国，逃作巫臣姬㊶。
西子下姑苏㊷，一舸逐鸱夷㊸。
织室魏豹俘㊹，作汉太平基。
误置代籍中，两朝尊母仪㊺。
光武㊻绍高祖，本系生唐儿。
珊瑚㊼破高齐，作婢舂黄糜㊽。
萧后㊾去扬州，突厥为阏氏㊿。
女子固不定，士林(51)亦难期。
射钩后呼父，钓翁王者师(52)。
无国要(53)孟子，有人毁仲尼(54)。
秦因逐客令，柄归丞相斯(55)。
安知魏齐首(56)，见断箦中尸。
给丧蹶张辈(57)，廊庙冠峨危(58)。
珥貂七叶贵(59)，何妨戎虏支(60)。
苏武(61)却生返；邓通(62)终死饥。
主张(63)既难测，翻覆亦其宜。

地尽有何物，天外复何之㉔。

指何为而捉，足何为而驰。

耳何为而听，目何为而窥㉕。

己身不自晓，此外何思惟㉖。

因倾一樽酒，题作杜秋诗。

愁来独长咏，聊可以自怡㉗。

【注释】

①杜牧（803～852），字牧之，京兆万年（今陕西西安市）人。宰相杜佑之孙。大和二年（828）进士。为弘文馆校书郎。曾参沈传师江西观察使、宣歙观察使及牛僧孺淮南节度使幕府。历监察御史，膳部、比部及司勋员外郎，黄州、池州、睦州、湖州刺史。官终中书舍人。世称杜樊川。杜牧工诗、赋及古文，以诗的成就为最高。后人称为"小杜"，以别于杜甫。他的诗中，一部分是描写寄情声色、颓废放浪的生活，但也有不少感慨时事，抒写性情的好作品。尤长七言律诗和绝句，兼融杜甫之骨格，李白之神俊，故骨气豪宕而神采艳逸。往往于拗折峭健之中，见风华掩映之美，艺术上富于独创性。他和李商隐齐名，李赠诗云："刻意伤春又伤别，人间惟有杜司勋。"刘熙载曾说："杜樊川诗雄姿英发，李樊南诗深情绵邈。"指出两人异曲同工，各有特色。有《樊川集》。

②"其间"二句：其中有个叫杜秋的，不用涂脂抹粉，也非常漂亮。

③老濞：指刘濞，汉高祖刘邦的侄儿，封吴王，都广陵（今江苏省扬州市）。吴国境内有铜矿，他令人开山铸钱，又煮海水为盐，因此极为富有。后来联合楚、胶西等王一起发动叛乱，兵败被杀，史称"吴、楚七国之乱"。这里以刘濞比李锜；因两人都是宗室，都有野心，都以富有著称，都因谋反被杀，而根据地又都在今江苏境内。

④罍：古代盛酒器具，圆口，三足。

⑤金缕衣：原注："'劝君莫惜金缕衣，劝君惜取少年时，花开堪折直须折，莫待无花空折枝！'李锜长唱此辞。"宋人郭茂倩编《乐府诗集》云："《金缕衣》，近代曲词。"

⑥"濞既"二句：李锜像刘濞一样，在晚年发动叛乱，结果失败被杀。杜秋娘自伤身世，不禁眼泪汪汪。白首叛，《史记·吴王濞列传》："（刘濞）诱天下豪杰，白头举事。"李锜于宪宗元和二年（807年）反，寻执送京师，被杀。红泪：指妇女的泪。

⑦吴江：长江经润州、扬州间这段江面，又名吴江。

⑧灞：水名，在长安城东二十里。

⑨裾：衣襟。

⑩盼眄：注视。眄：斜着眼看。

⑪椒壁：皇帝后妃所住的房子，用椒和泥涂壁，取其温暖芬芳，故后妃住所又称"椒房"。

⑫奁：妇女梳妆用的镜匣。蛟螭：有角叫蛟，无角叫螭。

⑬窈袅：形容女子的体态美。融怡：心情愉悦。

⑭璧门：原是汉武帝以玉做的宫殿门，此泛指当时的宫殿门。

⑮桂影：指月影。

⑯金阶：指宫殿台阶。

⑰捻：按。

⑱夹城路：两边有墙的通道。唐玄宗开元二十六年六月，从兴庆宫筑夹城通向芙蓉苑。

⑲南苑：即芙蓉苑。长安城东南角有曲江，南苑在曲江西南，是皇帝的游赏之地。

⑳羽林：即羽林军，是皇帝的禁卫军。

㉑辟邪旗：画有辟邪兽的旗子，是皇帝的仪仗之一。仪仗有十二旗，第一队即辟邪旗。

㉒"归来"二句：回到宫里吃煮豹胎，已经又饱又腻，所以并不觉得特别有滋味。豹胎：熊掌、豹胎，是古代的名菜。餍饫：饱。饴：感到好吃。

㉓咸池：神话传说中的天池，太阳升起前在此沐浴。升日庆：比喻皇帝登极。

㉔铜雀：指铜雀台，魏武帝曹操所筑。曹操遗令，要他的妃嫔"时时登铜雀台，望吾西陵墓田，馀香可分与诸夫人。"分香悲：比喻唐宪宗李纯之死。宪宗于元和十五年（820年）为宦官所杀。

㉕雷音：比喻皇帝的车声。后车：随侍皇帝的副车。

㉖燕禖：指古代求子的祭祀。传说简狄在燕至之日祭祀高禖（主生子的神），吞燕卵而生契（商的始祖）。

㉗緌緌：下垂的样子。

㉘画堂：指皇子居住的地方。傅姆：保姆。

㉙天人：指皇子。

㉚"虎睛"四句：襁褓上缀着颗颗虎眼珠，刻有犀牛的金盘压着帷帐。穆宗常常带他去射猎，在武帐中逗弄他。褓：婴孩的包被。长杨：汉宫名，内有射熊馆，是汉帝射猎的地方。此借指穆宗狩猎之处。罴：熊的一种，也叫马熊或人熊。武帐：皇帝坐息的地方，设有武装保卫。哑咿：小孩的声音。

㉛"渐抛"二句：皇子渐渐长大，不再玩竹马游戏，慢慢学起斗鸡来了。剧：一作戏。舞鸡：指唐时诸王盛行的斗鸡之戏。

㉜"靳靳"四句：他仪表堂堂，穿戴整齐，陪伴母后和太后饮宴。聪明秀丽，面目如画，像朝阳一样放射光辉。靳靳：身材高大的样子。冠：帽子。古代男子二十而冠。佩：玉佩。瑶池：神话人物西王母的住处。此指皇后或皇太后宴饮的场所。俨：很相像。

㉝"一尺"四句：想不到突然祸从天降，漳王被坏人诬陷，遭到囚禁，封爵也被削夺了。杜秋娘从此被放归故乡。江充：汉武帝大臣，他使人把桐木偶人预埋在太子宫中，然后诬陷太子，说他用"巫蛊"的办法诅咒武帝，结果太子被害。这里借指郑注诬害漳王事。王：指漳王，皇子凑在长庆元年（821年）封漳王。幽：囚禁。茅土：指代封爵。周朝天子以五色土为坛，封诸侯时，取所封国方位泥土，用白茅垫着交给受封的人。

㉞"舸棱"四句：宫殿的舸棱高入北斗，杜秋娘依依不舍，一步一回头。在宫中三十年，身经四个朝代，回想起来，历历在目，又仿佛大梦一场。舸棱：又作舸棱，宫阙上转角处的瓦脊。斗极：指北斗星和北极星。四朝三十载，杜秋于元和二年（807年）入宫，至文宗大和七年（833年）被放归，共历宪宗、穆宗、敬宗、文宗四朝，首尾二十七年。

㉟"潼关"四句：经过潼关时，还认出从前的关吏，那人已经发如银丝。到吴江唤船过渡，船夫都不知道载的是谁。潼关：关名，在今陕西省潼关县境，古为桃林塞，地扼长安东路的要冲。

㊱"归来"四句：回到故乡，邻居全改换了。花木扶疏的园林长满野草。眼泪涟涟流不尽，抬头向天——不知道该问谁。茂苑：指过去李锜时代的范围。清血：指极悲伤的眼泪。

㊲"寒衣"二句：为了赶做冬衣，只好晚上到邻人家里，借织机织一匹白绢。素：白绢。

㊳嘘唏：哭泣后不由自主地急促呼吸。

㊴推：推求，推算。

㊵夏姬：原是郑穆公女儿，后嫁陈国大夫夏御叔为妻，生子夏徵舒。御叔

死后，陈灵公君臣与夏姬私通，徵舒愤而杀灵公。楚庄王伐陈，杀徵舒，灭掉陈国（后来又把它恢复）。楚王把夏姬赐给连尹襄老，襄老不久战死，夏姬回到郑国。楚大夫巫臣奉命出使齐国，到了郑国时，就带了夏姬逃奔晋国去了。

④姬：对妇人的美称。以后又指侍妾。

④西子：即西施，春秋时越国美女。越王勾践战败，把她献给吴王夫差，吴王迷于酒色，终被越国灭亡。姑苏：山名，在今江苏省苏州市西南，上有姑苏台。《述巽记》："吴王夫差筑姑苏之台，三年乃成。作天池，池中造青龙舟，舟中盛陈姣乐，日与西施为水嬉。"

④舸：大船，此泛指船。鸱夷：皮袋。《史记》载：范蠡辅佐勾践灭掉吴国后，"乘扁舟，浮于江湖，变名易姓"，自号"鸱夷子皮"。《修文御览》引《吴越春秋》逸篇云："吴亡后，越浮西施于江，令随鸱夷以终。"据此，则西施是被装在皮囊里沉到江中去了。

④魏豹俘：指薄姬。她原是魏王豹的侍妾，魏王被刘邦战败，她也成了俘虏，被送到织室作纺织工。刘邦入织室看中薄姬，便把她纳入后宫，后来生了汉文帝刘恒。

⑤母仪：母亲的榜样，此指作母后。《汉书·窦皇后传》及《武帝纪》载：窦姬原是宫女，吕后把宫女赐给诸王，窦姬亦在遣送之列。她原籍清河郡，靠近赵国，便请主管的宦官把她放到赵国名册中。宦官忘记了，把她错放到代国的名册里。到代国后，大受代王刘恒的宠爱，生了个儿子。后来代王立为皇帝（文帝），窦姬被封为皇后，她儿子刘启为太子。文帝死，太子立（景帝），她被尊为皇太后。景帝死，武帝立，她被尊奉为太皇太后。

⑥光武：指东汉光武帝，他是汉高祖九世孙，是景帝子长沙定王刘发的后人。《汉书·景十三王传》载：长沙定王发，母唐姬，原是景帝妃程姬的侍婢。一次景帝召程姬侍寝，恰巧程姬有月事，不愿去，便把侍婢唐儿打扮起来晚上送进宫中。景帝喝醉了，以为是程姬，同睡一夜，唐儿便怀了孕，后来生长沙定王发。

⑦珊瑚：当指北齐冯淑妃小怜。《北史·冯淑妃传》载：妃名小怜，甚得北齐后主高纬宠幸，高纬耽于淫乐，终至亡国。北周灭北齐后，把冯小怜赐给代王达，代王亦很宠爱她。她恃宠生事，谗毁代王妃，几乎把王妃害死。后来隋文帝把小怜赐给代王妃的哥哥李询，李询母亲令她穿布裙舂米，最后又逼令她自杀。

⑧糜：不粘的黍子。

㊾萧后：隋炀帝皇后。《隋书·萧后傅》载：隋炀帝在江都（即扬州）被宇文化及所杀，萧后随军至聊城，化及败，萧后成为窦建德的俘虏。当时突厥处罗可汗的妻子是隋朝义城公主，这时遣使来迎，萧后遂入于突厥。

㊿阏氏：汉代匈奴称君主的正妻。后借用来指游牧部族君主之妻。萧后作阏氏事，不见于记载。

(51)士林：指文人和武士。

(52)“射钩”二句：太公望不过是个钓鱼翁，竟然做了周文王的太师。射钩，指管仲，春秋时人，起初追随齐国公子纠。公子纠与公子小白争国，管仲射小白，中带钩。后来公子纠失败被杀，管仲被囚，小白立为齐侯（即桓公）。听说管仲贤能，便任他为相，称为“仲父”（父是尊称）。钓翁：指太公望。本姓姜，先人封于吕，故又名吕尚，字子牙，原在渭水垂钓，后遇文王，尊为师；武王称他“师尚父”。

(53)要：请。

(54)毁：诽谤。仲尼：孔丘字仲尼。

(55)柄：权柄。斯：指李斯，战国时楚人，西游于秦。《史记·李斯列传》载：秦王曾下逐客令，要驱逐各国来秦的人，李斯上《谏逐客书》，说服了秦王。后来秦用李斯计谋，统一了天下。李斯被任为丞相。

(56)魏齐：战国时魏国国相。《史记·范雎、蔡泽列传》载：魏人范雎随大臣须贾出使齐国，回来后，被魏齐以“通敌”罪名痛打。范雎装死，魏齐叫人用箦（席子）把他裹起放到厕所，还撒尿在他身上。后来范雎逃出，到秦国做了国相，甚得秦王信用。秦王要替范雎报仇，便写信给赵王，要他把逃匿在赵的魏齐杀掉，“使人疾持其头来！”魏齐走投无路，终于自杀。“赵王闻之，卒取其头予秦。”

(57)给丧：指周勃。《史记·周勃世家》：“（勃）常为人吹箫治丧事。”后来辅佐汉高祖定天下，封绛侯。汉文帝时拜为右丞相。蹶张：靠足踏张开强弩。《史记·申屠嘉列传》：“（申屠嘉）以材官蹶张，从高帝击项籍。”材官，低级武官。申屠嘉在文帝时，拜丞相，封故安侯。

(58)廊庙：指朝廷。峨危：高的样子。

(59)珥貂：插着貂尾，是汉代侍中帽子上的装饰。珥：插。七叶：七世，指从汉武帝到平帝，共七朝。汉朝金日磾封舍侯。其弟金伦，后嗣亦贵显封侯。在七朝中，两人后裔多人为侍中。故晋代左思《咏史》诗说：“金张藉旧业，七叶珥汉貂。”

⑥虏：奴隶。金日䃅原是匈奴休屠王太子，匈奴昆邪王杀休屠王，将其众降汉，日䃅在宫中养马为奴。后来受武帝赏识，才逐渐贵显。支：一源分出者皆为支，此指子孙后裔。

⑥苏武：汉武帝时人。苏武在天汉元年（100）持节出使匈奴，被扣留十九年，艰苦卓绝，坚贞不屈，至昭帝始元六年（前81）回国，拜为典属国。

⑥邓通：是汉文帝的幸臣，官至上大夫。《汉书·佞幸传》载：文帝赐通以铜山，"得自铸钱。邓氏钱布天下，其富如此。"文帝死，景帝立，邓通免官家居，后被治罪，家产全部抄没入官，"竟不得名一钱，寄死人家。"

⑥主张：主宰。

⑥"地尽"二句：大地的尽头有什么东西？穿过天空可到什么地方去？何之：何往。

⑥"指何"四句：手指为何会抓取？两脚为何会奔跑？耳朵为何能听见声音？眼睛为何能看见物体？

⑥"己身"二句：对自身还未弄得明白，身外的事情，想它干什么！

⑥"愁来"二句：愁闷时独自吟咏，姑且用来散心解闷。自怡，一作自贻。那是赠给自己、作自己的写照之意。

【鉴赏】

此诗是杜牧于大和七年任职宣歙观察使沈传师幕府时所作，诗写杜秋平生经历，对其年老色衰，孤苦无依遭遇深表同情，并发出世事沧桑，人生无常的慨叹。

张好好诗 (并序)①

牧大和②三年，佐故吏部沈公③江西幕。好好年十三，始以善歌来乐籍④中。后一岁，公移镇宣城，复置好好于宣城⑤籍中。后二⑥岁，为沈著作述师以双鬟纳之⑦。后二岁，于洛阳东城重睹好好⑧，感旧伤怀，故题诗赠之。

君为豫章姝⑨，十三才有余。
翠茁凤生尾，丹叶莲含跗⑩。
高阁倚天半，章江联碧虚⑪。

此地试君唱，特使华筵^⑫铺。

主公^⑬顾四座，始讶来踟蹰^⑭。

吴娃起引赞，低徊映长裾。

双鬟可高下，才过青罗襦^⑮。

盼盼乍垂袖^⑯，一声雏凤呼^⑰。

繁弦迸关纽，塞管裂圆芦。

众音不能逐，袅袅穿云衢^⑱。

主公再三叹，谓言天下殊。

赠之天马锦^⑲，副以水犀梳^⑳。

龙沙看秋浪，明月游东湖^㉑。

自此每相见，三日已为疏。

玉质随月满，艳态逐春舒^㉒。

绛唇渐轻巧^㉓，云步转虚徐^㉔。

旌旆忽东下，笙歌随舳舻^㉕。

霜凋谢楼树，沙暖句溪蒲。

身外任尘土，樽前极欢娱^㉖。

飘然集仙客，讽赋欺相如^㉗。

聘之碧瑶佩^㉘，载以紫云车^㉙。

洞闭水声远，月高蟾影孤^㉚。

尔来^㉛未几岁，散尽高阳徒^㉜。

洛城^㉝重相见，婷婷为当垆^㉞。

怪我苦何事，少年垂白须。

朋游今在否，落拓^㉟更能无？

门馆恸哭后，水云秋景初^㊱。

斜日挂衰柳，凉风生座隅^㊲。

洒尽满裾襟泪，短歌聊一书。

【注释】

①本诗作于大和九年秋。张好好：歌伎名。

②大和：文宗年号（827～835）。大，通"太"。

③沈公：沈传师，字子言，傅奇作家沈既济之子，史谓吴人，实今浙江湖州武康人。大和二年十月，以尚书右丞外放为江西观察使，召杜牧、李景让、萧置入幕，极一时之盛。

④乐籍：谓入乐户之名籍。古时官伎属乐部，故称。

⑤宣城：今属安徽省。

⑥二：一本作"三"。

⑦沈著作述师：沈述师，字子明，傅师弟，时为著作郎。双鬟：将发屈绕如环，挽成双髻。此谓鬟髻上贵重首饰，以见聘礼之丰。

⑧"于洛阳"句：诗人于大和九年初进京为监察御史。秋七月，因好友李甘受郑注贬斥而以疾辞，朝廷即命其以监察御史分司东部。

⑨君：一作"尔"。豫章：郡名，即洪州，治所在南昌，今属江西省。姝：美女。

⑩"翠苗"二句：谓好好体态轻盈，面容娇美，一如翠竹摇风，含苞待放。苗，生长。凤尾：凤尾竹。丹叶：牧手书真迹作"丹脸"。跗：花萼。

⑪"高阁"二句：谓滕王阁高矗云端，阁下赣水流逝，远与天接。高阁：指滕王阁。章江：即赣江。碧虚：天空。

⑫华筵：丰盛的筵席。

⑬主公：一作"主人"。

⑭踟蹰：徘徊不前的样子。

⑮"吴娃"四句：写好好出场行礼之优美姿态。吴娃：吴地美女，此喻指好好。引赞：称颂。此谓行礼。低徊：徘徊留恋貌，此言脉脉含情。裾：衣服之大襟。双鬟可高下，谓好好行礼时下蹲起立状。罗襦：丝罗短袄。

⑯盼盼：顾视貌。乍：牧手书真迹作"下"。

⑰雏凤呼：喻好好歌喉美妙。雏凤：幼凤。

⑱"繁弦"四句：谓好歌声高亢悠扬，无人能及。繁弦，谓琴弦所弹出的繁富音调。关纽：即关键。迸、裂：状乐声之高亢。塞管：犹芦管。袅袅，状歌声悠扬。云衢：天空。

⑲天马锦：绘有天马图案之名贵锦缎。天马，产于西域之良马。

⑳副：佐，加。水犀梳：以水犀（犀牛名）角制成之名贵梳子。

㉑"龙沙"二句：谓"主公"携好好或登高观潮，或泛舟月下。龙沙：在南昌城北，地势高峻。东湖：在南昌城东。

㉒"玉质"二句：谓好体态舒展，日渐丰满。玉质：犹玉体。

㉓绛唇：朱唇。绛：大红。

㉔云步：谓行步飘逸如云。虚徐：雍容舒展貌。

㉕"旌斾"二句：谓沈傅师由江西调任宣歙观察使，乘舟东下治所宣城

（今属安徽省），好好亦随船而去。旌旆：旌旗，唐节度使仪仗有旌与节，因以指代沈傅师。笙歌：以声代人，指好好。舳舻：泛指船只。船尾为舳，船头为舻。

㉖"霜凋"四句：谓沈氏兄弟等与好好流连风景，饮酒尽欢，视功名如尘土。谢楼：谢朓楼，在宣城北，一名北楼，为南齐宣城太守谢朓所建。李白曾登楼赋诗，有《秋登宣城谢朓北楼》《宣州谢朓楼饯别校书叔云》等篇。沙暖：指春日。杜甫《绝句》："迟日江山丽，春风花草香。泥融飞燕子，沙暖睡鸳鸯。"句溪：句溪一名东溪，水源从宁国县东乡溪岭承天目山脚水，合流连接，至此为句溪，流向北，至郡门外过也。

㉗"飘然"二句：沈述师曾任集贤校理，所作之赋超过司马相如。集仙客，指沈述师。集仙：宫殿名，开元中置，内设书院，置学士、直学士。沈述师大和五年为集贤校理。讽赋：此谓作赋。赋有讽谏之义，故称。欺：犹言压倒，胜过。相如：司马相如，汉武帝时著名辞赋家，著有《子虚》《上林》《大人》等赋。

㉘碧瑶：犹碧玉。佩：玉佩。

㉙紫云车：仙家所乘的车。

㉚"洞闭"二句：汉永平五年，有剡县刘晨、阮肇者共入天台山采药，迷路后遇二仙女，姿质妙绝，如旧相识，邀入山中小住。半年后出山归家，"亲旧零落，邑屋全异，无复相识。问得七世孙，傅闻上世入山迷不得归。"蟾影：喻嫦娥。

㉛尔来：犹近来。尔，通"迩"。

㉜高阳徒：谓酒友。

㉝洛城：一作"洛阳"。

㉞婷婷：体态柔弱貌。婷，通"绰"。当垆：谓卖酒。

㉟落拓：犹"落魄"，穷困失意。

㊱"门馆"二句：写诗人答语，谓沈传师已死，自己于秋初至洛阳。门馆，谓沈传师之官署。《晋书·谢安传》："羊昙者，太山人，知名士也，为安所爱重。安薨后，辍乐弥年，行不由西州路。尝因石头大醉，扶路唱乐，不觉至州门。左右白曰：'此西州门。'昙悲感不已，以马策扣扉，诵曹子建诗曰：'生存华屋处，零落归山丘。'恸哭而去。"

㊲"斜日"二句：以斜阳、衰柳、凉风，烘托诗人与好好重逢的悲怆情怀。

【鉴赏】

这首诗充满了对张好好这位才艺双绝却遭遇不幸的歌妓无限的同情。

惜　春

春半年已除①，其余强为有。
即此醉残花，便同尝腊酒②。
怅望送春杯，殷勤扫花帚。
谁为驻东流③，年年长在手？

【注释】

①春半：指阴历二月十五日。年已除：谓一年好景已过。

②腊酒：阴历十二月酿造之酒。古代以十二月祭祀，称腊祭，后遂以十二月为腊月。

③驻：停留。东流：流水，此喻时光消逝。

【鉴赏】

这首诗抒发了作者对时光的感慨。

念 昔 游①

李白题诗水西寺，古木回岩楼阁风②。
半醒半醉游三日，红白花开山雨③中。

【注释】

①本篇忆宣州游踪。

②回岩：绕岩。楼阁风：风满楼阁。

③山雨：一本作"烟雨"。

【鉴赏】

李白一生坎坷蹭蹬，长期浪迹江湖，寄情山水，而作者此时不但与李白境遇相仿，而且心情也有些相似，遂写下此诗。

登乐游原^①

长空澹澹孤鸟没，万古销沈^②向此中。
看取汉家何事业，五陵^③无树起秋风。

【注释】

①乐游原：长安城南游览胜地。

②销沈：销亡，沉埋。

③五陵：指西汉五个皇帝的陵墓，即高帝的长陵、惠帝的安陵、景帝的阳陵、武帝的茂陵、昭帝的平陵。

【鉴赏】

这是一首登高望远，即景抒情诗，语言简明，流畅上口。

江南怀古

车书混一业无穷^①，井邑^②山川今古同。
戊辰年向金陵过^③，惆怅闲吟忆庾公^④。

【注释】

①车书混一：车同轨，书同文。业无穷：一统局面保持至今。

②井邑：市井、城邑。

③戊辰：大中二年（848）。金陵：今南京市。

④庾公：庾信，南北朝时期著名诗人。

【鉴赏】

这首怀古诗抒发了诗人惆怅的心情。

江南春绝句

千里莺啼绿映红，水村山郭酒旗风。
南朝四百八十寺①，多少楼台烟雨中。

【注释】

①南朝：指东晋以后在江南建立的宋、齐、梁、陈四个王朝。四百八十寺：南朝皇帝、贵族多好佛，梁武帝时尤甚，曾有人说建康（今江苏南京，南朝的国都）佛寺有五百余处。这里"四百八十寺"是虚指，极言佛寺之多。

【鉴赏】

诗人以极具概括性的语言描写了一幅生活形象而又有气魄的江南春画卷。

自宣城赴官上京

潇洒江湖十过秋，酒杯无日不迟留。
谢公城①畔溪惊梦，苏小②门前柳拂头。
千里云山何处好？几人襟韵③一生休？
尘冠④挂却知闲事，终把蹉跎⑤访旧游。

【注释】

①谢公城：指宣城，南朝诗人谢朓曾任宣城太守。
②苏小：苏小小，南齐钱塘名妓。
③襟韵：指人的情怀风度。
④尘冠：古代官吏的礼服通称冠服，故做官叫"弹冠"，辞官叫"挂冠"，尘冠意谓尘世中的官职。
⑤蹉跎：虚度光阴。

【鉴赏】

作者内调为左补阙，次年春天告别宣城，踏上了赴官上京的路途，临走之际，诗人作下此诗，抒发了诗人心中的感慨。

春末题池州弄水亭①

使君②四十四，两佩左铜鱼③。
为吏非循吏④，论书读底⑤书？
晚花红艳静，高树绿荫初。
亭宇清无比，溪山画不如。
嘉宾能啸咏，宫妓⑥巧妆梳。
逐日愁皆碎，随时⑦醉有余。
偃⑧须求五鼎，陶只爱吾庐⑨。
趣向⑩人皆异，贤豪莫笑渠⑪。

【注释】

①弄水亭：在今贵池县通远门外，杜牧所建，取李白《秋浦歌》"饮弄水中月"之句为亭名。

②使君：古代对刺史的尊称，这里是杜牧自指。

③左铜鱼：唐代制度，刺史上任以鱼符为凭信。鱼符为铜制，中分为二，新刺史佩左半边到州合符。两佩左铜鱼，言自己已两次出任刺史。

④循吏：奉法循理的好官。

⑤底：当时口语，什么。

⑥宫妓：唐代专门供奉宫府的歌妓。

⑦时：指季节、时令。

⑧偃：指西汉时主父偃，热衷名利富贵，曾说大丈夫活着不能用五鼎食也要用五鼎烹死。

⑨陶：东晋时陶渊明，隐居不仕，清贫自守，有《读山海经》诗："众鸟欣有托，吾亦爱吾庐。"庐：房屋。

⑩趣向：志趣意向。

⑪渠：他。

【鉴赏】

这首诗抒写了诗人的志向以及对人各有志的看法。

赤　壁①

折戟沉沙铁未销，自将磨洗认前朝。
东风不与周郎便，铜雀春深锁二乔②。

【注释】

①赤壁：在今湖北蒲圻县西36公里的长江南岸。

②二乔：孙策之妻为大乔，周瑜之妻为小乔。

【鉴赏】

诗人观赏了古战场的遗物，对赤壁之战发表了独特看法，认为周瑜胜利于侥幸，同时也抒发了诗人对国家兴亡的慨叹，有情有致。

泊秦淮①

烟笼寒水月笼沙②，夜泊秦淮近酒家。
商女③不知亡国恨，隔江犹唱后庭花④。

【注释】

①秦淮：即秦淮河，源出今江苏省溧水县西，流经南京地区，入长江。相传为秦始皇南巡会稽时所凿，以疏淮水，故名。

②笼：笼罩。沙：这里指秦淮河两岸。

③商女：指酒家卖唱的歌女。

④后庭花：即乐曲《玉树后庭花》。

【鉴赏】

这首诗是诗人夜泊秦淮时触景感怀之作，于六代兴亡之地的感叹中，寓含忧念现世之情怀。

寄扬州韩绰判官①

青山隐隐水迢迢②，秋尽江南草未凋③。
二十四桥④明月夜，玉人⑤何处教吹箫。

【注释】

①韩绰：生平不详。判官：唐时节度使、观察使的属官。

②隐隐：隐隐约约，时隐时现的样子。迢迢：远远的。

③草未凋：一作"草木凋"。

④二十四桥：古代扬州名胜。一说隋代已建，以城门坊市为名。一说古时有二十四个美人在此吹箫，故名。

⑤玉人：晚唐时有以玉人喻才子的用法，此处当指韩绰。

【鉴赏】

这首诗是诗人离开扬州幕府后不久寄赠韩绰之作，本诗风调悠扬，意境优美，千百年来为人们所传诵，历久不衰。

春尽途中

田园不事来游宦①，故国谁教尔别离？
独倚关亭还把酒，一年春尽送春时。

【注释】

①游宦：离家乡在外做官。

【鉴赏】

这首诗表达了作者思念家乡的思想感情。

和①严恽秀才落花

共惜流年②留不得，且环流水醉流杯。
无情红艳③年年盛，不恨凋零却恨开。

【注释】

①和：依照别人诗词的题材或体裁做诗词。

②流年：年华，指岁月如流水之易逝。

③红艳：红花。

【鉴赏】

这首诗抒发了作者对流年的感慨。

遣　怀

落魄江湖载酒行①，楚腰纤细掌中轻②。
十年一觉扬州梦③，赢得青楼薄幸名④。

【注释】

①落魄：穷困，不得意。载酒：携酒。

②楚腰：细腰。掌中轻：相传汉赵飞燕体轻，能为掌上舞。这里都指扬州妓女。

③扬州梦：指作者十五年的浪漫生活。杜牧为牛僧孺幕府掌书记时，常夜游妓院。

④青楼：此指歌楼，妓院。薄幸：指薄情。

【鉴赏】

这首诗是诗人追忆当年扬州生活的抒情之作，表达了诗人对往日生活的追悔莫及之感。

山　行

远上寒山石径斜，白云生处①有人家。
停车坐②爱枫林晚，霜叶红于③二月花。

【注释】

①白云生处：白云飘出来的地方，是山上最高最深的地方。

②坐：因为。

③红于：比……更红。

【鉴赏】

这首诗主要描写深秋山林的迷人景色，诗人通过对一系列典型的秋天景物的描写，使一幅和谐统一、生动迷人的山林秋色图跃然纸上。

紫薇花

晓迎秋露一枝新，不占园中最上春①。
桃李无言又何在，向风偏笑艳阳②人。

【注释】

①上春：孟春，即农历正月。

②艳阳：明媚的阳光。

【鉴赏】

作者借花自喻，以桃花李花来反衬紫薇花的美及花期之长，人称其为"杜紫薇"。

秋　夕^①

银烛秋光冷画屏^②，轻罗小扇^③扑流萤。
天阶^④夜色凉如水，坐^⑤看牵牛织女星。

【注释】

①本篇一作王建诗。诗中的女主角是幽居深宫的宫女。

②银：一作"红"。冷：指烛光带有寒意。

③轻罗小扇：轻薄的丝制团扇，即所谓"纨扇"。

④天阶：皇宫中的石阶。阶：一作"街"。

⑤坐：一作"卧"。

【鉴赏】

这首宫怨诗描写的是一个失意宫女的孤寂幽怨，全诗用典含蓄，蕴藉丰富，耐人寻味。

送故人归山

三清洞里无端别^①，又拂尘衣欲卧云^②。
看著挂冠^③迷所处，北山萝月在《移文》^④。

【注释】

①三清：道教宫观。无端：无缘无故。

②卧云：指隐居。

③挂冠：弃官而去。

④北山：钟山，在今南京市北。萝月：萝藤间的月色。移文：古代一种文体。

【鉴赏】

这首诗表达了诗人对友人的深真厚谊，借景抒情，情景交融。

送　别

溪边杨柳已参差，攀折年年赠别离。

一片风帆望已极^①，三湘^②烟水返何时。

多远去棹将愁远，犹倚危亭^③欲下迟。

莫殢^④酒杯闲过日，碧云深处是佳期。

【注释】

①极：远。

②三湘：指潇湘、漓湘、蒸湘。泛指洞庭湖南北、湘江流域一带。

③危亭：高亭。

④殢：滞留。

【鉴赏】

诗歌恰当地表现了告别友人的离愁情绪，语言精练，感情真挚，意境深邃。

过骊山^① 作

始皇东游出周鼎^②，刘项^③纵观皆引颈。

削平天下实辛勤，却为道旁穷百姓。

黔首^④不愚尔益愚，千里函关囚独夫^⑤。

牧童火入九泉^⑥底，烧作灰时犹未枯。

【注释】

①骊山：在今陕西临潼县，秦始皇墓在此。

②周鼎：周朝的传国重器。

③刘项：刘邦、项羽。

④黔首：百姓。

⑤函关：函谷关，在今河南灵宝县。独夫：残暴的君主。

⑥九泉：指地下，犹言黄泉。

【鉴赏】

　　诗中用通俗的语言对秦始皇进行辛辣的讽刺，借古讽今，劝谕当政者不要胡作非为，以免引起人民的反抗。

雪中书怀

腊①雪一尺厚，云冻寒顽痴②。

孤城③大泽畔，人疏烟火微。

愤悱④欲谁语，忧愠⑤不能持。

天子号仁圣，任贤如事⑥师。

凡称曰治具⑦，小大无不施。

明庭⑧开广敞，才隽受羁维⑨。

如日月恒⑩升，若鸾凤葳蕤⑪。

人才自朽下，弃去亦其宜。

北房坏亭障⑫，闻屯千里师⑬。

牵连⑭久不解，他盗⑮恐旁窥。

臣实有长策⑯，彼可除鞭笞⑰。

如蒙一召议，食肉寝其皮⑱。

斯乃庙堂⑲事，尔微⑳非尔知。

向来躐等㉑语，长作陷身机。

行当腊㉒欲破，酒齐㉓不可迟。

且想春候暖，瓮间倾一卮㉔。

【注释】

　　①腊：古代十二月举行的一种祭祀。后为农历十二月的代称。

　　②顽痴：指凌厉的寒气不肯退走。

　　③孤城：指黄州。时诗人任黄州刺史。

　　④愤悱：忧郁烦闷。

　　⑤愠：怨怒。

　　⑥事：侍奉。

　　⑦治具：进行治理的工具，指各种政治法律制度。

⑧明庭：天子的朝廷。

⑨羁维：束缚，笼络。此处指重用。

⑩恒：弦，指月上弦。

⑪鸾：凤凰的一种。葳蕤：
草木茂盛，此处比喻羽毛纷披。

⑫北虏：指回鹘。亭障：边
境的防御工事。

⑬千里师：当时回鹘南侵，
唐朝调集大批军队戍边防御回鹘。

⑭牵连：指唐朝军队与回鹘
对峙。

⑮盗：指阴谋叛乱的藩镇。

⑯长策：良策。

⑰彼：指回鹘。鞭笞：指教训惩罚。

⑱"食肉"句：比喻彻底消灭。

⑲庙堂：朝廷。

⑳微：指地位低微。

㉑躐等：不按次序，超越等级。

㉒腊：指腊祭之日。

㉓酒齐：指酿酒。

㉔卮：古代盛酒的器皿。

【鉴赏】

这首诗借景抒情，表达了诗人郁闷烦躁的心情。

读韩杜集①

杜诗韩集愁来读，似倩麻姑痒处搔②。
天外凤凰谁得髓？无人解合续弦胶③。

【注释】

①韩杜集：韩愈、杜甫的诗文集。

②倩：请。麻姑：仙女名。

③续弦胶：《海内十洲记》载："凤麟洲在西海之中，洲上有凤凰麒麟数万。"得凤喙（嘴）及麟角合煎作胶，名之为续弦胶。胶能续已断之弦。

【鉴赏】

这首诗宣示了诗人钻研杜、韩的心得，表达其倾慕、推重之情。

长安秋望

楼倚霜树①外，镜天无一毫。
南山②与秋色，气势两相高③。

【注释】

①霜树：经霜后叶子变红的树木。

②南山：指终南山。

③两相高：秋季气爽，寥廓的天宇显得比平时高，山峰也显得比平时高，二者像是互相竞赛。

【鉴赏】

这是一曲高秋的赞歌，本诗写得意境高远，气势健举。

过田家宅

安邑①南门外，谁家板筑②高。
奉诚园③里地，墙缺见蓬蒿④。

【注释】

①安邑：坊名，在唐代长安城。

②板筑：古代筑墙时，两边夹木板，中间填土，以杵捣实。

③奉诚园：在安邑坊，原为官僚马燧的第宅，后献与朝廷，名曰"奉诚园"。此处象征唐朝。

④蓬蒿：泛指野草。

【鉴赏】

这首诗用含蓄的语言表达了诗人的情怀,朴实无华,引人深思。

登九峰楼寄张祜①

百感衷来不自由②,角③声孤起夕阳楼。

碧山终日思无尽,芳草何年恨即休。

睫在眼前长不见,道④非身外更何求?

谁人得似张公子⑤,千首诗轻万户侯⑥。

【注释】

① 九峰楼:在池州九华门上。一说作"九华楼"。张祜:字承吉,以宫词得名。隐居不仕,于宣宗大中年间卒。

②衷:一作"中",指内心。不自由:不能自己控制。

③角:画角,军中号角。

④道:大道,至道。

⑤张公子:指张祜。

⑥万户侯:食邑万户的侯爵,这里泛指大官。

【鉴赏】

此诗作者把自己对白居易的不满与对张祜的同情、慰勉和敬重,非常巧妙而有力地表现了出来。

九日齐山登高①

江涵②秋影雁初飞,与客携壶上翠微③。

尘世难逢开口笑④,菊花须插满头归。

但将酩酊酬佳节,不用登临恨落晖。

古往今来只如此,牛山何必独沾衣。

【注释】

①九日:阴历九月九日为重阳节,又叫重九。古人要在这一天登高饮酒。

齐山：在今安徽贵池东。

②涵：包容。

③翠微：远望山间的一片青翠的云气。

④开口笑：形容十分欢乐的样子。

【鉴赏】

此诗以旷达之意来消解人生多忧、生死无常的悲哀。

齐安郡后池绝句

菱①透浮萍绿锦池，夏莺千啭弄蔷薇。
尽日无人看微雨，鸳鸯②相对浴红衣。

【注释】

①菱：一年生水生植物，叶子浮于水面，果实叫菱角。

②鸳鸯：水鸟名，雌雄常在一起。

【鉴赏】

这是一首画面优美、引人入胜的小诗，有情有景，情景互衬，给人以悦目赏心的美感。

送刘秀才归江陵①

彩服鲜华觐渚宫②，鲈鱼新熟别江东。
刘郎浦③夜侵船月，宋玉亭春弄袖风。
落落④精神终有立，飘飘⑤才思杳无穷。
谁人世上为金口⑥，借取明时一荐雄⑦？

【注释】

①江陵：地名，今湖北江陵。

②觐：古代诸侯朝见天子称觐。渚宫：春秋时楚国的别宫，故址在今江陵城内。

③刘郎浦：江陵石首县有刘郎浦，蜀国先主刘备纳吴女之处。

④落落：高超不凡的样子。

⑤飘飘：轻举的样子。

⑥金口：言语贵重。

⑦荐雄：指推荐人才。

【鉴赏】

这首诗借古喻今，表达了诗人对刘秀才的一片深情厚谊。

屏风绝句

屏风周昉①画纤腰，岁久丹青②色半销。

斜倚玉窗鸾发女，拂尘犹自妒娇娆。

【注释】

①周昉：约早于杜牧一个世纪，是活跃在盛唐、中唐时期的一位画家。他擅长画仕女，精描细绘，层层敷色。头发的勾染、面部的晕色、衣著的装饰，都极尽工巧之能事。相传《簪花仕女图》是他的手笔。杜牧此诗所咏的"屏风"上面有周昉所创作的一幅仕女图。

②丹青：红色和青色的颜料，此处借指绘画。

【鉴赏】

这首诗是为画有周昉一幅仕女图的屏风的题咏之作，给人以特殊的诗意感受。

题桃花夫人庙①

细腰宫里露桃新②，脉脉无言几度春。
至竟息亡缘底事？可怜金谷坠楼人③。

【注释】

①桃花夫人：指息君夫人，又称息夫人，桃花夫人。

②细腰：谚曰"楚王好细腰，宫中多饿死。"

③金谷坠楼人：指晋代石崇的乐妓绿珠。权贵孙秀向石崇索要绿珠不得，矫诏收崇下狱。绿珠为之坠楼而死。

【鉴赏】

此诗对人所熟知的息夫人的故事重作评价，见解可谓新颖独到。

寄　远

两叶愁眉愁不开，独含惆怅①上层台。
碧云空断雁行处，红叶已凋人未来②。
塞外音书无消息，道傍车马起尘埃。
功名待寄凌烟阁③，力尽辽城不肯回。

【注释】

①惆怅：因失望或失意而哀伤。

②凋：凋落，凋零。

③凌烟阁：唐贞观十七年（643），画开国功臣长孙无忌、杜如晦、魏征等二十四人像于凌烟阁。李世民作赞，褚遂良题阁，阎立本画。

【鉴赏】

这首诗大约作于诗人任职宣州期间，暗暗透出了诗人一丝羁旅的孤寂。

许 浑①

秋日赴阙题潼关驿楼②

红叶晚萧萧，长亭③酒一瓢。
残云归太华，疏雨过中条④。
树色随关迥⑤，河声入海遥。
帝乡⑥明日到，犹自梦渔樵。

【注释】

①许浑（约 791 - 约 858），字用晦，一作仲晦，润州丹阳（今属江苏）人。太和进士，官虞部员外郎，睦郢二州刺史。自少苦学多病，喜爱林泉。其诗长于律体，多登高怀古之作。此外，许浑的诗作，常带云霜雪水等物事，时人戏称"许浑千首诗"，不抑其才气。有《丁卯集》传世。

②阙：本指宫门前望楼，诗中代指长安城。驿楼：旧时供邮传人和官员旅宿的处所。

③长亭：古有"十里一长亭，五里一短亭"之说，常用作饯别处。

④太华（huà）：即华山，潼关西。有别于山西之少华山，故名。中条：山名，山西永济县境内，处太行与华山之中，故名。潼关东北。

⑤迥：远。

⑥帝乡：指都城。

【鉴赏】

许浑从故乡丹阳首次去京师长安，途经潼关，兴致淋漓，挥笔写下这首五言律诗。表达了诗人旅况萧瑟的情景和其并非专为功名富贵而来的情怀。

早 秋

遥夜泛清瑟，西风生翠萝①。

残萤栖玉露，早雁拂金河②。

高树晓还密，远山晴更多③。

淮南一叶下，自觉洞庭波④。

【注释】

① 泛：弹，犹流荡。晋《吴声歌》："黄丝伴素琴，泛弹弦不断。"萝：泛指树梢悬垂的植物。

② 玉露：白露。拂：掠过。金河：秋天的银河。古代五行秋属金。

③ 还密：尚未凋零。"远山"句：意谓在明朗的阳光下更显得远山之多。

④ "淮南"二句：用《淮南子》"见一叶落而知岁暮"和《楚辞·湘夫人》"洞庭波兮木叶下"之意。

【鉴赏】

这首诗描绘初秋景色，是诗人旅居时作，思想内涵深沉，情感真挚。

温庭筠①

瑶瑟②怨

冰簟银床梦不成，碧天如水夜云轻③。
雁声远过潇湘去，十二楼中月自明④。

【注释】

①温庭筠（约812～870），字飞卿，原名歧。太原祁（今山西祁县）人。年轻时才思敏捷，每入试，押官韵作赋，于八叉手（两手相拱为叉）间就写成，故有"温八叉"之雅号，但行为放荡不羁，出入歌楼妓院，故才华多半消磨在这些生活中。因得罪权贵，故终生不得志。常为人代笔，以文为货，曾两为县尉，终于国子助教。颇有诗名，世以温李（李商隐）并称，然温实不及李。他的诗受六朝宫体的影响脂粉气较重，但也有"鸡声茅店月，人迹板桥霜"那样的佳句。其吊古咏史之作，则意气苍凉，曲达心事。温庭筠是晚唐词的专业作者，其成就和影响都在诗之上，曾被誉为"花间鼻祖"。

②瑶瑟：瑟的美称，为拨弦乐器。

③冰簟：喻竹之凉。银床：指月光照射床上，也写出凉意，此时应可酣眠入梦。

④潇湘：河流名，今湖南省内。十二楼：《汉书·郊祀志下》"五城十二楼"注引应邵的话说，昆仑山上有五城十二楼，是仙人居住之处。这里借用其名以称诗中的妇女所居住的楼。

【鉴赏】

本诗渲染出一种和女主人公相思别离之哀怨和谐统一的氛围情调。也许它只能给读者一个朦胧的印象，但那具有浓郁诗意的意象却将长留脑际。

送人东归①

荒戌落黄叶，浩然离故关②。

高风汉阳渡，初日郢门山③。

江上几人在，天涯孤棹还。

何当重相见，樽酒慰离颜④。

【注释】

①东归：一作"东游"。

②荒戌：荒废的防地营垒。"浩然"句：指远游之志甚坚。《孟子》："予然后浩然有归志。"旧注："心浩浩然有远志也。"

③"高风"二句：喻指船行之速，意谓帆挂高风而去，至日初时便到郢门山了。高风：高秋之风。汉阳渡：在今湖北武汉市。郢门山：即荆门山。

④何当：何时。樽：酒器。樽酒：杯酒。

【鉴赏】

全诗写秋而不悲秋，送别而不伤别。诗人只在开笔稍稍点染苍凉气氛，便笔锋一转，绘出一幅山高水远，扬帆万里的雄壮图画。

苏武庙①

苏武魂销汉使前，古祠高树两茫然。
云边雁断胡天月，陇上羊归塞草烟②。
回日楼台非甲帐，去时冠剑是丁年③。
茂陵不见封侯印，空向秋波哭逝川。④

【注释】

①苏武庙：苏武于汉武帝天汉元年（前100）出使匈奴被扣留，威逼利诱终不屈，徙北海（今贝加尔湖）十九年，坚持汉节不改。回国时已是汉昭帝始元六年（前81）。

②"云边"句：汉要求苏武回国，匈奴诈言已亡。后汉使至，从长惠计，言汉天子射雁得雁足传苏武信，苏武在某泽中，匈奴才承认苏武尚在并让其归国。雁断：言苏武去国日久，音讯全断。胡天：指匈奴。陇：通"垄"，高地。

③甲帐：汉武帝以琉璃珠玉等络为帷帐，因其数多，故以甲乙分之。这句是说苏武回国时武帝已死，楼台非旧。冠：古代男子二十岁加冠，表示已成年。丁：壮大。这句是说苏武出使匈奴时正当青壮年华。

④"茂陵"句：苏武回国时，武帝已死，再也不能给他封侯之赏。茂陵：汉武帝陵墓，在今陕西兴平县北，常作武帝的代称。空：枉然。逝川：本指逝去的时间，此处指往事。

【鉴赏】

本诗是诗人瞻仰苏武的吊古之作。含蓄地表达了作者对苏武所怀的敬意，热情地赞扬苏武的民族气节，寄托作者的爱国情怀。

利州①南渡

澹然空水对斜晖，曲岛苍茫接翠微②。

波上马嘶看棹去，柳边人歇待船归③。

数丛沙草群鸥散，万顷江田一鹭飞④。

谁解乘舟寻范蠡，五湖烟水独忘机⑤。

【注释】

①利州：今四川广元市。

②澹然：水波闪动的样子。翠微：指青翠山气。

③"波上"句：指未渡的人，眼看着马鸣舟中，随波而去。棹（zhào）：船桨，这里代指船。"柳边"句：指将渡的人，憩身柳荫之下，待渡船返回。

④"数丛"句：指船过草丛，惊散群鸥。

⑤范蠡：春秋楚国人，曾助越王勾践灭吴，拜上将军，后辞官归隐，乘舟泛于五湖。五湖也指太湖。机：指心机。旧说鸥鹭忘机，故有双关意，诗中指心志淡泊，与人无争。

【鉴赏】

全诗八句无不与水有关，但清隽而不堆砌。章法不落俗套，起承转合，各有所归，以"水"起以"水"终，脉络清晰完整。表达了诗人淡泊仕途、厌倦名利的心境。